KB060999

한밤의 산행

테마 소설집

한밤의 산행

박성원 김유진 조해진 황정은 김선재
최진영 임수현 정용준 장강명 조영석
강태식 김혜진 조수경

한겨레출판

차례

우리가 지금은 헤어져도

박성원

박성원

＼

1969년 대구에서 태어났다. 1994년 〈문학과사회〉에 단편소설 〈유서〉가 당선되었다. 소설집 《이상(異常), 이상(李箱), 이상(理想)》, 《나를 훔쳐라》, 《우리는 달려간다》, 《도시는 무엇으로 이루어지는가》, 《하루》가 있다. 오늘의 젊은 예술가상, 현대문학상, 현대불교문학상, 동국문학상, 한무숙문학상을 수상했다. 현재 계명대학교 문예창작학과 교수로 재직 중이다.

1.

아버지의 이름은 클리프 영. 어머니 이름은 캐서린 앤 해처 영. 아버지는 1923년 워싱턴 주 시애틀에서 감리교 목사의 아들로 태어났다. 내 이름은 용이언. 생후 십 개월 때 부모를 따라 한국에 왔으며, 파란 눈에 금발인 나는…… 영어를 하지 못하는 미국인이다.

아버지는 군목으로 6 · 25 전쟁에 참여했다. 경북 왜관에서 있었던 다부동 전투 때 실종되었으며, 어머니는 부산으로 가는 피난길에 실종되었다. 내가 두 살 때의 일이다.

1973년 9월 13일. 장발 단속 하루 동안 12,999명이 적발되었고, 1974년 1월 8일 긴급조치 1호가 발표되었다. 1975년 6월. 〈철새〉, 〈기러기 아빠〉 등 대중가요 마흔세 곡이 보급 금지를 당했으며, 그해 7월, 〈그건 너〉, 〈한잔의 추억〉, 〈미인〉, 〈생일 없는 소년〉 등 마흔다섯 곡이 금지곡으로 결정되었다. 다시 그해 10월, 남진의 〈사람 나고 돈 났지〉 등 대중가요 마흔여덟 곡이 추가로 금지곡이 되었으며, 1차에서 백삼십 곡, 2차에서 마흔네 곡 등 모두 이백이십이 곡이 금지곡으로 결정되었다. 〈아침이슬〉은 방송의 날에 건전가요 대상을 수상한 노래였지만 얼마 지나지 않아 금지곡이 되었다. 1975년 그해에는 영장 없이 구금도 가능했다. 내 나이 스물여섯 때의 일이다.

명동에선 늘 같은 냄새가 났다. 희미한 공기 속에, 회색 베일을 깊게 눌러쓴 수녀들이 지나갔고 그 자리엔 몇몇 비둘기들이 날아와 앉았다. J와 난 대학로에서 명동, 명동에서부터 남대문시장까지 자주 걸었다.

—우리 사이에 특별한 색깔은 없어. 알지?

J는 자주 그렇게 말했다. 특별한 색깔이라……. 처음엔 무슨 말인지 알 수 없었지만 J와 거의 매일 만나면서부터 그 뜻을 차츰 느낄 수 있었다.

그래, 우리 사이에 특별한 색깔은 없다. 피부색이 달라도 우리의 어색한 관계는 변하지 않을 것이다. J가 경찰관 앞에서 다정한 표정을 지으며 내 팔짱을 껴도 특별한 색깔은 생길 수 없을 것이다. J는 서로 사랑하면 색깔이 생긴다고 말했다.

—언젠가 키가 크고 기타를 아주 잘 치는 남자를 본 적 있어. 그 남자와 사귀면 어쩐지 주황색 사랑을 할 것 같았어.

주황색이라. 정말이지 좋은 색이다. 기타를 잘 치게 되면 나에게서도 주황색을 볼 수 있을까? 기타는 그렇다 하더라도 한국인 평균보다도 조금 작은 내 키는 어쩔 것인가.

나는 알고 있다. J에게 필요한 것은 내가 아니라 나의 외모다. 카메라를 들고 어슬렁거려도 불심검문을 한 번도 받지 않을 권리. J가 금지곡 테이프나 미군 부대에서 흘러나온 물건들을 소장하고 다녀도 나와 팔짱만 끼면 무사통과라는 것을 나나 J 모두 잘 알고 있다. J의 말처럼, 정말 우리 사이에는 특별한 색깔 같은 것은 없을 것이다.

―원어민 영어 강사라면 믿어줄까?

내 말에 J는 웃었다.

대학로에 있는 음악다방 '정인'부터 명동에 있는 '제임스'와 '시인', 그리고 남대문시장 가는 길에 있는 '파도'와 '갈채'까지, 왕복 10.5킬로미터. 금지곡 엘피판이나 테이프를 들고 오가는 길. 같은 냄새를 맡고 같은 거리를 보며 같은 이정표를 따라 오가는 길. 아무런 색깔도 없는.

가끔은 귀찮은 일이 생기기도 한다. 이를테면 금발에 파란 눈을 가진 진짜 외국인을 만날 때가 그렇다. 그들은 나를 보면 가까이 와서 무언가를 끊임없이 말한다. 그러나 나는 대답을 해줄 수도, 알아들을 수도 없다. 내가 알아듣는 유일한 영어는, 'mother fuck' 뿐이다.

세상엔 가능한 일보다 불가능한 일이 더 많다. 노래로 세상을 바꾼다는 것 자체가 그렇다. 세상이 그렇게 쉽게 바뀔 수 있다니. 좋은 노래 한 곡을 단 한 사람에게 이해시키는 것조차 힘들다. 그러나 J는 가능하다고 믿는다. J가 그렇게 믿기 때문에 나 또한 그럴 것이라고 믿으려 할 뿐이다.

카페 제임스의 사장은 화교다. 본토가 아닌 대만인인데, 이름은 희원이다. 아홉 남매 중에 다섯째라고 했는데, 번식력이 뛰어난 부모임에 틀림없다. 1962년, 박정희는 통화개혁을 단행했고 그로 인해 희원의 부모는 전 재산을 날렸다. 그때부터 시작된 화교에 대한 탄압은 1976년에 이르러 극에 달했다. 화교들은 교육권과 재산권을 박탈당했다. 희원의 부모는 동남아로 떠날 수밖에 없었다. 희원이 함께 떠나지 않은 이유는 더 이상 받아야 할 교육도, 지킬 재산도 없기 때문이라고 했다. 그러나 나는 다르게 생각한다. 그가 떠나지 않은 이유는 신중현이나 한대수, 그리고 김민기의 음악 때문일 것이고—그는 언젠가 이런 말도 했다. 1970년대 한국에 있는 것이 아니라 리버풀 따위에서 태어났더라면 그들은 전 세계에서 음악의 신으로 추앙받았을 것이야, 라고—거기에 한 명을 더 보태자면 제임스 때문일 것이다. 일본계 미군이자 그의 동성애 파트너인 제임스. 엄지로 베이스 기타의 첫 줄을 뜯어대는 섬 슬랩(thumb slap)과 검지로 줄을 뜯어 연주하는 플럭(Pluck) 주법을 내게 처음으로 가르쳐준 사람.

카페 이름이 제임스인 이유는 희원이 미군 제임스로부터 모든 물자들을 공급받기 때문이다. 최신 포크 음악을 접하는 것도, 히피

문화의 흐름을 전해 듣는 것도, 희귀 음반을 구하는 것도 모두 제임스 덕분이다. 제임스는 외조모가 일본인인 미국인이었다. 제임스가 오키나와 기지로 전근한다면 희원도 함께 한국을 떠날 테지만 장기 근무 중인 제임스는 그럴 리 없다. 제임스가 한국에 장기 근무를 신청한 것은 베트남으로 가지 않기 위함이었다. 그러니까 맥아더 기념 공원처럼 카페 제임스는 희원에게 일종의 헌정기념관인 셈이다.

—베트남전 따위, 엿이나 먹으라지.

베트남전 이야기만 나오면 제임스는 흥분했다. 제임스는 한국으로 오기 전에 전사통지서를 나눠주는 일을 했다. 애리조나였다. 애리조나에선 햇빛이 느린 파도 같다고 했다.

—햇빛 하난 끝내주지.

강렬한 햇빛에 조금만 서 있어도 탈색된 느낌을 받는다고 했다.

—사막은 소리도 없이 출렁이고 말이야.

제임스가 애리조나의 한낮의 더위를 견디며 전사통지서를 전달하기 위해 매케인 씨 집에 갔을 때였다. 당시엔 군인이 현관문에 노크를 하는 순간 모두 절망의 얼굴로 맞이했다고 한다. 매케인 씨도 마찬가지였다. 몸과 말은 떨리고 있었지만 생각만은 흔들리지 않게 움켜쥐려는 모습이었다고 한다.

—이보게, 자네 이름이 뭐라고 했나.

—네, 제임스입니다.

—그래, 제임스. 레모네이드라도 한잔할 텐가?

—아니요. 괜찮습니다.

아들을 잃은 매케인은 커튼 사이로 들어오는 햇빛을 맞으며 애써 창밖을 보려고 했다.

—나 또한 2차 세계대전에 참전했었지. 유럽이었어. 내가 제일 그리웠던 게 뭔지 아나?

제임스는 차라리 레모네이드를 한잔 마시겠다고 말할 걸 하고 후회하고 있었다. 입안이 너무도 말라 마른침조차 삼킬 수 없어서였다.

—젊었을 때 제일 싫었던 게 애리조나의 뜨거운 햇빛이었어. 난 늘 벗어나고 싶었지. 목장의 냄새만 맡아도 구역질이 났다네. 오토바이를 타고 목장에 있는 말뚝을 모조리 박살 내고 싶었어. 죽을 때까지 소똥에서 벗어날 수 없을 것 같았거든.

매케인은 잠시 말을 멈추고는 거실에 붙어 있는 사진을 보았다.

—아내가 살아 있었다면…… 아주 차가운 레모네이드를 대접했을 텐데. 그녀는 치킨 요리를 근사하게 만들곤 했지.

매케인은 사진 속의 여자를 가리켰다.

—미인이시군요.

제임스가 말하자 매케인은 고개를 끄덕였다.

—자네는 동양인 혼혈이군, 그렇지?

—네.

—언젠가 아들이 아시아에 대해 말하던 게 기억나는군. 부처…… 또 뭐가 있더라.

제임스는 일어나야만 했다. 제임스의 손에는 아직 전하지 못한 열아홉 장의 통지서가 더 있었다.

―딸아이는 결혼을 해 시애틀에서 아주 잘 살고 있어. 시애틀에 가보고 싶지만 너무 먼 곳이야. 유럽까지 다녀왔는데도 말이야.

제임스가 매케인과 눈을 마주치기 싫어하는 것만큼이나 매케인은 횡설수설했다. 제임스가 인사를 하고 일어나려 하지 매케인은 악수를 청하면서 다시 말을 이었다.

―부대원을 잃고 융프라우 어딘가에서 헤맸었지. 추위도 배고픔도 두렵지 않았어. 죽을지 모른다는 두려움도 없었다네. 가장 두려웠던 것은 나 혼자 있다는 외로움이었어. 음…… 그래, 외로움.

시간은 애리조나의 태양만큼이나 느리게 흘렀다. 제임스는 갈증과 더위에 더 이상 견딜 수 없었다. 그는 서둘러 일어났다. 그러고는 고개를 숙여 경의를 표했다.

―잘 가게, 동양인 친구. 이렇게 더운 한여름 낮에는 애리조나를 돌아다니지 말게.

돌아다니지 말라니, 서류 가방 안에는 열아홉 장의 전사통지서가 남아 있는데. 제임스는 물끄러미 바닥만 보았다. 매케인이 눈치를 챘는지 일어나며 제임스를 배웅해주었다.

제임스는 군용차량에 타기 전에 흔들의자에 앉아 노을을 응시하는 매케인을 한동안 바라보았다.

제임스가 포크 음악에 빠진 것은 전사통지서 때문이었다. 전사통지서를 돌린 구역의 거리를 합치면 1000마일이 넘는다고 했다. 그동안 그는 오백 곡이 넘는 포크를 들었다.

―나중엔 애리조나 사막만큼이나 포크가 건조해지더군. 너무도

바삭해서 스피커 밖으로 나오자마자 부서질 지경이었어.

전사통지서를 모두 돌리고 그는 제 방 침대에 쓰러졌다. 애리조나 사막은 융프라우나 몽블랑 같은 유럽의 어느 설산처럼 느껴졌고, 뜨거운 햇살은 거친 눈보라처럼 보였다. 그는 사흘 동안 혼절해 있었다. 온몸에 추위가 달라붙었고 그는 섭씨 40도가 넘는 사막에서 영하를 느꼈다.

사흘 후 제 방 침대에서 깨어났을 때 그는 모든 게 꿈처럼 느껴졌다고 한다. 오백 곡이 넘던 포크 음악도 모두 사라졌는데 기억나는 노래는 단 한 곡도 없었다. 어떤 이유로 돌연 사라졌는지, 또 어디로 사라졌는지 알 수 없었다. 한낮의 태양처럼 한동안 머리 위를 뒤덮고 있다가 그냥 지평선 밖으로 사라졌다는 것이다. 심지어 전사통지서의 양식조차 생각나지 않았다.

백인들 가운데서 제임스는 지독한 외로움을 느꼈다. 그러나 군대를 그만둘 순 없었다. 일본계 미국인이 미국인으로 인정받을 수 있는 길은 오직 군 생활뿐이었다. 제임스에게 일본은 우주의 먼 행성 같았다. 스시조차 먹어본 적이 없었다. 피부색만 동양인이었다.

제임스는 일본으로 근무지를 신청했지만 일본의 학생운동 때문에 주둔 미군조차 내부에서 철수가 검토되고 있었다. 그가 처음으로 일본에 주둔 신청을 낸 해는 1969년이었고, 그해는 도쿄대학 야스다 강당 점거 사건이 일어난 해였다. 제임스는 어쩔 수 없이 일본과 지리적으로 가장 가까운 한국을 택했다.

일본계 미군 제임스, 대만 화교 희원, 영어를 한마디도 하지 못하는 파란 눈의 금발인 나. 우리는 자주 어울려 술을 마셨다. 빠지지 않는 담배 연기 때문에 숨을 깊이 들이마시면 마치 피라도 쏟아질 것 같은 지하의 어두운 카페에서.

—우리는 왜 서울에 있는 거지?

그 말에 대답하는 사람은 아무도 없었다. 우린 왜 고향에서 몇천 킬로미터 떨어진 곳에서 술이나 마시고 있는 걸까. 어쩌자고.

—그건 말이야, 너희가 허약하기 때문이지. 중심에 비해서.

J는 언제나 당당하게 말했고 그 당돌함에서 빛이 났다. 좋은 냄새도 나고.

—중심이란 말처럼 중심 없는 말은 없을 거야. 그곳이 중심이라고 말한다면 우리는 이곳을 중심이라고 말하면 되는 거야. 너흰 그 사실을 알아야 해.

낙오자들이나 어울리는 이곳에 있는 이유? 나로 말하자면, 어쩌면 J 때문인지도 모른다. 나뿐만 아니라 모두 J를 좋아했다. J는 기분이 좋으면 우리에게 가벼운 뽀뽀를 해주었다. 그건 정말이지 근사한 일이었다.

—우리는 언제 죽을지 몰라. 이런 시대엔 사랑을 미리 고백하는 법이지.

아무 일 아니라는 듯 말하는 J에게 내 마음을 말할 수 있을까. 알 수 없는 일이다.

—난 언젠가 방화범이 되고 말 것 같아.

J는 그렇게 말하곤 했다. 자신의 몸 안엔 너무도 뜨거운 기운이

많아, 발산하지 못하면 손끝에서 1000도가 넘는 화염이 나와 모든 걸 불태울지도 모른다는 것이었다.

—그런 건 놀랍지 않아.

희원이 말했다.

—어제 모처럼 제임스와 극장엘 갔어. 브루스 리가 나오는 영화를 보러 갔는데, 영화 시작 전에 애국가가 나오면서 모두 일어나 경건하게 서더군. 제임스와 난 외국인이지만 일어설 수밖에 없었어. 맞아 죽기 싫었거든.

제임스가 고개를 끄덕였다. 희원의 말이 맞다. 우리를 놀라게 하는 것은 기이한 사건이 아니라 오히려 매일같이 일어나는 일이다. 기사가 없는 백지 신문도 놀랍지 않다. 누군가가 끌려가고, 농성을 하고, 기상이변이 덮쳐 5월에 눈이 내린다 하더라도 더 이상 놀랍지 않다. 어릴 땐 모든 게 수수께끼였다. 하다못해 아이스크림을 파는 아저씨가 왜 자신은 아이스크림을 먹지 않는지조차 궁금했다. 수수께끼가 모두 풀린 지금은 미스터리만 남았다. 무엇인가 잘못되었다는 사실은 알지만 무엇이 잘못되었는지 찾을 순 없다. 우리를 놀라게 하는 것은 기사 없는 신문이나 J에게 초능력이 있을지도 모른다는 게 아니다. 오히려 매일같이 일어나는 일이며, 그것이 당연한 일처럼 지속되고 있다는 것이다.

—그깟 극장에 불이나 지르지 그랬어.

J가 맥주를 마시며 말했다.

지독히도 술을 많이 마셨다. 숙취에서 깨면 절망이었지만 취하면 모든 게 아름다웠고 희망이 넘쳐났다. 술잔 속에선 오직 평화, 평화…… 평화만 넘쳐흘렀다. 매일 밤 달이 뜨는 것처럼 우리는 자연스레 카페 제임스에 모였다.

J가 없었더라면 뭐랄까, 내 삶은 진짜처럼 느껴지지 않았을 것이다. 금발에 파란 눈동자의 내가 한국의 어두운 지하 카페에서 떠돌고 있다는 사실을 나는 마치 백일몽처럼 받아들였을지 모른다. 꿈에서 깨면 현문교가 보이는 샌프란시스코의 어느 2층집 침대 위에 있을 것만 같은. 그러나 J와 있으면 무엇이 꿈이고 무엇이 현실인지 명확해진다. J가 있으면 모든 게 현실이 된다. 전장에 홀로 떨어진 병사 같은 외로움을 느끼다가도 반드시 살아야 한다는 의지 같은 게 마음 한구석에 오롯이 생기는 것이다.

카페 제임스에는 J 말고는 손님도 거의 없었다. 아홉 개의 테이블 중 운 좋은 날엔 한두 개의 테이블에만 손님이 있었다. 누군가가 보았더라면 패배자들의 모임이라고 했을 것이다.

출근하고, 밥 먹고, 텔레비전 보고, 현실이란 게 참으로 얼마나 단순한 일인가. 문을 여닫을 줄 알면 되는 정도다. 그러나 세상은 그러한 단순함에 목숨을 건다. 목숨 걸어 얻을 결과라고는 일요일 하루의 휴식뿐이다.

결혼행진곡 대신에 금지곡을 연주하며, 미니스커트를 입은 J와 결혼식장에 들어갈 수 있을까. 그래서 월급날 무교동에서 함께 소주 한잔을 마시고 제임스에서 맥주를 마시는 그런 단순함을 나는 가질 수 있을까. 알 수 없는 일이다.

— 이봐, 이언.

제임스가 내 어깨를 쳤다.

—언젠가 내가 너를 미국으로 보내줄 테니 아무 걱정하지 마.

희원이 엄지손가락을 들었고 J가 웃었다.

하루는 통기타를 들고 J가 자작곡을 불렀다. 손님이라곤 제일 안쪽 구석의 청년뿐이라 희원은 말리지 않았다. 새벽녘 조용히 떨어지는 빗소리 같은 기타 소리가 났다.

아내가 바람이 났어요. 하늘색 원피스를 즐겨 입고 구름을 좋아하던 아내가 말예요. 열불났지만 어쩔 수가 없어요. 상대는 슈퍼맨. 그 누가 있어 상대할 수 있겠어요. 그냥 악수만 하고 함께 사진도 찍었어요. 그래요 영광이죠. 아내가 바람이 났어요. 저녁노을을 좋아하며 맥주 한 잔에 얼굴 빨개지던 그녀가.

뭐 그런 가사였다. 기타 리프가 약하고 코드 처리가 엉성했지만 어쨌거나 가사만큼이나 음색은 독특했다. 내가 의견을 내놓자 J는 코웃음을 쳤다. 그때 구석에 앉아 있던 청년이 다가와서 자신이 기타 반주를 해도 되는지 물었다. 희원이 무슨 상관이냐는 듯 어깨를 으쓱였다. J의 연주 실력이 〈월하의 공동묘지〉를 보는 것 같았다면 청년의 기타 연주는 '천국에서의 느긋한 한나절'을 보는 것 같았다. 코미디 같던 노랫말은 흥겨운 풍자로 들렸고, 중간중간 삽입된 즉흥연주는 유타 주의 어느 골목길을 걷고 있는 것 같은 착각을 불러일으켰다.

—브라보, 브라보. 원더풀, 원더풀.

연주가 끝나자 제임스가 비틀거리며 일어나 박수를 쳤다. 무뚝뚝하기가 단단한 소나무 같던 희원도 쇠뭉치로 한 대 맞은 것 같은 흥분을 감추지 못했다. 청년은 대학에 다니다 지금은 휴학 중이라고 했고 이름은 민이라고 했다. 민은 그날부터 카페 제임스에서 파트타임으로 공연을 했다. 입소문이 난 탓인지 민이 공연을 한 이후로 손님이 조금씩 늘기 시작하더니 한 달이 지나자 아홉 개의 테이블에는 빈자리가 없었다. 입구에 서서 맥주를 든 채 공연을 구경하는 사람들까지 생겼다. 그러나 어쩐 일인지 빈자리가 줄어들수록 나는 점점 우울해졌다. 아내가 바람이 났어요, 어쩔 수 없어요, 상대는 슈퍼맨. 노래 가사가 머릿속을 떠나지 않았다. 민과 J는 가끔씩 함께 공연을 했고 나는 그때마다 그 둘의 공연에서 주황색이 번지고 있음을 느꼈다.

—우리는 더러운 일을 하는 좋은 사람들입니다.

민은 항상 공연을 비슷한 멘트로 시작했다. 다른 음악다방과 차이가 있다면 민의 공연은 한 편의 모노드라마를 보는 것 같다는 점이었다. 공연 중간에 시위 현장이나 대학가의 인터뷰, 그리고 대한 뉴스 등을 섞은 녹음테이프도 켰는데, 그 모든 기획은 민과 J가 했고 시위 현장의 자료는 주로 내가 준비해주었다.

오늘의 대-한 뉴-우-스. 제1105호. 박정희 대통령은 제7회 한국 전자 전람회에 박근혜 양과 함께 백팔십이 개 업체 출품 전자제품 전시장을 시찰하셨습니다. 박정희 대통령은 금전등록기에 관심을 표출하시면서 다음과 같이 말씀하셨습니다. 우리나라는 1인 독재로 민주주의와 삼권분립제도가 말살됐다. 이에 우리는 민주구국선언을 통해…….

민은 30분짜리 녹음테이프에 대한 뉴스와 재야인사들의 선언문 등을 믹싱해서 공연 중간에 켰다. 공연 도중에 불쾌한 표정으로 자리를 떠나는 사람들도 없지 않았다.

—절이 더러워서 싫으면 중이 떠나야죠. 그래서 제가 공연 시작하면서 말씀드렸지 않습니까. 우리는 더러운 일을 하는 좋은 사람들입니다, 라고. 자, 노래 한 곡 나갑니다. 드럼.

J가 어느새 베이스 기타를 맡았고 간단한 드럼은 제임스가 해주었다. 팬도 당연히 생겼다. 그중에 거의 매일 찾아오는 여대생이 있었는데 그 여대생은 민과 같은 대학에 다닌다고 했다. 그래서 공연이 끝난 뒤 내가 민에게 소개를 시켜주었다.

—무슨 과를 다니다가 휴학하셨어요?

—법…… 대…….

—어머, 저도 그런데. 몇 학번이에요?

—잘 모를 거예요. 한 한기도 다니지 않고 휴학을 해서.

민은 음악과 정치 외에 학교나 가족 이야기는 잘 하지 않았다.

공연이 끝나면 민은 사람들과 어울려 정치 이야기를 하며 함께 술을 마셨다. 통행금지 시간이 되면 우리는 문을 걸어 잠그고 밤새 술을 마셨다.

—민주주의의 반대말이 뭔지 알아?

민이 내게 물었다.

—글쎄요, 공산주의?

—바보. 공산주의는 자본주의의 반대말이지. 이 세상에 반대말이 없는 유일한 말이 바로 민주주의야. 미국도 민주주의, 중국도 민주주의, 박정희도 민주주의, 김일성도 민주주의.

—그렇군요. 그러니까, 그 말은 중심이라는 말과 같다는 거네요.

—중심? 그건 또 무슨 말이야?

—됐어요. 우리 술이나 마셔요.

J가 말했다.

통행금지가 풀리면 제임스는 부대로, 희원은 집으로, 그리고 민과 J는 작업을 핑계로 빠져나갔고 나는 의자를 붙이고 잠을 잤다. 그들이 빠져나간 지하는 어둠 그 자체였다. 늘 피곤했지만 어쩐 일인지 잠은 잘 오지 않았다. 아버지나 어머니의 얼굴을 떠올리려 했지만 전혀 떠오르지 않았다. 대신 나를 키운 부산의 할아버지 얼굴만 떠올랐다. 외롭다는 생각을 가끔 했지만 무엇 때문에 외로운지 알 수 없었다.

흥겨우면서도 약간은 우울한, 기분 좋으면서도 조금은 불안한 그런 몇 개월이었다. 하지만 지금 생각해보면 그때만큼 내 생애에서 행복한 시절은 없었던 것 같다. J가 웃고 있고 노래를 들을 수 있으며 맥주를 마실 수 있다는 것이.

—미래는 괜찮겠지. 이렇게 많은 사람들이 찾아와서 우리의 노래를 들으며 몰랐던 진실을 하나씩 알아가고 있으니까 말이야. 내

일은 보다 좋아질 거야.

J가 말했고, 모두가 고개를 끄덕였다. 눈을 감자 근사한 가을 하늘이 보였다.

2.

억제는 고독한 것이다. 무슨 뜻인지 잘 알 수 없지만 내 머릿속에선 지금까지 그때의 그 문장이 떠나질 않는다.

그해 연말을 앞두고 큰 눈이 내렸다. 그리고 큰 눈이 오기 사흘 전, 미군과 화교 일당이 낀 간첩단 사건이 터졌다. 신문에 제임스와 희원이 크게 나왔다. 제임스는 얼굴이 그대로였지만 희원의 사진은 조금 야위어 보였다. 희원과 제임스는 북한 공작원에게 포섭당해 희원은 중국을, 제임스는 일본을 경유하여 자금을 받아 활동했다는 것이었다. 말도 안 되는 이야기지만 대다수의 사람들은 말도 안 되는 이야기를 진실로 받아들인다. 언제는 말이 되어서 2천 년 동안 왕을 절대 진리로 생각한 것이고 또 지구가 우주의 중심이라는 것을 천 년 이상 믿어온 것인가.

제일 먼저 실종된 사람은 민이었다. 걱정은 되었지만 설마 무슨 일이 있을까 했다. 며칠이 지나도 연락이 닿지 않았다. 영장이 없어도 구금할 수 있는 때였으므로 우린 초조했다. 그중에서도 J의 불안증은 점점 심해졌다. 손님들이 들어와도 J는 화장실이나 카페

밖으로 나가 한동안 숨어 있었다.

—나를 미행하는 것 같아.

희원과 제임스는 웃었지만 J는 술병을 집어던지며 화를 냈다. 나는 J를 진정시키기 위해 밖으로 데리고 나가서 J의 집까지 함께 걸었다.

—명동을 벗어나도 냄새는 똑같은 것 같지 않아?

내가 말을 붙여도 J는 주변만 살피다가 건성으로 대답했다. J가 살고 있는 자취방 앞에서 헤어졌다. 헤어지기 전에 J는 나에게 민이 남산으로 끌려간 것이 분명하다고 중얼거렸다.

—괜찮을 거야. 만약 누군가가 와서 너를 잡아가려 하면 네 손가락에서 나오는 불길로 그놈들을 모두 태워버려. 알지? 당당함이 없으니 너 같지 않아.

J는 고개를 끄덕였다.

나는 늘 J의 방이 궁금했다. 그릇이나 책상은 어떤지, 칫솔과 비누는 무엇인지, 무슨 책을 읽고 어떤 베개가 있는지, 그런 사소한 것들이. 나는 밖에서 한동안 서성이다가 카페로 돌아갔다. 멀리 남산이 보였고, 큰길로 나오자 크리스마스가 다가와서인지 캐럴과 함께 많은 사람들로 붐볐다. 그것이 J를 본 마지막이었다.

대학로부터 명동까지 10.5킬로미터를 혼자 다녔다. 늘 같은 냄새가 났고 그때마다 나는 그 냄새를 혼자 맡았다. 다만 바뀐 것은 금지곡이 든 레코드판이나 밀수품을 든 것이 아니라 빈손이라는 점이었다. 어느 골목에선가 숨죽이고 있던 J가 나타날 것 같았지만 J의 행방은 아무도 몰랐다. J를 단 한 번만이라도 볼 수 있다면 하루 종일이라도 걸을 수 있을 것 같았다. 그러나 거리와 골목 그 어디에도 J는 없었다.

희원과 제임스의 면회를 가려 했지만 면회는 금지되어 있었다. 면회 신청을 하려 했다는 이유로 나 또한 여러 차례 조사를 받았다. 나는 경찰관에게 카페 제임스의 열쇠 꾸러미를 보여주면서 말했다.

—가게를 어떻게 해야 할지 몰라서.

—그럼 이렇게 하지. 당분간 카페 영업을 해. 그러면 접선하기 위해 간첩이 다시 올지도 몰라.

경찰관의 말에 고개를 끄덕였지만 말도 안 되는 소리였다. 설령 희원과 제임스가 간첩이었다 하더라도 신문에 그렇게 크게 났는데 북한 공작원이 다시 찾아올 리 없었다. 하지만 나는 아무 말도 하지 않았다. 다만 겨울을 보낼 곳만 있다면, 그래서 연락이 끊긴 J가 찾아올 수만 있다면 그것으로 만족할 수 있었다.

아무도 찾아오지 않는 며칠 동안은 무서웠다. 억제는 고독한 것이다. 길거리로 나가 아무나 붙잡고 뭔가 이야기를 하고 싶었지만 나는 그러지 않았다. 도대체 어떻게 하루아침에 이런 일이 벌어질 수 있는지, 마치 백일몽 같았다. 언젠가 제임스가 말해준 매케인의 경우처럼 유럽의 어느 설산에서 외로움에 벌벌 떨고 있는 것만 같았다. 용기를 내 뛰쳐나가고 싶었지만 나는 속으로, 속으로 누르기만 했다. 바닥에 뒹굴고 있는 기타를 잡고 J가 걸어와 금방이라도 엉성한 노래를 부를 것 같았지만 보이는 건 희미한 적막뿐이었다.

눈은 쉬지 않고 내렸다. 이틀 동안 손님은 단 한 명도 없었다. 통행금지 시간이 다가와서 가게 문을 닫으려 할 때였다. 어깨와 머리 위에 한가득 눈을 인 채로 민이 비틀거리며 들어왔다. 민은 형편없이 취해 있었다. 그가 비틀거릴 때마다 눈이 뚝뚝 떨어졌다.

—없어진 줄 알았는데. 아, 아. 모든 게 사라진 줄 알았는데.

민이 말했다.

—이언, 술 한잔 줘. 아주 독한 걸로.

나는 말없이 술을 따랐지만 내 손은 지독히도 떨리고 있었다.

—모든 게 그대로야.

민이 말하면서 주위를 둘러보았다.

—아니야. 여긴 더 이상 J도 제임스도 희원도 없어.

—그래, 그렇군.

—개자식.

내가 짧게 욕을 하자 민은 웃었다.

—어떻게 너만 돌아다닐 수 있는 거지?

—내가 한 게 아니야. 모두 그 사람들이 시킨 거야. 그 자식들이 얼마나 무서운 놈들인데. 걸리면 죽어. 쥐도 새도 모르게.

민은 울다가 횡설수설하다가 잠깐 졸다가 다시 깨서 술을 찾았다. 술을 마시지 않았는데도 나는 약간의 현기증이 일었고 코끝이 얼얼했다. 콧속에서 개미 한 마리가 헤집고 돌아다니는 것처럼 신경이 예민해졌다.

—이언, 넌 견딜 수 있을 것 같아? 걸리면 죽어. 죽는다고.

견딜 수 있느냐고? 물론…… 자신 없다. 우린 모두 허약한 겁쟁이들이다. 우린 전사가 아니다. 우린 지하에 숨어서 노래나 하며 낄낄거리는, 제초제가 뿌려져도 도망조차 갈 수 없는, 그저 풀이다. 작은 이슬에 감사하며 자잘한 바람에도 뿌리가 날아갈까 봐 겁을 내는 나는…….

—J는?

— 으응? 그래, J……. 우리에겐 J가 있었지. 난 결국 더러운 일을 한 더러운 놈이야.

—J는 어디 있느냐니까.

—J? 그래도 난 J만은…….

민은 다시 울기 시작했다. 그는 흐느끼면서 종이에 주소를 적어 주었다. 주소를 보니 카페에서 뛰어가면 10여 분이면 갈 수 있는 가까운 곳이었다. 이렇게 가까운 곳에 J가 있었다니. 그것도 모르고 그렇게 찾아다녔다니.

나는 민에게 위스키 한 병을 건네고 카페 제임스를 나왔다. 발목까지 눈에 잠겼고 한밤중이었지만 세상은 온통 하얗게 빛나고 있었다. 쌓인 눈 위로 다시 두꺼운 눈이 쌓여 있어 마치 단층 지대를 지나는 것 같았다.

아버지 이름은 클리프 영. 어머니 이름은 캐서린 앤 해쳐 영. 아버지는 1923년 워싱턴 주 시애틀에서 감리교 목사의 아들로 태어났다. 내 이름은 용이언. 생후 십 개월 때 부모를 따라 한국에 왔으며, 파란 눈에 금발인 나는…… 영어를 하지 못하는 미국인이다.

아버지는 군목으로 6 · 25 전쟁에 참여했다. 경북 왜관에서 있었던 다부동 전투 때 실종되었으며, 어머니는 부산으로 가는 피난길에 실종되었다. 내가 두 살 때의 일이다.

내가 잊지 않으려 하루에 한 번씩 되새기는 이유는 다가올 미래 때문이다. 나는 믿는다. J가 믿은 것처럼 나 역시 믿는다. 미래에는 아픔과 상처를 딛고, 그러한 과거를 두 번 다시 반복하지 않으리라는 것을. 간절하게 믿는다, 나는.

주소지에 다다랐을 때 뒤덮인 눈 사이로 비죽이 나와 있는 작은 나뭇가지들이 보였다. 현관 앞에서 잠시 서성이다 문을 두드렸다. 작은 창으로 희미한 불빛이 새어 나오고 있었지만 아무런 대답도 없었다. 나는 다시 문을 두드리고 손잡이를 돌려보았다. 그러자 누군가가 문 안에서 작은 소리를 냈다.

—누구세요.

흐릿한 목소리였지만 J가 분명했다.

—나야, 이언.

문을 사이에 두고 한동안 침묵이 흘렀다. 어디선가 바람이 불어와 나뭇가지 위에 있던 눈덩이가 떨어졌다.

—돌아가. 아무도 보고 싶지 않아.

나는 말없이 나무 문을 손가락 끝으로 두드렸다. 몇 센티미터도 되지 않을 나무 문의 안쪽이 마치 10000킬로미터 이상 떨어져 있는 보스턴처럼 느껴졌다.

—제발.

제발이라고 말했지만 그다음 말은 생각나지 않았다. 부디 문을 열어줘, 한 번만 얼굴을 보여줘, 돌아가란 말은 더 이상 하지 말아줘. 여러 문장들이 회오리바람처럼 머릿속을 돌아다녔다.

—제발.

나는 한 번 더 조용하지만 절실하게 말했다. 문 안에선 여전히 침묵뿐이었다. J의 방을 제외하곤 단 한 곳도 불 켜진 곳이 없었다. 억제된 불빛. 억제된 골목. 억제된 거리. 오직 켜켜이 쌓여 있는 눈만이 말없이 우릴 지켜보고 있었다.

—돌아가줘. 난 너무 더러워졌어.

J의 작은 목소리가 깨진 유리 조각 위에 서 있는 사람처럼 떨리고 있었다. 나는 나무 문에 대고 조용히 말했다.

—내가 왜 여기 한국 땅에 있는지 몰라. 어쩌다 보니 있는 거야. 고장 난 기차 안에 갇혀 있는 것처럼. 하지만 후회하진 않아. 왜냐하면 덕분에 많은 생각을 하게 되었으니까 말이야. 선로 위에 있는 사소함 때문에 기차가 멈출 수도 있구나. 작은 실수로 경로를 벗어날 수도 있구나. 더러움도 우리의 일부일 뿐이야. 숨을 멈출 수 있는 것은 아주 잠시뿐이야.

—그만해.

J가 내 말을 끊고 말했다.

—그래, 네 말처럼 숨을 멈출 수 있는 건 아주 잠시뿐이야.

J가 차분하게 말을 이었다.

—시간이 지나면…… 내일은 모든 게 괜찮아질 거야. 흉터도 아물기 마련이잖아. 며칠 지나면 상처 따윈 잊힐 거야.

작은 발소리가 나더니 J의 방에서 비치던 불빛이 사라졌다. 나는 손을 뻗어 사라진 불빛을 잡으려 했다.

그래. 나는 언제나 J를 믿는다. J의 말처럼 상처 따윈 며칠 지나면 잊힐 것이다. 우리가 상처를 기억하는 한 미래는 밝을 것이다. 상처가 반복되는 일 따윈 없을 것이다. 나는 보스턴보다 더 까마득하게 느껴지는 나무 문을 손으로 쓰다듬으며 며칠 후에 다시 오겠다는 말을 했다. 그러고는 불빛이라곤 없는 골목을 빠져나와 눈길을 걸었고 통행금지에 걸려 가까운 경찰서에서 하룻밤을 지냈다.

그것이 마지막이었다. 며칠이 지난 뒤 다시 찾아갔을 때 J는 없었다. 내가 문을 두드렸을 때 문을 열고 나온 사람은 홀아비 같은 아저씨였다. 그는 나를 멀뚱멀뚱 바라볼 뿐이었다.

1977년, 이정선, 이주호, 김영미, 한영애가 참여한 해바라기 1집이 발표되었다. 그해 나는 카페 제임스 밖으로 잘 나가지 않았다. 명동이나 남대문이 어떻게 바뀌었는지, 또 어떤 냄새가 날지 궁금하지도 않았다. 대신 〈지금은 헤어져도〉를 자주 들었다. 내 몸은 사막처럼 뜨거웠다가 설산의 한파를 만난 것처럼 순식간에 추위를 느끼기도 했다. 지독한 외로움이 달라붙었지만 만질 수도 끄집어낼 수도 없었다. 카페 제임스는 유럽의 어느 설산이 되었다가 순식간에 애리조나의 뜨거운 사막으로 변하기도 했다. 사막은 소리도 없이 출렁이고 말이야. 어디선가 제임스의 목소리가 들려오는 것만 같았다.

손님은 예전처럼 한두 테이블만 찰 정도였다. 희원과 제임스의 면회는 끝까지 이루어지지 않았다. 감옥에 있을 거라는 추측만 할 뿐 어디에 있는지조차 알 수 없었다. 재판이 있었다는 사실도 한참 뒤에 들었다. 그해와 그다음 해, 그리고 다음다음 해까지 기다렸지만 J는 나타나지 않았다.

영어를 혼자 공부했다. 덕분에 아주 조금 늘었다. 미국으로 갈 수 있다는 이야기를 전해 들었기 때문이었다. 유학생 중 한 명이 시애틀에서 나의 출생증명서를 확인해주었다고 했다. 그러나 돌아가는 길은 쉽지 않았다. 미국에 있는 친척이 나를 초청해야 하는데 어떤 이유에서인지는 몰라도 초청은 이루어지지 않았다. 나는 그들이 별로 궁금하지 않았다. 아마 미국에 있는 친척들도 마찬가지였을 것이다. 금발에 파란 눈인 나는 난민일 뿐이었으니까.

그리움은 사람을 왜소하게 만든다. 외로움은 마치 어머니의 품처럼 익숙했다. 1980년에 대대적인 정비 사업으로 카페 제임스는 국가에 귀속되었고, 나는 남대문시장에서 일을 구해 진짜 미국인을 상대로 삐끼를 했다.

—Where are you from?

그들이 물으면 나는 시애틀이라고 말했다. 일을 마치고 혼자 방 안에 있으면 아주 가끔 꿈에서 J와 희원과 제임스를 만나곤 했다. 모든 꿈이 그런 것처럼 슬프지도 기쁘지도 않은 그런 꿈이었다. 꿈에서 깨면 J를 떠올리며 기계적으로 자위를 했다. 손바닥을 적신 정액은 눈물보다도 흐렸다.

가끔 일 때문에 명동과 대학로를 걸으며 건물이나 가게가 많이 바뀌었음을 알았지만 냄새는 여전했다. 공기는 여전히 희미했고, 대를 이은 비둘기들만이 어기적거리며 걸어 다녔다. 남산이 보였지만 나는 애써 남산을 보지 않으려 했다.

그러고는 어떻게 살았을까. 제임스가 전사통지서를 모두 돌리고 나서 끝없이 들었던 포크 음악이 사라진 것처럼, 머리 위에 있던 한낮의 태양이 그냥 지평선 밖으로 사라진 것 같은데 벌써 쉰이다. 느린 파도 위를 잠시 떠다닌 것 같은데.

지금 나는 공항이다. 공항에서 J에게 남기는 편지를 쓰고 있다. 쉰이 넘어 고향을 보게 되었다고. 지금 내 손엔 작은 항아리가 있다. 그리고 그 안엔 제임스의 유골이 담겨 있다. 한 달 전쯤 미군을 통해 한 한국인이 나에게 와서 제임스의 유골을 전해주었다. 나에게 유골을 전해준 젊은이는 전사통지서를 돌리던 제임스를 떠올리게 했다. 나는 그 젊은이에게 예전에 찍은 제임스의 사진을 보여주었다.

—누구지요?

—당신이 전해준 항아리에 든 사람입니다.

—잘생겼군요. 한국인이었나요?

—아니요. 이야기하자면 길어요. 언젠가 제임스가 미국에 대해 말한 것들이 기억나요. 애리조나의 느린 파도 같은 햇빛. 그리고 또 뭐가 있더라…….

—글쎄요.

젊은이는 어깨를 으쓱였다.

—혹시 포크를 좋아하나요?

내가 묻자 그는 채식주의자라고 말했다. 젊은이가 꺼낸 여러 장의 종이에 서명을 하자 그는 비행기 표와 1000달러 남짓의 수표를 전해주었다.

—제임스는 언젠가 나에게 미국으로 보내준다고 한 적이 있었지요. 유언으로 약속을 지켰군요.

용무를 다 본 젊은이는 유골함을 정중하게 내려놓고 인사를 했다. 나는 젊은이가 차를 타고 떠난 길을 한동안 바라보았다. 멀리 노을이 지면서 햇살이 따가웠다.

공항에서 봉투와 편지지를 샀다. 남대문이 그려져 있는 편지지였다. 희원이 어디선가 식당을 한다고 들었지만 확인할 길은 없다는 말을 끝으로 편지를 마무리했다. 봉투엔 아주 예전에 민이 적어준 주소와 J의 이름을 썼다. 물론 편지가 제대로 전달되지 않을 거라는 사실을 잘 안다. 그러나 나는 여러 장의 우표를 사서 붙였다.

나는 J의 말을 믿는다. 내일은 어리석은 과거가 반복되지 않을 것이고, 우리가 나아간 만큼 미래는 밝을 거라는 말을.

비행기에서 바라보면 거대한 산도 아주 작게 보일 것이다. 어쩌면 매케인이 헤매던 유럽의 어느 설산을 넘어갈 수도 있을 것이다. 제임스가 가려 했던 일본을 지나갈 수도 있을 것이고, 어쩌면 희원의 형제가 있는 동남아를 거쳐서 갈 수도 있을 것이다. 나의 아버지와 어머니가 왔던 길을 그대로 거슬러 올라갈 수도 있을 것이고, 제임스가 전사통지서를 돌리던 애리조나의 뜨거운 사막 위를 지나갈 수도 있을 것이다. 그리고 그 어딘가에는 J도 있을 것이다. 비록 지금은 헤어져도.

그때 그 많던 노래들은 모두 어디로 갔을까.

글렌

김유진

김유진
＼
1981년 서울에서 태어났다. 2004년 〈문학동네〉 신인상에 단편소설 〈늑대의 문장〉이 당선되었다. 소설집 《늑대의 문장》, 《여름》, 장편소설 《숨은 밤》이 있다. 황순원신진문학상을 수상했다.

그는 1982년 10월 15일 태어났다. 그해엔 기억할 만한 일이 일어나지 않았다. 사건도, 재해도 없었다. 그가 다닌 유치원에선 매달 마지막 주에 생일잔치를 했다. 10월생들은 차고 넘쳤다. 그는 십여 명에 이르는 10월생 아이들 틈바구니에서 생일 축하 노래를 불렀다. 단상 끄트머리에 앉아 색종이로 고리를 이어 만든 목걸이를 두르고 자갈치를 집어 먹었다. 그는 미지근하게 자라났다. 발육이 남다르지도, 더디지도 않았다. 말썽을 일으킨 적도 없었지만, 교사들에게 명민한 인상을 남기지도 못했다. 덥지도 춥지도 않은 계절에 태어나 성정이 유순한 것이 장점이라고 했다. 내성적인 편이었으나 오래 보아온 사람들과는 곧잘 농담을 나눴다.

고등학교에 입학할 무렵, 그는 책 한 권을 읽었다. 캐나다인 피아니스트에 관한 전기였다. 책 말미에 이르자, 지병으로 죽었노라 기록되어 있었다. 1982년 10월 4일의 일이다. 열흘 후, 음악회 형식을 띤 추도 예배가 진행되었다. 그는 교회 사진 하단에 작게 적힌 1982년 10월 15일이라는 날짜를 발견했다. 연필로 희미하게 밑줄을 그었다. 반가웠다. 그는 피아니스트의 이름을 기억해두었지만, 음반을 들을 기회가 없었으므로, 오래지 않아 잊었다.

진은 거울 앞을 서성이고 있었다. 그는 오후 모임에 입을 옷을 고르느라 애를 먹었다. 진이 가진 간절기 정장은 세 벌이었다. 스리 버튼의 진한 감색 양복, 푸른빛이 감도는 비둘기색 투 버튼 양복, 그리고 회색 스트라이프 정장은 옷깃에 스티치 장식이 들어가 있었다. 진은 감색 재킷을 걸쳤다가 이내 벗었다. 점잖아 보였지만, 장례식에 온 듯 어두운 인상을 남기고 싶지는 않았다. 회색 스트라이프 양복은 결혼식 즈음 아내의 취향대로 맞춘 것이었다. 자리의 의미를 생각하면 이것을 입는 것이 옳았다. 진은 약간의 광택이 들어간 재킷을 만지작거렸다. 아무리 그래도 이건 너무 화려하다. 양복 끝단을 따라 줄줄이 박힌 스티치 장식 역시 너무 멋을 낸 것 같아, 진은 옷을 맞출 때부터 내키지 않았다. 아내와 재단사의 입김이 거셌다. 진은 결국 비둘기색 정장을 골랐다. 양복은 앞선 것들에 비해 여러모로 어정쩡했다. 격에 맞지도, 남다른 의미가 있지도 않았다. 진은 그 옷이 잠시 후 참석할 자리에서 자신의 위치를 대변하는 것만 같았다.

양복을 고르고 나자, 넥타이 선택이 다음 과제로 떠올랐다. 피로했다. 눈꺼풀 안쪽에 불쾌한 열기가 느껴졌다. 혓바닥이 유막에 싸인 듯 미끌거렸다. 진은 오늘이 토요일임을 상기했다. 주중의 피로가 고스란히 쌓여 몸을 짓눌렀다. 술을 줄여야 하나. 퇴근 후, 저녁 대신 절인 오이와 맥주를 마시는 것은 진의 오랜 습관이었다. 서두르는 법 없이 세 캔 정도의 맥주를 마시면, 근육의 긴장이 풀리며 잠이 스며들었다. 근래 술의 양이 조금 늘었는데, 그것이 유난한 피로감의 원인인 듯했다. 진은 밖에서 술을 마시는 법이 없었다. 사람들은 그가 술 한 잔 하지 못하는 숙맥이거나 종교적 이유로 금주하는 팍팍한 인사일 것이라 짐작했다. 그는 매일 술을 마시는 대신, 휴일엔 금주하는 것으로 건강을 유지하려 했다. 가능한 한 오랫동안, 홀로 술을 마시고 싶었기 때문이다.

진의 집은 시 외곽에 있었다. 2층짜리 단독주택으로 이사 온 것은 그가 열다섯 살이 되던 해였다. 벽돌과 대리석을 시루떡처럼 켜켜이 얹어 만든 양옥이 유행이던 시절이었다. 창이 곳곳에 있었으나 크기가 작아 채광에 별 도움이 되지 않는 듯했다. 내부가 전혀 드러나지 않는 집은 완고해 보였다. 진은 등에 멘 배낭이 너무 무거워, 조금만 무게중심을 옮겨도 뒤로 넘어가버릴 것만 같았다. 가방의 열린 지퍼 사이로 간신히 욱여넣은 교과서와 문제집, 공책들이 튀어나와 있었다. 진의 양손엔 교복과 옷가지가 든 여행 가방, 실내화 가방이 들려 있어, 몸이 고꾸라질 듯 점점 앞으로 기울어졌다. 진의 아버지는 대문에서 현관으로 이어진 대리석 타일을 따라 앞서 걸었다. 아버지가 진에게 집의 구조를 설명해주었으나, 진은 좀처럼 집이 눈에 들어오지 않았다. 굽은 등 때문에 절로 고개가 기울었기 때문이었다. 마당엔 고목 하나가 있었다. 몸통에 비해

유난히 가느다란 가지가 맥없이 처졌다. 종을 구별하기 어려울 정도로 앙상한 나무는 을씨년스럽기 이를 데 없었으나, 부자(父子)는 나무에 대해 아는 것이 없었고 관심도 없어, 그래도 괜찮았다.

어느 날 아침, 진은 마당에 흐드러지게 핀 꽃 무더기를 발견했다. 없던 나무가 하루아침에 자라나 꽃을 피운 듯, 눈앞이 순간 환해졌다. 연한 보랏빛 꽃 사이사이 돋아난 작은 잎들이 참새 부리 같았다. 진은 뒤늦게 밀려오는 꽃 비린내에 코가 아렸다. 부자는 이사 온 지 반년 만에 고목이 라일락이라는 사실을 알았다.

전화벨이 울렸다. 진의 장모였다. 짜증과 체념 사이를 오가며, 진은 시각을 확인했다. 타인의 집에 전화를 걸기엔 터무니없이 이른 시각이다. 게다가 오늘은 휴일이 아닌가. 장모는 수화기 너머로 들리는 진의 목소리에 잠기운이 남아 있음을 알아챘는지, 모임 참석을 재차 확인받은 후에야 진을 놓아주었다. 약속 시각까진 여유가 있었다. 장모는 필요 이상으로 걱정이 많은 사람이었고, 자주, 흘러넘치는 불안을 주변 사람들에게 떠넘겼다. 진은 자신이 여전히 그 희생자 중 하나라는 사실이 마음에 들지 않았다. 주말에 외출해야 한다는 것 역시 못마땅했다. 다른 경우라면 어떻게든 구실을 만들었을 것이다. 그러나 일주일 전 장모의 전화를 받은 순간, 진은 전의를 상실했다. 가능한 한 빨리 통화를 끝내고 싶었다. 설득이 가능한 인사가 아니었다.

진은 20여 년 가까이 유지해온 유선전화를 정지시키는 것에 대해 잠시 생각하다 이내 그만두었다. 장모는 유선전화가 아니라면 휴대전화를, 휴대전화마저 받지 않는다면 집으로 찾아오고도 남았다. 장모는 늘 진의 상상 이상으로 무례했다.

진은 부엌으로 발길을 돌렸다. 밀린 설거지를 할 요량이었다. 쌓인 설거지거리래 봤자 유리컵 대여섯 개와 절인 오이를 담았던 밀폐 용기 정도가 전부일 것이었다. 진은 주 중에는 요리하지 않았다. 아침은 우유 한 잔으로 대신했다. 집안일을 주말에 몰아서 하기 위해, 보름간은 손대지 않아도 무리 없을 정도의 유리컵과 속옷, 양말, 와이셔츠 들을 구비해두었다. 세척과 보관이 용이하도록 같은 종류의 것을 여러 개 마련했다. 진은 단순하게 살고 싶었다. 몇 가지 규칙을 마련하는 일은 불가결했다. 개수대 옆 선반엔 동일한 모양의 유리컵들이 이미 깨끗이 닦여 정리되어 있었다.

냉장고를 열자 군둥내가 확 끼쳤다. 진은 미간을 찌푸렸다. 악취의 원인은 밑반찬이었다. 크기가 제각각인 유리 용기들이 냉장고 가운데 칸에 두서없이 쌓여 있었다. 캔맥주와 밀폐 용기에 담긴 절인 오이는 가장 아래 칸으로 밀려났다. 모두 영이 한 일이었다. 진은 마땅찮았다. 영은 설거지뿐 아니라, 주기적으로 진의 집에 들러 살림을 살피고, 필요하다고 생각되는 물건들을 찾아내 채워놓고 있었다. 대부분 식료품이었다. 진이 탐탁지 않아 한다는 사실을 알고 난 뒤에는, 진이 출근한 사이나 잠들었을 때를 이용했다. 시작은 과일 몇 가지였다. 진이 입도 대지 않아 무르고 썩어나가길 몇 차례 반복하자, 종목을 밑반찬으로 바꿨다. 밑반찬 역시 손도 대지 않았다. 그러자 찬장에 즉석밥을 채워놓았다. 얼마 전엔 냉장고에 언제나 우유가 있음을 깨달았는지, 시리얼을 사다 놓기도 했다. 진은 그 모든 노력이 허사임을 몇 차례 주지시켰으나 소용없었다. 영은 장모와 마찬가지로 설득이 불가능했다.

진은 우유를 유리컵에 따랐다. 우유에서 김치 냄새가 나는 것 같아, 비위가 상했다. 우유를 반쯤 마시다 식탁에 내려놓았다. 진은 탁자 끄트머리에 놓인 낯익은 물건에 눈길이 닿았다. 검은색 원통형 고무줄이었다. 진은 머리끈을 들어 올렸다. 가느다란 갈색 머리카락 한 올이 줄에 딸려 올라왔다가 이내 바닥으로 떨어지며 종적을 감췄다. 영의 것이었다. 영은 아내의 대학 동창이었다.

중학생이었던 진은 거실 가장자리 2층으로 이어진 원목 계단을 발견하곤 자신도 모르게 와, 하고 탄성을 내뱉었다. 천장엔 촛대 수십 개를 이어 붙인 듯한 모양새의 샹들리에가 매달려 있었다. 텔레비전에서나 볼 법한 화려한 내부 장식이었다. 아버지는 하염없이 천장을 올려다보고 있는 진을 데리고 계단을 올랐다. 서로 마주 보고 있는 두 개의 방과 제법 큰 베란다가 나타났다. 아버지는 진에게 2층을 내어주었다. 모두 진의 것이라고 말했다. 진은 방이 두 개나 필요하지 않았다. 둘 중 크기가 작은 방에 가방을 내려놓았다. 진은 작은 공간이 좋았다. 나머지 방은 빈 곳으로 남겨두었다. 아버지는 1층에 짐을 풀었다. 거실 사방에 전면 책장을 놓고는 한가운데 4인용 소파와 안락의자 하나를 놓았다. 거실 전체가 작은 도서관 같았다. 그는 매일 책에 둘러싸인 채 소파에서 쪽잠을 잤다. 진의 아버지는 10여 년간 소규모 출판사를 운영했다. 평전이나 수필, 종교 서적을 주로 다뤘다. 어느 날 갑자기 회사를 헐값에 매각하고는 출판계를 떠났다. 자금난을 이유로 들었다. 아내가 죽고 2년이 지난 후였다. 업계 관계자들은 때 이른 은퇴의 까닭으로 자금난보다는 상처(喪妻)에 무게를 실었다.

은퇴한 그에게 남은 것은 책이 전부였다. 천장에 닿을 듯한 책장 위쪽의 책을 꺼내려면 사다리를 이용해야 했다. 그러나 진이 기억하기로, 아버지가 사다리를 사용한 적은 없었다. 진은 20여 년째 같은 자리에 세워놓은 사다리가 제구실을 할 수 있을지 의심스러웠다. 진의 아버지는 책 자체를 좋아했을 뿐, 독서가는 아니었다. 쌓인 책의 부피감, 각기 다른 표지 디자인이 주는 불규칙성 속의 통일감이 근사하다고 생각했다. 그는 수집가에 가까웠다. 항상 더 많은 책을, 가능한 한 오래된, 시장에선 이미 사라졌으나 누군가의 책장 구석에서 잠자고 있을 책들을 원했다. 진의 기억 속에 집은 늘 책으로 둘러싸여 있었다. 그런 진에게 책은 벽지 무늬나 다름없었다.

네 개의 방 중 실제로 쓰이는 것은 진의 것 하나뿐이었다. 아버지는 자신의 방에 철제 행거를 두고 옷을 걸어두거나 겨울 이불, 전기장판, 공구함 등 잡동사니들을 가져다 놓았다. 그는 넓고 탁 트인 거실이 편한 듯했다. 부자는 나머지 방들을 텅 빈 채로 남겨두었다. 그래도 이상하지 않았다. 진은 아버지가 어째서 단둘이 지내기에 터무니없이 큰 집을 선택했는지 의문이 들곤 했으나, 이유를 물어보진 않았다. 둘은 각자의 층에서 개별적으로 살았다. 식사를 같이하는 법도 없었고 딱히 대화를 나누지도 않았지만, 그것은 이전에도 마찬가지였으므로 이상할 것이 없었다. 시간이 지나자 진은, 아버지가 미성년자인 아들을 두고도 독립적인 생활을 유지할 방안을 고심한 끝에 이 집을 사들인 것인지도 모르겠다고 생각했다.

몇 년 후 아버지는 뇌출혈로 죽었다. 진은 닳아가는 세간과 수많은 책, 텅 빈 방들 사이에 홀로 남았다. 그 무렵 진은 거실 한가운데에 서서 아, 하고 소리 내어보곤 했다. 메아리인 듯 여리게 돌아오는 자신의 목소리를 들었다.

진의 아내는 그림을 그리는 사람이었다. 거래처 부장의 질녀였다. 아내는 대학 졸업 후 유학길에 올랐다. 이국에서 4년을 보낸 뒤 돌아왔다. 두세 번의 단체전과 서너 차례의 개인전을 열었다. 인터넷 포털 사이트에 아내의 이름을 치면 미술 전문 잡지에 실린 인터뷰가 가장 먼저 보였다. 아내는 유래를 짐작조차 할 수 없는 이질적인 예명을 썼다. 부장은 습관적으로 질녀를 아명으로 불렀다. 진은 아내가 가진 세 개의 이름 중 무엇으로 불러야 할지 잠시 고민하다, 호적상 이름으로 부르는 것이 무난할 것이라 결론지었다. 세 개의 이름 중 그것이 가장 평범하기도 했다. 맞선 전날, 진은 아내의 개인전 관람 후기를 포스팅해놓은 블로그를 하나 찾았다.

사진 속 나무는 혀를 빼문 짐승처럼 붉은 과육이 드러난 열매를 주렁주렁 매달고 있었다. 아내는 그 그림 가장자리에, 관람객과 나란히 서 있었다. 날짜상으론 그것이 아내의 가장 최근 모습이었다. 진은 인터뷰도 조금 읽어보았으나, 요지를 파악하기 어려웠다. 아내는 단순한 이야기를 복잡하게 하는 사람 같았다. 진은 미술에 소양이 없었으므로 더는 이해하려 노력하진 않았다. 진은 주먹만 한 링 귀걸이를 한 사진 속 아내를 유심히 보았다. 그림도 사람도 야했다. 상사의 압력에 가까운 부탁이 아니었다면 마주 앉을 기회조차 없을 만큼 자신과 동떨어진 부류의 사람 같았다. 진에게 선 자리는 업무의 연장선상이나 진배없었다.

컴퓨터를 끄기 전, 진은 검색 엔진에 자신의 이름을 입력해보았다. 각기 다른 직업과 나이, 성별을 가진 개별적인 진들이 끝없이 쏟아졌다. 자신의 정보는 없었다. 진은 인터넷 동호회도, 쇼핑도, 블로그도 하지 않았다. 검색 페이지의 끝을 알기 어려울 만큼 많은 진이 그곳에 있었다.

진은 양치질을 하다 말고, 욕실 선반 위에 놓인 샘플 화장품을 유심히 바라보고 있었다. 여성용 수입 화장품 브랜드였다. 하나는 에센스였고, 다른 것은 아이크림이었다. 진은 화장품들이 언제부터 이곳에 있었는지 기억을 더듬어보았다. 희미했다. 주 중에는 주변을 둘러볼 여유가 없었다. 진은 머리끈과 마찬가지로, 화장품 역시 영의 것이라 짐작했다. 이 집을 드나드는 것은 불심검문을 하듯 간헐적으로 찾아오는 장모와 영뿐이었다. 게다가 영은 집 열쇠를 가지고 있었다. 진은 샤워기의 물 온도를 조절하면서도 선반 구석에 나란히 놓인 샘플 화장품들에서 시선을 떼지 않았다. 영 눈에 거슬렸다.

영이 집에 드나들기 시작한 것은 진이 혼자되고 얼마 지나지 않았을 무렵부터였다. 영은 진보다도 비통에 찬 얼굴로 찾아왔다. 진은 과도하게 슬픔에 젖은 영을 바라보며, 자신이 위로받아야 하는 입장인지 위로해야 하는 것인지 잠시 헛갈렸다. 아내는 처음 진에게 영을 소개할 때, 친자매나 다름없는 사이라는 표현을 썼다. 형제가 없던 진은 그것이 무척 친하다는 것 이외에 어떤 의미가 있는지 알지 못했다. 영은 말이 없는 진 대신 많은 말들을 했다. 주로 아내의 대학 시절에 대해, 그리고 아내가 유학할 당시 떠돌았던 소문들에 대해 추억했다. 영의 말법은 교묘한 데가 있었다. 영은 자신과 함께했던 아내의 대학 시절을 아름답게 미화하는 대신, 아내의 유학 시절 떠돌던 좋지 않은 풍문들에 대해선 신뢰감이 느껴지는 담백한 말투를 썼다. 소문 속의 아내는, 스스럼없이 약을 하고, 현지인과 동거를 하다 아이를 지우고, 휴대전화로 애인들의 성기를 찍어 수집하는 여자였다. 진은 그것이 다소 과장되어 있긴 하지만 아주 없는 이야기는 아닐지도 모른다고 생각했다. 그것은 진이 아내를 불신해서가 아니라, 아내이기 이전에 예술가인 탓에, 그녀의 도덕관념이 늘 자신의 상식선보다 너그러울 것이라 생각했기 때문이었다. 진은 아내의 과거에 아무런 관심이 없었지만, 영은 그것을 눈치채지 못했다. 진은 영 역시 아내와 크게 다르지 않은 부류라고 여겼다. 영은 둔한 데가 있었다. 영은 때때로 왕비를 잃으면 아내의 자매를 후처로 들였던 왕들의 일화를 농담처럼 건네곤 했다. 진은 그 태도가 아내와 영이 말하는 친자매와 다름없음이 무슨 의미인지를 대변한다고 생각했다.

진은 식탁 위에 놓여 있던 머리끈을 떠올렸다. 머리끈은 실수로 놓고 간 것이 아닐 것이다. 영은 늘 고등학생처럼 손목에 고무줄을 두세 개씩 차고 다녔다. 손목에 매어두지 않으면 다 도망가버린다고, 진이 자신의 손목을 의아하게 바라보고 있음을 눈치챈 영이 말했다. 진은 영이 자신의 집으로 찾아와 요리나 설거지를 하는 것이, 홀로 남은 자신에 대한 측은지심이나 가까운 이를 잃은 동병상련에서 비롯된 것만은 아니라는 것을 짐작하고 있었다. 진은 그것을 빈 곳을 채우려는 영의 습성으로 보았다. 아내의 경우가 그러했듯, 진은 자신에게 호의를 보이는 영의 마음을 잘 이해하지 못했다. 기실 알고 싶지도 않았다. 단지 영이 자신의 집 냉장고를 직접 만든 음식으로 채우는 것을 넘어서서 점진적으로 영역을 넓혀가고 있는 것에 심기가 불편할 따름이었다. 영은 아내처럼 호전적인 타입은 아니었다. 영은 상대방 앞에선 곧잘 순응하며 따르는 척하지만, 뒤돌아서면 자신의 페이스를 유지하는 독불장군에 가까웠다. 영은 싸움에 임하는 전략가처럼 점진적으로 나아가며 공략의 기회를 엿보고 있었다. 이미 관계를 오해하고 있는지도 몰랐다. 진은 갑자기 영이 부담스러워졌다. 고작 샘플 화장품을 두고 가면서도 구색을 갖추려는 것이 구차해 보였다. 진은 샤워기 아래 섰다. 뜨거운 물줄기가 진의 어깨와 정수리를 바늘로 찌르듯 거세게 떨어졌다. 진은 아내가 죽은 지 얼마나 지났는지 머릿속으로 계산해보았다. 육 개월이었다. 영이 이 집을 드나든 지도 꼭 반년이 지났다.

이사한 이듬해, 아버지는 산에 가자고 했다. 진은 아버지가 자신에게 말 거는 것이 신기해, 군말 없이 따라나섰다. 두어 시간가량 올랐을 무렵, 통나무집 한 채가 나타났다. 처마 밑에서 돼지가 그려진 작은 간판이 덜렁거렸다. 아버지는 아무런 언질 없이 통나무집을 지나쳐 뒤뜰로 갔다. 진은 자갈이 깔린 앞뜰에 남았다. 아버지가 농장주와 나누는 말소리가 들렸다. 흥정하는 듯했다. 진은 아버지가 무엇을 하려는지 알지 못했지만, 번번이 질문할 기회를 놓쳤다. 진이 얇은 자갈층 아래 무른 흙을 운동화 앞코로 찍으며 무료함을 달래고 있을 때, 아버지가 목줄을 한 돼지 한 마리를 끌고 진 쪽으로 다가왔다. 농장주 역시 돼지를 앞세우며 아버지의 뒤를 따랐다. 농장주는 대형견을 산책시키듯 노련하게 가축을 다뤘다. 진이 놀라 뒷걸음질 쳤다. 살아 있는 돼지를 본 것은 처음이었다.

농장주와 아버지는 산길을 올랐다. 산 중턱에 이르자 완만한 경사로 이루어진 참나무 숲이 나타났다. 훈련된 돼지들이 코를 땅에 처박으며 숲을 뒤지기 시작했다. 돼지가 낙과와 나뭇잎들을, 이미 썩어 흙의 상태로 돌아가려는 축축한 낙엽층을 코로 들춰내자 비로소 땅의 검붉은 속살이 드러났다. 진은 처음으로, 땅이 여러 겹의 보호막을 지니고 있음을 알았다. 진은 말린 돼지 꼬리를 쫓았다. 농장주와 아버지는 목줄을 쥐지 않은 다른 손에 작은 모종삽을 들고 있었다. 돼지들이 한 자리에 미동 없이 서서 장시간 땅에 코를 박고 있다 앞발로 흙을 파내려 하면, 둘은 기다렸다는 듯 재빠르게 목줄을 잡아당기고는 주머니에 넣어온 사료를 먹였다. 모종삽으로 그 자리의 흙을 파냈다.

셋은 아무런 성과 없이 오랫동안 숲을 헤맸다. 숲은 순식간에 고요해졌다. 진의 귀에는 돼지와 농장주의 숨소리만이 번갈아 들렸다. 나무 사이로 빛이 젖어 드는 것을 깨달은 농장주가 수색을 멈췄다. 그는 저만치 떨어져 있는 아버지를 큰 소리로 불렀다. 작은 형체는 일렁이기만 할 뿐 커지지는 않았다. 농장주는 좀 더 큰 소리로 아버지를 불렀다. 농장주의 돼지 뒤꽁무니를 따르던 진이 그제야 퍼뜩 정신을 차렸다. 아버지를 향해 달렸다. 아버지는 바닥에 주저앉아 모종삽으로 땅을 파고 있었다. 찾는 것은 어디에도 없었다. 땀에 젖은 등산복이 등에 달라붙어 얼룩덜룩했다. 아버지. 온종일 한마디도 하지 않았던 진의 목소리가 가시에 걸린 듯 뒤틀려 나왔다.

농장주는 냉장고에서 작은 밀폐 용기를 꺼냈다. 진은 농장주의 어깨너머로 용기에서 꺼내 든 거무스름한 것을 보았다. 꼭 말린 짐승의 배설물 같았다. 진은 눈살을 찌푸렸다. 농장주는 그것이 우리가 찾던 진귀한 버섯이라고 말했다. 땅속 깊은 곳에서 자라, 훈련된 암돼지가 아니면 찾아내기 어렵다고 했다. 아버지와 농장주는 돼지가 버섯을 찾아내 먹어치우기 전에 채취하기 위해 반나절 동안 신경이 곤두서 있던 것이었다. 농장주는 여남은 달걀을 모두 꺼내 스테인리스 볼에 넣고 휘젓기 시작했다. 진은 농장주가 내온 달걀말이를 보고 나서야, 농장주와 아버지가 짐승의 배설물을 닮은 버섯을 넣어 만든 달걀말이를 위해 온 숲을 헤집고 다녔다는 사실을 깨달았다. 농장주는 버섯 채취에 실패한 고객을 위해 여분의 버섯을 준비해두고 있었다. 그는 값비싼 식재료를 흔한 방식으로 만들어 소비하는 것이야말로 품위 있는 행동이라고 말했다. 진은 그

때의 품위라는 표현이 싫지는 않았다.

아버지는 어린아이처럼 얌전히 탁자에 앉아 있었다. 자신 앞에 요리가 담긴 접시가 놓이는 것을 물끄러미 바라보더니, 갑자기 울기 시작했다. 이미 늙어, 눈가를 간신히 적실 정도의 물기만이 돌았다. 그는 적은 양의 눈물을 흘리는 대신 큰 소리로 통곡했다. 진은 우는 아버지 맞은편에 안절부절못한 채로 앉아 있었다. 어째서 눈물을 흘리는지 이해할 수 없었다. 직접 버섯을 찾아내지 못해 억울한 것일까. 농장주가 말하는 품위라는 표현이 못마땅한 것일까. 진은 태어나서 단 한 번도 맡아본 적 없는 기이한 향의 달걀말이를 눈앞에 두고 있었다. 아버지의 우는 얼굴도, 살아 있는 돼지도, 모두 처음 보았다. 진은 불편했다. 그 자리에서 도망치고 싶었다.

가로수 가지가 좌석 버스 차창에 닿을 듯 길게 손을 뻗었다. 입안 가득 머금어 금방이라도 뿜어 나올 듯한 물이 나무 내부에 차오르는 계절이었다. 물기가 많은 나뭇가지는 엿가락처럼 길게 늘어진다는 것을, 진은 매년 마당 한가운데에서 죽었다 부활하는 라일락을 통해 알았다. 나무는 유연했다. 조금 더 많은 빛을, 조금 더 많은 물을 얻기 위해 최대치의 잎을 틔웠다. 나무는 근면했다. 진은 문득 상처의 유전에 대해 생각했다. 아버지가 어머니를 잃었듯, 자신 역시 아내를 잃었다. 아버지가 쪽잠을 자던 4인용 소파에서, 백성 없는 왕좌를 물려받은 듯, 자신이 잠들곤 했다. 집은 안주인을 너무 빨리 잃었다.

진은 대출받은 학비를 갚기 위해 마지막 학기가 시작될 무렵 소규모 회사에 취직했다. 전공과는 무관했다. 아버지의 통장 잔액은 진이 아르바이트로 십시일반 모은 돈보다도 적었다. 집은 팔리지 않았다. 진은 자신에게 벌어진 모든 일을 담담히 받아들였다. 개별적으로 슬퍼하기에, 진의 곁에는 죽음이 너무 많았다.

아내는 보통 사람들과 다르게 살고 싶어 했다. 진은 다르게 산다는 것이 구체적으로 어떻게 사는 것인지 감이 오지 않았다. 아내가 어디에 견주어도 손색없을 정도로 평범한 자신과 왜 결혼했는지 이해할 수 없었다. 그러나 세상에는 이해할 수 없는 일들이 도처에 있었다. 이해하려 노력하는 것은 무용하다. 받아들이면 그뿐이었다.

피로연은 집에서 하기로 했다. 아내가 부른 손님의 목록은 오십여 명에 달했다. 여러모로 밖에서 하는 편이 편했으나, 아내가 원했다. 빈방에 수십 병의 와인과 백여 병이 넘는 맥주, 보드카를 들였다. 아내의 친구들이 미리 약속이라도 한 듯 저마다 술을 한 병씩 옆구리에 끼고 나타났다. 독주들이 주를 이뤘다. 방은 주류 백화점 같았다. 아내는 출장 뷔페를 부르는 것이 어떻겠냐는 진의 제안을 못 들은 체했다. 안주는 과자 부스러기와 피자 네댓 판이 전부였다. 모두 빠르게 취기가 올랐다. 진은 귀가 찢어질 듯한 음악 소리 때문에 술을 마시지 않아도 이미 취한 것 같았다. 진은 그 자리의 주인공이면서도, 친구들을 따라 처음 클럽에 온 대학생처럼 쭈뼛댔다. 진은 술을 가져다 놓거나, 재떨이를 비운다는 명목으로 방에 들어가 눈을 붙였다. 진이 눈앞에 보이지 않으면, 아내는 음악보다 더 큰 목소리로 진의 이름을 불러댔다. 아내는 사납고 시끄럽고 제멋대로였다. 피로연이 시작된 지 한 시간 만에 술에 취한 아내는, 진에게 자신을 진심으로 좋아하느냐고 물었다. 진은 아내의 발음이 정확하지 않아 이해하는 데 시간이 걸렸다. 아내는 진이 대답을 망설인다고 생각했는지, 피로연이 파할 때까지 질문 공세를 멈추지 않았다. 진은 자주, 너무 많이 대답해, 종국에는 자신이 진정으로 아내를 좋아한다고 생각하기에 이르렀다.

피로연에 마지막까지 남은 손님은 영이었다. 영이 사방에 널린 술병들을 한곳에 모으고 있는 것이 보였지만, 진은 손가락 하나 까딱할 힘이 없었다. 취기보다 피로가 더욱 극심했다. 아내는 안락의자에서 금방이라도 흘러내릴 듯 기대 있는 진을 일으켜 세웠다. 진은 기어가듯 2층으로 끌려 올라갔다. 선물이 있어. 아내는 진을 침대에 내팽개치듯 내려놓고는 방을 나섰다. 진이 그 상태로 목 끝까지 채워놓았던 드레스 셔츠의 단추를 풀고 있을 때, 아내가 방 안으로 영을 데려왔다. 셋이 하자. 아내가 영의 뒤에 서서 그녀의 가슴을 만지며 말했다. 진은 자신이 술에 취해 제대로 들은 것인지 판단이 서지 않았다. 진은 풀던 단추를 다시 채우며 고개를 갸우뚱했다. 아내와 영이 웃었다.

갤러리 입구에 걸린 현수막엔 아내의 옆모습이 인쇄되어 있었다. 결혼 전 사진인지 볼이 동그스름해 인상이 순했다. 단정한 글씨로 아내의 예명과 함께 마지막 전시회라는 타이틀이 붙었다. 진은 결혼 후에도 아내를 호적상 이름으로 불렀다. 아내는 그 이름을 좋아하지 않았다. 아내의 가족과 친구 중 누구도 본명으로 부르는 사람은 없었다. 그러나 진은 예명이 도무지 입에 붙질 않았다. 의식하지 않으면 자연스레 본명이 튀어나왔다. 아내는 몇 차례 고쳐주다, 이내 포기했다. 이름 부르기는 진이 아내에게 부린 거의 유일한 고집이었다. 진은 아내의 본명이 마음에 들었다. 아내가 가진 것 중에서 드물게 과장되지 않은 것 같았기 때문이었다.

아내는 집을 고치자고 했다. 집은 낡고 어두웠지만, 세월의 손때가 묻어 고풍스러운 멋이 났고, 무엇보다 튼튼했다. 아내의 예술가적 감수성을 자극할 만한 조건으로 충분했다. 아내는 각종 리모델링 서적을 들고 와 진에게 보여주며, 오래된 집을 세련되게 고쳐 비싼 값에 되파는 것이 유행이라는 말로 설득하려 했다. 진은 아내에게 그런 계산속이 있다는 것에 놀랐다. 진은 집을 고치는 것을 반대하는 것은 아니었지만, 적극적이지도 않았다. 집은 너무 오래 살아 지겨운 감도 있었고, 그만큼 익숙하기도 했다. 아내의 말도 일리는 있었다. 진은 상황에 순응하기로 했다. 공사는 아내의 주도로 이루어졌다. 아내는 유학 시절 알고 지낸 인테리어 디자이너를 데려왔다. 그는 한옥을 개축한 빈티지 카페로 히트를 쳤다고 했다. 아내가 보여준 인테리어 잡지에 실린 사진상으로는 조금 유치해 보였다. 주로 원목을 이용했지만 제각기 색과 무늬가 달랐고, 원색 타일로 곳곳에 포인트를 주어 아기자기한 느낌이 났다. 진은 인테리어에 대해 아는 것이 전혀 없었으므로 말을 아꼈다. 나무는 종과 가공 방식에 따라 색이 천차만별이라고 했다. 디자이너는 거실의 한쪽 벽면을 모두 트고 이중창을 달 것이라고 설명했다. 진은 기계적으로 고개를 끄덕거렸다. 아버지의 책은 방으로 피신했다. 방진 마스크를 쓴 시공업자들이 신발을 신고 집 안으로 들어와 망치로 콘크리트 내벽을 부쉈다. 오래된 파벽돌은 그 자체로도 비싼 값에 팔거나 인테리어에 재사용할 수 있었기에 한결 조심스럽게 다뤘다. 먼지 때문에, 진은 퇴근 후엔 2층으로 도망치듯 올라갔다. 그즈음 진은 통곡하던 아버지의 모습이 떠오르곤 했다. 산중의 밤, 아버지의 일그러진 얼굴 뒤로 부드러운 빛을 발하던 별들이 있었다. 오랫동안 잊고 있었다. 잊은 것이 수없이 많았다.

얼마 지나지 않아 공사는 중지되었다. 아내가 병원에 입원했기 때문이었다. 아내는 지병이 있었다. 아내에게 병이 있는 것을 몰랐던 이는 진이 유일했다.

진이 갤러리에 들어서자, 볼이 푹 꺼진 장모가 안쪽에서 걸어 나왔다. 아내가 살아남아 늙어가는 모습을 목격했다면, 꼭 지금 장모의 얼굴과 같았을 것이라는 생각이 뇌리를 스쳤다. 장모는 뼈와 가죽밖에 남은 것이 없어 보일 정도로 깡말랐다. 검은색 플레어스커트에 폭이 넓은 벨트로 허리를 옥죄고 있었다. 한껏 부풀린 머리카락 때문에 막대사탕 같았다. 장모는 시계를 보았다. 진은 늦지 않았다. 장모는 진이 입은 양복이 못마땅한 듯 위아래로 훑어보았다. 진은 장모의 시선이 닿는 곳마다 암세포처럼 피로가 번지는 것만 같았다.

전시회는 아내의 그림을 처분하기 위한 목적이 컸다. 아내는 이제 막 이름을 알리기 시작한 화가였을 뿐, 유명세를 탄 적이 없었으므로, 유작이라고 해서 화제가 되진 못했다. 가족장으로 간소하게 치렀던 장례식을 대신해 아내의 주변 사람들을 초대했다. 조의금을 내고 원하는 그림을 받아가기로 했다. 그림을 주변 사람들에게 나누어주라는 아내의 유언이 있었다.

아내는 병원에서 오 개월을 지냈다. 마지막 한 달은 친정집에서 보냈다. 진의 집이 공사 중이라 환자에게 유해하다는 것이 이유였다. 진은 변명처럼 느껴졌지만, 환자를 사이에 두고 줄다리기를 하는 것 같아 잠자코 있었다. 기실, 진은 아내의 명목상 남편일 뿐 별다른 힘이 없었다. 아내는 진과 고작 팔 개월가량을 살았을 뿐이었다. 아내와 아내의 가족이 왜 병을 숨겼는지, 어째서, 누구도 자신에게 아내의 병을 귀띔해주지 않았는지, 모든 것이 의문으로 남았다. 진은 다시 혼자로 돌아갔다. 때때로 농락당했다는 억울함에 화가 목구멍 끝까지 치밀어 올라왔다가도 금세 사그라졌다. 진은 아는 것이 아무것도 없어 무력했다. 입원한 지 얼마 지나지 않아, 아내의 신체는 누렇게 떴다. 그 이후엔 면회도 거절되었다. 진은 아내의 상태를 장모를 통해 전해 들었다. 결혼 전 생활로 돌아갔다. 매일 출근했다. 퇴근하면 홀로 맥주를 마시다 잠이 들었다.

허문 벽을 정리하고 이중창을 세운 후, 리모델링 작업은 마무리되었다. 진은 더 이상의 소란을 원하지 않았다. 아내의 남동생에게 장례식과 입관 일자를 전해 들었다. 진은 홀로, 짧지 않은 시간 동안 이별의 절차를 밟았으므로, 아내의 부음이 크게 슬프진 않았다. 오늘은 아내의 생일이었다.

진은 참을 수 없는 불편함을 견디는 것이 오늘의 임무임을 알고 있었다. 아내의 가족과 지인들은 갤러리 한가운데, 여러 개의 책상을 이어 만든 긴 탁자 주변에 자리를 잡았다. 그들은 고인이 오랜 투병 생활 끝에 편안한 모습으로 눈을 감을 수 있어 다행이었다며, 서로의 노고를 다독였다. 진은 노고를 겪지 않았으므로 위로받지 못한 채, 탁자 구석에 앉아 있었다. 사람들이 아내의 유년 시절 사소한 사건까지 들추어 사랑스러운 추억으로 미화하는 동안, 진은 자신이 아내에 대해 아는 것이 별로 없음을 재차 확인해야 했다.

그녀는 성실한 아내였습니까? 옆자리에 앉아 있던 남자가 진에게 물었다. 예, 그런 편이었죠. 당황한 진이 얼버무렸다. 상상이 잘 되질 않는군요. 영원한 자유주의자일 줄 알았는데. 남자는 웃음기가 묻어나는 목소리로 대답했다. 남자의 어투는 묘하게 진을 타이르는 듯했다. 갤러리에 있는 대부분의 사람이 그러하듯, 아내를 잘 아는 사람이거나 잘 아는 것을 과시하려는 이 같았다. 진은 자유주의자가 무엇을 뜻하는지 곰곰이 생각하다, 대답할 타이밍을 놓쳤다. 둘 사이에 어색한 침묵이 흘렀다. 진은 다만 유령처럼 그 자리에 앉아 있다 사라지고만 싶었다.

아내의 남동생이 케이크를 들고 나타났다. 영이 폭죽을 들고 뒤를 따랐다가 자연스럽게 진의 옆자리에 앉았다. 케이크가 탁자 위로 올라오자, 사람들이 기다렸다는 듯 와인 잔을 들었다. 남동생이 생일 축하 노래를 선창했다. 곧 사람들이 따라 부르기 시작했다. 사람들은 웃어야 할지 울어야 할지 갈피를 잡지 못하는 듯 묘한 표정을 짓고 있었다. 축하하는 것이 옳은 일인가. 그 전에, 가능하기는 한가. 진은 갑자기 웃음이 나오려는 것을 억지로 참았다. 종반부에 이르자 노래는 연기처럼 맥없이 사라졌다. 폭죽이 터지며 분위기가 일단락될 것을 모두가 간절히 바라고 있을 때, 폭죽을 쥔 영이 울기 시작했다. 진은 절망적이었다. 지금이라도 자리를 박차고 일어나 집으로 돌아가고 싶었다. 영이 눈물을 흘리며 손으로 진의 팔꿈치를 만지작거렸기 때문이었다. 진의 얼굴이 타오를 듯 붉어졌다. 영과의 모호한 관계를 누구에게도 들키고 싶지 않았다. 진은 집으로 돌아가자마자 영이 두고 간 샘플 화장품을 버려야겠다고 다짐했다. 영의 눈물에 당황해 일순 침묵했던 사람들이 다시금 움직이기 시작했을 때야 비로소, 진은 숨통이 트였다. 영 주위로 대학 동창 몇이 티슈를 들고 다가왔다. 그때 옆자리에 앉은 남자가 생일 선물이라며, 가방에서 주섬주섬 무언가를 꺼냈다. 장모와 남동생은 지나치게 고마워했다. 시디였다. 그는 생전의 아내가 클래식을 좋아했다는 사실은 아무도 몰랐을 것이라며 다소 으스대며 말했다. 사람들은 과장되게 놀라워하며 박자를 맞춰주었다. 남동생은 당장 들어보아야겠다며 갤러리 뒤편으로 자리를 피했다. 순간 진은 여기 있는 모든 사람이 자신과 마찬가지로 참을 수 없는 불편함을 견디고 있다는 사실을 깨달았다.

옆자리의 남자는 진에게 음반에 대해 설명했다. 진은 물어본 적이 없었지만, 침묵보다는 나았다. 그것은 짧은 피아노 소곡집이었다. 1981년, 캐나다인 피아니스트는 오랜 지병 때문에 거의 소진된 체력으로 자신이 평생에 걸쳐 연주했던 작곡가의 곡을 재차 녹음

했다. 앨범의 1번 트랙을 처음 녹음한 것은 1955년이었다. 그때 곡의 연주 시간은 1분 50초가량이었다. 26년이 지나 같은 곡을 다시 연주했을 때, 연주 시간은 3분을 훌쩍 넘겼다. 남자는, 길어진 연주를 채우는 것은 늘어진 음이 아닌 짧은 묵음의 순간들이라고 말했다. 진은 그 말이 매우 추상적으로 들렸지만, 느낌이 나쁘지 않았다. 묵음의 순간들. 진은 자신에게도 그런 순간들이 필요하다는 생각이 들었다. 1982년 사망했으므로, 1981년 음반은 마지막 앨범이 되었다. 첫 번째 연주곡은 피아니스트의 장례식장에서 마지막 순서로 흘러나온 이별의 곡이기도 했다는 남자의 설명이 끝나자, 진은 어렴풋이 잊고 있었던 기억 하나를 떠올렸다. 진은 이 연주자를 알고 있었다. 그 장례식은 1982년 10월 15일 열렸다. 그가 오랫동안 기억하리라며 책에 밑줄을 그었으나 금세 잊었던 그 남자였다. 평생을 고독하게 살다 홀로 죽었다, 로 마침표가 찍힌 피아니스트였다. 진은 갤러리에 온 이후 처음으로 미소를 지었다.

그날, 진은 영과 아내의 나체 사이에서 무던히 노력했으나 결국 발기되지 않았다. 진은 과음 때문인지, 부담감 때문인지, 머릿속에서 변명거리를 찾느라 고개를 들지 못했다. 영은 침대 밑에 떨어진 팬티를 집어 조용히 다리 사이에 꿰었다. 아내는 소리 내어 웃으며, 진의 머리통을 꼭 껴안았다. 시시한 남자구나. 아내의 따뜻한 목소리는 생경했다. 진은 아내의 품에서 바짝 긴장한 몸이 눈 녹듯 풀리는 것만 같았다. 나는 시시한 남자구나. 진은 아내의 시시한 남자라는 표현이 싫지 않았다.

진은 집으로 돌아와 4인용 소파에 앉았다. 전면 창에, 만개한 라일락이 가득 찼다. 진은 항상 뒤늦게 꽃이 핀 것을 안다. 초봄, 꽃을 틔우기 위해 나무가 내보내는 수많은 사소한 전조들을, 진은 본 일이 없다. 그래서 진에게는 꽃나무의 풍경이 갑자기 주어지는 선물 같다. 진은 맥주 한 캔을 땄다. 토요일이라 금주를 해야 했지만, 오늘만은 마실 자격이 있다는 생각이 들었다. 맥주는 차고 부드러웠다. 진은 입안 가득 술을 머금으며 자신 앞에 남아 있는 수많은 고독의 날들을 응시했다. 진은 그것이 좋았다.

잘 가, 언니

조해진

조해진

1976년 서울에서 태어났다. 2004년 〈문예중앙〉 신인상에 중편소설 〈여자에게 길을 묻다〉가 당선되었다. 소설집 《천사들의 도시》, 《목요일에 만나요》, 장편소설 《한없이 멋진 꿈에》, 《로기완을 만났다》, 《아무도 보지 못한 숲》이 있다. 신동엽문학상을 수상했다.

낮 1시, 로스앤젤레스에서 출발하여 샌프란시스코로 향하는 그레이하운드 버스에 마침내 시동이 걸립니다.

차가 출발하고 잠시 후, 저는 가방에서 차학경의 《딕테》를 꺼내 아무 페이지나 펼칩니다. 버스의 움직임 때문인지, 아니면 날이 흐려서인지 글자는 자꾸만 이지러지고 뭉개집니다. 아니, 어쩌면 낯선 설렘으로 집중력이 떨어져서인지도 모르겠어요. 지난여름, 인터넷 검색을 하다가 버클리 대학의 교내 박물관에 차학경의 아카이브가 마련되어 있다는 정보를 접하게 된 이후로 저는 내내 이 시간을 기다려왔으니까요.

장거리를 달리는 버스의 매력 중 하나는 이동 시간 내내 향유할 수 있는 좌석 크기만큼의 고립감이라고 저는 생각하곤 합니다. 같은 곳으로 가고 있다는 것 이외에는 서로 그 무엇도 알지 못하는 타인들 속에서 완벽하게 혼자인 채 할당된 시간을 소비해야 한다는 건, 어떤 면에서 우리의 삶과 매우 흡사합니다. 물론 그런 걸 매력이라고 생각하는 건 공포증으로 비행기를 타지 못하는 저 같은 사람에게나 해당되겠지만요.

5년여 전, 남편과 함께 지인의 결혼식에 참석하기 위해 뉴욕행 비행기를 탔다가 고통스러운 호흡곤란을 경험한 뒤부터 저는 여행을 즐기지 않는 사람이 되어갔습니다. 당신도 알다시피 미국처럼 영토가 큰 나라에서는 버스나 기차로는 갈 수 있는 범위가 한정되어 있으니까요. 고소공포증은 아닙니다. 고층 빌딩이나 전망대에서는 신체의 이상 반응을 감지한 적 없습니다. 의학적인 이유가 있는 것도 아닙니다. 상담을 마친 의사들은 심리적인 문제일 뿐이니 비행기를 타는 것에 스트레스를 받지 말고 편하게 생각하라는 식의 하나 마나 한 조언을 했을 뿐입니다.

비행기로 이동해야 하는 여행이나 모임에 동행할 수 없는 이런 사정을 고백하고 나면 대부분의 사람들은 제가 갖고 있는 공포증이 실체도 없이 과장된 마음의 병이거나 감정의 교묘한 속임수에 지나지 않을 거라고 진단합니다. 그럴 때마다 저는 반박하기보다 차라리 침묵을 택합니다. 당신이라면 그런 침묵 속에서 말하고 있는 제 목소리를 들어줄 수 있을까요. 천 개의 혀가 있다면 그 모든 혀로 말하고 싶은 욕망이 당신의 눈에는 보이지 않을까요. 물론 당신은 한 번 정도는 웃을 게 분명합니다. 한때 우리가 가장 흔하게 볼 수 있었던 비행기를 무서워하게 되었다니, 그 아이러니가 얄궂다고 생각할지도 모르겠어요.

기억합니다.

당신과 저는 우리가 갈 수 있는 가장 먼 곳, 차들이 다니는 8차선 도로가 나올 때까지 걸어가고 있습니다. 저녁을 먹기 전이나 먹은 직후, 어둠이 그리 촘촘하지 않은 그물에 걸러진 듯 큰 조각들로 대기를 떠돌던 시간, 우리는 잡은 손을 놓는 법 없이 그저 앞을 향해 걷습니다. 그리 긴 산책이 아니었는데도 당신은 수시로 멈춰서서 제 옷의 단추를 다시 잠가주거나 흘러내린 양말을 올려줍니다. 괜찮아? 숨차지 않아? 더 걸을 수 있겠어? 걱정스러운 목소리로 묻기도 하면서요. 그럴 때, 우리의 머리 위로는 늘 손가락 한 마디만 한 비행기가 구름을 헝클이며 지나가고 있는 것입니다.

김포공항이 한국의 유일한 국제공항이던 그 시절, 김포와 서울의 경계에 위치했던 그 동네에서 비행기란 주전자나 유리컵처럼 수시로 눈에 들어오는 일상적인 사물과도 같았습니다. 비행기들은 항공사의 이름이나 마크가 보일 정도로 낮게 날기도 했고 밤에는 그 어떤 별보다 밝게 반짝이기도 했어요. 아침에 일어나 무의식적으로 화장실로 걸어갈 때나 당신의 하교를 기다리며 거실 창가에 앉아 동화책을 읽을 때, 그리고 한밤중에 마른 이불에 오줌을 지리고 깨어난 뒤 울먹일 때도 비행기는 마치 꼭 있어야 하는 풍경의 일부처럼 제 머리 위 어딘가에서 귀가 먹먹할 정도의 소음을 내며 지나가고 있었습니다. 그 시절엔 세상 어디에서든 하늘에 떠 있는 비행기를 볼 수 있다고 믿었습니다. 공항에서 멀어질수록 비행기는 더 높이 올라가게 되어 있다는 걸, 그래서 어느 순간부터는 더 이상 보이지 않고 그 굉음도 들리지 않는다는 걸 알지 못했던 거죠. 저는 그 동네에서 태어났고 그 동네에서 사는 5년여 동안 다른 도시, 다른 동네에는 거의 가본 적이 없었으니까요. 간혹 진료를 받기 위해 차를 타고 먼 곳으로 갈 때도 있었지만 그런 날엔 하늘을 올려다볼 여유 같은 건 없었죠. 설사 하늘에 시선이 갔다 해도 병원이란 공간이 환기하는 긴장감에 짓눌린 탓에 의식적으로 비행기를 찾지는 못했을 거예요.

부모님은 남들보다 약한 심장을 갖고 태어난 막내가 집 밖으로 나가는 것조차 꺼리셨죠. 그들이 허락한 제 세계의 끝이 바로 8차선 도로였습니다. 그 도로를 가로지르던, 수십 개의 계단들이 가파르게 연결된 육교가 제게는 더 이상의 전진을 허락하지 않기 위해 그곳을 지키는 육중하고도 상징적인 조형물처럼 보이곤 했습니다.

집으로 되돌아오는 길에서 당신은 곧잘 절 업습니다. 저보다 아홉 살이 많긴 하지만 그 무렵엔 당신 역시 아이일 뿐입니다. 가슴은 납작하고 귓등에는 솜털이 돋아 있습니다. 제가 업혀 있는 당신의 등은 좁고, 무르지 않은 뼈는 섬세하게 만져집니다. 그 등에 한쪽 뺨을 묻은 채 저는 유치원에 대해서, 가끔은 동물원이나 놀이공원에 대해서 주절거립니다. 가고 싶다고, 데리고만 가준다면 아무 사고도 일으키지 않고 집으로 돌아올 자신이 있다고, 저는 항상 그렇게 말합니다. 진심이 아닌 말은 없었습니다. 그 모든 열망은 그 순간만큼은 가장 간절했고 또 제 전부였습니다. 당신은 안 된다거나 포기하라는 말은 결코 하지 않았습니다. 돌이켜보면 언제나 그랬습니다.

그래, 알았어.

엄마한테 말해볼게.

조금만 더 기다려보자, 응?

당신은 말하고 저는 웃습니다. 집이 가까워질수록 당신은 저를 올려서 업기 위해 자주 멈춰 서지만 제 몸이 아래로 처지는 간격은 점점 더 짧아집니다. 당신의 몸은 땀에 젖어가고 숨소리도 거칠어집니다. 그래도 저는 당신의 등에서 내려오겠다는 말을 끝까지 하지 않습니다. 오히려 집으로 가는 길이 무한히 길어지길 꿈꾸고 있습니다. 우리가 걸어갈수록 집이 멀어지기를, 그러다가 어느 순간 감쪽같이 사라지기를, 때로는…….

우리의 여행, 끝이 없을 것만 같았던.

어쩌면 이 문장을 읽었을 때부터 이번 여행은 시작되었는지도 모르겠습니다. 당신과 저처럼 업고 업힌 채 어딘가로 가고 있는 그들의 이야기는 제 삶의 가장자리에서 잔잔하게 일렁이며 돌아갈 수 없는 그 시절을 되비추었죠. 그러니 지금 저는 혼자가 아니라 당신과 함께 끊어졌던 우리의 여행을 완성해가고 있는 거라 해도 무방할 것입니다.

*

버스는 지금, 세 시간째 미국 서부의 고속도로를 달리는 중입니다.

로스앤젤레스와 샌프란시스코는 같은 주(州)에 속해 있지만 버스로 가려면 여덟 시간이 넘게 걸릴 만큼 멀리 떨어져 있습니다. 규칙적으로 챙겨 먹어야 하는 약이 다섯 종류가 넘고, 지나치게 흥분하거나 과로를 하면 호흡곤란으로 쇼크사할 확률이 보통 사람의 열두 배에 이르는 까다로운 인간이 다녀오기엔 사실 부담스러운 거리이긴 합니다. 게다가 저는 낯선 곳에서는 깊게 잠들지 못하는, 쓸데없이 예민한 습성을 갖고 있지요. 아주 짧은 일정이라도 토막잠으로 버티다 보면 체력은 금세 바닥나고 여행은 곧 유형(流刑)의 시간으로 바뀌고 맙니다. 지금도 저는 피곤함조차 느끼지 못하고 있습니다. 띄엄띄엄 앉은 승객들은 거의 대부분 잠들었는데, 제 머릿속은 오히려 점점 더 또렷해지고 있습니다.

다른 도시로의 여행은 5년여 만입니다.

다니던 직장을 그만두고 뒤늦게 영화를 공부하기 시작한 J가 차학경의 《딕테》를 소포로 보내온 건 지난여름의 일이었습니다. 책과 함께 동봉한 엽서에는 미국에 정착한 이민 여성으로서 이 책을 읽어보는 게 의미가 있을 것 같다는 내용이 적혀 있었고요. 실은……. J는 이어 썼습니다. 실은, 오래전부터 이 책을 소개해주고 싶었어. 하지만 쉽지 않았어. 너는, 이해하겠지? J의 주저와 고민이 만져질 듯 그대로 전해져서 저는 엽서에 적힌 그 질문 앞에서 여러 번 고개를 끄덕였습니다. 《딕테》를 쓴 저자이면서 동시에 행위 예술가였고 설치 예술과 영화, 사진 분야에서도 활동했던 차학경은 그 무한한 재능을 다 펼쳐 보이기도 전인 1982년, 뉴욕에서 건물 관리인에게 살해당했습니다. 그해 차학경은 만 서른한 살이었습니다. 매사에 사려 깊고 조심스러운 J는 바로 이 부분, 그러니까 차학경의 갑작스러운 죽음 때문에 내게 그녀를 소개하는 것을 미루어왔을 것입니다.

아무려나 《딕테》는 '살아 있는 소설', '포스트모더니즘 문학의 정수', '독보적인 디아스포라 산문' 등으로 칭송되어온 텍스트답게 대단히 아름다운 작품이었어요. 그리스 신화에 나오는 아홉 뮤즈의 이름과 각각의 뮤즈가 담당한 예술 분야로 장(章)을 분류하고 그에 맞게 인물, 배경, 문체를 변주하여 작품을 완성했다는 것도 독창적이었지만 진정 경이로웠던 건 다양한 주제였습니다. 차학경은 그리 두껍지 않은 한 권의 책에 역사, 언어, 여성 등을 주제로 많은 이야기를 담았는데 그 성찰의 깊이나 폭은 몇 줄의 문장으로 요약이 안 될 정도였습니다. 불과 열한 살에 미국으로 이민을 갔고 그 후 한국을 방문한 건 딱 한 번뿐이었는데도 한국 역사를 해석하는 그녀의 시선에는 섬세한 애정이 깃들어 있었습니다. 또한 이민자 여성이라는 미국 내 소수자가 갖는 언어적 고통이라든지 소통의 한계를 표현하는 부분은 실험적인 기법과 문체가 돋보였고요. 저는 단숨에 차학경의 글쓰기에 매료되었습니다. J가 염려한 것처럼 차학경의 죽음은 저에게 과거에 매몰되지 않는—그리고 매몰된 적도 없는—기억을 떠올리게 했지만, 그래서 종종 책을 읽다 말고 아무도 눈여겨보지 않는 곳으로 숨어들어가 혼자 앉아 있는 시간이 길어지곤 했지만, 그렇다고 차학경이 남긴 거의 유일한 예술 텍스트인 《딕테》로 빠져드는 저 자신을 제어할 수는 없었습니다. 저는 더 많이, 더 더 깊이 차학경에 대해 알아가고 싶었습니다.

그러다가 읽게 되었습니다. 한 통의 편지를, 그 안의 문장들을, 그녀의 이야기를…….

차학경의 여동생이 요절한 언니에게 쓴 그 편지를 읽지 않았다면, 하고 가정해봅니다. 그랬다면 필연적으로 주변 사람들에게 걱정을 끼칠 수밖에 없는 이 여행을 저는 계획하지 않았을 것입니다. 집과 직장을 오가는 생활에서 벗어나려는 시도도 하지 않았을 것이고, 친밀한 사람들과 풍경으로부터 멀어져야 하는 며칠을 견딜 수 없을 거라고 단정했을 것입니다. 하지만……. 하지만 가령 이런 문장 앞에서 저는 번번이 무너지고 맙니다. 지금까지 어떤 말이든 어떤 언급이든 나는 당신을, 당신의 생각, 당신의 말, 당신의 행동, 당신의 소망들을 말해왔어요. 그녀의 편지를 읽고 또 읽으면서 어느 순간 저는 깨달았지요. 제가 오랫동안 당신을, 당신의 생각과 말과 행동과 소망들을 잊고 살았다는 걸, 갑작스럽고도 차분하게. 그 믿어지지 않는 무심함이 커다란 아픔으로 저에게 되돌아오는 데는 그리 긴 시간이 걸리지 않았습니다.

*

오후 5시 30분, 주유소를 겸하고 있는 카페테리아 앞에 버스가 멈춥니다. 운전석에서 25분의 시간을 줄 테니 화장실을 이용하고 저녁 식사를 해결하라는 기사의 목소리가 들려옵니다. 잠에서 깨어난 승객들이 하나둘 자리에서 일어납니다. 저도 가방에서 지갑을 꺼내 들고 사람들을 따라 버스에서 내립니다.

버스에서 내리자 11월의 찬 바람이 사정없이 불어오고, 카페테리아의 조명은 젖은 공기 사이로 묽게 번져 보입니다. 흐린 어둠 속을 헤치며 서둘러 카페테리아로 들어가 커피와 도넛을 사서 나오는데 마침 빗방울이 후드득, 콧등에 떨어집니다.

기억의 기억을 떠올려라.

어떤 문장은 주문(呪文)인 듯 우리를 이끌기도 합니다. 지금 제가 하나의 문장에 실려 기억의 기억, 기억 속의 또 다른 기억들, 그 한가운데로 흘러가고 있는 것처럼 말이에요. 당신에 대한 기억이라면, 저는 늘 이렇게 한 박자 먼저 투항하고 맙니다.

가을이고 늦은 밤입니다. 살짝 열린 문 틈새로 보이는 건 비를 맞고 돌아온 당신입니다. 당신의 머리칼과 스커트에서 떨어지는 둥글고 투명한 빗방울을, 꽉 쥔 주먹과 숨을 내쉴 때마다 고요하게 오르내리는 볼록한 가슴을, 저는 하나도 놓치지 않고 훔쳐보고 있어요. 자정이 될 때까지 빗속을 걸으며 당신이 무엇을 고민했을지 짐작하는 건 어렵지 않았습니다. 어려웠던 건, 무엇을 포기해야 하는가와 관련된 당신의 저울 한쪽에 제가 놓여 있다는 걸 인정하는 것이었습니다. 그날, 당신은 어쩌면 저를 떠나기 위한 연습을 했던 건지도 모르겠습니다.

당신은 고등학생입니다. 그리고 저는, 저와는 상의도 없이 제 취학 시기를 늦춘 가족들에게 화가 나서 언제나 부루퉁하게 입술을 내밀고 다니는 여덟 살의 꼬마고요. 우리는 더 이상 비행기가 낮게 날아다니던 동네에 살지 않습니다. 우리가 사는 곳은 서울의 북동쪽, 개천이 흐르고 한옥을 쉽게 볼 수 있는 동네입니다. 그 무렵 당신은 본격적으로 그림을 배우고 싶어 합니다. 회화과에 입학하여 졸업 후에는 유학을 가고 싶다는 뜻을 밝히기도 합니다. 당신은 그림이 없는 인생을 상상하지 못합니다. 그림을 그리지 않는 손은 없는 것과 마찬가지라고 생각하기도 합니다. 하지만 부모님은 그들 각자의 방식으로 당신의 꿈에 반대 표현을 합니다. 아버지는 당신이 홍대 앞과 인사동 화방을 돌며 비교적 싼값에 구입한 화구들을 마당에 내다 버리고, 어머니는 미술 학원에 등록할 돈을 달라는 당신에게 끝내 아무 말도 하지 않습니다. 식사 도중 소리 나게 수저를 내려놓고 사라지는 아버지, 미안하다는 말밖에 할 줄 모르는 어머니, 당신과 아버지 사이의 긴 싸움, 싸움 후 온 집 안에 깃드는 침울한 침묵……. 저는 어렸지만, 알 수 있었어요. 그건, 저 때문이란 것을요. 저를 검사하고 치료하고 수술받게 하는 것만으로도 벅찬 일이었으므로 단 한 번도 부자인 적 없던 부모님이 상대적으로 건강한 당신에게 희생을 요구하고 있다는 걸 말이에요.

당신이 처음이자 마지막으로 가출을 했던 그날도 아버지와 당신 사이에서는 언쟁이 있었습니다. 아버지는 당신에게 교사나 공무원 같은 안정적인 직업을 가져야 한다고 강요하고, 당신은 그림 외에는 그 무엇에도 관심이 없다고 대답합니다. 미대를 가지 못한다면 차라리 대학을 포기하겠다고, 아니 인생 전체를 포기하겠다고 당신은 목소리를 높입니다. 당신이 그렇게 목소리를 높이는 건 흔한 일이 아니었습니다. 당신이 강경해지면, 놀란 아버지는 언제나 절 들먹였죠. 부모는 자식보다 일찍 죽게 되어 있다, 부모가 없으면 네가 정아의 부모가 되는 거다, 정아는 누군가 보살펴주지 않으면 살 수 없는 아이고 그 보살핌에는 경제적인 것도 포함되어 있다……. 아버지가 그런 말을 할 때, 왜 내 귀는 심장과 달리 건강하기만 한 것일까, 원망하곤 했습니다. 두 귀를 틀어막은 채 책상 아래나 커튼 뒤에 웅크려 앉아 오직 그것만을 원망했습니다.

그 저녁, 당신은 식탁이 다 차려질 때까지 방에서 나오지 않습니다. 아버지는 당신의 닫힌 방문 앞에서 한 끼 굶는다고 죽지는 않는다고 심술궂게 말하고, 굳은돌처럼 식탁에 앉은 어머니는 수저를 움직이긴 하지만 실제로는 아무것도 먹지 않습니다. 당신이 가방까지 싸 들고 집을 나갔다는 걸 알아차린 건 밤 10시가 넘어서였습니다. 아버지는 손전등을 챙겨 나가고 어머니는 진정되지 않는 목소리로 이곳저곳에 전화를 겁니다. 밖에는 비가 내리고 있습니다. 비가 오자 더더욱 초조해진 어머니는 경찰서에 가기 위해 옷을 차려입고, 아무런 성과 없이 집으로 돌아온 아버지는 한 시간만 더 기다려보자며 어머니를 만류합니다. 저는 침대에 누워 있긴 하지만 잠든 척하고 있을 뿐, 정신은 멀쩡합니다.

돌아오지 마.

이불 속에서, 저는 그렇게 기도하고 있습니다.

멀리, 멀리 가버려. 전부…….

전부 잊어버려, 제발.

자정이 다 되어 현관문 열리는 소리가 들렸을 때, 제 기도도 끝이 납니다. 슬그머니 침대에서 내려가 아무도 눈치채지 못하도록 조심스럽게 문을 열고는 그 틈새로 저는 봅니다. 고개를 숙인 채 가늘게 떨고 있는 당신과 그 옆에서 당신의 어깨를 감싸주는 어머니, 그리고 돌아선 채 허공을 응시하는 아버지를…….

그날의 제 기도를 당신이나 부모님에게 고백한 적은 없지요. 그러니 그날 이후에도 그 기도가 종종 반복되곤 했다는 걸 아무도 알지 못합니다. 기도는 거짓인 적이 없었습니다. 그날 문틈으로 당신을 훔쳐보며 당신의 머리칼과 옷에서 떨어지던 투명한 물방울이 아름답다고 생각한 것이 그러한 것처럼. 아니, 제가 아름답다고 느낀 건 당신뿐입니다. 왜 화가 나면서도 기쁜 것인지, 어떻게 실망감과 안도감이 교차할 수 있는 것인지, 그런 것들은 하나도 이해하지 못한 채 저는 그저 당신의 아름다움에 압도되어 있었습니다.

빗줄기는 이제 살갗이 아플 정도로 굵어졌습니다. 버스로 되돌아가 자리에 앉으며 커피 한 모금을 마십니다. 빗물이 들어간 커피는 끔찍하게 맛이 없습니다. 오래 묵은 커피콩을 사용했는지 상한 맛이 나기도 합니다. 기름과 설탕으로 범벅된 도넛도 입에 안 맞기는 마찬가지입니다. 정해진 시간에 약을 먹으려면 일단 배를 채워야 하지만 식욕은 금세 사라지고 맙니다. 어두운 창문에는 난감한 표정을 지으며 양손에 반 이상 남은 커피와 도넛을 들고 있는 제 모습이 비칩니다. 서른여덟, 창문 속 여자는 이제 그런 나이가 되었습니다.

닮았구나.

우리를 아는 모든 사람들은 늘 이렇게 말했죠. 제 얼굴에 당신의 과거가 있다고, 신기하고 재미있다고, 환하게 웃으며. 그리고 당신이 떠난 이후론 슬픔을 억누른 목소리로, 흔적을 찾듯 더듬는 눈길로, 닮았구나, 그들은 같은 말을 다르게 합니다. 다른 어조와 다른 억양으로, 다른 감정을 실어 말합니다. 서른 살 이후로 당신은 더 이상 나이 들지 않고 있으니 서른여덟 살의 저는 이제 당신의 과거가 아니라 미래가 되어버린 셈이군요. 그렇다면 당신의 사라진 미래는 저 차창 안에 있는 건가요. 저토록 좁고 어둡고 고독한 곳이 당신이 있는 곳인가요. 말해주세요. 그곳에선 바람도 불지 않고 비도 내리지 않는다고, 그래서 비에 젖어 추워할 일도 없으며 발이 시리지도 않다고, 그런 곳이라고…….

*

휴식 시간이 모두 지나가고 버스는 다시 출발합니다. 이제 샌프란시스코까지는 세 시간여가 남았을 뿐입니다. 볼일을 보고 배도 채운 승객들은 실내조명이 꺼지자 저마다의 방식으로 다시 잠들 준비를 합니다. 누군가는 외투를 뒤집어쓰고 누군가는 휴대용 베개를 목 뒤에 놓습니다. 야구 모자로 얼굴을 가리는 사람도 있고 담요로 온몸을 칭칭 감는 사람도 있습니다.

저는 사실 불안합니다. 남들처럼 쉽게 잠들지 못하는 건 불안감 때문인지도 모릅니다. 그런데 이 불안감은 기묘해서, 그 밑바닥에는 설명하기 힘든 설렘이 있습니다. 버스가 멈추면 티켓에 찍힌 목적지와는 전혀 다른 도시가 눈앞에 펼쳐질지도 모른다는 불안한 기대감이 가슴속을 꽉 채우고 있는 것입니다. 장거리 버스의 또 다른 매력이 바로 이 불확실성이라고 저는 생각합니다. 미국에 호감이나 관심을 가져본 적 없는 저 같은 사람이 이 나라에 정착하게 된 것도, 돌이켜보면 순간순간의 불완전한 사건들이 예측되지 않는 실험처럼 저를 이끌어왔기 때문일 거예요.

기억합니까.

학교에 다니기 시작하면서 저는 자발적으로 외출을 삼가게 됩니다. 갈 곳이 없기 때문입니다. 같은 학년의 아이들보다 한 살 위지만 학교에서 저는 늘 주눅이 든 상태로 주어진 시간을 견딜 뿐입니다. 저는 늘 혼자 있어요. 뛰어다닐 수도 없고 심지어 빠르게 걸어서도 안 되는 입술이 파란 저와 친구가 되고 싶어 하는 아이는 없습니다. 함께 뛰어놀지 못한다는 건, 또래들 사이에서는 외톨이가 되기에 충분한 조건입니다.

그 무렵엔 당신도 저를 들여다볼 여유가 없습니다. 당신은 아침 일찍 등교해야 하고 제가 잠든 뒤에나 귀가하니까요. 가끔은 의도적으로 저를 피했다는 걸, 모르지 않습니다. 우리의 저녁 산책은 중단된 지 오래고 단둘이 텔레비전을 보거나 밥을 먹을 기회도 좀처럼 오지 않습니다. 낮잠에서 깨어났을 때 이마의 식은땀을 닦아주며 물끄러미 저를 내려다보던 당신의 시선은 더 이상 제 삶의 일부가 아닙니다. 당신이 제 옷의 단추를 여며주거나 흘러내린 양말을 올려주는 일도 일어나지 않습니다. 당신은 예전보다 더 자주 멍한 표정을 지어 보이고, 때로는 아무런 의욕이 느껴지지 않는 눈빛으로 주위를 두리번거릴 때도 있습니다. 어쩌다 한 번씩 저와 눈이 마주치면 입가를 올려 미소를 지어 보이긴 하지만 그 미소는 당신의 시선이 저에게서 벗어나 다른 곳을 향하기도 전에 사라지고 맙니다. 저는 그때나 지금이나 모두 이해합니다. 진심으로, 이해하고 있습니다. 아직 어른도 아닌 여고생에게 동생의 미래를 책임져야 한다는 의무감은 마음속 반항심과 충돌하며 감당하기 힘든 고통으로 변해갔을 것입니다. 동생의 미래를 위해 자신의 꿈을 포기해야 하는 상황이라면 더더욱. 그래요, 당신은 결국 그림을 포기합니다. 화구들을 모두 처분하고 그토록 아꼈던 피카소의 화첩은 헌책방에 팝니다. 책상 아래에 겹겹이 쌓아뒀던 스케치북과 그림을 그려서 받은 각종 상장들, 조잡한 액자에 넣어둔 습작들을 내다 버립니다. 고등학교를 졸업하고 미술과 관련 없는 학과에 입학할 때까지 당신은 단 한 번도 캔버스 앞에 앉지 않았습니다. 그 후에도, 저는 그림을 그리는 당신을 본 적이 없습니다.

대학 졸업 후 무역 회사에 취직한 당신은 사회생활을 시작한 지 3년 만에 결혼을 결심합니다. 결혼을 약속한 사람은 미국 유학을 앞두고 있는 대학원생이라고, 거실에 모여 앉은 저와 부모님에게 당신은 덤덤하게 말합니다. 만난 지 불과 두 달밖에 안 된 사람과 곧 결혼하겠다는 당신의 말에 부모님은 당황하긴 하지만 반대하지는 못합니다. 게다가 그즈음 저는 많이 호전되어 있었으니까요.

당신이 제게는 형부가 될 사람을 집으로 데려온 날은 그해의 추석이었습니다. 그는 서른 살밖에 되지 않았지만 두꺼운 안경을 쓴 데다가 새치가 많아서인지 당신에게는 삼촌뻘처럼 보입니다. 그가 돌아간 후 아버지는 그의 눈빛이 날카로워서 마음에 들지 않는다 말하고, 당신은 괜한 트집을 잡지 말라고 차가운 목소리로 대꾸합니다. 예전만큼 젊지도, 혈기가 넘치지도 않는 아버지는 당신의 말에 아무런 토를 달지 못합니다. 어머니는 부엌에서 설거지를 하며 아무도 눈치채지 못하도록 아주 조금씩만 울고 있습니다. 당신이 그를 따라 미국에 갈 계획이라고, 당분간은 귀국할 여유가 없을 거라고 밝혔기 때문일 것입니다.

그 추석 이후 저는 내내 마음이 무거웠어요. 당신이 무언가에 쫓기듯 급하게 결혼과 이주를 결정한 것 같아서였을까요. 추석날 목격했던 한 장면, 형부 될 사람이 당신의 입가에 묻은 사과 껍질을 엄지로 닦아주려 하자 당신이 순간적으로 얼굴을 외로 틀어 그 손길을 피하던 장면이 마음에 걸려서였을 수도 있습니다. 사랑의 확신보다는 그저 그림이 없는 삶으로부터 멀리 달아나고 싶다는 욕망이 당신의 마음을 움직인 것은 아닌지, 고등학생이 된 저는 미심쩍기만 합니다.

아무려나 당신은 계획대로 그해 연말에 결혼식을 올리고 곧바로 미국으로 떠납니다. 그날 이후 저는 제 삶이 중요한 무언가를 빠뜨린 후 엉성한 바느질로 봉합해버린 가벼운 자루 같다고 생각합니다. 아버지는 하루가 다르게 늙어가고, 어머니는 전에 없이 자주 소지품을 잃어버립니다. 당신에게서 일주일 넘게 전화가 오지 않으면 서울에서 우리는 불안합니다. 기다림의 끝에서 당신에게 전화를 했을 때 통화가 연결되지 않아도 그만큼 큰 불안이 밀려옵니다. 방학 때뿐 아니라 미국에서는 큰 명절이라는 추수감사절과 크리스마스에도 당신은 한국에 오지 않습니다. 당신은 말하지 않지만, 그건 생활이 빠듯해서라는 걸 부모님과 저는 짐작할 수 있습니다. 기다리는 것, 우리가 할 수 있는 건 그것뿐입니다. 그때…….

그때, 당신은 불완전한 신분증을 들고 어디를 헤매고 다녔던 건가요.

그곳에서 혹시, 저를 부르지는 않았나요.

난 당신을, 당신의 말, 당신의 지식, 나의 목소리, 나의 피를 구분할 수 없었어요. 저도 그렇게 생각한 적이 있었습니다. 당신이 완성하지 못한 꿈을 기억하고 말하고 기록하며 살겠다고 결심하기도 했지요. 우리는 닮았으니까, 우리에게는 함께 걷던 길이 있었으니까, 제가 갈 수 있는 제 세계의 가장 먼 곳에는 늘 당신이 있었으니까…….

상상이 됩니다.

제가 이런 생각을 하고 있었을 때, 어리석구나, 라고 말하며 아프게 웃어 보였을 당신의 얼굴이…….

*

낮은 신음을 내뱉으며 저는 눈을 뜹니다.

굵은 침을 삼키며 정면을 응시하다가 가까스로 정신을 수습하고 주위를 둘러보니 버스의 실내조명이 모두 켜져 있습니다. 버스는 비상등까지 켜놓고 갓길에 정차 중입니다. 김이 서린 차창을 소매로 닦자 버스 밖에서 흑인 여성이 갓난아기를 업고 달래는 모습이 보입니다. 제가 깜빡 잠이 든 사이 갓난아기가 경기를 일으켰던 모양입니다. 미국에서 장거리 버스를 타는 승객들은 대부분 가난한 학생이거나 유색인종입니다. 창밖의 저 흑인 여성은 스무 살이 채 안 돼 보입니다.

낯선 곳에서 잠이 들면 저는 간혹 이렇듯 고통스럽게 깨곤 합니다. 세 번째이자 마지막 심장 수술 이후부터였을 것입니다. 수술 후 마취가 풀릴 즈음, 저는 꿈을 꾸었습니다. 미국에 있어야 할 당신이 제 눈앞에 있었습니다. 당신은 맨발이었고 얼음이 띄엄띄엄 떠다니는 강물 위를 걷고 있었습니다. 꿈속에서도 당신의 발에 대한 걱정만큼은 크고 생생했습니다. 겨울에는 양말을 두 개씩 겹쳐 신고 다녀야 할 만큼 당신은 추위를 잘 탔으니까요. 저는 당신의 등 뒤에서 위험하다고, 어서 나오라고, 목에 핏대가 돋도록 연이어 소리를 질러댔지만 당신은 제 쪽을 돌아보지도 않았습니다. 그토록 절실하게 부르는데도 당신이 모른 척 앞만 보며 걷고 있다는 게 믿어지지 않았습니다. 결국 저는 울음을 터뜨리고 말았습니다. 얼굴이 온통 젖을 만큼 울고 또 울다가…….

가까스로 눈을 떴을 때, 회복실의 밝은 조명이 아프게 눈을 찔렀습니다. 의식은 돌아왔으나 아직 목소리를 낼 수 없었고 몸도 움직이지 않았습니다. 주위에는 아무도 없었습니다. 깨어난 순간 곁에 있어줄 거라 믿어 의심치 않았던 어머니조차 보이지 않았습니다. 절대적인 적막, 감당하기 힘든 통증, 꿈쩍도 하지 않는 몸, 그 상황은 조금 전 지나온 악몽보다 더 지독한 악몽 같았죠.

회복실에서 일반 입원실로 옮겨진 뒤에도 부모님은 나타나지 않았습니다. 간혹 친척들이 찾아오긴 했지만 그들 중 누구도 부모님이 어디로 가버렸는지 말해주지 않았습니다. 또 한 번 버림받은 건 아닌가, 의심이 시작됐습니다. 당신이 내게서 벗어나기 위해 그

먼 나라로 떠나버린 것처럼 부모님도 나와 내 병에 질려버린 거라고, 그래서 두 사람이 합의하여 나를 외면하기로 한 거라고, 무력하게 누워만 있어야 하는 병실에서 저는 그런 과장된 상실감과 싸우고 있었습니다.

아둔한 나날들이었습니다.

수술이 끝나고 닷새가 지나서야 병실에 나타난 아버지가 제 손을 잡으며 낮은 목소리로 말했습니다. 엄마는 아직 미국에 있다. 안 본 사이 노인이 되어버린 그는 손마디마저 거칠고 가늘어져 있었습니다. 엄마가 오면 말해다오. 거기까지 말하고, 아버지는 고개를 숙였습니다. 아버지가 제 앞에서 눈물을 보인 건 그때가 처음이었어요. 나쁜 직감이, 아직 부기가 빠지지 않아서 마구잡이로 바람을 불어 넣은 풍선 같던 몸 안으로 촘촘히 스며들었습니다. 더 이상 아무것도 듣고 싶지 않았지만 제 귀는 여전히 건강했고, 도대체가 아플 기미도 보이지 않았죠.

엄마는 미칠지도 모른다. 그러니 엄마를 보면 꼭 말해다오. 정희가, 정희는, 네 안에 있다고…….

그리고 아버지는 다시 흐느꼈습니다. 머리칼이 거의 다 빠진 그의 휑한 정수리를 내려다보며 저는, 진짜 악몽은 아직 끝나지 않았다고, 어서 이 꿈에서 깨어나야 한다고 되뇌었습니다.

그것 외엔 할 수 있는 게 없었습니다.

늙은 남자의 울음과 젊은 여자의 중얼거림이 섞이고 교차하는 병실 안은, 그러나 시끄럽지 않고 적막했습니다.

일주일 뒤, 저는 무사히 퇴원했습니다. 병실 밖에는 또 다른 병실들이 있었고, 끝나지 않은 꿈속에서 저의 삶은 다시 이어졌습니다. 걷고 또 걸어야 했지만 때로는 우두커니 서서 시린 발만 가만히 내려다보기도 했습니다. 그리고 그로부터 많은 시간이 지난 어느 날, 저는 로스앤젤레스의 화창한 여름 한가운데서 그녀의 편지를 읽게 된 것입니다. 내 핏속에 흐르는 당신의 기억, 당신의 침묵.

*

서른 살의 당신은 아주 작은 상자 안에 담겨 당신의 고향으로 돌아옵니다. 우리는 당신을 나무 아래 묻습니다. 차갑게 식어버린 당신의 젊은 살과 피를 아무도 보지 못하도록 그 안에 숨겨둡니다. 당신이 하고 싶었으나 하지 못한 말들, 완성하지 못한 일들, 만날 가능성이 있었던 사람들, 그 모든 것을 모르는 채로. 쓰이지 못한 역사, 기록되지 않은 이야기, 그 역시도. 당신을 묻고 온 날, 우리의 손에는 아무것도 남지 않았습니다.

몸이 어느 정도 회복된 뒤 저는 서른 살의 당신을 만나러 공항으로 갑니다. 부모님은 출국 게이트 밖에서 손을 흔들며 말합니다. 하고 싶은 걸 해라. 날개가 달린 사람처럼 온 세상을 휘저으며 마음껏 살아라. 멀리, 멀리 가거라.

게이트 밖에서, 아버지는 낮게 부릅니다.

정희야…….

그사이 그에게는 눈물을 보이지 않기 위해 이를 악문 채 웃는 버릇이 생겼습니다.

게이트가 닫히기 직전, 아버지는 한 번 더 당신의 이름으로 저를 불렀습니다.

미국에 도착하자마자 저는 당신이 살았던 집을 찾아가고, 당신과 친분을 맺은 적 있는 사람들을 수소문해서 만나러 다닙니다. 서울의 가족들 모르게 이혼한 뒤 비자 갱신을 못하여 불법 체류자 신분이 되었던 당신은 생의 마지막 1년을 로스앤젤레스 한인 타운에서만 보내야 했습니다. 생활비를 벌기 위해 한인이 운영하는 서점에서 일하기도 했고, 교포 자녀들에게 한국어 문법을 가르치기도 했죠. 저는 당신이 남긴 수첩과 일기와 메모를 읽고, 그리고 걸을 수 있을 때까지 걷습니다. 그때껏 살면서 단 한 번도 하고 싶은 게 없었던 제게 처음으로 의욕이란 게 생깁니다. 푸르고 뜨거운 그 감정은 낯설어서 조심스럽지만 절 살아 있게도 합니다. 살아 있어서 다행이라고, 그렇게 혼잣말하는 저 자신을 발견하기도 합니다.

제가 들은 스물일곱 살부터 서른 살까지의 당신의 삶은 단 몇 줄의 문장 안에 모두 들어갑니다. 주로 자전거를 타고 장을 보러 다녔다는 것, 교회 앞에서 빈 유모차를 끌고 다니며 구걸하는 젊은 여인에게 입고 있던 코트를 벗어준 적이 있다는 것, 다운타운에 위치한 미술관에 가는 걸 최고의 호사로 여겼다는 것, 한국행 비행기 티켓을 예매해놓곤 했지만 날짜가 다가오면 번번이 취소했다는 것, 다운타운에서 강도의 총에 맞은 날도 당신의 백에는 예매한 비행기 티켓이 들어 있었다는 것……. 제가 찾을 수 있는 당신의 흔적은 거기까지가 전부지만 저는 귀국하지 않습니다. 미국에 온 지 두 달 만에, 그리고 저는 당신과 2주에 한 번씩 만나 언어 교환을 했다는 인도계 미국인을 만납니다. 그는 당신의 노트북을 수리해준 전자 상점의 직원이었죠. 퇴근 후 아시아 드라마를 보는 것이 유일한 취미여서 당신과의 그 개인적인 언어 수업이 무척 소중했다고 그는 말합니다. 당신이 자신 없는 발음인 알(R)이나 브이(V)가 들어간 단어는 무심결에라도 쓰지 않을 만큼 자존심이 강했다고 말하며 그는 웃어 보이기도 합니다.

하지만 고개를 숙일 때 드러나는 하얗고 긴 목은 풀잎 같았어요. 어떻게 저런 목으로 숨도 쉬고 인사도 하고 말도 할 수 있는 걸까, 의아하게 보곤 했어요.

그 말에 저는, 오래전 당신에게 업혔을 때 느껴지던 당신의 섬약한 뼈를 떠올렸습니다. 집이 가까워질수록 점점 더 진해지던 당신의 땀 냄새, 거칠어지던 숨소리, 하지만 단 한 번도 내릴래? 라고 묻지 않았던 그 긴 시간도 함께. 그 사람은 그렇게 느닷없이 제 삶으로 들어왔습니다. 가까워진 뒤 그와 결혼하여 미국에 정착하기로 마음먹은 건, 그러니 당신의 자력(磁力)으로밖에는 설명되지 않습니다. 혹은 당신이 떨어뜨린 한 줄기 실이었을까요. 저쪽에서 당신의 실뭉치는 고요하게, 그러나 한 번도 쉬지 않고 부지런히 움직여왔을 테니까요.

그렇게 17년을 이 나라에서 살았습니다.

돌이켜보면 매 순간이 고독과 불안의 연속이었습니다. 제가 새로 배워야 하는 것은 제2의 언어 자체가 아니라 제2의 언어로 인사하는 방법, 축하하고 위로하는 방식, 농담하는 기술이었습니다. 이 나라의 은행과 대중교통과 병원 시스템에 익숙해져야 했고, 장을 보고 요리를 하고 아이를 낳고 키우는 삶에도 내 몸을 맞춰가야 했습니다.

간혹, 얼음이 떠다니는 찬 강물 위를 맨발로 걷는 기분이 들기도 했습니다.

5년여 전 뉴욕행 비행기 안에서 제가 본 것도 바로 그 얼음 강물이었습니다. 사실 저는, 그 풍경이 얼음 조각이 떠다니는 강물이 아니라 구름이 흘러가는 밤하늘에 지나지 않는다는 걸 분명하게 의식하고 있었습니다. 알고 있었으면서도, 저는 그곳 어딘가에 당신이 있을까 봐 감히 눈을 뜰 수가 없었어요. 거기에선 발이 시릴 테니까요. 목소리는 나오지 않고 몸은 움직이지 않는데 주위엔 아무도 없고, 심지어 어머니조차 보이지 않을 테니까요.

비행기가 무사히 착륙한 뒤에야 저는 알았습니다. 제가 작은 죽음을 경험했다는 것을요.

*

밤 9시 50분, 버스는 드디어 샌프란시스코에 도착했습니다.

버스에서 내리자 어디로 가야 하는 건지 알 수 없어 순간적으로 당혹감이 밀려옵니다. 아직 부화될 때가 되지 않았는데도 알에서 나온 어린 짐승처럼 저절로 몸이 움츠러듭니다.

이럴 때면, 실뭉치를 생각합니다.

김포공항 근처에서 살던 시절, 작아지거나 심하게 얼룩이 묻은 털옷은 우리에게는 귀한 장난감이었죠. 제가 털옷을 잡고 있으면 당신이 실을 뽑아 잡아당기며 둥근 실뭉치를 만들었습니다. 실뭉치가 만들어지는 동안, 우리는 마주 앉아 웃고 떠들고 때로는 침묵했습니다.

그 동네에서 살던 마지막 해의 어느 겨울밤, 그때도 우리는 어머니의 스웨터로 하나의 실뭉치를 완성해갑니다. 밤이 깊어도 세계의 어딘가를 향해 날아가는 비행기의 행렬은 끊이지 않고, 저는 대체 어떤 사람들이 비행기를 타는 걸까 궁금하기만 합니다. 그사이 스웨터는 작아지고 실뭉치는 커져갑니다. 저는 자꾸만 졸음이 밀려와 눈이 감기고 있지만, 잠결에도 실을 잡아당기는 힘이 느껴질 때마다 안도하곤 합니다. 당신의 손에 딸려가는 실을 놓치지만 않는다면, 저는 언제까지고 안전할 것만 같습니다. 그 실만 따라간다면 언젠가 우리가 다시 만나게 될 그 목적지가 나올 거라는 믿음은 그렇게 점점 둥글어지고 커져갑니다. 그러나…….

그러나 저는 잠에서 완전히 깨어 눈을 뜨고 보고야 맙니다. 텅 빈 맞은편 자리를, 먼지가 앉은 그 온기 없는 방석 위를……. 완성된 실뭉치는 어딘가로 굴러가고 저는 당신이 떠난 자리를 오래오래 건너다봅니다. 잘 가……. 한참을 서성이다가 돌아서서 시내 쪽으로 걷는데 머리 위로 비행기가 날아갑니다. 손을 흔들며, 저는 뒤이어 속삭입니다.

잘 가, 언니.

⊙ 서체가 다르게 표기된 인용문은 《관객의 꿈》(콘스탄스 M. 르발렌 엮음, 김현주 옮김, 눈빛, 2003)에 수록된 차학경의 여동생 차학은의 편지에서 발췌하였음을 밝힌다.

아무도 아닌, 명실

황정은

황정은

1976년 서울에서 태어났다. 2005년 〈경향신문〉 신춘문예에 단편소설 〈마더〉가 당선되었다. 소설집 《일곱시 삼십이분 코끼리열차》, 《파씨의 입문》, 장편소설 《百의 그림자》, 《야만적인 앨리스씨》가 있다. 한국일보문학상, 신동엽문학상, 젊은작가상을 수상했다.

그리고 그녀는 노트가 한 권 필요하다고 생각했다.

금요일 저녁이었을 것이다. 오후 어느 때 그녀는 잘 사용하지 않는 찬장을 열었고 무슨 생각으로 그걸 열었는지 잊은 채로 어둑한 선반을 들여다보고 있었다. 놓인 자리에 고스란히 놓여 있는 찻잔들엔 파란색과 녹색으로 데이지 무늬가 있었고 테두리의 금빛은 약간 바래 있었다. 그녀는 그중에서 가장 아껴가며 사용했으나 이제는 사용하지 않는 찻잔을 알아보았다. 아마도 그 순간쯤이었을 것이다. 노트가 한 권 필요하다고 그녀는 생각했다. 새로 살 필요는 없었다. 실리의 노트가 이 집 안 어딘가에 몇 권쯤 남아 있을 테니까. 그녀는 다른 찻잔들보다 깊숙하게 놓인 찻잔을 보았고 받침 모서리를 잡아 앞쪽으로 끌어당겼다. 찻잔이 받침 안에서 달캉, 소리를 냈고 그걸 듣는 순간 노트에 관한 생각은 말갛게 멀어졌다.

다시 금요일이 되었을 때 그녀는 노트를 다시 생각해냈고 이번엔 지체 없이 책장 앞으로 가서 마땅한 걸 찾기 시작했다. 책장 어디쯤에 사용하지 않은 노트를 모아두었는데 그게 어느 칸이었는지 생각나지 않았다.

그녀의 집엔 수만 권의 책이 있었는데 그게 다 실리의 책이었다. 그녀의 책은 단 한 권도 없었다. 실리가 생전에 책을 냈더라면 그녀의 책도 한 권이나 어쩌면 몇 권쯤은 있었을 것이다. 실리가 이름을 적어 선물했을 테니까. 아마도 그 책의 첫 페이지엔 명실아, 하고 적혔을 것이다. 다른 것 없이 명실아. 언제고 자신의 책을 낸다면 첫 번째 증정본엔 그렇게 적을 거라고 실리는 말하곤 했지, 하고 그녀는 생각했다. 고맙다거나 사랑한다거나 말하지 않고, 명실아. 그녀는 그것으로 충분하다고 대답했고 정말 그렇게 생각했다.

그녀는 고개를 젖히고 서서 책들의 등을 위쪽부터 찬찬히 살폈다. 바래고 묵은 책들이었다. 실리는 자신만의 기준으로 책을 꽂아두었고 그걸 대부분 기억하고 있었다. 이따금 먼지를 털어낼 뿐 그녀는 수십 년째 실리의 책장엔 손을 대지 않았고 아무도 건드리지 않아 그 책들은 실리가 배열해둔 대로 조용히 낡고 있었다. 인간 없는…… 불안의…… 말할 필요가…… 에 대하여…… 눈에 띄는 제목들이 더러 있었으나 그녀에게 필요한 책은 아니었다. 그녀가 찾는 책은 제목이 적히지 않은 책이었으니까. 다시금 생각이 희미해지기 시작했을 때 그녀는 아무것도 적히지 않은 자주색 책등을 물끄러미 바라보고 있는 자신을 깨달았고 그게 자신이 찾는 책이라는 걸 알았다.

노트를 마련했으니 이제 만년필을.

그녀는 실리의 책상으로 다가가 첫 번째 서랍에서 그것을 찾아냈다. 납작한 가죽 필통에 만년필이 들어 있었고 그게 언제나 거기 있다는 것을 그녀는 알고 있었다. 그런데도 그녀는 끈으로 묶인 가죽 필통을 열 때 허둥댔다. 실리의 만년필이 거기 있었고 그녀는 만족스러워 그것을 손에 쥐었다. 종이에 글을 적을 때는 만년필로. 그건 그녀의 생각이라기보다는 실리의 생각이었다. 실리는 자주 그렇게 말하곤 했고 평생 두 자루의 만년필을 가졌는데 어쩌면 그녀가 모르는 만년필을 한 자루쯤 더 가졌는지도 몰랐다. 누가 알겠나. 그녀는 재미있다고 생각하며 그런 생각을 했다. 누가 알겠나…… 그녀는 서랍에 든 잉크병을 쥐고 뚜껑을 비틀어보았다. 검푸른 가루가 떨어졌다. 잉크는 고체가 되어서 병을 뒤집어도 흐르지 않았다. 펜촉도 잉크를 머금은 채로 굳어 있었지만 그것에 관해서는 걱정할 것이 없었다. 그녀는 만년필을 부엌으로 가져가서, 생전에 실리가 자주 했던 것처럼, 유리컵에 따뜻한 물을 받아 펜촉을 담갔다.

그녀는 현관에 잠시 서 있다가 집 밖으로 나섰다. 정오를 조금 넘긴 골목엔 그녀 말고 오가는 사람이 없었다. 그녀는 긴 벽을 따라 느릿느릿 걷다가 완만하게 비탈진 골목을 내려가기 시작했다. 가을을 맞은 나무에서 떨어진 낙엽이 발에 밟혔다. 단풍잎이 바싹 말라 둥글게 말려 있었다. 이렇게 되다가 금방 눈이 내릴 것이다. 겨울이 얼마 남지 않았다고 그녀는 생각했다. 그런데…… 하고 그녀는 생각했다. 요즘은 잉크를 어디서 파나. 문구점에서 팔지 어디서 파나 이 사람아…… 스스로 문답하며 그녀는 깊게 숨을 들이마셨다. 그 계절의 공기가 신선하게 폐를 부풀렸다. 싸늘하고 맑은 날이었다. 덧옷의 성긴 올 사이로 찬 바람이 들었는데 햇볕은 따뜻해서 바람만 아니라면 어디 모퉁이에 앉아 있고 싶다고 그녀는 생각했다. 양지바른 곳에 앉아서…… 아무것도 하지 않는다. 다만 햇볕을 쬐면서 지나가는 사람을 구경할 뿐. 내가 어렸을 때는…… 하고 그녀는 계속 생각했다. 동네 모퉁이에 그렇게 앉아 있는 노인들을 잘 이해할 수 없었는데. 눈도 부실 텐데 노인네들이 무슨 생각으로 저런 데 앉아 있는 걸까, 라고 생각했는데. 그냥 그 사람들은 너무 어두운 방에서 살았던 거지. 너무 조용한 방에서…… 그녀는 걸음을 멈추고 신발에 들어간 돌을 털어냈다.

아무리 걸어도 잉크를 파는 곳이 없어 그녀는 계속 걸었고 걷고 보니 시장이었다. 둥근 지붕을 씌운 좁다란 시장이 이어졌고 장을 보려고 나온 사람들이 그 길을 오르내리며 시장 물건을 구경하고 있었다. 그녀도 그들 틈에 섞여 천천히 걸으며 건어물과 생선과 정육과 과일을 두루두루 구경했다. 납작하게 구운 과자와 사탕을 파는 가게에서 그녀는 어렸을 때 명절에나 먹곤 했던 무지개 젤리를 발견했고 그걸 한 봉지 달라고 말했다. 그녀는 한쪽에 겸손하게 서서 과자 가게 상인이 종이를 말아 뿔처럼 만든 뒤 거기에 젤리를 담는 것을 지켜보았다. 그녀는 종이 뿔을 손에 쥐고 이따금 젤리를 꺼내 먹으며 계속 걸었다. 젓갈, 장, 기름, 떡, 피, 삼, 향, 비늘 냄새. 어전 앞을 지날 때 그녀는 할머니, 하고 부르는 소리를 들었고 그게 자기를 부르는 소리라는 걸 깨닫고 깜짝 놀랐다. 우리 할머니

오랜만에 나오셨네. 번들거리는 앞치마를 입은 남자가 그녀를 향해 말했다. 그녀가 다시 놀라서 나를 아세요? 나를…… 하고 묻자 그는 알지, 그럼 알지, 우리 할머니 오늘 전어 좀 가져가, 전어가 요즘 죽여주고, 구워도 맛있고 쪄도 맛있어, 둘이 먹다 하나가 죽어도 모르는 맛, 전어야 전어, 하고 말했다.

그녀는 손을 뒤집어서 손등을 바라보았고 그다음엔 손가락을 벌려 손등의 경계를 골똘히 살펴보았다. 손등은 거무스름한 황색을 띠고 있었는데 손가락과 손가락 사이는 여태도 엷은 분홍이었다. 갓 태어났을 때는 전부 그랬을 것이다. 손등도 손바닥도 발바닥도 뒤꿈치도…… 갓 태어났을 때엔 그처럼 말랑말랑하고 부드러웠을 것이다. 갓난아기의 발바닥이 손바닥과 같은 것처럼. 그녀에게는 갓난아기의 도톰한 발을 쥐고 엄지로 발바닥을 문지르며 감탄한 기억이 있었다. 굳은살이라고는 조금도 없는 말랑한 살에 관한 기억이었다. 직립과 보행을 아직 경험하지 않은 인간의 발. 누구나 이런 발을 가지고 태어나는데…… 일단 일어서서 걸음을 배우게 되면 달라지지. 완전히 다른 조직인 것처럼 발바닥도 뒤꿈치도 딱딱해져…… 그게 너무 서글프다고 생각하며 그 작은 발을 한참 만진 기억이 있었다. 그런데 그건 누구의 발이었나. 누구의 아기였나. 여동생의 아이였을 것이다. 그녀의 여동생은 멀리 떨어진 소도시에 살았고 남매를 낳아 길렀다. 바닷가에 그 집이 있었지, 하고 그녀는 계속 생각했다. 여름엔 능소화가 늘어지고 가을엔 백일홍이 끝없이 바래가며 상승하던 마당. 줄에 묶이지 않은 개들이 순한 표정으로 마당을 돌아다녔고 애들이 그 개들의 커다란 머리를 쓰다듬었다. 그녀가 엎드려 있거나 누워 있으면 등이나 배로 꾸물꾸물 기어올랐던 아이들. 땀투성이의 뜨거운 정수리를 내 옆구리에 비벼대던…… 그 애들은 모두 어른이 되었겠지. 그들의 소식을 들은 지도 한참 되었다. 한참 되었다고 생각하며 그녀는 싱크대 수챗구멍 근처에 놓인 비닐을 끌어당겼고 그 바람에 비닐 바깥으로 비어져 나온 불그스름한 꼬리지느러미를 보고 놀랐다.

그녀는 흐르는 물에 전어를 씻어 바구니에 엎어두고 식초를 사용해 싱크대를 닦은 뒤 찻주전자에 차를 만들었다. 부엌 탁자엔 찻잎 깡통과 일부러 공기에 내놓아 무르게 만드는 중인 과자를 담은 봉지, 옷핀이나 단추를 모아둔 접시, 다른 데로 치우려고 쌓아둔 그릇이 놓여 있었고 그녀는 그 물건들 곁에, 탁자 끄트머리에 찻잔을 두고 만족스럽게 차를 마셨다. 따뜻한 차를 삼키자 졸음이 쏟아졌다. 그녀는 꾸벅꾸벅 졸다가 싱크대에 놓인 컵을 보고 소스라쳐 등을 폈다. 실리의 펜촉이 담긴 유리컵이었다.

나 좀 봐……

오늘은 더 중요한 일이 있었는데…… 그녀는 무더기로 쌓인 책들 앞을 지나 책상이 있는 방으로 들어갔다. 짙은 색을 먹인 고무나무로 만든 책상이 벽에 바짝 붙어 있었다. 상당히 낡았지만 실은 별로 사용하지 않은 물건이었다. 책상을 집에 들이고 얼마 되지 않아 책상의 주인이 세상을 떴으므로. 책상은 수만 권의 책으로 곧 무너져 내릴 듯한 책장을 등진 채 놓여 있었다. 사용되는 일도 없이 오랜 세월 그 자리에 있었고 어쩌면 그 때문에 더 낡았는지도 모르겠다고 그녀는 생각했다. 잘 사용하지 않는 전축이 더 빠르게 녹스는 것처럼. 그녀는 의자를 당겨 앉은 뒤 책상 모서리를 잡아보았다. 노트와 새 잉크병이 이미 책상에 놓여 있었다. 그녀는 등을 구부린 채 책상 너머 벽을 바라보았다. 불규칙하게 들뜬 벽지에 얼룩이 번져 있었다. 어느 해 어느 계절, 아마도 여름에 내린 비의 흔적일 것이다. 이렇게 안쪽까지 스밀 정도로 많은 비…… 그녀는 그걸 물끄러미 보고 있다가 여기보다는 창가가, 뭔가를 쓰다가 고개를 들면 밖을 볼 수 있는 창가가 더 좋지 않을까 생각했다. 어디, 하고 그녀는 의자를 밀고 일어났다. 의자는 책상과 마찬가지로 고무나무로 만들어졌고 제법 무거워서 이것을 뒤로 밀어내는데도 꽤 힘을 들여야 했는데 그보다 몇 배는 무거운 책상을 혼자 옮길 수 있을지 어떨지, 그녀는 의심조차 해보지 않고 일단 측면에서, 당기기 시작했다.

한두 번 삐걱거리는 소리만 났을 뿐 조금도 움직이지 않았다.

너무 오래…… 이 자리에 놓아두어서 그래. 그녀는 그렇게 생각하며 계속 당기다가 그다음엔 밀었다. 팔과 가슴과 허리와 두 발과 무릎에 잔뜩 힘을 주어서 밀고 밀고 밀다 보니 어느 순간 그…… 하며 책상이 밀리기 시작했고 그녀는 그게 기뻐서 더 힘껏 밀었다. 그그그그…… 그그그…… 그녀는 책상으로 바닥을 긁으며 나아갔고 마침내 적당한 자리에 당도했을 때 얼굴을 붉히며 허리를 폈다. 팔이 부들부들 떨렸고 가슴이 뻐근했지만 탁한 유리를 통해 바깥이 보이는 자리였다. 봐, 하고 그녀는 부옇게 일어난 먼지 속에서 말했다. 이제 훨씬 좋게 되었다. 그녀는 다시 의자에 앉아 숨을 고르고 잉크에 펜을 담갔다. 정성껏 잉크를 빨아들이자 쉭, 소리가 났고 그녀는 긴장해서 만년필을 꾹 쥐었다. 오늘 안에…… 하고 그녀는 생각했다.

첫 단락을 쓰자.

그리고 그것은 실리에 관한 것이 될 거라고 그녀는 생각했다. 뭐가 됐든, 실리에 관한 이야기. 그런데…… 어떻게 시작해야 좋을까. 실리를, 실리에 관한 것을…… 무엇으로 시작해야 좋을까.

시작은 그렇다 하더라도 마지막은 어떨까. 어떻게 끝내는 것이 좋을까. 실리라면 어떻게 했을까. 실리는…… 하지만 실리는 이야기를 좀처럼 끝내지 못했지…… 하고 그녀는 계속 생각했다. 실리는 아주 적은 분량을 아주 천천히 썼고 매일매일 전날에 쓴 것을 처음부터 짚어가며 다시 썼다. 덕분에 실리의 이야기들은 마지막에 이르지 못하는 경우가 많았고 대개는 언제까지고 시작을 반복하거나 매번 시작되는 이야기로 남았다. 본인은 그 점을 괴롭게 여겼지만 그녀는 그래도 좋았다. 실리의 문장, 실리의 골격을 닮은 문장이 매일 조금씩 달라지면서 이야기도 조금씩 달라지는 걸 지켜보는 게 좋았다. 실리는 자신의 원고를 그녀 말고는 아무에게도 보여주지 않았으므로 그녀가 그 문장, 그 이야기들의 유일한 목격자였다. 그리고…… 그리고 이야기를 시작할 때 실리는 그녀를 앉혀두고 이렇고 저런 이야기를 하고 싶다고, 바로 그런 이야기를 쓸 거라고 눈을 빛내며 말했고 사실을 말하자면 그녀는 실리의 문장을 읽는 것만큼이나 실리의 이야기를 듣는 게 좋았다. 어떤 이야기들은 실리가 그녀에게 이야기를 하는 동안 이야기가 되었다. 그것으로도 충분하다고 그녀는 생각했다. 그녀는 퇴근하고 돌아온 실리가 책상에 작은 등을 켜두고 그 불빛을 향해 등을 구부리고 앉아 뭔가를 쓰던 모습을 생각했다. 그런데 한번은 실리가…… 그렇게 쓴 이야기들을 밖으로 던져버린 적이 있었지…… 창문 밖으로. 공영 주차장과 도로가 내려다보이는 창문으로. 그녀는 당장 그걸 주우러 내려가고 싶었지만 실리가…… 실리가 도깨비처럼 눈언저리를 붉힌 채 서 있었으므로 그런 실리를 지켜보느라고 움직일 수가 없었다. 거실과 부엌에 달린 커다란 창들이 밤새 바람에 덜컹거렸다. 힘든 밤이었어…… 나중에 몰래 내려가보니 그 이야기들은 이미 돌이킬 수 없도록 사방으로 흩어지거나 도저히 주울 수 없는 곳으로 날아가버린 뒤라서 몇 장 남아 있지 않았다.

실리가 세상을 뜨고 나서 그녀는 그녀가 읽거나 들은 실리의 이야기들, 그 이야기들이 어떻게 시작되고 어떻게 이어졌는지를 기록해보려고 했으나 제대로 해낼 수 없었다. 그녀가 가진 것은 파편들이었다. 문장이라기보다는 목소리였고 모으려고 할수록 멀어지고 흩어지는 메아리들이었다. 실리의 이야기들은 책이 되지 못했다. 그 대신이랄 것도 없었지만 실리가 사 모은 책들이 이 집에 남았고 그 책들이 이제 그녀의 등 뒤에 있었다. 그녀는 뒤돌아보지 않고도 어느 선반에 어떤 책이, 어떤 색 표지에 어떤 이름이 적혀 있는지를 다 말할 수 있었다. 다 말할 수 있다고 그녀는 믿었다. 이따금 아니야 그보다는 훨씬 자주 그녀는 그 책들 앞에 서 있고는 했고 그 많은 책 가운데 실리의 책이 없다는 것을 골똘히 생각해 보고는 했으니까. 수만 권의 책들. 유명하고 위대한 이름들. 그것들은 일각(一角)이었다. 일각에 불과했다. 수면 위로 드러난 이름 아래 차갑게 잠겨 있는 이름들이 있었고 그중에 실리가 있었다. 실리가…… 그것을 생각하면 그녀는 얼음처럼 차가운 물 아래 잠긴 실리를 정말 본 듯했고 거기 갇힌 실리를 어쩌지 못해 숨이 막혔다.

한번은, 하고 그녀는 계속 생각했다.

실리를 데리고 여동생의 집을 방문한 적이 있었다. 밤배를 타고 갔다. 섬으로 시집간 여동생의 집엔 대문이 없었고 걸어서 갈 수 있는 거리에 바다가 있었다. 아침이 되어 꽤 멀리까지 물이 빠져나간 바닷가는 단단하고 축축한 모래로 덮여 있었다. 바다 건너 또 다른 섬이 보이는 바닷가에서…… 한나절을 놀았다. 모래는 유백색이었고 바다는 먼 데까지 에메랄드 색이었다. 잘 웃었고 잘 놀았다. 그런 소리…… 그런 색에 관한 기억이 그녀에게 남아 있었다. 바다의 경사가 완만했으므로 그녀는 수영을 할 줄 모르는 실리를 튜브에 실어 파도에 맡겨두었다.

그녀가 무릎에 모래를 묻힌 채로 바닷가에 앉아 있는 동안 실리는 튜브에 실려 둥실둥실 떠다녔다. 샌들과 카메라, 몸을 닦으려고 챙겨갔지만 모래가 잔뜩 달라붙어 무용지물이 되고 만 수건…… 걸어서 건널 수 있을 것 같은 바다를 사이에 두고 섬이 있었고 그쪽 해안에도 집이 있었다. 빨갛고 파란 지붕이 보였다. 옥상에 널어둔 빨래까지 다 보였다. 명실아, 실리가 그녀를 불렀다. 수면 아래 해초 군락지가 있었다. 그 부근의 바다가 검었다. 거대한 반경을 가진 구멍처럼 보였는데 그쪽으로 떠내려가며 실리는 두 팔로 바다를 젓고 있었다. 그 얼굴. 그 젊고 앳된 얼굴. 그런데 그 얼굴이 어땠는지…… 어떤 표정을 하고 있었는지 그녀는 잘 기억할 수 없었다. 아주 멀리 떨어진 광경을 보는 것처럼 지나치게 멀었다. 실리는 그 바닷가에서 아주 작았고 튜브에 얹힌 채로 둥실둥실, 그런데 그 얼굴을 떠올리려고 할수록 풍경의 가장자리부터 어두워졌다. 너무 어둡고 너무 느려서…… 이상하기도 해라, 하고 그녀는 생각했다. 어떤 기억은 맛이 느껴질 정도로 선명한데 어떤 것은 눈앞에 질긴 막을 씌운 것처럼 불투명했다. 어느 해인가의 여름…… 그런데 그게 어느 해였지? 실리와 내가…… 몇 살 때였지?

여동생이 알 것이다. 그녀는 의자를 밀고 일어나 부엌으로 갔다. 냉장고에 자석으로 고정해둔 메모지가 있었고 그녀는 그 낡은 종이를 들여다보며 가장 익숙한 번호를 찾아내 그 번호로 전화를 걸었다. 수화기를 쥐고, 어둡고 긴 터널을 통해 듣는 것처럼 막막하게 들려오는 발신음을 들었다. 여보세요, 하고 누군가 전화를 받았다. 그녀는 말했다.

영실이냐.

네?

영실이.

이모…… 이모예요?

영실이랑 통화를 좀 하고 싶은데.

……

여보세요?

이모, 엄마 전화받을 수 없는 거 아시잖아요.

거기가 영실이네 집 아니에요?

이모?

이모라니…… 그녀는 두렵고 당황스러워 전화를 끊었다. 나는 영실이를 찾는데 왜 자꾸 나더러 이모라고 하나. 나를 이모라고 부르는 이 여자는 누구인가. 라인이 이상한 곳으로 연결된 게 틀림없다. 누군가 그렇게 되도록 해코지를 해둔 것인지도 모른다. 그녀는 싱크대에 배를 대고 한동안 서 있다가 사이렌 소리를 들었다. 사이렌이 울리고 있었다. 그녀가 기억하기로 민방위 날짜가 아닌데도 높고 다급하게. 그녀는 공습을 알리는 사이렌, 공습경보라고 여겼고 드디어, 라고 생각했다. 드디어. 이렇게 아무렇지도 않게…… 그러나 그녀가 꼼짝도 하지 않고 그 자리에 서 있는 동안 점점 소리가 다가왔고 그녀는 그게 양파와 마늘을 팔아보려는 확성기 외침이라는 것을 알았다. 아득하게 생각이 멀어졌다.

그녀는 의자 곁에 서서 방금 누군가 앉았다 일어난 것 같은 각도로 벌어진 의자, 그리고 책상을 바라보았다. 책상과 의자의 각은 왼쪽으로 약간 열려 있었다. 조금 전까지 여기 앉아 있던 누군가는 왼쪽으로 일어서서 나갔을 것이다. 그게 나였나. 그게 자기였다는 것을 알고 있는데도 그 광경을 낯설다고 여기며 그녀는 의자에 손을 올렸다. 의자에 앉아 만년필을 손에 쥐었다. 그새 식어서 섬뜩할 정도로 차가웠다. 그녀는 만년필을 쥐고 체온과 비슷해져서 이

물감이 사라질 때까지 기다렸다. 이것은 계속 쥐고 있어야 하는구나, 하고 그녀는 생각했다.

실리의 두 번째 만년필이었다.

첫 번째 만년필은 그녀가 실리의 이름을 새겨 선물했는데 실리는 그걸 바닷가에서 잃어버렸다. 여동생의 집이 있는 그 섬에서…… 거칠게 쪼개진 돌이 많은 해안으로 산책을 나갔다가…… 거기 어디쯤이었을 것이다. 만년필을 떨어뜨린 게. 해안을 빠져나와 숙소로 돌아가는 길에 실리는 수첩에 꽂아둔 만년필이 없다며 울상을 했고 함께 되돌아가 여기저기를 살폈지만 끝내 찾지 못했다. 아마도 돌 틈 어딘가에 떨어졌을 것이다. 잘 보이지도 않는 틈으로. 만년필은 지금쯤 삭아서 형태도 알아볼 수 없을 것이다. 녹이 잔뜩 달라붙은 나뭇가지 같은 형태로나마 남아 있을지도 모르겠다. 진작 사라졌는지도 모른다. 오랜 세월 밤과 낮을 겪으면서. 파도와 바람에 서서히 깎이면서.

실리는 늘 다루곤 하는 사물에 특별한 애착을 품었고 종종 그런 사물들에 어떤 정서가 있다고 우겼다. 머리핀, 신발, 안경, 열쇠, 동전 지갑, 필기구…… 낯선 곳에 가면 쓰레기 한 점 버리는 것에도 신중했고 혹시나 그런 장소에서 물건을 잃어버리는 일이 생기면 낯선 곳에서 그 물건이 무엇을 느낄지, 그래 정말 무엇을 느낄지, 그 조그만 사물이 난데없이 그 자리에 홀로 남아 얼마나 애가 타고 허탈할지, 그런 것을 다 속상해하고는 했다. 본인이 혼자가 되는 것을 두려워했기 때문이지, 하고 그녀는 생각했다. 실리는 외로움을 많이 타는 사람이었으므로 무언가를 혼자 남겨두는 것에 예민하게 반응했다. 사람만이 아니고 사물도…… 사물에게도.

사물도 그리워하는 마음이 있을까. 사물에게도.

실리는 언젠가 그녀에게 이런 이야기를 들려준 적이 있었다. 새벽에 벌판에 당도해 누군가를 기다리는 사람에 관한 내용이었다.

누구를 기다려?

연인을.

왜 기다려?

거기서 만나기로 했으니까.

얼마나 기다려?

상당히 오래…… 라고 대답한 뒤 실리는 그건 괜찮아, 라고 덧붙였다.

마리코는 대부분 늦으니까, 괜찮다고 생각하면서 그 사람은 기다리는 거야.

마리코?

그 사람이 기다리는 사람의 이름이 마리코……

그래.

그런데 그 사람은 이제 앉고 싶어. 앉고 싶다. 앉고 싶다고 생각하며 벌판에 서 있는 거야.

앉으면 되지.

그게 안 돼. 앉으면 말이야…… 앉으면 되지, 그 사람도 그렇게 생각해서 앉았는데 벌판 가득 풀이 자라서 그 속에 앉으면 길게 자란 풀에 묻히는 거야. 마리코가 자칫 알아보지 못하고 지나갈지도 모르잖아? 그래서 서서 기다려. 서서 지평선을 바라본다. 바람이 불 때마다 벌판이 흔들리겠지. 풍성하게 자란 풀과 풀이 서로 닿아 소리를 내고 바람의 방향으로…… 물결처럼…… 그 사람은 생각해. 마리코는 어느 방향에서 올까. 조금씩 방향을 바꿔 서며 지평선을 바라보는 거야. 그런데 이 벌판에 온전히 혼자인 것은 아니라서……

누가 있어?

누가 있지. 책상과 의자가.

책상과 의자를 무엇 아니고 누구인 것처럼 실리는 말했지, 하고 그녀는 생각했다. 실리는 그런 이야기를 쓰겠다고 말했고 그녀는 밤에 어두운 천장을 바라보며 그 이야기를 들었다. 바람이 불고 천장이 검게 일렁이는 것 같았지…… 벌판에서 누군가를 기다리는 사람과 책상과 의자. 그건 꼭…… 죽은 사람들에 관한 이야기 같다고 그녀가 말하자 실리는 그런가, 라고 대답했다. 죽은 사람이 죽은 사람을 기다리는 이야기. 실리는 그걸 완성하지 못하고 죽었다. 그를 언제까지고 벌판에 내버려둔 채로 죽고 말았다. 실리의 화자는 내내 벌판에 있는 것이다. 마리코가…… 알아보지 못하고 지나갈까 봐 앉지도 못하고 서서.

그녀는 생각했다.

사람이 죽은 뒤에도 끝나지 않는 뭔가가 있다는 것, 너와 내가 죽은 뒤에도 만날 수 있다는 생각은 얼마나 위안이 되나. 얼마나 아름다운가. 나는 죽어서, 실리를 만날 것이다. 실리가 기다리고 있을 것이다. 실리는 죽었지만 살아 있는 인간으로서는 상상할 수도 없고 알 수도 없는 어떤 것, 어떤 상태로든 남아 있을 테고 내가 죽은 뒤, 실리와 나는 서로 간에 그런 상태로, 그런 상태로라도, 만나게 될 것이다. 그런 세계가 있을 것이고 그런 세계에 실리가 있을 것이다. 이런 상상은 얼마나 위안이 되는가.

그러나 없다.

없다.

점차로 없고 점차로 사라져가는 것이 있다. 그뿐이다.

그녀는 실리의 사진을 여러 장 가지고 있었다. 어린 시절의 사진은 실리의 가족들이 가지고 있었으므로 그녀가 가지고 있는 것은 전부 스무 살 이후의 사진이었다. 실리는 사진 찍히는 것을 좋아하지 않아서 많지는 않았지만 그래도 상당히 있었다. 회전목마를 바라보고 있는 실리, 검은 바위에 앉아 있는 실리, 물이 빠져나간 해변에서 야트막한 물에 갇힌 치어를 들여다보고 있는 실리, 깜짝 놀란 듯 뒤를 돌아보고 있는 실리, 카메라 렌즈를 향해 손을 뻗고 있는 실리. 그녀는 그 사진들을 종이 뚜껑이 달린 상자에 넣어두었고 최근 10여 년 동안 그 상자를 열어본 적이 없었다. 열어볼 이유가 없었다. 사진들, 그건 그냥 밋밋한 종잇장이었다. 그렇게 되는 순간이 왔다. 처음에…… 처음엔 그 모든 사진들 속에 실리가 있었다. 어떤 사진은 특별한 뭔가가 깃든 것처럼 생전의 실리가 고스란히 느껴졌다. 죽음이라는 무지막지한 충격을 받고 몸에서 떨어져나간 실리의 부스러기가 그 사진으로 깃든 것처럼. 실리의 눈이었고 실리의 코였고 실리의 이마, 실리의 입이었다. 그녀가 사진을 통해 실리를 보듯 실리도 사진 속에서 그녀를 보았다. 그랬는데 어느 순간 사라졌다. 그것이 사라졌다. 사라졌고 거기 실리는 없었다. 눈의 형상, 코의 형상, 이마라는 형상, 입의 형상…… 그렇게 모이고 번진 잉크의 흔적일 뿐, 사진 속 인물이 실리라는 걸 그녀는 이해할 수 없었다. 그런 순간이 왔다. 실리가 이제 없다는 것을 사진처럼 생생하게 느끼도록 만드는 것이 없었으므로 그녀는 사진을 모아 상자에 넣고 다시는 들여다보지 않았다.

그러므로…… 그러므로 이제 기억뿐이었다. 그녀가 가지고 있는 기억. 가지고 있다고 믿는 기억.

그러나 이것들은 다 없어진다. 나와 더불어서. 나의 죽음과 더불어 조만간, 아마도 곧…… 아무도 실리를 모르게 되는 순간이 올 것이고 실리는 영원히 잠길 것이다. 망각으로.

실리는 마침내 죽는 것이다.

그녀는 가만히 앉아 그것을 상상해보았다. 그게 어떨지 생각을 해보았다. 어둠이었다. 모든 것을 지우는 어둠. 모든 것을 아무것도 아니게 만들어버리는 어둠.

실리는 죽을 때 어땠을까.

그런 어둠을 보았을까.

그런 어둠.

나를 걱정했을까.

나를 남겨두고 가는 것을.

그녀는 창밖을 내다보았고 잎이 절반쯤 떨어져나간 상수리나무 아래로 누군가 걸어오는 것을 보았다. 바람에 흔들리는 나뭇가지 아래로 운동화를 신은 두 발이 보였고 그다음엔 검은 바지를 입은 다리, 자주색 점퍼, 검은 머플러, 추운 듯 턱을 머플러에 묻은 얼굴을 보았다. 그녀는 그 얼굴을 왠지 아는 것 같았고 그 사람을 부르려고 벌떡 일어났다가 그만두었다. 이름이 생각나지 않았다.

실리는 오래전에 죽었다. 본래도 폐가 좋지 않았다. 스무 살이 되기도 전에 결핵을 앓았고 그 뒤로 줄곧 폐가 굳어가는 병을 앓았다. 실리가 숨을 들이쉬면 가슴에서 소리가 났다. 뭉치고 굳은 조직이 구겨지는 소리, 끝없이 들이쉬어도 모자랄 것 같은 소리…… 실리는 이따금 화장실이나 베란다 같은 곳으로 문을 닫고 들어가 혼자 숨을 몰아쉬고는 했다. 평생 그 소리에 귀 기울이며 가슴을 졸이다가 너무 이르게 늙어버린 실리의 어머니는 그녀를 처음 만난 자리에서 말없이 눈물을 흘렸다. 실리의 어머니도 죽었다. 그녀는 그것을 아주 이상하다고 여기며 한 번 더 생각해보았다. 실리도 죽고 실리의 어머니도 죽었다. 나는 남았다. 얼마나 됐나. 얼마나 오래 남아 있었나.

그녀는 실리의 책들과 더불어 이 집에 남아 있었다. 수만 권의 책, 그걸 담은 선반. 그걸 어떻게 말해야 좋을까. 그게 그녀의 등 뒤에서 무너지고 있었다. 그녀는 매 순간 그 소리를 들었다. 흡족하게 그 소리를 들었다. 실리가 죽고 얼마 지나지 않아서였을 것이다. 그녀는 어느 날 그 책들 앞에 서서 그 이름들을, 그 이름들이 새겨진 책들을 골똘하게 노려보았다. 그게 실리를 죽였다고 생각했다. 이까짓 것들. 엄청난 활자들, 이야기들, 실리의 이름이라고는 한 점 찾아볼 수도 없는, 아우성들. 실리는 그걸 읽으려고 자주 밤을 새웠고 그러고 나면 아주 상태가 좋지 않았다. 어느 때 그녀는 실리가 그 책들을 향해 고개를 숙인 채로 한 장 한 장 책장을 넘길 때마다 한 장 한 장 실리가 죽어가고 있다고 느꼈다. 그녀의 눈에는 그게 보였다. 책장에서 날아오르는 각질들, 실리의 숨을 틀어막는 먼지들, 그런 것을 뿜어내며 형편없이 낡아가는 사물들. 그녀는 그 책들 위로 기름을 붓고 불을 붙인 성냥을 던지고 싶었다. 그 이야기들에 이르는 이야기를 쓰지 못해 자책하고 괴로워하는 실리는 또 어땠나. 그까짓 것, 그까짓 것들이 실리를 죽였다. 그렇게 생각했고 그렇게 믿었다. 수십 년이 흐르는 동안 그녀는 어느 것도 펼쳐보지 않았다. 펼쳐보는 이 없으면 속수무책인 책들. 한 권도 버리지 않고 그 책들을, 그 책상을…… 닥치게 만들었고 죽게 내버려두었다.

해가 지고 있었다.

그녀는 여전히 첫 단락을 시작하지 못한 채로 책상 앞에 앉아 있었다.

어떻게 시작하면 좋을까.

한번은…… 실리를 데리고 여동생의 집을 방문한 적이 있었다. 밤배를 타고 갔다. 하필이면 배를 타고 가고 싶다고 고집을 부린 것은 실리였다. 별을 보고 싶다고 했다. 별을 보게 될 것이라고 기대했다. 하지만 날씨가 좋지 않았다. 하늘은 두꺼웠고 별도 달도 보이지 않았다. 배는 막막한 어둠을 미끄러져 나아갔다. 실리와 그녀는 선실에 있던 낡은 담요를 뒤집어쓰고 갑판에 서서 바다를 바라보았다. 아직 여름이었으나 바람이 찼다. 녹슨 난간 너머는 벼랑이었고 아래쪽에 잿빛 바다가 있었다. 물에 잠긴 스크루가 만들어내는 거품이 뒤쪽으로 흘러갔다. 실리는 마스크를 벗었고 그게 숨쉬기에 훨씬 좋다고 말했다. 몇 번인가 가슴을 부풀려 숨을 쉬었는데 배의 엔진 소리와 바람 때문에 그 소리가 들리지 않았다. 그녀는 담요 속에서 실리의 손을 잡았다. 언제나 차가운 실리의 손. 언제나 뜨거운 그녀의 손. 이윽고 실리는 편안하게 등을 구부리고 섰다. 육지를 떠난 고깃배들이 먼바다에서 집어등을 밝히고 있었다. 그 불빛이 언제까지고 이어졌다. 그녀는 전에 그런 광경을 본 적이 없었으므로 질리지도 않고 그것을 바라보았다. 막막한 어둠 속에서 수평선을 만드는 것이 그 불빛들이었다. 그게 없었다면 다만 어둠일 뿐인 공간을 수평선으로 나누는 것. 그녀는 그게 아름답다고 생각했다. 압도적인 공간에 내던져진 인간에게…… 그것은 참 아름다운 광경이었다. 실리도 그렇게 생각하지 않았을까. 그런 것을 느끼지 않았을까.

그녀는 실리의 이야기를 떠올렸다. 내가 그 이야기의 화자라면…… 나는…… 새벽에 당도했을 것이다. 그 벌판에. 저녁이었는지도 모르겠다.

저녁이었는지도 모르겠다. 벌판에 한참 서 있었다. 마리코를 기다렸다. 여기서 만나기로 했다. 상당히 오래 기다렸는데 그것은 괜찮다. 마리코는 대부분 늦으니까.

다만 앉고 싶다.

앉으면 되지.

앉으면 되지, 라는 생각으로 잠시 앉았으나 일어났다. 벌판 가득 풀이 자랐다. 그 속에 앉으면 길게 자란 풀에 묻혀 보이지 않을 것이다. 마리코가 자칫 나를 알아보지 못하고 지나갈지 몰랐다. 서서 지평선을 바라보았다. 바람이 불 때마다 벌판이 소소하게 흔들렸다. 풍성하게 자란 풀과 풀이 서로 닿아 소리를 내고 바람의 방향으로 마른 물결이 번졌다. 마리코는 어느 방향에서 올까. 조금씩 방향을 바꿔 서며 지평선을 바라보았다. 나는…… 이 벌판에 혼자인 것은 아니다. 책상과 의자. 그게 있다. 나처럼 절반쯤 풀에 묻힌 채로 놓여 있다. 이 책상과 의자는 오래 버티지 못할 것이다. 한낮엔 햇볕에 노출되고 한밤엔 이슬에 노출될 테니까.

조금만 앉아 있자.

그녀는 양해를 구하고 의자를 당겨 앉았다.

앉아서 마리코를…… 실리를 기다렸다.

이렇게 앉아서 몇 번의 겨울을 더 맞게 될까. 몇 번의 봄과 몇 번의 여름을. 그녀는 생각했다. 죽은 뒤에도 실리를 만날 수 있다고 생각하는 것은 얼마나 난처한 상상인가. 얼마나 난처하고 허망한가. 허망하지만 얼마나 아름다운가. 그게 필요했다. 모든 것이 사라져가는 이때. 어둠을 수평선으로 나누는 불빛 같은 것, 저기 그게 있다는 지표 같은 것이.

그 아름다운 것이 필요했다.

그녀는 노트에 만년필을 대고 잉크가 흐르기를 기다렸다. 제목을 적고 쉼표를 그리고 이름을 적었다.

겨울이 얼마 남지 않았다고 그녀는 생각했다.

아무도 거기 없었다

김선재

김선재

＼

1971년 경남 통영에서 태어났다. 2006년 〈실천문학〉 신인상에 단편소설 〈그림자 군도〉가 당선되었다. 2007년 〈현대문학〉 신인추천에 시가 당선되었다. 시집 《얼룩의 탄생》, 소설집 《그녀가 보인다》, 장편소설 《내 이름은 술래》가 있다.

한 걸음 한 걸음마다 / 넘어질 수도 있다.
—보르헤스

걸음을 멈춘 남자는 한곳을 오래 응시한다. 그게 언제부터 거기 있었는지 모른다. 어느 날 거리에서 우연히 마주친 우체통처럼 오늘에서야 새삼스레 그게 거기 있음을 알게 됐을 뿐이다. 대관람차가 잿빛 나무 가지 끝에 걸려 있다. 남자는 자신이 그걸 타본 적이 없다는 걸 깨닫는다. 풍경은 대개 그런 식이다. 거기 있지만 그게 뭔지는 모르는 것. 그러다가 가까이 있다는 것도 잊어버리는 것. 잊었다는 사실조차 알지 못한 채로 사라지는 것. 그게 남자가 아는 풍경이다.

다들 어디로 가버렸을까. 이곳을 찾는 사람은 지난 1년 사이 눈에 띄게 줄었다. 알아들을 수 없는 음악 소리만 빈 공간에 쩡쩡 울린다. 차고 축축한 바람이 분다. 비가, 내리는 것이다. 겨울비라니, 망할. 남자는 작게 혼잣말을 내뱉으며 옷깃을 여민다. 날을 세워 입고 나온 양복바지는 후줄근해진 지 오래고 올 성긴 모직 코트도 몸을 옥죈다. 개시도 못한 채로 돌아가야 할지도 모른다는 생각에 마음이 무겁다. 부두 쪽으로 나가볼까 생각도 했지만 오늘 같은 날은 그쪽도 마찬가지일 것이다. 그냥 집으로 돌아가야 하나……. 주머니 속에 든 지폐 몇 장을 만지작거리며 서 있던 남자가 고개를 든다. 오르골 소리다. 맞은편에서 삐걱거리며 회전목마가 돌기 시작한다. 손님이 든 모양이다. 남자는 폴라로이드 카메라 줄을 고쳐 매고 손가락 관절들을 번갈아 주무르며 회전목마 부스 쪽으로 걷기 시작한다. 사진 한 장으로 추억을 만드세요, 가 나을지 이 순간을 영원히 기념하세요, 가 나을지 따위를 궁리하며 말이다.

여보, 당신 어디 있어요? 아들이 죽은 후 아내는 시도 때도 없이 남자를 찾았다. 화재가 났을 때 아들은 겨우 일곱 살이었다. 현관에서 시작된 불이 바람을 따라 베란다 창문 쪽으로 번져가던 그 순간, 자신은 뭘 하고 있었는지 떠올리는 것만이 남자가 할 수 있는 유일한 일이었다. 그거라도 하지 않으면 숨을 쉴 수 없을 것 같았다. 그러던 어느 밤, 남자는 마침내 벽에 머리를 찧기 시작했다. 손님이 맡긴 어떤 필름을 떠올린 거였다. 화재가 난 건 적보라색으로 타는 구름과 물 위를 날아오르는 새 떼들이 현상액 속에서 분명해지던 그즈음이 분명했다. 남자는 아무렇게나 얼굴을 일그러뜨리며 아이처럼 울음을 터뜨렸다. 왜 하필, 도대체 왜 하필. 가슴을 치며 할 수 있는 말은 그거뿐이었다. 아들은 그을린 냉장고 안에서 발견됐다. 불길을 피해 냉장고 안으로 기어든 거 같다고 했다. 부검이 필요하다는 경찰의 말에 남자는 반박하지 못했다. 그건 아들을 두 번 죽이는 짓이라고 말하고 싶었지만 눈물이 멈추지 않았다. 겨우 흐느낌이 잦아든 건 아들의 부검이 끝난 뒤였다.

"도대체 뭘 확인하고 싶었던 건가요?"

"화재가 나기 전에 사망했을 가능성을 배제하기 위해서예요."

남자의 질문에 담당 형사는 준비했던 대답을 했다. 범행을 은폐하기 위해 고의로 방화를 하는 경우도 종종 있다고 덧붙이는 형사에게 더 이상 물을 말은 없었다. 부검의는 화재에 의한 질식사라고 최종 소견을 밝혔다. 아들이 죽은 사유가 분명해지자 남자에게는 또 다른 고통이 찾아왔다. 새까맣게 타버렸을 아들의 폐를 상상하지 않으려 노력했지만 밤마다 가슴을 쥐어뜯으며 잠에서 깼다. 자신도 불구덩이 속에 있는 것 같았다.

10년이 지나도록 남자는 그 기막힌 순간을 떠올렸다 지우기를 반복했다. 아들을 구하겠다고 불 속으로 뛰어드는 아내를 말릴 틈이 없었다고 이웃이 전했을 때도 남자는 아내가 왜 그때를 골라 혼자 두부를 사러 갔는지 궁금했다. 다행이었지만 다행 같지 않았고 불행이었지만 더 불행하게 느껴졌다. 여보, 정말이에요. 당신도 알잖아요. 집에서 가게까지는 눈 깜빡할 정도의 거리였다고요. 아내는 그 순간이 얼마나 짧은 시간이었는지를 강조하며 내내 울었다. 치명적으로 망막을 그을려 영영 앞을 보지 못할 거라는 진단을 받는 순간에도 아내는 소리 없이 울기만 했다. 아내의 볼을 타고 흘러내리던 피눈물을 보았지만 모른 척했다. 관심을 둘 겨를이 없었다. 아들이 죽었다는 사실만으로 이미 지옥이었다. 그 와중에도 아내는 허공을 더듬으며 비탄에 잠긴 남자를 찾았다. 여보, 당신 어디 있어요? 눈 깜짝할 사이에 우리의 작은 새는 어디로 갔죠?

"개시는 하셨수?"

등 뒤에서 누군가 묻는다. 남자는 천천히 뒤를 돌아본다. 린다 씨다. 이 유원지에 남은 마지막 청소부 중 하나인 린다 씨는 자신이 잘리지 않은 건 순전히 실력 때문이라고 했다. 그 돈에 네 사람 몫을 하는 청소부를 구하기란 하늘의 별 따기라는 걸 그치들도 아는 거라우. 린다 씨는 걸핏하면 손가락 네 개를 들이대며 그렇게 말했다. 청소로 두 자식을 키웠다는 린다 씨 앞에서 남자는 자신이 가진 것을 떠올려본 적이 있었다. 아무리 생각해도 남자에게는 몇 대의 카메라가 전부였다.

고개를 흔드는 남자를 향해 린다 씨는 혀를 차며 아내의 안부를 묻는다. 가끔은 린다 씨의 그런 오지랖이 불편하지만 이 유원지에서 이렇게나마 버틸 수 있는 게 그녀 덕분이란 걸 안다. 매표소를 그냥 통과할 수 있게 된 것도, 코딱지만 한 매점 구석에서 언 몸을 녹일 수 있는 것도 모두 그녀가 말을 넣어줬기 때문이다. 여기 놀러 오는 사람들은 딱 두 종류로 보면 된다우. 금지된 사랑이거나 아니거나. 믿으라니까. 그것만 알면 돼요. 어차피 젊은 애들이야 이런 데서 이런 사진 절대로 안 찍으니까 패스. 어떻게 아느냐고? 걷는 걸 잘 봐요. 떨어져 걷는지, 나란히 걷는지, 앞을 보고 걷는지, 두리번거리며 걷는지. 남자가 건넨 자판기 커피를 받아 마시며 린다 씨는 그렇게 말했다. 나란히 걷는 초로의 노인들이나 등산복 차림으로 앞서거니 뒤서거니 서로 딴 곳을 바라보며 걸어가는 중년의 남녀를 발견할 때마다 남자는 린다 씨의 말을 떠올렸다. 그래 봤자 하루에 한두 장, 운이 좋으면 서너 장 찍는 게 고작이었다. 사진으로 먹고살 수 있는 시절이 아니라는 것 정도는 남자도 알았다. 화재 이후 살던 곳으로부터 서쪽 끝에 위치한 이 낡은 도시로 옮겨왔던 건 그런 시절을 견디기 위해서였다. 비참한 방식으로 현실을 견디는 것이 아들의 죽음에 대한 유일한 예의인 것 같았다. 하지만 살아 있는 한 자신이 잃어버린 것들—그러니까 지금 없는 것들—에서 도망칠 수 없었다. 남자는 다시 사진관을 열었다. 살기 위해서가 아니라 죽지 못했기 때문이었다. 사는 것도, 죽은 것도 아닌 삶은 계속됐고 쫓기듯 잠에서 깨는 날들도 끝이 없었다. 남자는 가끔 스스로에게 물었다. 왜 이렇게 됐을까. 자신의 이익을 위해 남에게 희생을 강요한 적도 없었고 누구를 원망한 적도 없었는데, 왜, 이렇게 됐을까. 임종 직전의 부모는 모두 남자에게 고생했다는 유언을 남겼다. 하나뿐인 여동생 또한 그런대로 성의껏 뒷바라지를 해서 출가시켰다. 자랑할 것도, 부끄러울 것도 없는 평범하면서 반듯한 인생이었다. 그런 회한에 잠긴 밤이면 아내는 기다렸다는 듯 남자를 향해 속삭였다. 쉿, 지금 막 작은 새가 창가에 날아왔어요. 남자도 아내를 따라 속삭였다. 어떻게 알았지? 내가 잠에서 깬 걸 말이야. 아내의 대답은 언제나 한결같았다. 웃는 것 같기도 하고 우는 것 같기도 한 목소리였다.

"그건 설명하기 어려워요, 여보. 그냥 그럴 거 같았어요."

그냥 그럴 것 같은 나날들이 계속됐다. 아내는 남자가 종종 잃어버리거나 잊어버린 것—수첩이나 지갑, 오래전의 약속 같은 것들—을 챙겨주었고 어떤 날은 길을 걷다가 발밑에 떨어진 동전을 줍기도 했다. 그때마다 아내는 입을 가리고 수줍게 웃었다. 어쩐지 그럴 거 같더라니까요. 남자는 아무 말도 하지 않았지만 점점 풍선처럼 부푸는 의혹을 떨칠 수 없었다. 보지 못하는 것이 아니라 보지 못하는 척하는 것 같았다. 거리의 동냥아치들이 그렇듯 아내는 혹시 거짓으로 자신의 불행을 강조하고 있는 건 아닐까. 그런 생각이 들 때마다 남자는 고개를 흔들며 생각을 지우기 위해 애썼다. 그런 끔찍한 상상을 하다니. 자신답지 않았다. 왜 이렇게 됐을까. 운명 탓을 하기에는 너무나 어이없는 운명이었다. 그러다가 운명 탓이 아닐지도 모른다는 생각을 하게 된 건 아들의 사진을 들여다보는 아내를 발견한 날이었다. 그게 뭔지 아느냐고 묻는 남자에게 아내는 말했다. 여보, 안 보여도 보이는 것들이 있어요. 엄마란 그런 사람들이에요. 기가 막혔다. 남자가 생각하기에 그 말은 아들을 혼자 불에 타 죽게 한 여자가 해서는 안 되는 말이었다. 게다가 눈먼 여자가 사진을 들여다보다니.

남자는 충동적으로 아내의 손목을 끌고 버스를 탔다. 어디로 가는지, 왜 가는지도 묻지 않고 따라나선 아내는 도심의 버스 터미널에 도착할 때까지 내내 남자의 옷소매를 붙잡고 있었다. 남자가 사람들이 가장 많이 오가는 대합실에 멈춰 섰을 때도 그녀는 아무것도 궁금하지 않다는 표정이었다. 남자는 태연하게 말했다. 화장실에 다녀올게. 그리고 덧붙였다. 기다릴 수 있지? 아내는 경쾌한 비둘기처럼 일말의 의심도 없었다. 그럼요, 여보. 세상에서 내가 제일 잘하는 게 그거예요. 남자는 도망치듯 등을 돌려 재빨리 아내로부터 멀어졌다. 의혹을 떨치거나 확인하거나, 선택을 해야 할 시점이었다. 멀찍이 떨어진 남자는 곧 그녀가 자신과 눈을 맞추고 원망 가득한 눈빛을 보내거나 오가는 사람들을 피해 몸을 움직이기를 기다렸다. 의혹을 확인하는 순간에 자신이 해야 할 말을 떠올리기도 했다. 그러나 쥐색 홈드레스에 카디건을 입은 아내는 그 자리에 서 있기만 했다. 사람들의 어깨에 어깨가 채이거나 누군가의 가방에 허벅지가 걸려 비틀댔지만 악착같이 처음 남자와 헤어진 그 자리로 돌아왔다. 바삐 지나가던 사람들이 그녀를 흘깃거렸다. 남자는 점점 이상한 기분에 빠져들었다. 어디선가 본 것 같은 장면이었다. 눈먼 여자는 어디에나 있는데, 왜 어딘가에서 본 것 같은 기분이 드는지 알 수 없었다. 남자는 기억을 떠올리기 위해 애쓰며 자신이 확인하고 싶었던 게 뭔지 잊어갔다. 그러니까 아내가 그랬듯 남자도 무작정 뭔가를 기다렸던 거다. 한 시간쯤 지났을까, 마침내 아내가 허공을 향해 입을 달싹거리기 시작했을 때야 남자는 뒤늦게 정신을 차렸다. 두 손으로 카디건 자락을 비틀어 쥐고 주저하듯 노래를 부르는 아내가 보였다. 남자는 무너지듯 주저앉았다. 오랫동안 이 눈앞의 광경—이상하기는 했지만 별로 특별하지는 않은 광경—에서 벗어날 수 없었고 앞으로도 그러리라는 예감이 뒤통수를 후려쳤다. 남자의 기억 속에서 걸어 나온 그녀가 눈앞에서 노래를 부르고 있는 것 같았다.

아주 오래전 남자가 소년이었을 무렵, 그는 고물상 한쪽에 산처럼 쌓인 헌책들 앞에 서 있었다. 몸살을 앓듯 봄을 지나는 중이었다. 자주 배꼽 밑이나 갈비뼈 안쪽이 간질거렸지만 왜 그런지는 잘 몰랐다. 그저 바람 한 점 없이 화창한 날씨가 짜증스러웠고 주말 오후에 고작 고물상이나 지켜야 하는 자신이 한심했다. 근처의 부대에서 흘러나오는 미제 고물들 탓에 아버지와 숙부가 운영하는 고물상은 풍요로웠다. 햇살을 받아 반짝거리는 쇠붙이들과 한낮의 소음을 먹고 묵직해진 폐지들을 바라보는 것 외에는 할 일이 없었다. 그러다가 소년이 폐지들 틈에서 집어 든 것은 붉은 사각 테두리를 두른 〈life〉라는 제목의 잡지였다. 'life'는 소년이 아는 몇 안 되는 영어 단어 중 하나였다. 처음 보는 그 잡지를 집어 든 건 그래서였다. 손에 침을 발라 책장을 넘겼다. 얇고 흰 종이가 얇고 흰 종이와 마찰을 일으키며 넘어가는 소리가 주위에 경쾌하게 퍼졌다. 소년은 붉은 로고의 코카콜라 광고와 웨스턴 부츠를 신은 카우보이가 먼 산을 바라보며 담배를 피우는 화보를 지나 술병을 가슴골에 끼운 금발의 미녀를 천천히 구경했다. 그 잡지 속에서 소년이 이해할 수 있는 건 아무것도 없었다. 모든 것이 'life'라는 단어와 관계가 있을 거라 짐작할 뿐이었다. 그러다가 소년은 어떤 한 페이지를 오래 들여다보았다. 검은색 원피스를 입은 여자가 전동차 안에서 정면을 향해 서 있는 사진이었다.[1] 중절모를 쓴 주변 남자들

---

1) 〈New York〉(Walker Evans, 25 February 1938)과 〈Blind Woman, New York〉(Paul Strand, 1916)을 차용했다.

의 시선은 하나같이 여자를 향해 있었고 여자의 반쯤 뜬—혹은 반쯤 감은—눈은 소년을 향한 채였다. 땀구멍들이 순식간에 수축한 것처럼 몸이 긴장하기 시작했다. 백태가 낀 여자의 하얀 눈에서 눈을 뗄 수가 없었다. 사진 전체에 드리워진 기이한 그림자에 매혹된 것이었다. 혼란스러운 감정의 물결이 소년을 뒤덮었다. 두렵고 두근거렸고 슬프고 기뻤다. 소년은 몸을 떨며 사진 밑의 영어를 더듬더듬 읽었다. 눈먼 여가수. 사전을 뒤져 찾은 사진의 제목이었다. 여자의 벌린 입에서 흘러나오는 침묵이 소년에게 세상의 모든 목소리를 상상하게 했다. 쓸쓸하고 거친 목소리가 스모그처럼 꿈속으로 스며드는 밤이면 눈물도 조금 흘렸다. 삶이 뭔지는 몰랐지만 뭔가 큰 비밀을 알아낸 것처럼 마음이 무겁고 답답했다. 소년은 자주 뒤척이며 밤을 보냈다. 그러다가 천천히 잊어버렸다.

아내를 보며 오래전 기억을 떠올린 남자는 그녀에게 다가갔다. 자신 앞에서조차 한 번도 보여준 적이 없는 모습이었다. 노래를 부르다니. 남자가 기다렸던 건 이런 게 아니었다. 몇몇 사람들이 걸음을 멈추고 그 광경을 구경했다. 아내는 초점 없는 눈을 반쯤 뜨고 죽어가는 새처럼 입을 달싹거렸다. 한 아이가 새를…… 두 사람이 죽은 새를…… 한 아이가 우리를…… 두 사람이 죽인 새를……. 아내의 목소리가 낯선 높낮이로 주변을 떠돌았다. 남자는 가방에서 카메라를 꺼냈다. 늘 몸의 일부처럼 가지고 다니기는 했지만 사용할 일이 없던 카메라였다. 여보. 남자가 아내를 불렀다. 노래를 멈춘 그녀가 돌아서는 순간 남자는 자신도 모르게 카메라의 셔터를 눌렀다. 다시 아내를 불렀다. 여보, 정신 차려. 아내는 보이지 않는 눈을 비비기 시작했다. 눈가는 어느새 새빨갰다. 금방이라도 핏빛 눈물이 다시 흘러내릴 것 같았다. 남자는 다시 셔터를 눌렀다. 아내가 손을 뻗으며 남자를 불렀다. 여보, 당신 어디에 있어요? 남자는 여전히 카메라를 든 채로 느릿느릿 대답했다. 화장실에 사람이 너무 많았어. 이곳은…… 알잖아, 당신도. 아내는 고개를 끄덕였다. 그럼요. 터미널은 원래 그런 곳인걸요. 보이지는 않지만…… 저도 그럴 거라 생각했어요. 남자는 방긋 웃는 아내에게 왜 노래를 부르고 있었느냐고 묻지 못했다. 더 이상 아무것도 확인하고 싶지 않았다. 아내의 말대로 작은 새는 영영 날아가버렸다. 분명한 건 그것뿐이었다.

남자는 주머니에 손을 넣은 채 유원지를 가로지른다. 이발소 그림 같았던 그 사진을 다시 떠올리고 싶지는 않다. 잠깐이었지만 그 상황에서 삶의 비밀을 발견했다고 느낀 건 남자의 착각이었다. 아내는 그저 눈먼 여자에 지나지 않았다. 자신이 뭔가를 발견할 능력이 부족했던 게 아니라 그게 사실이었다. 남자가 보기엔 그랬다.

비는 그쳤지만 이미 온몸과 발은 물먹은 스펀지처럼 무겁다. 젖은 옷에서 낡고, 찌들고, 피로한 삶의 온기가 피어오른다. 오늘처럼 사진을 한 장도 찍지 못한 날은 앞으로 점점 늘어날 것이다. 추억을 만들기 위해 사진사에게 돈을 지불하는 사람은 이제 없다. 그럼에도 불구하고 왜 해만 뜨면 카메라를 들고 나와 쇠락해가는 이 유원지나 연안 부두 근처를 헤매고 다니는 걸까. 차라리 사진관에 앉아 증명사진을 찍으러 올 손님을 기다리는 편이 나을 텐데. 린다 씨도 남자에게 길에서 몸을 축내기에는 늦은 나이가 아니냐고 물은 적이 있다. 증명사진을 사진이라고 할 수 있나요. 남자는 그렇게 대답하면서도 신통한 대답은 아니라고 생각했다. 배경이 상관없는 사진들—그러니까 증명사진이나 여권사진과 같은 것들—만 찍으며 살기 싫었던 시절이 있었다. 그것들은 대부분 증명하기 위한 용도로만 쓰이는 사진이었다. 남자가 생각하기에 그건 가짜였다. 물론 기억과 증명은 얼핏 비슷한 것처럼 여겨질 수도 있지만 증명에는 기억이 필요 없었다. 사진에는 풍경과 기억이 필요했다. 그게 진짜였다. 그러니까 그건 영혼의 문제라는 말이에요. 남자는 그렇게 말하고 싶었다. 사진이 처음 발명됐을 때부터 많은 사람들이 알고 있던 사실이었다. 그러나 이제 그런 말을 꺼낼 처지가 아니다. 가짜가 진짜보다 더 진짜처럼 보이는 세상이다. 사진이 뭐 별건가, 찍으면 사진이지. 린다 씨가 그렇게 대꾸하는 소리를 들었을 뿐이다. 맞는 말이야. 하지만……. 남자는 중얼거리다 멈춰 선다. 길가의 야트막한 산기슭에서 새소리가 요란하다. 까마귀가 최근 몇 년 사이에 부쩍 자주 보인다. 여보, 까마귀가 울면 누군가 죽은 거래요. 아내는 까마귀 우는 소리가 들릴 때마다 귀를 막으며 그렇게 말했다. 또 누가 죽은 걸까요. 왜 작은 새들은 돌아오지 않는 걸까요. 그런 말을 하는 아내는 죽은 사람 같은 표정이었다. 그 와중에도 늘어난 티셔츠 사이로 아내의 동맥이 팔딱거리는 게 보였다. 남자는 아내의 귓가에 대고 조용히 말했다. 쇼하지 마. 아내는 벽에 기대 울었다. 가슴골이 훤히 드러난 줄도 모르고, 흘러내린 머리카락이 바람에 흔들리는 줄도 모르고 울기만 했다. 그 모든 게 살아 있는 여자가 부리는 호사 같았다.

어느새 유원지를 들썩거리게 했던 음악 소리가 들리지 않는다. 머리 위를 떠돌던 까마귀들마저 숲으로 되돌아가자 주위는 한층 더 적막하다. 대관람차 위에 걸린 구름이 점점 더 구정물처럼 흐려지는 걸 바라보던 남자는 유원지의 출입구를 향해 걷기 시작한다. 오늘은 뭘 해도 헛수고일 거라는 뒤늦은 판단 때문이다. 마음을 정하자 걸음이 바빠진다. 늘 바쁘게 걸었지만 가고자 하는 곳에 무사히 도착한 적은 별로 없었다. 아버지와 숙부가 운영하던 고물상이 말 그대로 고물상이 되면서부터였다. 근처의 주둔부대가 철수를 결정한 즈음이었다. 미제가 옛날처럼 귀한 시절은 아니었지만 그래도 그 여파는 컸다. 오랫동안 풍요로움에 길든 숙부와 아버지는 자신들의 상황을 쉽게 받아들이지 못했다. 그들은 도미노처럼 차례로 넘어졌다. 아버지가 쓰러지자 숙부는 남은 재산을 정리해 사라졌고, 남겨진 가족들은 자신들이 왜 야반도주를 해야 하는지도 모른 채 살던 동네를 떠났다. 그 와중에 남자는 떠밀리듯 가장이 됐고 가장이 뭔지도 알기 전에 아들을 잃었다. 이제 남자에게 남은 것은 더 이상 잃을 것이 없는 현재뿐이다. 아내도 그걸 알았는지 눈이 보이지 않는 삶에 빠르게 적응했다. 남자에게 고통이나 불편을 호소하거나 도움을 구하지도 않았다. 모든 면에서 시력을 잃기 전보다 훨씬 더 능숙해 보였다. 날카롭게 줄을 세운 바지를 입거나 푸른빛이 돌 정도로 눈부시게 흰 셔츠를 입는 게 남자에게는 여전히 당연한 일상이었다. 남자는 종종 아내의 눈이 보이지 않는다는 사실을 잊어버렸다.

“어떻게 그게 가능하지?”

들깨로 버무린 나물을 씹으며 남자가 물었다. 아내가 해주는 반찬 중에서 남자가 가장 좋아하는 거였다. 아내는 그런 남자 옆에서 손을 숨기며 방긋 웃었다.

“눈이 보이지 않으니 일에 더 집중하게 돼요. 오히려…… 더 편하다는 생각이 들 정도예요, 여보.”

남자는 젓가락을 내려놓았다. 더 편하다니. 어떻게 그런 말을 할 수가 있지? 화가 나서 속이 불편했다. 물론 내색하지 않기 위해 애썼다. 아내가 울까 봐 두려웠다. 우는 것조차 변명 같았다. 그런 남자의 마음을 읽기라도 한 것처럼 아내는 울며 변명했다. 여보, 그런 게 아니에요. 그렇지 않아요. 아내는 그렇게 말하며 또 울었다. 아들이 죽은 후 끝없이 반복되는 상황이었다. 물론 끝없이, 라는 말은 현실적인 말이 아니었다. 끝없이, 라고 말하면서도 언젠가 어떻게든 끝이 날 거라 생각했다. 남자가 모르는 건 그 언젠가가 언제인지에 관한 것이었다. 그 사실 때문에 남자는 자주 화가 났다. 화를 숨기기 위해 남자는 말을 줄였다. 불행인지 다행인지 아내는 아무것도 모르는 눈치였다. 그러던 어느 밤, 아내가 등을 돌리고 누운 남자의 맨살을 쓰다듬기 시작했다. 여보, 방금 꿈에 아이가 왔어요. 우리의 아이 말이에요. 너무 반가워서 제가 꼭 껴안았더니 그만 그 아이가 제 배 속으로 숨어버렸지 뭐예요, 글쎄. 이게…… 무슨 꿈일까요. 아내는 손가락으로 남자의 등뼈를 하나하나 짚어 가며 꾹꾹 눌렀다. 그건 몹시 친밀하면서도 자극적인 손놀림이었다. 남자는 무슨 말이라도 하고 싶었지만 마땅히 할 말을 찾지 못했다. 맨살에 닿는 아내의 손은 끔찍하게 거칠었다. 어디선가 밤새가 울었다. 푸덕거리는 날갯짓 소리가 들리는 것도 같았다. 몇 년 전 아내가 버스 터미널에서 불렀던 노래가 떠올랐다. 한 아이가 새를…… 두 사람이 죽은 새를…… 한 아이가 우리를…… 두 사람이 죽인 새를…….

그건 《머리 위의 새》라는 동화책에 나오는 구절이었다. 남자는 아들에게 그 책을 읽어주던 순간이 사진으로 남았음을 기억해냈다. 사진 찍히기를 싫어한 아내가 찍은 사진이었다. 그래서 거기 있었지만 거기 있었던 사실을 확인할 길 없는 사람. 아내는 그런 사람이었다. 그사이에 아내의 손은 등에서 가슴으로 넘어와 남자의 쌀알 같은 젖꼭지를 손바닥으로 쓸기 시작했다. 여보. 우린…… 다시 시작할 수 있을 거예요. 아내가 남자의 등 뒤에서 그렇게 속삭였을 때 남자는 조용히 아내에게 물었다. 우리가…… 도대체 뭘 다시 시작할 수 있지?

기다리던 버스가 다가오고 흰 커튼 같은 눈발이 날리기 시작한다. 남자는 몸을 떨며 버스에 올라탄다. 돌아가고 싶지는 않지만 돌아가는 것 외엔 방법이 없을 때가 있다. 돌아가고 싶지만 돌아갈 수 없는 시간도 있다. 상황과 장소를 맞추는 사소한 일들이 왜 이토록 어렵게 느껴질까. 상황과 장소를 가릴 수 있었다면 남자의 인생은 아주 크게 달라졌을 것이다. 그런 가정이 쓸데없는 일이라는 것 정도는 남자도 알았다. 그러나 아무리 노력해도 아무 필요없는 일들을 멈출 수 없는 게 인생이었다. 미안해요, 여보. 아내는 자주 그렇게 말했다. 그건 제 능력 밖의 일이라는 걸 당신은 알잖아요. 어둠 속에서 그렇게 말하는 아내에게 남자는 가끔 가볍게 투덜거렸다. 불을 켜고 끄는 일 정도는 알아서 할 수 있는 거 아닌가. 악의가 있었던 게 아니라 가끔 아내의 처지를 잊었을 따름이었다. 미안해요, 정말. 아내의 변명은 그게 전부였다. 어쩔 수 없었다. 그건 앞이 보이지 않는 여자를 아내로 둔 남자가 감당해야 할 사소한 일상이었다. 자신을 향해 방긋 웃어 보이는 아내에게 더는 화를 낼 수 없었다. 어쩔 수 없지. 불을 켜고 끌 때마다 남자는 그렇게 생각하며 생전 처음 보는 사람을 보듯 아내를 빤히 쳐다보곤 했다. 이상했다. 자신을 향해 웃어 보이는 아내는 정말이지 이상하다고밖에 달리 표현할 말이 없었다. 자신을 향해 웃는 아내가 아름답게 보였기 때문이다. 정말이지 아내는 날이 갈수록 더 아름다웠다. 불빛에 비친 볼은 발그레했고 윤기가 도는 피부는 물고기처럼 투명했다. 보푸라기가 인 홈드레스나 해진 스웨터도 일부러 골라 입은 것처럼 어울렸다. 꽤 오랜 시간이 걸렸지만 남자는 그게 사실이라는 사실을 인정해야만 했다. 그러나 아무리 시간이 지나도 아내의 눈빛만은 이해가 되지 않았다. 앞이 보이지 않는 여자의 눈이 한겨울의 별처럼 반짝거린다는 사실은 지나치게 비현실적이었다. 그게 어떻게 가능하지? 가끔 거울 앞에서 남자는 자신의 등 뒤에 서 있는 아내에게 물었다. 아내는 방긋 웃기만 했다. 그렇게 말해줘서 정말로 고마워요, 여보. 잘 보이기 위해 한 말이 아니었다. 마음에 없는 말을 할 이유가 없었다. 남자는 자신이 모르는 어떤 이유가 있을 거라 생각했다. 아내의 주변 인물들을 의심하기 시작한 건 그 때문이었다. 그건 매우 못난 짓이었지만 달리 도리가 없었다. 매일 집을 나와 사진관 주위를 서성거리며 아내를 살폈다. 창문 밑에서 한참을 숨죽이고 서 있기도 했다. 사랑이나 질투에서 비롯된 행동이 아니라 남자에게는 모든 걸 끝낼 계기가 필요했다. 아내가 자신의 잘못을 인정할 수밖에 없는 결정적 계기나 자신의 의혹이 순결하다는 믿음을 뒷받침할 만한 그런 순간들 말이다. 그런 상황들에 거의 다 다다랐다고 생각했다. 그러나 그녀는 뭘 사러 나가지도 않았고 누굴 불러들이지도 않았다. 통화 내역까지 뽑아봤지만 반복적으로 걸려오는 전화도 없었다. 남자가 문을 열고 집을 나와 다시 되돌아갈 때까지 아내는 철저히 혼자였다. 어둠 속에서 무슨 생각을 하며 지냈을까. 남자는 눈동자를 빛내며 자신을 찾는 아내를 볼 때마다 도망가고 싶은 마음과 도망갈까 두려운 마음이 교차했다. 아내의 속셈을 짐작할 수가 없었다. 냉정한 판단을 할 수 있는 거리가 필요했다. 친정집에라도 다녀오는 게 어떻겠냐고 말을 꺼냈던 건 그 때문이었다. 아내는 눈빛을 흐렸다.

"제가…… 뭘 잘못했나요?"

"좋아할 줄 알았는데?"

"제 집은 여긴걸요. 당신만 괜찮다면 당신 곁에 있고 싶어요."

그래도 얼마나 다행이야. 그런 금실은 흔치 않다우. 남자에게 아내의 눈먼 사정을 들은 린다 씨가 건넨 첫말은 그거였다. 사정을 모르는 사람들은 대부분 그렇게 말했다. 남자는 굳이 부정도 긍정도 하지 않았다. 그런 시선들을 의식해서 아내와 함께 사는 건 아니었다. 애초에 남자는 아내와 헤어질 마음이 없었다. 아내는 기회만 된다면 언제든 누구와라도 다시 시작할 수 있는 여자였다. 뭘 다시 시작할 수 있느냐고 물었을 때 아내는 울먹거리며 말했다. 여보, 사는 것처럼 살고 싶어요. 제가 바라는 건 그것뿐이에요. 남자는 사는 것처럼 사는 것에 대해 생각했다. 점점 흐려지는 기억을 이따금 서글프게 떠올리며 특별히 기쁘거나 슬프지 않게, 적당히 사는 것이 사는 것일까. 실제로 세상에는 그렇게 사는 사람들이 대부분이었다. 다수가 선택한 삶이 삶의 옳은 태도인지도 몰랐다. 그러나 남자는 묻고 싶었다. 그렇게 산다고 냉장고 속에서 죽은 아이가 살아서 냉장고 바깥으로 나올 수 있을까. 새장 밖으로 날아가버린 우리의 작은 새가, 돌아올 수 있을까. 게다가 그 말은 남자가 먼저 꺼내야 하는 말이었다. 그 말만은, 아내가 먼저 해서는 안 됐다.

"다만 시간이 좀 더 필요한 거뿐이야. 당신도…… 알잖아."

남자는 그렇게 말했다. 그것만이 남자가 말할 수 있는 진심이었다. 새로 시작하는 것과 상관없이 언젠가는 이 지옥 같은 나날들이 끝날 거라고 생각했으니까. 그때까지 아내는 기다려야만 했다. 그게 그녀가 할 일이었다. 아들이 죽고 3년, 그러니까 지금으로부터 7년 전 일이었다.

눈발은 점점 굵어진다. 세상을 가득 메운 눈송이로 인해 불과 몇 시간 전까지 선명하던 세상이 흐려지고 멀어진다. 버스 기사가 틀어놓은 라디오에서 뉴스가 흘러나온다. 대설이라 대설답게 중부 내륙과 서해안에 많은 눈이 온다고 한다. 그러니까 남자는 대설이라 대설답게 눈이 오는 중부 내륙과 서해안 어디쯤을 지나가는 셈이다. 물끄러미 창밖을 바라보며 남자는 대설이구나, 라고 중얼거린다. 아들이 태어나던 날도 눈이 많이 왔다. 지상 위의 모든 삶이 일시에 정지한 것처럼 조용한 오후였다. 눈삽을 든 채로 끝없이 쏟아지는 눈을 바라보던 사람들. 도로 위에 엉킨 실타래처럼 엉망으로 서 있던 차들. 화물 트럭에 부딪쳐 부러진 전신주 위로 쌓이던 눈들. 우아한 눈송이들. 부드러운 곡선 속에 몸을 숨긴 불안들. 어둡고 추운 실내에서 바라보던 바깥은 그랬다. 남자는 넋을 놓고 그 세상을 구경했다. 걱정과 기대가 눈의 결정처럼 주위를 떠돌았다. 마침내 그 차고 환한 침묵을 깨고 아이가 태어났다. 아들이라고 했다. 그때 분만실에서 나온 간호사가 건넨 사진 한 장을 남자는 오랫동안 지갑에 넣고 다녔다. 아들이 혀를 말고 첫울음을 터뜨리던 그 순간—앞과 뒤가 없는 어떤 찰나—은 남자에게 각인되었다. 그리고 알 수 없는 이유로 남자는 그 사진을 잃어버렸다. 아들이 태어난 날이 대설인지 아닌지 확인해줄 만한 그 무엇도 남지 않았다. 그게 사진이 할 수 있는 일이면서 사진이 할 수 없는 일이었다. 순간을 영원히 남기는 것에는 성공했지만 그 순간이 어디에서 다가와 어디로 향하는 순간인지, 사진은 결코 말해주지 않는다. 남자는 자신이 잃어버린 건 사진뿐만이 아니라는 걸 알았다. 자신이 갖고 있는 건 영혼과 전혀 상관없는, 분명했던 시간의 그림자가 전부였다. 눈덩이처럼 단단하게 뭉쳐진 어떤 시간의 분위기, 혹은 희고 차고 어두운 안개처럼 주변을 부유하는 기억들. 남자는 눈앞의 어린 연인들이 잊어버린 어떤 기념일에 대해 토닥거리는 대화를 엿들으며 자신이 잊고 있던 기념일들을 꼽아본다. 자신의 생일과 2년 간격으로 세상을 떠난 부모와…… 아들의 기일이나 아내의 생일 같은 것들. 엄밀한 의미에서 그건 기념일이라고 할 수 없는 날들이다. 떠난 자의 기일에만 떠난 자를 애도할 수 있는 건 아니고 태어난 날에 맞춰 요란스레 축하하는 것도 낯 뜨거운 일이었다. 남자는 그저 덤덤히 보이고 싶었다. 적당히 웃고 적당히 배려하고 적당히 참으며 살았다. 남모를 슬픔이 밀려들 때마다 카메라를 들고 유원지며 항구며 오래된 동네를 배회했다. 그사이에 많은 것을 잃어버렸다. 그러니까 전후의 맥락이나 숫자의 감정 같은 것들. 남자는 주머니를 뒤져 휴대전화를 꺼낸다. 아내라면 아들이 태어난 날을 기억하고 있을 거다. 엄마니까, 세상의 엄마들은 자식이 태어난 날을 잊지 않는 법이니까. 신호음이 길게 이어지지만 아내는 전화를 받지 않는다. 어딜 간 거야, 대체. 남자는 보통 남자들처럼 나지막하게 투덜거리다가 아내가 어디 갈 리 없는 여자라는 걸 떠올린다. 아마 화장실에 갔거나 낮잠에 빠졌거나 빨래를 걷고 있는 중일 거다. 끝없이 반복되는 통화음을 들으며 화장실 변기에 앉은 아내와 빨래를 걷는 아내와 낮잠을 자는 아내를 상상하던 남자는 그 중 어느 모습도 자신이 실제로 본 적이 없다는 사실을 깨닫는다. 남자가 기억하는 아내는 어두운 방 안에서 자신이 돌아오기를 기다리던 모습이 전부다. 어서 오세요, 여보. 테를 두른 듯 눈가가 붉고 물고기처럼 투명한 피부에 반짝거리는 눈동자를 가진 아내는 언제나 방긋 웃으며 그렇게 말했다. 어떻게 그럴 수가 있지? 남자는 스스로에게 묻는다. 아내에게 너무 무심했던 게 아닌가 하는 뒤늦은 반성 때문이다. 그러나 그게 반드시 어느 한쪽의 탓만은 아니다. 다른 보통의 부부들이 그렇듯 누가 먼저랄 것도 없이 점점 멀어진 것일 뿐이다. 남자는 아내와 마지막으로 나눈 대화가 무엇이었는지 생각한다. 마지막으로 대화를 나눈 게 언제였는지 기억해내려 애쓴다. 지난주쯤, 지난주 어디쯤 아내가 했던 말이 뭐였더라.

창밖의 눈발은 더욱 세차게 날리고 버스는 달리기를 포기한 지 오래다. 간신히 굴러가는 버스 안에서 사람들은 각각 누군가에게 전화를 걸고 누군가로부터 걸려온 전화를 받는다. 거의 다 왔어. 뒷좌석 어딘가에서 말소리가 들려온다. 여보, 언젠가부터 새가 날아오지 않아요. 아내는 슬픈 표정으로 말했다. 겨울이잖아. 남자는 거울 앞에서 무심히 대답했다. 안 들려? 버스 뒤쪽에서 다시 누군가가 연거푸 말한다. 안 들리느냐고, 정말 안 들려? 안 그래도 붉은 눈가가 더 붉어진 아내가 불안한 듯 물었다. 기다리면…… 정말 돌아올까요? 그리고 중얼거리듯 덧붙였다. 오, 여보, 이제 늙었나 봐요. 남자의 앞에 선 청년이 전화기에 대고 낮게 화를 낸다. 내 탓이 아니잖아. 지금 상황이 어떤지 뻔히 알면서도 그런 말이 나와? 남자는 대꾸하지 않고 거울을 통해 아내를 쳐다보기만 했다. 지친 거 같아요. 기다리는 게 이제 너무 힘들어요. 아내가 중얼거렸다. 기다리든지 말든지 맘대로 해. 청년은 내뱉듯 말하고 전화기를 주머니에 집어넣는다. 그녀의 새 타령이 지겨웠다. 할 수만 있다면 피하고 싶었다. 그래서 남자는 아내의 마지막 말을 듣는 둥 마는 둥 방문을 열었다. 어쩌면 처음부터 잘못……. 아내는 등 뒤에서 말을 삼켰다. 어디선가 전화벨이 울린다. 그러나 다들 이 세상의 일이 아닌 것처럼 쏟아지는 창밖의 눈을 바라볼 뿐이다. 잘못, 다음의 말은 뭐였을까. 남자는 목도리를 고쳐 매고 카메라를 품속에 숨기고 주머니에서 장갑을 꺼내 낀 다음 일어선다. 뒤늦은 궁금증이 남자를 일으켜 세웠고 차라리 걸어가는 쪽을 택하게 한 거다. 눈 속을 걷는 일쯤은 아무것도 아니니까 말이다.

버스에서 내려서는 순간, 남자는 계단을 헛디딘 사람처럼 비틀거린다. 짐작했던 것보다 훨씬 더 빠르고 거친 눈이 시야를 가린다. 눈을 제대로 뜰 수 없다. 머리와 얼굴에 떨어진 눈이 금세 녹아 턱을 타고 흘러내린다. 남자는 눈을 비비며 코트 깃을 곧추세우고 걸음을 뗀다. 어제까지 익숙했던 거리가 전혀 다른 풍경으로 변했다. 도로를 지나는 차들과 행인은 이미 눈에 띄게 줄었다. 상점들도 서둘러 문을 닫기 시작한다. 이곳은 안에서 바라보던 바깥과는 다른 바깥이다. 이 눈이 모두 얼면 어떻게 될까. 언젠가 그랬듯 미끄러진 화물차가 전신주를 들이박지는 않을까. 그래서 이 일대가 온통 암흑천지로 변하지 않을까. 남자는 걱정을 멈출 수 없다. 미래를 걱정하는 건 불행을 지나온 자들의 공통된 특징이다. 벌써 주위는 어둑어둑하다. 언 볼이 점점 뜨거워진다. 남자는 볼을 감싸쥔다. 눈이, 뜨겁게 느껴지다니.

아내는 걸핏하면 동상에 걸리거나 화상을 입었다. 아무리 주의를 기울여도 보통 사람들과는 다를 수밖에 없다는 걸 알았지만 좀 심했다. 부주의하기 때문이라고 생각했다. 여보, 그런 게 아니에요, 그렇지 않아요. 아내는 변명이 많은 여자였다. 구급상자를 더듬어 빨갛게 부풀어 오른 손등에 바셀린을 바르면서도 변명을 늘어놓기 일쑤였다. 굳이 변명할 필요 없는 일에 대해서까지 변명하려 애쓰는 아내를 보고 있자면 모든 게 그녀의 탓인 것만 같았다. 엄밀히 말하면 그녀가 크게 잘못한 일이 없다는 걸 남자도 알았다. 화재는 누전 때문이었고 그사이 그녀는 운 좋게 집을 잠깐 비웠고 아들을 구하기 위해 최선을 다했고 아들을 잃은 대가로 시력을 잃은 게 그녀가 했던 일의 전부였다. 그걸 알면서도 남자는 갈팡질팡했다. 모든 것이 그녀 탓인 것만 같았다. 그건 남자가 나쁜 사람이라서가 아니라 남자도 어쩔 수 없는 사람이기 때문에 생기는 일이었다. 모든 일에 대해 변명을 늘어놓는 아내를 정말이지 이해할 수 없었다. 왜 그래, 도대체 왜. 남자는 그렇게 물었다.

"……뜨겁거나 차가운 감각들에 집중하고 있으면 슬픔이 조금 가라앉는 것 같아요."

아내는 그렇게 대답했다. 어이없는 대답이었지만 대꾸하지 않았다.

"여보, 그럴 때가 있잖아요. 살아 있지만 살아 있는 걸 확인해야 하는 순간들 말이에요. 당신은 그런 순간들이 없나요?"

남자는 그런 게 뭔지 모른다. 그저 감각이 사라진 코와 귀를 더듬어 그것들이 거기 있다는 걸 확인하고 온 길과 갈 길을 가늠하며 걸을 뿐이다. 이미 소실점이 사라진 길 위에서 남자가 할 수 있는 건 그게 전부다. 눈앞에서 눈의 무게를 못 이긴 가로수 가지가 부러지고 어디선가 달려온 오토바이가 미끄러진다. 그 각각 다른 찰나들이 하나의 결론에 이른다는 사실은 정말 몰랐던 사실이다.

그러나 순서 없이 일어나는 많은 일들—죽음과 사고와 사랑 같은—의 마지막은 언제나 같았다. 아무도 거기 남은 사람은 없었다. 남자는 자신도 모르는 사이에 어떤 세계는 이미 오래전에 끝났고 다시 다른 세계가 지나가고 있다는 걸 깨닫는다. 지금 이 순간은 그 언젠가 보았던 세계—지상 위의 모든 삶이 일시에 정지한 것처럼 조용해지던—와는 전혀 다른 세계였다. 뜨거운 눈보라가 귓가를 지나간다. 무수히 많은 눈을 구경했지만 지금 이 순간 남자가 맞닥뜨린 것과 같은 눈은 처음이다. 해마다 눈이 내렸지만 맹세코 이런 적은 없었다. 온몸이 타는 듯 아프다. 몇 번이나 걸음을 멈추고 하늘을 올려다본다. 자신이 속한 이 세계가 꿈인 것만 같다. 눈삽을 든 채 끝없이 쏟아지는 눈을 바라보던 사람들은 어디로 갔을까. 엉킨 실타래처럼 엉망으로 서 있던 차들은, 우아한 불안들은, 화물 트럭에 부딪혀 부러진 전신주들은 다, 어디로 갔을까. 과연 그 풍경은 진짜였을까. 그때였다. 어디선가 굉음이 들리는가 싶더니 정신이 아득해진다. 그 이유가 뭔지 깨닫기도 전에 남자는 머리통을 부여잡고 바닥으로 넘어진다. 몸 안에서 뭔가가 부서지는 소리가 들린다. 바닥에 내던진 거울처럼 어딘가가 산산조각 나는 느낌이다. 뭐지? 남자는 눈을 감고 생각한다. 여기가 어딘지, 자신이 누구인지, 자신이 느끼는 지금의 감각들이 무엇 때문인지. 물론 그건 아주 짧은 순간이다. 남자는 천천히 눈을 뜬다. 위협적인 눈송이들이 무서운 속도로 달려든다. 정체 모를 통증이 파도처럼 밀려온다. 잘못한 사람은 없는데 왜 모든 것들이 잘못된 걸까. 도대체 왜 이렇게 됐을까. 남자는 가까스로 상체를 일으킨다. 같은 방향을 바라보며 서 있는 행인들. 사람들. 피예요, 피가 나요. 남자와 눈이 마주친 무리 중에서 소년이 소리친다. 남자는 떨리는 손을 들어 자신의 얼굴을 쓰다듬는다. 장갑에 흥건한 검은 얼룩에서 김이 솟는다. 무슨 일이 일어난 걸까. 그사이에도 남자가 들여다보는 장갑 위에 눈이 내리고 내려앉은 눈 위에 다시 눈이 내린다. 남자는 손을 떨며 주머니에서 휴대전화를 꺼낸다. 코피를 삼키듯 계속 숨을 삼킨다. 아내에게 전화를 걸어야 한다. 어둠 속에서 자신이 돌아오기만을 기다리고 있을 아내에게. 세상이 돌기 시작한다. 발신음을 들으며 남자는 눈 위에 도로 드러눕는다. 바늘 같은 눈이 얼굴에 꽂힌다. 언젠가는 눈 녹듯 사라질 실감의 눈들. 눈을 뜨고 있을 수가 없다. 눈을 감자 새가 우는 소리가 들린다. 눈들이 운다. 머리 위의 새는 어디로 갔지? 남자는 중얼거린다. 누군가 다가오는 기척이 느껴진다. 아내는 내내 전화를 받지 않는다. 남자는 아무것도 아는 게 없다. 다만 아무도 거기 없다는 사실을 알 뿐이다. 우리는 모두 어디로 갔을까. 남자는 사력을 다해 그렇게 생각한다.

후

최진영

최진영

＼

2006년 〈실천문학〉 신인상에 단편소설 〈팽이〉가 당선되었다. 2010년 장편소설 《당신 옆을 스쳐간 그 소녀의 이름은》으로 제15회 한겨레문학상을 수상했다. 소설집 《팽이》, 장편소설 《끝나지 않는 노래》, 《나는 왜 죽지 않았는가》가 있다.

조리법

냉동실 문을 열고 비닐 팩에 넣어둔 책을 꺼낸다. 냄비에 물을 부어 불 위에 올린다. 물이 끓을 때까지 책장을 넘기며 아무 문장이나 읽는다. 마음에 상처를 내거나 뒤통수를 때리는 문장을 발견하는 즉시 그 장을 찢는다. 한 장도 좋고 세 장도 좋고 다섯 장도 좋지만, 그 이상은 곤란하다. 찢어낸 낱장을 면발처럼 기다랗게 다시 찢는다. 가위를 사용하여 꼴뚜기나 전복, 가재 모양으로 오릴 수도 있다. 끓는 물에 스프와 라면, 찢거나 오린 책장을 몽땅 넣는다. 젓가락으로 저어준다. 마음의 여유가 있다면 달걀이나 파, 콩나물을 넣어도 좋지만, 그런 여유가 있는데 굳이 종이를 먹을 이유는 없으니 패스. 이제 됐다 싶을 때 불을 끈다.

평범하게 먹는다. 먹으며, 먹고 있는 문장과 아름다운 그녀, 그녀의 파란만장한 삶, 그리고 지난날에 대해 생각한다. 생각에 침을 섞어 꼭꼭 씹는다. 씹으며 약분한다. 함께였던 지난날과 함께라는 가정 아래 상상했던 미래의 약분. 반드시 국물까지 다 먹는다. 설거지를 한다. 물 묻은 손을 대충 닦으며 돌아보면, 짧은 시곗바늘이 손가락 한 마디가량 이동해 있다. 움직인 시곗바늘만큼 나도 그 시간을 살았나? 따위 질문은 접어둬도 좋다. 뭐라도 했고 뭐라도 먹고 뭐라도 소모했다. 그럼 됐다. 그 정도면 된다.

이 책을 읽어

지난여름, 노마에게 전화를 걸어 그날 있었던 일을 말했다.

확실해?

노마가 물었다.

무슨 뜻이야?

내가 되물었다.

얼마 후에 다시 만날 수도 있는 거 아닌가, 뭐 그런 뜻.

나는 앞니로 마른 입술을 잡아 뜯으며 웅얼거렸다.

모르겠어.

나무껍질 같은 살점을 자근자근 씹으며 덧붙였다.

그럴 수 없을 거야. 아마.

알 수 없지.

노마가 대꾸했다. 위로하자고 하는 말은 아니었다. 노마는 내게 위로가 아닌 인식을 준다. 아파도 섣부르지 않은 노마의 말은 혹한의 밤하늘처럼 선명하다. 그리고 생활은 다소 흐리멍덩하다.

8시쯤 들를게.

라는 말을 남기고 노마는 전화를 끊었다. 그리고 자정 넘어서 왔다. 노마는 늘 늦지만, 늦는다는 걸 알면서도 노마가 말한 시간부터 기다리게 된다. 두유 한 상자와 비타민 음료 한 상자를 양손에 들고 방에 들어선 노마는 음료수 병을 하나하나 꺼내 방구석에 가지런히 늘어놓았다.

이건 뚜껑 열고 그냥 마시면 돼. 알지?

개학 전날 방학 숙제처럼 나란히 늘어서 있는 병을 멍청히 쳐다보고 있는 내게 노마가 두유를 건넸다. 건네며 명령했다. 마셔. 군소리 없이 꿀꺽꿀꺽 넘겼다. 달콤했다. 달콤한 그것이 속을 채우는 속도로 미지근한 눈물이 차올랐다.

이별이야 간단했다. J가 다른 사람을 좋아하게 됐고, 그것을 알게 된 내가 먼저 헤어지자고 말했다. 자판기에 동전을 넣고 버튼을 누르면 커피가 나오는 것처럼, 이별은 단 몇 초 만에 척척 이루어졌다. 간단명료한 그 과정을 두서없이 말하며 나는 꺽 트림을 했다. 달콤했던 두유가 비리고 시큼한 액체로 변해 목구멍을 타고 올라왔다. 이야기를 다 들은 후, 노마는 내게 세 가지를 요구했다.

첫째, 상황을 되돌릴 수 없을 만큼 망가뜨릴 것.

둘째, 모두에게 이 사실을 알리고 그들의 말을 일단 들을 것.

셋째, 이 책을 읽어.

노마가 가방에서 책 한 권을 꺼냈다. 유명한 외국 여배우의 전기

(傳記)였다. 책 표지에는 그녀의 얼굴이 큼직하게 실려 있었다. 어렴풋하고도 슬픈 눈빛으로 나를 빤히 쳐다보는 그녀와 눈이 마주치자마자 나는 즉시 아름답다고 생각했다. 이목구비와 얼굴선, 펜슬로 그린 게 분명한 눈썹까지, 모두 완벽했다. 완벽한 균형과 대칭이었다.

왜 하필 이 책이야?

두껍잖아.

두껍긴 했다. 600페이지가 넘었다.

차라리 《해리 포터》를 읽으라고 하지 왜.

그건 다 뻥이잖아. 이 책의 절반 이상은 틀림없이 있었던 일이고, 나머지는 있었던 일의 해석인데, 지금 우리에겐 그게 필요해. 절반의 사실과 절반의 해석.

'우리'라는 말이 마음에 철썩 들러붙었다. 노마는 가방에서 시루떡과 백설기 두 팩을 꺼내 책 위에 올려두고 무심히 떠났다. 떡은 먹기 좋은 크기로 조각조각 썰려 있었다. 노마가 떠나고 홀로 남자, 떡도 책도 노마도 나를 버린 그 인간도 다 싫어졌다. 떡과 책을 냉동실에 처넣으며 나는 재채기하듯 잠깐 울었다.

냉동실

아무것도 먹지 않고 나흘을 보냈다. 닷새째 되는 날, 노마가 두고 간 두유 뚜껑을 간신히 땄다. 허겁지겁 두유를 들이켜자마자 구역질이 났다. 방바닥에 토했다. 토하고, 다시 마셨다. 겁내면서 천천히 넘겼다. 비틀비틀 일어나 냉장고 문을 열었다. 생수와 수분크림과 유통기한 지난 유자차와 오메가-3와 냄새 먹는 하마와 곰팡이 핀 식빵과 껍질을 깨면 삐악삐악 병아리가 튀어나올 만큼 오래된 달걀 삼총사가 있었다. 냉동실 문을 열었다. 노마가 두고 간 떡과 책이 보였다. 떡을 꺼내 전자레인지에 넣고 버튼을 눌렀다. 떡이 녹는 동안, 꽝꽝 얼어버린 책을 멀거니 쳐다봤다. 아름다운 그녀는 빙하 타고 내려온 둘리처럼 그 모습 그대로 얼어 있었다. 땡! 소리가 나자마자 전자레인지를 열고 떡을 입에 집어넣었다. 넣었다가 뱉어냈다. 태양이라도 문 것 같았다. 입안이 통째로 쓰라렸다. 떡이 적당히 식기를 기다리는 시간이 J와 만난 3년보다 길게 느껴졌다. 뜨거운 것은 결국 식는다. 그게 자연이다. 이별은 자연스러운 것이다. 얼었다가 녹았다가 뜨거워진 떡이 다시 식는 동안, 책도 조금씩 녹았다. 따뜻한 떡을 씹으며 책을 펼쳤다.

떡은 놀랍도록 맛있었고, 책 속의 그녀는 놀랄 만큼 비슷했다. 어린 날의 노마와.

아름답다

어릴 때 우리 가족은 거의 1년에 한 번꼴로 이사를 했다. 세 번째 학교를 떠나며, 나는 친구 사귀기를 포기해버렸다. 낯설긴 한데 낯설다는 감정이 더는 낯설지 않았던 다섯 번째 학교는 벚나무 천지였다. 전학 첫날, 시소와 뺑뺑이와 그네와 세종대왕 동상에 수북이 쌓여 있는 흰 꽃잎을 보자 어쩐지 울적해졌다. 흰 꽃 다시 피기 전에 떠날지도 모르는데, 전학은 해서 무엇하며 최대공약수는 배워 어디에 쓰나 싶었다.

선생님을 따라 들어간 교실에서 부질없는 자기소개를 하려는데, 이분단 오른쪽 넷째 줄에 앉아 있는 여자아이와 눈이 마주쳤다. 그리고 나는 그만 내 이름을 까먹어버렸다. 자기 이름을 까먹는 게 말이 되느냐고? 그 시절의 노마에겐 그런 초능력이 있었다. 자기를 보는 사람들의 뇌에서 '아름답다'를 제외한 모든 단어를 지워버리는 초능력. '예쁘다'가 아니다. '귀엽다'도 아니다. '아름답다'다. 노마는 열두 살 때부터 충분히 아름다웠다. 노마를 만나기 전, 내 머릿속에는 '아름답다'라는 글자만 있었다. 노마를 보는 순간 그 글자에 의미가 채워졌고, '아름답다'는 비로소 완벽해졌다.

노마에게서 간신히 눈을 떼고도 내 이름을 떠올리지 못해 끙끙댔더니 선생님이 내 소개를 대신해주었다. 인간적으로, 선생님도 내 마음을 이해했던 거다. 노마에겐 그런 초능력도 있었다. 자기를 보는 사람들의 마음을 똑같은 색깔과 모양으로 만드는 초능력. 노마 앞에서 우리는 모두 하나였다. 하나 된 마음으로 노마에게 빠져들었다. 선생님이 정해준 자리에 앉으며, 다시 전학을 가게 된다면 가출해버리겠다고 다짐했다. 노마 때문이었다.

아니, 안 괜찮아

책에 실린 그녀의 사진을 보자마자 먹고 싶다는 생각이 들었다. 그 페이지를 찢어 떡과 함께 씹어 먹었다. 어차피 종이고, 종이는 나무고, 어떤 나무는 식자재고, 비록 그녀는 잉크지만, 잉크라고 못 먹을 것도 없었다. 아름다운 그녀는 나의 피와 살이 될 것이었다. 내면의 아름다움이랄까, 그런 것을 갖는 기분이었다. 책에 실린 사진을 다 먹으며 사흘을 보냈다. 또 먹을 만한 것을 찾아 책을 뒤적이다가,

"마릴린? 괜찮은 거냐구?"
"아니, 안 괜찮아."
마침내 마릴린이 제정신으로 돌아온 것처럼 대답했다.[1]

라는 세 문장에 마음을 빼겼다. 그렇지. '안 괜찮아'라는 말이 있지. 휴대전화를 찾아 집 안을 샅샅이 뒤지다가 벨 소리를 듣고 손에 쥔 휴대전화를 귀에 갖다 대며 '아니, 내가 지금 휴대전화를 어디에 뒀는지 모르겠어서'라고 말하는 사람처럼, 나는 어안이 벙벙해졌다. 그렇지. '안 괜찮아'라는 말은 제정신이 돌아왔을 때에나 할 수 있는 말이지. 헤어지자고 했을 때, J가 물었다.

---

1) 《마릴린 먼로-THE SECRET LIFE》, J. 랜디 타라보렐리 지음, 성수아 옮김, 체온365, 2010, 167쪽.

괜찮아?

나는 고개를 끄덕이며 아주 작은 목소리로 괜찮다고 대답했다. 제기랄. 그때 나는 제정신이 아니었다. 그 문장을 먹고 싶었다. '안 괜찮아'라는 말을 절대 잊지 않도록, 피와 뼈와 근육과 살에 그 문장을 심어버리고 싶었다.

냉동실 문을 열었다. 놀랍도록 맛있는 떡은 그녀의 사진과 함께 다 먹어치운 후였다. 대신 언제 해 넣었는지 알 수 없는, 사실 짐작은 가지만 그 날짜를 떠올리기 두려운 밥 한 덩이가 있었다. 밥을 녹이며 싱크대 찬장을 샅샅이 뒤졌다. 유통기한 지난 비빔면 세 봉지와 즉석 카레와 으리으리한 화초로 변모한 감자 두 알과 죽염 한 통과 모두 모으면 바벨탑이라도 쌓을 수 있을 것 같은 플라스틱 반찬 통과 가장 작은 반찬 통 속에 비상금으로 넣어둔 5만 원과 맙소사, 이게 대체 웬 떡이람? 미니 오븐과 오븐 사용 설명서와 반쯤 남은 소주와 하도 오래되어서 잠시 배양토라고 착각한 원두 가루와 참치 통조림 세 개를 찾아냈다. 모두 그것이 거기 있는지 몰랐던, 기억에 없는 것들이었다. 마음만 먹으면 집 안 어딘가에서 드래곤볼 일곱 개를, 서너 개가 아닌 일곱 개 전부를 찾아낼 수도 있을 것 같았다. 냄비에 물을 붓고 녹은 밥과 참치—아, 참치. 참치에 대해서도 할 말이 있지만 일단 싱크대 찬장에 넣어두겠다. 할 말이 바닥날 훗날을 위해—와 '아니, 안 괜찮아'라는 문장을 찢어 넣고 팔팔 끓였다.

참치죽은 놀랍도록 맛없었다. 죽염을 뿌렸더니 짜고 맛없어졌다. 그래도 그 속엔 '아니, 안 괜찮아'라고 말하는 아름다운 그녀가 있었다. 나는 가정교육 잘 받은 어린애처럼, 짜고 맛없는데다가 건강에 해로울지도 모를 그것을 감사한 마음으로 싹싹 긁어 먹었다.

여집합

내가 집 안에만 틀어박혀 있던 동안에도 지구는 부지런히 태양 주위를 돌았고, 덕분에 오랜만에 밖으로 나온 나는 벌벌 떨었다. 높고 커다란 시베리아 고기압이 와그작와그작 달려오는 소리가 들렸다. 만취한 망나니처럼 길바닥을 나뒹구는 가랑잎과 쓰레기, 정신없이 가물거리는 가로수 그림자와 번쩍거리는 태양. 하늘도 땅도 우주도 사람도 우라질 마음도, 뭐 하나 가만있는 게 없었다. 죄다 변하고 움직였다.

버스 안 라디오에서 노래 세 곡이 연이어 흘러나왔다. 전부 처음 듣는 노래였고, 죽도록 너를 사랑한다거나 죽도록 너를 미워한다는 내용이었다. 승객들은 손을 잡거나 팔짱을 끼거나 소곤거리거나 말다툼을 했고, 혼자인 사람들은 통화하거나 문자를 보내고 있었다. 그들 모두 사랑하는 누군가와 연락을 주고받는 것처럼 보였다. 카페나 식당을 채운 사람들, 거리를 걷는 사람들도 대부분 연인이었다. 대로변의 커다란 스크린에서는 스릴러 영화 예고편이 나오고 있었는데, 영화의 카피마저 사랑과 배신이 이러쿵저러쿵이었다. 발에 채일 만큼 흔해 빠진 게 사랑이고 이별이었다. 무슨 세상이 이따위고, 어째서 인간들은 이다지도 시시한가 싶었다.

그래. 그럴 것 같더라.

친구가 말했다.

그건 사랑보다 소유욕이지. 갖고 싶은 게 있으면 별짓 다 해서라도 갖고야 마는 사람들 있잖아. 그냥 이렇게 생각해. 네가 싫어졌다기보다 그냥 더 갖고 싶은 게 생긴 것뿐이라고.

그 말을 듣자 가파르게 슬퍼졌다. 그게 그거 아닌가? 겨우 되물었다.

글쎄.

파전을 젓가락으로 갈기갈기 찢으며 친구가 중얼거렸다.

그렇기도 하지만 그게 다는 아니지.

친구는 젓가락을 간장에 콕 찍어 찢어진 파전 위에 동그라미를 그리며 말을 이었다.

이게 사랑이라면.

동그라미 속에 작은 동그라미를 그리며 덧붙였다.

이게 소유욕인데, 여기 봐. 소유욕 아닌 다른 부분도 있잖아. 근데 걔한테는 사랑이 곧 소유욕이었던 거야. 다른 여집합이 없는 거지.

친구는 자신의 말을 증명할 구체적 사례를 열거하기 시작했다. 재작년 여름에, 작년 초에, 너희 처음 만났을 때……. 친구가 기억하는 많고 많은 사례 중 어떤 것은 내 기억에 없었고, 또 어떤 것은 내 기억과 미세하게 달랐다. 미세한 차이가 전체를 왜곡했다. 노마를 생각했다. 생각할 수밖에 없었다. 친구 말대로 내가 사랑과 소유욕을 헷갈렸다면, 그 헷갈림의 기원은 노마에게서 시작된다.

놀이

나도 오징어를, 다방구를, 카바를, 고무줄을, 돌공기를 하고 싶었다. 손과 옷을 더럽히며 놀고 싶었다. 여럿이 어울려 비슷한 공기를 마시는 그들의 대기권 안으로 들어가고 싶었다. 하지만 두려웠다. 놀이를 잘하지 못해 그들을 실망시킬까 봐. 방해될까 봐. 그래서 놀이에 끼워주지 않을까 봐. 지역마다 학교마다 놀이 규칙은 조금씩 달랐다. 멀리서 지켜보며 그들의 규칙을 익힐 만하면 나는 다시 새로운 규칙 속에 놓이곤 했다. 세 번째 학교에서부터, 나는 떼지어 노는 것을 별로 좋아하지 않는 척했다. 할 줄 아는데 안 하는 척했다. 전학과 동시에 서둘러 그런 오해를 만들어냈다. 아이들의 이름이나 시간표를 외우는 것은 다음 문제였다. 잠깐 즐겁다가 결국 버려지느니, 처음부터 끝까지 외로운 편을 선택한 것이었다.

노마 역시 전학생이었다. 나보다 두 달 먼저 전학 왔다고 했다. 노마가 나타나자 학교에서 제일 오래된 대왕 벚나무가, 그럴 때가 아닌데도 꽃잎을 후드득 떨어뜨리더니 단숨에 말라버리더라는 전설 같은 이야기가 떠돌기도 했다. 아무튼 노마는 나와 달랐다. 규칙을 몰라도 일단 판에 뛰어들었다. 뛰어들어서 놀이를 엉망진창으로 만들었다. 이상했다. 엉망진창 놀이를 하면서도 모두 즐거워했다. 다들 웃음병에라도 걸린 것 같았다. 노마 때문이었다. 노마의 초능력이었다.

노마가 좋았다. 부러웠다. 노마의 모든 것이 탐났다. 좋고 부럽고 탐나는 그것과 가까워지고 싶었다. 처음으로, 친구를 사귀어보자고 마음먹었다. 마음먹고서야 깨달았다. 나는 친구 사귀는 방법을 몰랐다. 여럿과 친해지는 방법은 더더욱 몰랐다. 여러 사람이 하나의 공으로 함께 즐기는 것은 내가 원하는 바가 아니었다. 그런 생각을 하면 겁부터 났다. 누구의 눈치도 보지 않고 내 마음대로 갖고 놀 수 있는 나만의 공. 내겐 그것이 필요했다.

연기

집으로 돌아오는 길에 마트에 들러 김치와 쌀과 햄을 샀다. 밥을 안치고 냉동실에서 책을 꺼내 읽다가,

> "애야, 넌 평생 연기를 해왔잖아." 언제나 감이 좋은 애나가 말했다. "무슨 말인지 알지, 그렇지?" 그건 사실이었다. 그녀는 인정받을 수 있는 누군가가 되길 바라면서, 어울리고 더 나아지려 노력하며 일생을 보냈다.[2)]

라는 문장과

> 마릴린은 동정을 얻기 위해 이야기를 조작하는 걸로 알려졌다. 마릴린 먼로의 과거사를 정리하면서 겪은 문제들 중 하나는 무엇이 진

2) 같은 책, 136쪽.

실이고 무엇이 그녀의 과도한 상상으로 인한 산물인지를 구별해내는 일이었다.[3)]

라는 문장에 걸려 넘어졌다. 그래서 찢었다. 김치와 밥을 팬에 붓고 대충 볶았다. 햄도 썰어 넣을까 고민하다가 그만뒀다. 맛있자고 먹는 게 아니었다. 조각낸 종이를 파슬리 가루처럼 볶음밥 위에 뿌렸다.

'얘야, 넌 평생 연기를 해왔잖아'라는 문장을 먹으며, 연애하는 동안 내가 했던 숱한 연기를 떠올렸다. 연기가 필요했다. 그것 없이는 사랑할 수 없었다. 좋긴 좋지만 조금 더 좋은 척. 만족스럽지만 조금 더 만족스러운 척. 조금 더 행복한 척. 더 많이 이해하는 척. 더 좋은 사람인 척. J 앞에서의 나는 본래의 나에서 8도 정도 어긋난 나였다. 미세한 각도는 시간이 흐를수록 점점 벌어졌고 J 앞에서의 나도 본래의 나에서 서서히 멀어졌지만, 본래에서 멀어진 나도 나였다. 그러므로 그것이 연기였는지, 나의 본래 모습이었는지 단정할 수 없었다.

J는 나 아닌 다른 사람을 사랑하게 되었다고 했다. 그게 사랑이라면, J는 처음 내게서 느꼈던 감정을 새로운 대상에게 다시 느낀 것일 수도 있다. 변한 것은 J가 아니라 나인지도 모른다. 자꾸 변하는 나는 그 감정에서 미끄러지고, 변치 않는 그 감정에 딱 들어맞는 새로운 대상이 나타난 것인지도. 절반의 사실과 절반의 해석.

---

3) 같은 책, 161쪽.

노마의 말이 떠올랐다. 사실만을 말하자면, 우린 헤어졌다. 그뿐이다. 사실은 너무 간명하고, 간명한 한 문장으로 지난 3년을 정리하자니 서글프고 헛헛하니까, 연애가 끝난 후에도 나는 조금 더 슬픈 척, 조금 더 화난 척, 조금 더 의연한 척, 아무렇지 않은 척 연기를 하고 있었다. 친구가 나의 연애에 대해 나와 다른 기억을 가진 것도 나 때문이다. 친구가 알고 있는 J와 나의 사연은 나의 언어와 감정으로 왜곡되어 전달된 것이니까. 과장되고 왜곡된 그것을 친구는 자신만의 언어와 감정으로 다시 조작해 기억의 저장고에 쑤셔 넣었다. 다를 수밖에 없었다.

김치와 밥에 뒤섞인 마릴린을 꼭꼭 씹어 먹으며 생각했다. 조작될 수밖에 없는 기억과 그것이 전달되는 과정에 대해. 그로 인해 재창조되는 수많은 이야기와, 이야기 속에 존재하는 무수한 진실, 혹은 존재하지 않는 진실에 대해. 마릴린 역시 마찬가지다. 사실에 상상을 덧붙여 과거를 과장했을 것이다. 상처 입은 사과가 더 맛있는 것처럼, 더 아름다워지기 위해 그랬을 수도 있다. 혹은 그렇게 의지하는 방법밖에 몰랐을 수도 있다. 나도 그랬다. 화상 같은 상처를 수시로 드러내며 살았다. 함부로 내보이면 안 될 그것을 자랑처럼 까발렸다. 그래도 된다고 생각했다. 그래야 한다고 믿었다. 그렇게 의지하는 방법밖에 몰랐다. 여전히 그 방법밖에 몰라서, 앞으로 안 그럴 자신도 없다. 노마, 노마. 질긴 종이를 껌처럼 씹으며 나는 노마의 이름을 불렀다. J와 이별했고 그 때문에 종이를 먹는데도, 내 마음을 서성이다 끝내 문을 두드리는 사람은 언제나 J가 아닌 노마였다.

너의 불행

일단 노마에게 다가갔다. 그저 다가가는 것에도 엄청난 용기가 필요해서, 겨우 다가갔을 때 나는 이미 지쳐 있었다. 지친 상태로 깨달았다. 아름다운 노마 옆에서 내가 할 수 있는 일이라고는 시녀 노릇뿐이란 것을. 늘 노마 옆에서 노마의 이야기를 듣고, 화내지 않고, 양보하고, 새것이나 좋은 것이 생기면 노마에게 먼저 주고, 험하고 더러운 일은 대신해주고, 노마의 편을 들고, 기꺼이 누명을 쓰고…… 뭐, 그런 식이었다. 그것이 내가 아는 우정이고 사랑이었다. 그렇게 친해졌다. 좋았다. 재미있었고, 멋졌다. 친구란 정말 멋진 것이었다. 지금 내 기분이 어떤지, 내게 무슨 일이 있었는지 궁금해하는 사람이 있다는 게 신기했다. 내 집이 어디며, 내가 가장 아끼는 것, 싫어하는 것, 무서워하는 것, 내 말버릇, 내 글씨체 따위를 알아봐주는 사람이 있다는 것만으로도 나의 하루는 달라졌다. 하도 다물고 있어 군내가 나던 입에서 단내가 나기 시작했다.

노마에게는 엄마가 많았다. 하나, 둘, 셋…… 그래, 셋 정도 있었다. 사실 셋 이상인데, 셋보다 많으면 좀 헷갈리니까 셋 다음부터는 고모나 이모였다. 노마를 낳아준 엄마가 마음의 병을 얻어 노마를 누군가에게 맡기고, 맡겼던 노마를 엄마의 친구가 다시 찾아오고, 찾아왔다가 고아원에 보내고, 다시 다른 엄마에게 맡겨지고……. 엄마 노릇을 하는, 그래서 엄마라고 불러야 하는 사람이 자꾸 바뀌었던 것이다.

때문에 노마는 언제나 대비해야 했다. 버려질 것에 대해. 버려질

지도 모른다는 절박함이 노마를 더 아름답게 했는지도 모른다. 적당히 아름다운 것으로는 부족했다. 극도로 아름다워야 했다. 차마 버릴 수 없을 만큼. 절반의 외로움과 절반의 불안. 아니, 헷갈리게 나눌 것 없다. 통째로 사랑. 두려운 것도 바라는 것도 오직 사랑뿐이었다. 노마는 늘 사랑을 원했다. 보다 깊은 사랑. 그저 보는 것이 아니라 만져주는 것, 만져주는 것을 넘어 잡아주는 것, 잡아주는 것을 넘어 껴안아주는 것, 껴안고 토닥이고 어쩌면, 물어뜯어주는 것.

다들 힘들었다. 마음의 병으로 힘들고, 사정이 안 좋아서 힘들고, 자기 가정을 챙겨야 하니까 힘들고. 힘들어서, 노마까지 챙길 여력이 없었다. 그렇다고 노마를 완전히 놓으려고도 하지 않았다. 누군가가 다가와 노마를 책임지려고 하면, '아니야, 이건 내 것이야!' 소유권을 주장하며 어설프게 잡은 손을 놓지 않았다. 지금은 힘들어서 노마의 손을 꽉 쥐고 있을 수 없지만, 이렇게 사랑스러운 아이를 다른 이에게 뺏길 수도 없다는 식이었다. 노마는 자꾸 어정쩡한 상태에 놓였다. 그 누구의 손도 꽉 잡을 수가 없었다. 언제 어디서나 사람들의 시선을 사로잡는 노마, 누구나 한 번쯤은 탐내는 노마, 우는 모습마저 아름다운 노마가 울먹이며,

"착한 애가 될게요."

"제발 다른 데로 보내지 마세요."[4]

---

4) 같은 책, 71쪽.

라고 말했지만 결국 나는 고아원에 가야 했지 뭐야. 내겐 친엄마도 있고 양엄마도 있고 이모도 있는데 말이야. 하고 말했을 때, 나도 노마를 따라 울먹이고 싶었다. 하지만 울지 않았다. 슬프기보다 기뻤다. 드디어 비밀을 털어놓는 사이가 되었으니까. 나는 노마의 상처를 아는 유일한 사람이니까. 노마는 이제 나를 버리고 어디로도 갈 수 없을 테니까. 간다면, 노마의 비밀을 꼭 쥐고 있는 내 손을 잘라가야 할 테니까. 우리 사이를 가르는 깊은 계곡, 시시콜콜한 일상으로는 도무지 채울 수 없는 그 계곡이 노마가 털어놓은 비밀로 채워졌다고 나는 믿었다. 채워 평평해진 그곳이 우리를 하나로 만들었다고.

물론 착각이었다. 그건 비밀이 아니었다. 모두가 노마의 상처를 알고 있었다. 내게 친구라곤 노마뿐이었고, 모두가 알고 있는 그것을 나만 모르다가 결국 나도 알게 된 것인데, 나만 몰랐다는 것까지는 몰랐던 것이다. 게다가 저마다 알고 있는 내용이 조금씩 달랐다. 마치 친한 정도에 따라 선물의 종류와 가격을 달리하듯, 노마는 아이들에게 조금씩 다른 내용의 불행과 상처를 말했다. 모두가 동의하는 사실은, 아름다운 노마가 고아원에 살아서 불행해한다는 것뿐이었다.

내가 알고 있는 노마의 불행은 과장보다 사실에 가까웠다. 화가 났다. 나를 믿지도, 좋아하지도 않아서 과장하지 않았다고 생각했다. 내겐 노마뿐인데, 노마는 나만의 것이 아니었다. 노마에게도 나뿐이었으면 좋겠는데, 노마는 나를 운동장의 모래알처럼, 벚나무의 꽃잎 한 장처럼 대했다. 분명 그런 것 같았다. 나는 노마를 위해 기꺼이 희생하고 헌신했는데, 나의 모든 시간과 힘과 애정을 노마에게 쏟아부었는데, 그런데도 나는 다른 아이들과 동급이거나 그 아래였다. 나만 특별하다는 어떤 표지도 찾을 수 없었다. 어떻게 이럴 수가 있지? 내가 얼마나 잘해줬는데! 노마의 한쪽 손을 꼭 쥔 채 생각했다. 이것만이 아니야. 이것 이상이 필요해.

쌈

섹시하고 예쁘고 멍청한 금발 아가씨. 사람들은 마릴린에게 그 이상도 이하도 원하지 않았다. 오직 그것을 바랐다. 그것만으로 충분했다. 하지만 마릴린은 다른 모습을 보여주고 싶어 했다. 이를테면, 《카라마조프의 형제》의 여주인공 그루센카 같은 역할. 사람들은 그런 그녀를 비꼬고 비웃었다. 섹시한 금발 스타 이미지에서 벗어나고자 애쓰면서도 마릴린은 그 이미지를 이용하기도 했다. 이를테면, 유력 인사가 모이는 칵테일파티 같은 경우. 성적인 것을 두려워하는 마릴린, 목까지 단추를 채운 블라우스와 발목까지 오는 바지를 입고 노출을 최대한 꺼리는 마릴린, 위트 있고 지적인 답변을 곧잘 하는 마릴린, 앉을 수도 없을 만큼 몸에 붙는 드레스를 입고 파티에 나타나 멍청한 표정을 지으며 추파를 던지는 마릴린은 모두 같은 사람이었다. 이것은 연기고 저것은 본래의 마릴린이라고 똑 부러지게 말할 수 없다. 모두 마릴린의 알맹이며, 마릴린의 껍데기다. 나도 마찬가지다. 모순되는 말과 행동, 모두 나다.

누군가는 나를 얌전한 아이로 기억하고, 누군가는 나를 되바라진 아이로 기억한다면, 나는 얌전하고 되바라진 아이이다.

"그는 그 일에 대해 별로 부끄러워하지도 않는 것 같았어요. 그는 그녀가 자신의 가장 나쁜 점을 끌어낸다고 했죠. 보통은 그런 사람이 아닌데 말이에요. 그가 말하길, 그녀는 버릇이 없고 아주 자기중심적인데다가 그게 그를 미치게 만든다고 했어요. 그는 그녀를 애지중지하는 것에 질렸다고, 그녀에게 지친다고 말했죠. '오~ 너무 슬픈 일이야.' 그의 말을 그대로 옮기자면 그랬어요. 내가 말했죠. '조, 너희 둘이 이혼해야 될지도 몰라.' 그는 날 미친놈 보듯이 하더군요. '난 그녀를 보내지 않을 거야. 그녀를 보낸다면 내겐 그게 바로 지옥이야.'"[5]

마릴린의 두 번째 남편, 조 디마지오에 대한 문장이다. 그 문장을 살짝 데쳐서 된장을 묻혀 쌈 싸 먹었다. 조 디마지오는 마릴린에게 일과 사랑 중 하나만 선택하라고 요구했다. 하지만 마릴린에게는 일이 곧 사랑이었다. 마릴린이 원한 것은 단 한 사람만의 사랑이 아니다. 모두의 사랑이다. 왜냐하면, 그 단 한 사람이, 언제 자기를 버릴지 모르니까. 마릴린은 사랑받기 위해 연기했다. 연인 앞에서. 카메라 앞에서. 사람들 앞에서. 그러므로 일을 포기하라는 말은 사랑을 포기하라는 말과 같았다. 두 사람은 결국 이혼하지만,

5) 같은 책, 307쪽.

조는 마릴린이 죽을 때까지 그녀를 보살폈다. 어쩌면, 끝까지 보살핀 유일한 사람이라고 말할 수도 있다. 그러므로 사랑이 다해서 이혼했다기보다 너무 사랑해서 이혼했다고 볼 수 있는데, 너무 사랑했다는 말은 이렇게 바꿔 말할 수도 있다. 너무 가지려고 했다. 독점하려고 했다. 이해하고 배려하는 것이 사랑이라면, 차지하고 구속하는 것 역시 사랑이다. 이것은 사랑이고, 저것은 사랑이 아니라고 말할 수 없다. 얌전한 나도 나고, 되바라진 나도 나인 것처럼. 아름다운 마릴린이 조의 나쁜 점을 끌어냈듯 아름다운 노마는 내 안의 괴물을 끌어냈다. 나도 내가 그런 아이인 줄 몰랐는데, 몰랐을 뿐, 그것 또한 분명 나였다. 조금 과장하자면, 근본에 가까운 나였다.

흉

좋아하는 나무가 있었다. 두 번째 학교 교정엔 플라타너스가 많았는데, 그중 가장 작고 약한 나무였다. 언제나 거기 있는 그 나무가 소중하고도 좋아서, 나무에게 이름을 붙여줬다. 정글짐 꼭대기에 올라가면 그 나무의 파란 잎을 만질 수 있었다. 정글짐 속에서 헤매고 헤매다 지치면, 꼭대기에 걸터앉아 잎의 수를 헤아리곤 했다. 헤아리다 헷갈리면 다시 정글짐 속을 헤엄치듯 헤맸다. 그러다 보면 하늘은 밤일 나갈 채비라도 하듯 알록달록 화장을 시작했고, 태양은 내 발아래로 똑 떨어졌다. 그 시간이 될 때까지 나무에게 나의 이야기를 했다. 엄마랑 아빠가 또 싸웠어. 집에 가기 싫다. 왜 그럴까 맨날. 누가 내 실내화 훔쳐갔어. 양말이 까매졌어. 혼날까 봐 무서워. 곱셈 너무 어려워. 진짜 개떡 같아. 그거 좀 틀렸다고 나머지를 시키다니. 창피하게. 몰라서 틀린 걸 혼자 남아 푼다고 척척 풀게 되나? 웃겨 정말. 나보고 못생겼대. 그러는 지는. 나도 나무였음 좋겠다. 그럼 분수 같은 거 몰라도 될 거 아냐. 분수 알아봤자 맨날 싸우기나 하는걸 뭐. 세상 사람들 전부 분수를 모른다면 안 싸울지도 몰라. 어때 내 생각이? 어, 그게 뭐냐면 숫자 위에 선을 긋고 또 숫자를 쓰는 거야. 숫자 위에 숫자가 사는 거야. 2층집 같은 거야. 2층집에 살고 싶다. 엄마랑 아빠 싸우는 소리도 안 들릴 만큼 아주 커다란 2층집. 글씨도 어려워. 띄어쓰기 좀 틀리면 어때서. 그런다고 세상이 망하나? 띄어쓰기 알아봤자 또 맨날 싸우기밖에 더하겠어? 다들 벙어리면 좋겠다. 벙어리에 봉사면 좋겠어.

그 학교를 떠나기 전날, 뾰족한 돌로 나무의 몸에 흉터를 만들었다. 나만 알아볼 수 있는 표시였다. 시간이 아무리 흘러도 사라지지 않을 만큼 깊고 깊은 흉터였다.

그보다 더 어릴 때, 좋아하는 인형이 있었다. 머리칼은 노랗고 몸은 미끌미끌한, 흔한 마론 인형이었다. 언제나 거기 있는 그 인형이 소중하고도 좋아서, 인형에게 이름을 붙여줬다. 눈 내리던 어느 날, 매직으로 인형의 노란 머리칼을 까맣게 칠했다. 그 인형은 내게 정말 특별한데, 특별한 그것이 다른 아이들이 가진 것과 똑같다는 사실에 화가 났다. 머리칼만 까맣게 만들려고 했는데, 매끈한 얼굴과 몸도 거뭇거뭇해졌다. 그래서 못생기고 더러워졌지만, 그 얼룩이 인형을 특별하게 만들었다. 내 것이라는 표시가 되었다.

그렇다. 나는, 상처를 내고 흉터를 만들어 나에게만 특별한 무엇을 구별하곤 했다. 본디 그런 애였다.

노마는 인형보다 예쁘고 나무보다 생기로웠다. 그리고 인형이나 나무보다 인기가 많았다. 겉모습에 아무리 흉을 내봤자 티도 안 나고 금방 낫고, 아니, 흉 때문에 더 관심받는 사람이었다. 그래서 노마의 가치에 흉을 냈다. 노마를 주인공으로 삼아 이야기를 꾸미고 퍼뜨렸다. 노마가 누구누구 욕을 하고 다닌다. 노마가 누구누구 물건을 훔친다. 노마가 이러저러한 거짓말을 한다. 노마가 남자애랑 이러저러한 짓을 했다. 노마가 선생님들 앞에서 이러저러한 척을 했다. 내가 뱉어낸 짧은 말은 여러 아이의 입을 거치며 한여름 나뭇잎처럼 무성해졌고, 조회 시간에 모인 아이들의 옷 색깔처럼 휘황찬란해졌다. 모두 거짓말만은 아니었다. 절반의 사실과 절반의 해석이었다. 그것에 상상 한 방울이 떨어지는 순간, 이야기는 우주처럼 팽창했다.

노마의 말과 행동을 해석하고, 그 너머를 상상하고, 상상을 이야기로 만들고, 만들어진 이야기를 친구들과 나누면서 나는 사람과 친해지는 방법을 새로 배웠다. 아이들은 내 주변으로 모여들었고, 내 이야기를 듣고 내게 관심을 보이기 시작했다. 노마가 친구를 잃는 속도로 나는 친구를 얻었다. 주변에 사람이 많아지자 이전까지 경험해보지 못한 자신감이 생겼다. 도깨비 같은 자신감이었다. 내가 노마를 졸졸졸 따라다녔듯, 이젠 노마가 나를 따라다녀야 한다는 자신감. 시냇물처럼 졸졸졸 따라오지 않는다면 훨씬 더 지저분한 소문을 만들어 네 눈물까지 다 마르게 하겠다는, 꺼이꺼이 우는 시늉만 내다가 산산이 흩어지는 모래 먼지로 만들 수도 있다는 자신감. 그러니 너는 내가 원하는 대로 할 수밖에 없으리라는 자신감. 그렇게 생각하고 생각대로 행동하자, 홀린 사람처럼, 노마도 내 생각대로 움직였다.

나는 여전히 노마를 아끼고 사랑하고, 세상에서 가장 귀한 보물 다루듯 했다. 노마가 슬퍼하면 함께 슬퍼하고, 노마의 농담에 웃고, 노마의 거짓말에 귀 기울이고, 노마의 한탄에 맞장구치고, 좋은 것이 생기면 노마에게 먼저 주었다. 동시에 지배하려고 했다. 물건처럼 손에서 놓지 않았다. 손에 쥐고 온종일 조몰락거렸다. 나는 되도록 노마 옆을 떠나지 않았고, 그래서 노마는 나를 의심하지 않았다. 의심하는 대신 '착한 애가 될게요'라는 눈빛으로 나를 봤다.

벚나무 잎이 다양한 색으로 물들어가던 가을날, 운동장에서 피구를 하다가 깨달았다. 노마 옆에는 나뿐이었다. 노마는 말도 글씨도 모르는 어린애가 엄마한테 그러듯, 잔뜩 겁먹은 표정으로 내 손을 꼭 잡고 있었다. 내가 잠시라도 한눈을 팔면 불안해하고 신경질을 냈다.

> "내 꿈은 내 자신이 굉장히 아름다워져서 내가 지나갈 때 사람들이 날 보기 위해 돌아보는 거였어요."[6]

6) 같은 책, 75쪽.

라는 문장에 된장을 잔뜩 묻혀 꾹꾹 씹으며 생각했다. 노마. 널 착하다고 말하는 사람들 모두가 널 괴물로 만들 거야. 착할 필요 없어. 아름다우면 돼. 그것만으로 충분해.

하나도 안 변했구나, 너

노마를 독차지한 채 실컷 바라보고 만지고 껴안고 토닥이고 상처 내다가, 나는 여섯 번째 학교로 떠났다. 노마를 떠난 후 한동안 다시 친구를 사귈 수 없었다. 노마 아닌 모든 사람이 시시했다. 너무 시시해서 화가 날 지경이었다. 한편으로 무서웠다. 내 안의 괴물을 얼핏 본 후였다. 그 자식이 튀어나와 또 무슨 짓거리를 할지 알 수 없었다. 사람을 좋아하고 알고 사귀고 친해지는 것 자체가 겁났다. 다른 사람이 아니라 내가, 내가 무서웠다. 누군가에게 반하는 순간, 누군가가 나를 보고 환하게 웃는 순간, 그 웃음에 도무지 무심할 수 없을 때, 앵앵거리던 괴물은 때를 놓치지 않고 큰 소리로 울며 횡포를 부렸다. 괴물의 횡포가 시작되었다는 것은, 내가 사랑에 빠졌다는 신호였다. 그때마다 노마를 기억했다. 그녀의 아름다움과 그 너머를 떠올렸다. 괴로웠다. 그녀를 만나고 싶었다. 또한 만나고 싶지 않았다. 내가 떠난 후 노마는 어떤 시간을 보내야 했을까. 노마를 알기 전의 나처럼 혼자 정글짐 속에서 헤매야만 했을까. 헤매다가 벚나무의 푸른 잎을 만지며, 나비도 태양도 사람도 모르고 나무만 아는 땅속 이야기를 상상해야 했을까.

서른이 넘어 노마를 만났다. 노마를 보는 순간, 오랜만에 설레었다. 설레면서 겁났다. 겁나서 슬펐다. 괴물이 엉엉 울기 시작했다. 나를 보자마자 노마는 말했다. 하나도 안 변했구나, 너. 어른이 된 서로에게 어느 정도 적응이 되었을 때, 노마는 다시 말했다. 정말 하나도 안 변했구나, 너. 노마 역시 그대로였다. 여전히 아름답고, 사랑하며, 단 한 사람의 사랑이 아닌 모두의 사랑을 원했다.

어릴 때는 '잘못했습니다'라는 말을 하는 게 두려워 거짓말을 하곤 했는데, 어른이 되어서는 '미안해'라는 말, 해봤자 아무 소용 없을 때가 많아서 거짓말을 한다. 잘못했다는 말도 미안하다는 말도 없이, 힘들 때면 노마를 찾았다. 노마와 즐거움을 나누고 싶진 않았다. 그럴 수 없었다. 그 정도의 염치는 있었다. 그녀 앞에서 나는 충분히 불행한 사람이어야 했다. 그래서 연기를 했다. 조금 더 불행한 척. 조금 더 괴로운 척. 더 미련한 척. 더는 그녀를 부러워하지 않는 척. 탐내지 않는 척. 그리고, 아무것도 기억나지 않는 척.

1년 후

J는 나의 네 번째 애인이었고, 앞선 세 번의 이별도 아프긴 마찬가지였다. 물난리가 나면 금은보화와 쓰레기가 동시에 떠내려가듯, 이별 후 모든 것이 빠져나간 그 자리는 더없이 황폐했다. 황폐한 그 자리를 돌돌 싸매 '괜찮다', '미안하다', '고맙다' 따위의 말로 꿰맸다. 촘촘히 박음질했다. 그런 허튼 말로 박음질한 마음이

제대로 봉인될 리 없는데, 듬성듬성 기운 마음으로 또다시 사랑에 빠지곤 했다. 그러니 비슷한 실수와 후회를 반복할 수밖에. 얼기설기 꿰맨 마음은 사소한 오해와 갈등에도 지저분하게 터졌다. 터진 마음을 멍청히 내려다보며, 대체 언제 터진 건지, 왜 터진 건지, 이미 부패하기 시작한 과거의 흔적을 황급히 뒤적이다 고개를 들면, 어느새 이별 후였다. 이별은 내가 선택할 수 있는 게 아니다. 자연스러운 그것은 내 선택과 상관없이 절로 그리될 것이니까. 사랑 역시 마찬가지다. 마음먹는다고 사랑하거나 사랑하지 않을 수 있다면, 그것에는 '사랑'보다 더 어울리는 이름이 따로 있을 것이다. 그러니 내가 선택할 수 있는 것은 사랑이나 이별이 아니라, 그 사이의 시간을 '어떻게 견딜 것인가'뿐이다.

J와 헤어지고 어느 정도 시간이 지나자, 친구들 사이를 돌고 돌던 말이 다시 내 귀에 들어왔다. 친구들이 말하는 나의 사랑과 이별은 내가 알고 겪은 것과 미세하게 달랐다. 하지만 오해를 풀고 싶지도, 오해라고 생각하지도 않았다. 그것이 오해라면, 내가 알고 내가 기억하는 것 역시 오해일 테니까. 나는 있는 그대로 받아들이기를 포기했다. 사랑을 유지하기 위해 진의를 왜곡했듯, 이별을 감당하는 데도 왜곡은 필요했다. 한동안 그런 시간을 보냈다. 듣고 싶은 대로 듣고, 생각하고 싶은 대로 생각했다. 그런 시간마저 지나고 나자, 내가 겪은 일들이 너무나도 자연스러워졌다. 어떻게 말하느냐에 따라 평범하거나 특별해지는 것이 만남과 이별이라면, 내게 필요한 것은 특별함이 아닌 평범함이었다. 필연이 아닌 우연, 영원이 아닌 찰나, 과거가 아닌 현재, 상상이 아닌 사실이었다. 상

상과 해석을 걷어내자 지난 3년은 'J와 내가 만나서 J와 내가 헤어졌다'는 한 문장으로 그쳤다. 아무리 생각해도 그뿐이었다. 그뿐인 이야기에 3년이란 시간이 걸렸다.

마릴린과 조 디마지오의 사랑, 마릴린과 아서 밀러, 마릴린과 JFK, 마릴린의 마지막 밤과 FBI. 이야깃거리는 많다. 단 한 방울의 상상 혹은 오해만 떨어뜨리면 평생을 이야기하고도 남을 만큼 다양한 이야기를 만들어낼 수 있다. 하지만 이렇게 말할 수도 있다. '영화배우이자 가수인 마릴린 먼로Marilyn Monroe(본명: 노마 진 모텐슨 베이커Norma Jeane Mortensen Baker)는 1926년 6월 1일에 태어나 1962년 8월 5일에 죽었다.'

선택해야 한다. 허구를 제거할 것인가, 더 많이 상상할 것인가. 지구가 태양 한 바퀴를 완주한 후에야, 나는 상상이 아닌 사실을 선택할 수 있었다. 과거는 그대로 두고, 일단 두고, 현재를 살고 싶었다. 허구와 상상을 제거한 J는 너무나도 무미건조했다. 시시했다. 매력적이지도 흥미롭지도 그립지도 않았다. 무감동하고 무감정하고 무감각했다. 그래서 슬펐다.

한 문장

노마 이후, 나는 노마를 사랑하듯 다른 이를 사랑했다. 사랑하는 이를 흉보고 상처 내면서 내 사랑을 과시하곤 했다. 그러므로 친구가 말한, 여집합 없는 사랑을 하는 이는 J가 아닌 나인지도 모른다.

몰랐던 건 아니야.

노마가 말했다. 여전히 미안하다는 말도 잘못했다는 말도 없이, 노마에게 흉을 냈던 그 시절 이야기를 꺼낸 후였다.

미웠지. 미웠는데, 죽도록 미워하다 보니 그런 생각이 들더라고. 너도 내가 미워서 그랬나 보다. 미운 거랑 싫은 거랑은 다르잖아. 좀 달라. 그렇지? 나는 네가 나를 미워했다는 것도 알고, 그보다 먼저 나를 엄청 좋아했다는 것도 알고, 소문을 퍼뜨리던 순간에도 나를 좋아했다는 것 역시 알아. 근데 좋아하면서도 미워하는 게, 아예 무관심한 것보다는 나아. 안 그래? 무슨 말인지 알 거야. 넌 무관심해지길 바라잖아. 그 사람이 지금 뭘 하는지, 밥은 잘 먹는지, 별일 없는지, 아프지는 않은지, 네 생각은 하는지, 그런 모든 생각에 대해. 그래야 편해질 테니까. 그렇지?

아니.

고개를 저으며 말했다.

……나는 그런 생각 하지 않았어.

정말이다. 이별 후 나는 J에 대해 궁금해하지 않았다. 걱정하지 않았다. 깨달음은 항상 뒤늦다. 뒤늦어서 소용없는 것은 아니지만, 깨달은 대로 살 수 없는 경우도 있기에, 뒤늦게라도 깨닫지 않으면 좋겠다는 생각이 들 때도 있다. 20여 년 전 노마와 헤어지고, 이후에 사랑했던 사람들과 번번이 헤어지고, 다시 노마를 만나고, 다른 사랑에 빠지고, 결국 다시 헤어지면서도 깨닫지 못했던 것이 있다. 오래전부터 하고 싶었던 말이 있다. 미안하다거나 잘못했다는 말만큼 하기 힘든 말이다. 두려운 말이다.

누구를 사랑하든 누구와 헤어지든, 난 널 생각했어.

J와 나의 연애를 약분하고 약분하여 단 한 문장으로 요약하자, 결국 이 문장이 남았다. 나는 문장을 소리 내어 말하는 대신, 얄팍해진 마릴린 먼로의 생애와 함께 냉동실에 넣었다. 언젠가 노마를 덜 겁낼 수 있는 날이 온다면, 그런 날이 오는 것도 오지 않는 것도 두렵지만 기어이 온다면, 이 문장을 녹여 노마에게 아주 맛있는 요리를 해줄 것이다. 이 순간의 설렘과 두려움은 있는 그대로 노마의 몸속으로 들어가 노마가 될 것이다. 내 진심은 그렇게 전해질 것이다.

백일 년 동안 걸어,
나무*

임수현

임수현

1976년 경남 하동에서 태어났다. 2008년 〈문학수첩〉 신인상에 단편소설 〈앤의 미래〉가 당선되었다. 소설집 《이빨을 뽑으면 결혼하겠다고 말하세요》, 장편소설 《태풍소년》이 있다.

---

* 알렉산드라 다비드 넬에 관한 삶과 '나'의 독서, 기억 등은 《백일 년 동안의 여행》(바버라 포스터·마이클 포스터 지음, 엄우흠 옮김, 향연, 2004), 《영혼의 도시 라싸로 가는 길》(알렉산드라 다비드 넬 지음, 김은주 옮김, 르네상스, 2008)을 참고해 창작한 글이며, 주을의 공간적 배경은 《한국의 야생동물지》(S. 베리만 지음, 신복룡 옮김, 집문당, 1999)에서 영감을 받았음을 밝힌다.

1.

저 나무 이름을 알고 싶다.

내 흐린 눈에도 딱 나무인, 아무나 봐도 나무일, 그냥 한 그루의 나무.

하도 오래 보다 보니 세상의 나무는 저 한 그루가 전부인 것 같고, 여태껏 보았던 모든 기억의 매듭이 잎과 가지, 뿌리의 형상으로 땋아진다. 저 나무와는 말을 나눠본 적 없고, 그저 마주치고 짐작하고 그마저 대개 쉴 뿐인데, 아마 사람들은 이런 마음으로 누군가를 사귀지 싶은, 그런 나무가 됐다.

백색의 산자락에 홀로 도드라진 나무는 아랫동이 울룩불룩하다. 하늘을 떠받은 우듬지가 물구나무선 것처럼, 지면으로 내려갈수록 너비가 펼쳐진다. 정맥자루를 달고 있는 병든 모습 같아도 나무라서, 나무니까, 고작 나무라는 것을 아니까, 어떤 적대감도 들지 않는다. 움직일 수 없을 테니까, 내게 덤벼들지 않을 테니까, 그냥 제자리에서 고요하게 잦아들 테니까, 나는 당신을 실컷 탐하다 버릴 수 있고, 아무 상처도 받지 않을 것이다.

그래도, 이름을 알 길 없으니 저 나무를 잠시 '미리알'이라고 부르자. 내가 가진 유일한 책, 읽고 또 읽고 이제 외다시피 한 책에서 알게 된 그 노파의 이름 중 하나이다. 노파의 이름은 자신이 살았던 시간과 직업만큼이나 여럿이었다. 노파는 제 삶을 각색하고 싶어 했고, 실제로 노파를 기억하는 사람들의 입장은 천 개의 얼굴을 잎으로 가진 나무만큼이나 다양했다. 그렇더라도 결국 수갈래의 잎가지가 하나의 나무로 수렴되듯 그 노파는 그 노파일 수밖에 없을 것이고, 어떻든 내겐 미리알, 그 이름만이 가장 기억에 남는다.

나는 늙고 병든 나무를 자연스레 여성으로 대상화하고 있다. 꼬마였을 때, 나는 늙으면 암수 구분 없이 죄 할머니가 되는 것이라고 믿었다. 사내아이라도 늙으면 피부는 곶감처럼 붉고 쪼글쪼글해지고, 잠지마저 마른 꼭지처럼 떨어져, 딱 어린 지금의 제 부피로 되돌아와 잇몸밖에 없는 웃음을 지으면서 눈을 감게 되는 것이라고. 그래서 나는 죽음과 근접한 사물을 볼 때마다 자연스레 여성으로 치환했다. 그래서 저 나무는 세월, 그 주름의 켜가 치마처럼 흘러내린 늙은 여인이 되었고, 나는 어쩐지 저 나무가 아주 오래전 숲의 동굴에서 마주친 노파가 그 먼 시간을 돌아와 서 있는 것 같아 자주 섬망에 시달린다.

겨울이라 그런지 나무에 관한 기억은 옹색하기만 하다. 노래처럼 짧고 가뭇없다. 이파리가 없어도 수피만 보고 나무의 이름을 알던 시절이 있었다. 나뭇등걸에 앉아 나무의 이름을 하나하나 불러준 적도 있었다. 사스래나무, 가문비나무, 들쭉나무, 잎갈나무, 눈잣나무, 곱향나무, 자작나무……. 나는 날다람쥐만큼 날래게 나무와 나무를 오르내리며 숲과 지긋지긋하게 살았다. 그런데 이제 고작 나무 한 그루를 상대하는 게 버겁다. 어쩐지 나무를 묘사할수록 나를 설명하고 있다는 생각이 든다. 어쩌면 나무가 내게 이입돼 자신을 설명하고 있는 건지도 모르겠다. 이름을 알고 있다고 해서, 내가 각각의 나무를 이해할 수 있는 건 아니다. 그러나 다만 꿈꿀 수는 있겠다.

2.

나는 백 살이다. 백 살이라고 한다. 내 나이가 그렇다는 걸 나는 내 영정사진을 보다가 알게 됐다. 오지를 돌아다니면서 늙은이들의 얼굴을 흑백사진으로 남긴다는 사진가가 보내온 여행 잡지에는 연둣빛 종이쪽이 붙은 갈피에 '내'가 버젓이 실려 있었다. 단 두 줄짜리 설명이 딸린 흑백사진은 나를 너무 닮아 징그러웠다. 흰 머리칼부터 목밑샘까지, 담뱃가루 같은 주름이 더글더글한 얼굴은 여백이라곤 하나도 없었다. 그래서 흑백의 여백이 표정인 해골과 극단으로 닮아 섬뜩했다. 내종에는 죽음을 재촉당한 것 같아 언짢기까지 했다. 나는 그 책을 멀찍이 던져버렸다. 책은 자연스레 성냥갑이며, 가래침을 뱉은 휴지나 머리카락을 담은 재떨이며, 이런 것들의 받침이 되었다.

백 살이라니. 아내가 죽은 뒤론 생일도 몰랐고, 주민등록증 따윌 꺼낼 일도 없었다. 내가 늙었다는 건 알았지만, 상수(上壽)의 시간이란 달력의 12월 33일같이 결코 헤아릴 일 없는 나이라고 여겼더랬다. 그런데 백 살이라니. 나는 내가 살아온 나이를 하나하나 꼽아봤다. 일 이 삼 사…… 백 년은 삽시간에 흘렀고, 빚돈을 세듯 어떤 에누리도 없는 숫값을 반복하는 건 아무 재미가 없었다. 졸음보다 짧은 그게 세월이긴 한 건가. 나는 방금 전에 이 몸으로 태어난 것처럼 흐린 천장만 말똥말똥 올려다봤다. 그래도 전기장판 온도조절기의 숫자판을 돌리거나 요일이 궁금해 달력을 쳐다보고 나면 나도 모르게 스물…… 서른셋…… 아흔아홉까지 우물거리는 게 버릇이 됐고, 그 속셈이 어떤 주문으로 읽힌 듯 깜깜한 기억에서 뭔가 발겨지는 것도 같았다.

커피포트가 끓길 기다리던 '마흔'에선 불현듯 동상에 걸려 식겁했던 피란길이 떠올라 컵을 엎었고, 등이 가려워 효자손을 뒤지던 '쉰다섯'에선 불이 옮은 창고의 깨 가마니를 들어내다 그을린 팔다리가 떠올라 얽은 왼쪽 위팔을 한참이나 긁었다. 한참 조바심해도 오줌이 나오지 않는 '일흔'에선 아무리 펌프 자루를 눌러도 물이 나오지 않아 아예 매달렸다가 갑자기 주저앉는 바람에 명치를 다쳐 자리보전했던 가물 녘 기억이 떠올라 갑자기 사레들린 듯 기침이 멎질 않아 공연히 바지 앞섶만 적시고 마는 식이었다. 하지만 대강 줄거리는 있어도, 그 기억들이란 눈동자가 없는 눈으로 이목

구비가 없는 풍경을 바라보는 것처럼 고작 지금의 나를 닮아 흐릿하기만 했고, 그래도 나니까 어림할 수 있는 늙은 기억이었다.

생식기가 보았던 세상이 그랬을까. 기억은 내 몸속에 엄연히 존재하고 있어 문득 고독하고, 성나고, 기뻤던 순간이 깜깜한 시간의 틈새에서 들뜨지만, 그건 아무래도 어떤 기능을 잃어버린 채 창백하기만 했다. 기억을 되새기고 나면 나는 괜스레 초라해졌고, 내 시간들을 들쑤신 사진가가 괘씸했다.

사진가는 사람이 딱 귀찮은 추위에 찾아왔다. 손돌바람이 숲과 비탈, 처마에 갇힌 소리가 죄 인기척 같아 몇 번이나 오해한 끝에 이젠 정말 아무도 찾아오지 않을 테지, 결심하곤 벽으로 돌아누운 참이었다. 시월막사리도 안 됐는데 큰 눈이 몇 번이나 내린 걸 보면 아무래도 금동 추위가 만만찮을 것 같았다. 어둠침침한 벽을 상대로 온풍기며 눈삽, 내복 따윌 넣어둔 위치를 가늠하고 있는데 계세요, 계세요, 아무도 안 계세요, 성가신 목소리가 멎을 줄 몰랐다. 사진가가 뭐라 용건을 밝혔는데도 나는 그가 찾아온 까닭이 정확히 무엇인지 이해할 수 없었다. 털모자로 귀와 이마를 가린 사진가가 제 얼굴만 한 사진기로 내 털고무신까지 찍어대는 걸 보곤 나는 방문을 닫아버렸다. 웃풍을 가린 비닐의 한 귀가 문지방에 꼈지만 도로 열어 추스르지 않았다. 시골 아버지, 어머니 들의 얼굴을 기록한다는 사진가는 마루에 걸터앉아 시답잖은 질문을 늘어놓았다. 점심은 잡쉈는지, 이 집에선 언제부터 살았는지, 묵밭 옆에 기울어진 건물은 무엇인지……. 영감님, 가장 좋았던 시절이 언제였나요? 사진가의 목소리는 기침처럼 무단히 내 평화를 참견했다. 젊음은 제 부모에게 평생 응석받이였던 게 버릇돼 늙음이 고분고분할 거라 착각하는지, 그는 내 침묵에도 전혀 초초해하지 않았다. 혼자됐을 때 무람없이 드나들던 녹색 조끼 아녀자들도 그랬다. 나를 걸레질도 안 하고 살고, 밥물도 못 잡는 멍텅구리 취급하기에 흠씬 욕을 퍼부어버렸다. 아녀자들은 부려먹은 부모에 대한 미안함을 벌충하듯 쓸쓸한 표정을 가장했다. 나서지 마소, 그러지 마소. 늘 주눅 든 목소리로 내 팔꿈치를 끄당기던 아내가 떠올라 나는 혀가 부러진 표정으로 팩 돌아누워버렸다. 아무것도 필요 없었다. 아내와 나는 둘로서 완벽했다. 깍짓손처럼 수저처럼, 우리는 우리로서 완벽했다. 친구도 싫었다. 이웃도 귀찮았다. 늙어서도 외롭지 않았다. 되레 왜 늙다리들은 젊음에 아부하지 못해 안달하는지, 자식 것들이 다 갉아먹어 너덜너덜해진 주머니 같은 웃음을 흘리는 동기간의 사정을 보면 야코다 싶어, 그냥 우리는 우리인 게 그렇게 다행일 수 없었다. 어쩌면 내가 백 살까지 먹을 수 있었던 까닭도 주위 것들이 내 몫을 갉아먹지 않았기 때문이었는지도 모른다. 정에 내주고, 염치에 눌리고, 눈물에 뜯기고 그러지만 않으면 다들 백 살까지 너끈했을 텐데……. 그래도 아녀자들은 날 성질이 삼한 아기 취급하면서 한 달에 한 번꼴로 들렀다. 개중에 손맛이 좋은 아낙만 없었어도 내 욕이 그렇게까지 녹슬진 않았을 거다. 나는 아녀자들을 대하던 게 버릇된 탓인지 그렇게 무례한 사진가한테 욕 한마디 못 뱉고 입을 꾹 다문 채 없는 시늉만 했다. 그러곤 잊었는데 누런 봉투 하나가 배달된 것이었다.

어떤 질문에도 대답하지 않고 카메라를 향해 눈 맞춘 적도 없었다. 침이라도 뱉었어야 했나. 무단히 찾아와 사람을 들쑤신 것도 모자라 내 나이와 지금의 꼬락서니를, 것도 새순을 시늉한 종이쪽까지 붙여 확인시키다니. 그 부적 빛깔의 누런 봉투는 몹쓸 주문인 게 분명했다. 내 나이를 안 뒤로 시간은 더 얼어붙은 것 같았다. 아무도 나를 찾아오지 않았다. 전기장판과 온풍기에 의지해 옴짝달싹 않고 있다가 요강을 비우려 방문을 열면 마당 가득 쌓인 잔설에는 발자국 하나 없었다. 가끔 갈잎이 뒹구는 소리를 발소리로 착각하곤 엉겁결에 눈곱을 떼고 양손을 가지런히 가슴에 얹었다. 추위에는 죽음을 시늉하는 게 제격이라, 나는 잠을 쥐어짜내고 또 우려내 내 살갗보다 얇아진 잠의 껍질을 여미곤, 기다림에 질려 눈까풀이 사라진 것 같은 희미한 잠에 뒤척였다.

꿈에서도 누군가를 기다리고 있었던 걸까. 내가 마지막으로 보았던 사람은 사진기에 가려 얼굴이 희미한데, 알 것도 같고 모를 것도 같은 어떤 눈빛이 자꾸 나를 들깨웠다. 시간의 더께에 짓눌려 조는 시간이 대부분인 내게, 깜깜한 잠의 너울 저편에서 번뜩거리는 안광은 당연히 수상했다. 눈에 갇혀 주린 짐승일까, 해와 달의 열력일까, 아니면 사자의……. 아무리 눈을 씀벅거려도, 검지로 비벼도 다래끼처럼 사라지지 않는 그 눈을 나는 잠 속에서도 기웃거리고, 경계하고, 궁금해했다. 죽음을 기다리는 일이 지겹다고 해놓고서 막상 삶의 낭떠러지에서 맞닥뜨리게 된 낯선 긴장감이, 반짝거리는 호기심이, 어쩌면 죽음의 예감이 반갑기는커녕 두렵고 혼란스러울 수 있다는 사실에 나는 내가 다 낯설었다.

백 살이라고 해서 하루를 백 일씩 몰아서 사는 것도 아닌데, 나는 부쩍 초조해졌다. 어떤 짐승이 내 어둡침침한 영역에 숨어들기라도 한 것처럼 공연히 문살에 귀를 대고 서랍을 뒤졌다. 세상은 계절의 죽음을 마련한 듯 죄 어둡고 잠잠했다. 혼자 깨어 있는 게 어색할 지경이었다. 잠 말고는 어떤 또렷한 의지도 없어 또다시 잠의 틈새를 메워보지만, 눈빛이 궁금해진 뒤론 잠은 하나도 맛이 없었다. 백 년의 절반은 잠이었을 텐데, 마치 한숨도 못 자고 백 년이 된 것처럼 입속은 굴뚝 같고, 눈은 구슬로 의안을 한 것처럼 뻑뻑했다. 몸은 더 빼빼해져 내가 나를 구겨 주먹 안에 쥘 수도 있을 것 같았다. 눈빛의 정체를 찾아내지 못하는 내 시력에 대한 저주 때문인지, 나는 공연히 막막하고 다급해져 뜬눈으로 시름시름 사위어가는 것만 같았다. 그렇게 꿈인지 생시인지 모를 그늘 속에 웅크려, 나는 내 얼고 쪼그라진 몸을 불쏘시개 삼아 불씨를 일구려고 애쓰고 있었다.

겨울이 시작된 뒤 한 번도 끄지 않은 온풍기나 전기장판 열선이 누전된 것일까. 찰나, 나는 불에 덴 듯 화들짝 놀라 윗몸을 일으키곤 주위를 둘러봤다. 그러고는 공수를 받은 박수처럼 한 치 의심 없이 쟁반이나 마찬가지로 여겼던 그 책을 끄집어냈다.

얼마 만인지, 전화번호부보다 얇은 책을 끄집어내자, 책뚜껑에는 냄비 자국과 담뱃진 같은 얼룩이 마치 책 속에 묻힌 늙은이의 얼굴 중 눈만 도려낸 판화처럼 떠져 있었다. 소용할 만큼 소용해서 이젠 무엇을 닮거나 감정의 흔적을 담을 수 없는 물건 같은 얼굴을 또 확인하는 게 참담했지만, 나는 책을 손에서 놓지 않았다. 나는 어느새 연둣빛 종이쪽이 떨어진 책갈피를 하나하나 넘겨봤다.

두껍고 반드르르한 종이가 등을 끄고 켜놓은 텔레비전 채널을 넘기듯 희뜩희뜩 지나갔다. 나는 면도기 광고, 화장품 광고, 양주 광고…… 를 지나 잠깐 내 얼굴을 보았다. 하지만 엄지와 집게손가락은 주저 없이 다음 갈피를 넘겼다. 백 살이 된 내 뒤통수에서 창백한 산과 호수의 사진이 펼쳐졌고, 나는 설산의 3부 능선쯤 되는 지점의 사진틀 속에서 나를 뒤척이게 했던 그 눈빛과 딱 마주했다. 백 살의 나를 확인할 때 일별한 사진이었다. 그땐 사진가가 찍은 또 다른 늙은이일 거라고 시삐 여겼는데…… 그 노파가 분명했다. 내게 처음 노래라는 걸 불러주었던, 젖은 동굴에서 떨던 내게 몸속에 태양을 불러오는 방법을 가르쳐준 양귀(洋鬼) 노파. 노파는 그때 보았던 눈빛 그대로 바늘보다 가까운 거리에서 포개진 채 백 년이 되어버린 내 뒷모습을 쳐다보고 있었다. 백 년을 묵은 내가 이제 눈썹만큼도 흔적이 남지 않은 아이였을 때, 빗줄기에 떠밀려 아버지의 입처럼 깜깜한 동굴 이쪽저쪽에 마주 선 것처럼, 우리는 백 년을 지나 깜깜한 시간 앞에서 서로를 보며 반짝이고 있었던 것이다.

3.

신화가 된 여행자 5 / 서양인 여성 최초로 라싸를 여행했던 알렉산드라 다비드 넬(1868~1969)

알렉산드라, 미래를 예언하는 능력을 얻었지만, 동시에 아무도 거짓말이라며 믿지 않는 운명을 가진 신화 속 예언자의 이름을 가진 이 여인은 이름에서부터 백일 년 동안의 삶이 운명 지어진 게 아닐까. 예언자의 운명을 가질 수밖에 없었던 듯, 그녀는 무척 아름다운 목소리를 가지고 태어났다. 그녀가 타인의 도움을 받지 않고, 스스로 돈을 벌었던 유일한 직업이 오페라 가수였다는 사실을 생각하면 더욱 그렇다. 다비드 넬은 자신의 운명에 복수하듯 아무도 가지 않았던 길을 개척했으나, 그녀를 평생 따라다녔던 건 거짓말, 마법, 변신, 그리고 소문 들이었다. 스스로를 칭기즈칸의 후예라고 믿었던 다비드 넬의 신화를 많은 사람들이 의심했다. 다비드 넬의 여행이 거짓이라는 걸 밝히기 위해 10년 동안 그녀의 길을 고스란히 따라갔던 여류작가가 그녀를 처음 찾아가 제 의심을 털어놓았을 때, 다비드 넬은 이렇게 대답했다.

"그럼 거짓말을 어디 증명해봐요."

그렇게 시작하는 글을 읽는 동안 한 달이 훌쩍 지나가버렸다. 오래전 젖은 동굴의 입천장에서 떨던 노랫소리에 이끌리듯, 나는 백일 년 동안 살았던 한 예언자의 일생을 알기 위해 온 시간을 바쳤다. '아름다운 목소리'에 대한 기억을 확신하지 않았다면, 나는 우주보다 먼 글자들을 내 눈 속으로 끌어당기기 위해 그렇게 전전긍긍하지 않았을 것이다. 알렉산드라라는 이름도 그렇고, 백 살의 내가 베고 누웠던 납살(拉薩), 그 노파가 걷고 또 걸어 다다랐다는 설산과 황금색 궁전은, 내 초라한 기억을 두둔하기는커녕 어쩐지 노파와 나 사이의 거리를 점점 더 멀게 만들었다.

나는 글자는 알았지만 책을 읽는 사람이 아니었고, 무엇보다 내 나이가 글자를 읽는 것을 쉽게 허락하지 않았다. 한 글자 읽는 것도 버겁고 눈이 시큰거렸다. 글씨라고 겨우 읽었는데, 도무지 알아먹을 수 없는 건 아무래도 침침한 시력 탓인 것 같았다. 나는 눈을 밝히기 위해 온 집을 뒤졌다. 걸터듬어 손에 잡히는 것은 죄 내 의안으로 삼을 것처럼 다급했다. 맨 처음 찾아낸 건 손거울이었다. 수도꼭지 아래 세워놓고 녹슨 일회용 면도기로 수염을 뽑아내듯 자르던 손거울을 챙기면서도, 나는 내 조급함에 어이가 없었다. 손거울은 당연히 소용이 없었다. 시력을 검사하던 기억이 나서 숟갈 하나를 가져다 양 눈을 번갈아 가리고 달력 숫자들을 읽어보기도 했다. 음력은 하나도 읽지 못했다. 글자를 읽지 못한다는 현실이 얼마나 갑갑하던지, 숟갈로 글자들을 떠 맛이라도 보고 싶었다. 족자를 둘둘 말아 망원경을 만들어보기도 했고, 단추 부분이 닳아 누를 때 몇 번을 달각거려야 켜지는 손전등을 비춰보기도 했다. 그러다 아내의 반짇고리에서 면사무소에서 지급한 돋보기안경을 찾아냈다. 아내와 내가 번갈아 쓰던 안경에는 실금이 자잘했다. 동굴에 들어앉아 진눈깨비가 나리는 설산을 바라보는 기분이었다. 돋보기안경을 쓰고 책을 뒤적이는 모습은 그럴싸했지만, 책을 읽을수록 어둔 눈보다 행간을 읽어내지 못하는 내 우둔한 머리가 더 깜깜하단 사실을 깨달았다.

깜깜한 김을 너무 많이 먹어서 그런 것인지도 몰랐다. 책을 읽으려고 애쓰는 동안 김 한 톳을 식은 밥과 함께 얼치기로 김밥을 말아 허기를 때웠다. 김은 사진가가 두고 간 것이었다. 정확히 그가 선물한 것인지는 헷갈렸다. 사진가는 남쪽을 여행하고 있다고 했고, 그 여행의 기간이 긴지 커다란 배낭도 모자라 양손에 종이가방을 들고 있었다. 그가 떠난 뒤 마루 한쪽에 일부러 놓고 간 것인지, 내 푸대접에 흘리고 간 것인지 모를 종이 가방이 하나 놓여 있었다. 아무 대답이 없는 가방의 사정을 오랫동안 두고만 봤는데, 한 줄의 글도 이해하지 못하던 오후에 갑갑해 마루로 나섰다가 나는 불쑥 가방을 뒤져 그게 김이라는 걸 확인했다.

나는 잰 김을 좋아하지 않았는데, 귀퉁이만 조금 찢어 먹은 김은 달았다. 마루에 바스러진 가루도 손가락으로 훔쳐 빨아 먹었다. 나는 아내가 김을 굽고 가루를 흩이면 타박하곤 했다. 아내는 살림 솜씨가 젬병이었다. 처음에는 그렇지 않았다. 아내와 처음 사랑을 나눈 날, 참 양말을 얌전하게도 벗어놓는구나, 그런 생각이 들던 여인이었으니까. 딸기를 좋아해 봄이면 딸기, 하고 불렀던 아내는 평생 아이를 생산하지 못했다는 죄책감에 떳떳하지 못했다. 늘 물음표처럼 고개를 구부리고 살았던 탓인지 아내는 점점 굼떠졌고, 제 몸을 한 발짝쯤 뒤에 흘려놓고 사는 사람 같았다. 나는 점점 아내가 미워졌다. 뜨거운 걸 먹을 때 기침을 하면 숟가락을 내동댕이치며 더럽고, 멍청하다고 타박했다. 그녀의 유산이란 게 겨우 그러지 마소, 나서지 마소, 나를 만류하던 목소리여서일까. 나는 김을 한 장씩 꺼낼 때마다 부스러기를 흘일까 봐 굽지도 않고 먹었다. 석쇠에 얹어 살살 굽지 않은 김은 질겼다. 식은 밥은 김에 잘 말아지지 않았다. 어쩌다 보면 입천장에 김 조각들이 고스란히 달라붙어 있었다. 입천장의 김을 긁어내다가 각혈인가 싶어 놀랐고, 아직도 그런 병의 기미가 덜컥 두렵다는 게 우습기도 했다.

책을 읽기 위해 김을 먹는 건지, 김이 먹고 싶어 책을 핑계하는 건지, 어떻든 여러 까닭으로 책을 읽을수록 책을 읽지 않는 시간이 길어졌다. 책을 읽는 시간보다 꿈꾸는 시간이 더 많았다. 책의 내용을 알게 되면 알게 될수록, 내가 알던 노파의 눈빛은 점점 이지러지고, 나는 알렉산드라를 의심했던 수많은 사람 중 하나가 된 것 같았다. 무엇보다 책이라는 게 내가 알고 있던 뜻과 많이 달랐다. 책 속에는 길이 있다고 했는데, 하필 내가 만난 길은 미로이거나 오래전에 인적이 끊긴 산길인지, 나는 초입부터 발걸음을 떼지 못하고 헤매기 일쑤였다. 그렇게 어렵사리 길을 찾아 걸어가도, 책 속에는 브뤼셀, 소르본, 마르세유, 튀니스, 바라나시, 칼림퐁…… 텔레비전에서도 듣지 못했던 생소하고 낯선 나라의 지명과 다양한 이름들이 살고 있었다. 정작 내가 알고 듣고 만졌던 시간만 오롯이 사라지고, 나는 사막을 걷는 것보다 외로이 책을 헤맸다.

노파를 가장 유명하게 만들었다는 왕국의 여행도 실타래가 엉클어지듯 종잡을 수 없었다. 내가 노파를 만났을 때를 계산해보면, '그녀가 유일하게 의지했던 왕자가 투구꽃으로 독살당한 뒤, 슬픔을 다스리기 위해 일본을 거쳐 조선의 금강산에서 여름을' 지낼 때였다. 그 여름 이후, 노파는 세계의 지붕, 그 추녀 끝에 자리해 세상을 향해 빗장을 지른 왕국으로 틈입하기 위해 신의 목소리를 들을 줄 아는 예언자가 되었다가, 온몸을 먹으로 칠한 걸인이 되었다. 변신에 변신을 거듭하며, 노파의 여행은 일거수일투족 감시당했다. 그녀는 금기를 깨뜨리는 게 목적이었던 것처럼, 때로는 누군가의 호의로, 용기로, 거짓말로, 변장으로, 소문으로 그 여행을 이어나갔다. '한 번도 제 손으로 불을 피워본 적도 없고, 더운 음식을 대접해본 적도 없는, 날마다 목욕을 해야 하는' 노파는 왜 피부색도 언어도 다른 소년을 양자로 앞세우고 그곳으로 걸어가야만 했던 것일까. 그 위험한 여행에서 무덤조차 노파를 붙잡지 못했고, 노파는 마지막까지 그곳에 살기를 꿈꾸었다고 한다.

사람들이 환호할수록 나는 노파의 여행에 대해 반신반의했다. 내가 그 여름 만났던 노파에게선 지금까지 전설로 기억될 만큼의 어떤 의지도 보이지 않았다. 내가 보았던 노파는 마법사도 아니었고, 거지도 아니었다. 무릎이 나빴던 노파가 그 땅딸막한 몸집으로 한 발짝, 한 발짝 떼어놓았을 걸음의 크기로는 그 높은 설산과 드넓은 사막이 가늠되지 않았다. 신들이 거주하는 그곳으로 가기 위해 어쩌면 노파는 정말 마술을 부렸던 건지도 모른다. 하지만 나는 마법사의 언어가 아니라 농부의 언어에 익숙한 사람이었다. 본 것, 만진 것, 맛본 것, 일테면 내가 경험하지 않은 것은 없는 거였다. 단조롭지만 지루하지 않았다. 그랬는데, 고작 배추 한 포기보다 무겁지 않은 책을 상대하는 게, 화전을 일구는 것보다 지루하고 도무지 종잡을 수 없었다.

노파를 충분히 이해하려면 얼마나 많은 책을 읽어야 하는 걸까. 내가 살아온 시간을 다시 산다 해도, 나는 그럴 자신이 없었다. 나는 점점 내게 실망했지만 차마 책 읽기를 그만둘 수 없었다. 책을 읽고 있다는 사실이 화장을 하거나 치마를 입는 일만큼 가당찮게 여겨졌지만, 나는 노파의 흔적을 잃어버릴까 봐 궁금하지 않은 척

딴청을 부리면서도 하물며 잘생긴 면도기와 아내가 죽었을 때 입히면 좋았겠단 생각이 드는 원피스와 이달의 운세 따위를 기웃거렸다. 가끔 김을 먹지 말아야 했다고, 김을 먹은 내 입을 저주하기도 했다. 책이 더없이 깜깜하게 여겨지면, 나는 뒤늦게 사진가에게 어떤 식으로든 말을 걸고 싶어졌다. 잡지에 찍힌 전화번호로 전화를 걸어 사진가의 연락처를 알아내 김 한 톳을 두고 가지 않았느냐면서, 그 김 한 톳을 돌려보낼 핑계로 넌지시 그 노파에 관해 알고 싶다고, 어쩌면 내가 알고 있는 사람일지 모른다고 조심스레 고백하고 싶었다. 하지만 내 입이 그 기회를 앗아가고 말았다. 나는 아쉽고 아쉬워서 더 아귀아귀 김을 먹었다.

그랬다. 책을 읽게 된 뒤 나는 자꾸 뭘 하고 싶어졌다. 아무에게나 말을 걸고 싶었고, 눈이 밝아졌으면 싶었고, 부드럽고 사근사근한 푸성귀가 먹고 싶었다. 젊었을 때 책을 좀 읽어둘걸 싶었고, 이 책에 언급된 노파의 책을 몇 권 더 읽고 싶었다. 아내가 곁에 있었으면 싶었고, 아내에게 노파에 관한 이야기를 들려주고, 우리도 노파처럼 여러 외국어를 구사할 줄 아는 똑똑한 양자를 하나 들였으면 싶다고 말하고 싶었다. 그러지 마소, 꿈꾸지 마소, 아내가 그렇게 만류하면 이번에는 아내에게 미안하다, 그 한마디를 건네고 싶었다. 정말 그 책에 어떤 주문이 걸려 있는 것처럼 나는 자꾸 갖고 싶고, 되고 싶고, 다시 말하고 싶었다. 그건 좋은 꿈을 꿀 때의 기분 같은 것이었는데, 어쩌면 사람들이 책을 읽고, 노래를 부르는 것도 이런 기분 때문이 아닐까, 싶었다.

나는 무언가 꿈을 꾸고 있는 내가 조금 근사하게 생각됐고, 그러자 곧 부끄러움을 느꼈고, 그러니까 나는 좀 복잡해졌다. 그런 걸…… 희망…… 이라고 부르는 걸까. 나는 때로 동굴에 덩그마니 앉아 빛의 소실점을 바라보고 있는 듯한 착각에 휩싸였다. 내 몸은 점점 투명해지고, 겨우 글씨를 읽을 수 있는 눈만 도려진다. 세 자릿수의 시간을 살았다는 건 그렇게 동굴이 되어가는 과정이 아닐까. 어둠 속에 갇혀 있으면 세상의 크기는 고작 한 점, 그것이 전부다. 나는 눈으로만 존재한다. 하지만 그 빛으로 나가지 않는다면, 나는 한 점 세상보다 넓은 부피를 가지고 있는 셈이다.

그러니까, 나라면 노파에 관해 전혀 다른 이야기를 보여줄 수 있을 것 같았다. 이때까지 아무에게도 털어놓은 적 없지만, 어둠을 헤메듯 더듬더듬 내 고향은 함경도 주을이라고, 내가 가장 돌아가고 싶은 순간은 처음 노래라는 걸 들었던 그해 추웠던 여름이라고, 빗줄기에 떠밀려 아버지의 입처럼 깜깜한 동굴 속으로 들어갔던 시간, 기억의 벽 막다른 곳에 웅크린 소년의 아버지는 결국 돌아오지 않았다고, 그리고 내 쪽에서 묻고 싶은 것이 있다고……. 그러고 보면 더럽든, 밉든, 병들었든, 나는 나를 한 번도 잃어버린 적이 없다. 어쩌면 나는 노파가 아니라 나를 읽고 있었는지도 모르겠다. 내가 찾아가야 할 길은 신들이 살고 있는 설산이 아니라, 같은 모국어를 쓰고, 네 계절이 같은, 생각보다 가까운 북동쪽 저 어디였다.

4.

아버지의 주검은 앞니가 비어 있었다. 꿈이라고 하기엔 너무 생생했다. 아버지의 얼굴은 죄 뭉크러져 있었는데, 앞니가 비어 있는 입을 보곤 아, 아버지구나 싶었다. 아버지랑 마지막으로 먹었던 점심 끼니때에도, 그는 소증을 푼 사람처럼 입에 검지를 넣어 어금니를 훑었다. 자루에 든 뱀처럼 아늠살에서 욱신거리던 손가락들을 보면서 나는 입맛이 달아났다. 나는 매운 음식을 먹고 싶었다. 아버지가 양귀들의 숙소나 여관에서 얻어오는 음식은 싱거웠다. 아버지는 계절이 바뀌거나 온천 마을에 손님이 찾아올 때마다 직업이 달라졌다. 아버지는 겨릿소 대신 쟁기를 허리에 차고 밭을 갈았고, 사람들이 동티 난다고 건드리지 않는 비탈의 나무를 벴다. 아버지는 소였고, 개였고, 돼지였다.

아버지는 양귀들의 사냥에 길잡이를 해주고, 뇌조 한 마리를 얻어왔다. 개울가에서 털을 뽑고 내장을 훑어내면서, 아버지는 앞니가 빈 입으로 연신 벙글거렸다. 아버지는 양귀들을 따라 북쪽으로 다녀올 거라고 했다. 아버지는 호랑이를 잡게 되면, 마을에 조그마한 방을 얻을 수 있고, 그러면 더 많은 일을 할 수 있고, 내가 소학교에 다닐 수 있게 될지도 모른다고 말했다. 어쩐지 아버지의 꿈은, 아버지가 감탄해 마지않았던, 양귀들의 집 벽에 가득한 박제된 대가리들의 신세와 다를 바 없을 것 같았다. 양귀들이 아버지를 먹지 않고, 박제하지 않는 것이 다행이라고 생각될 정도였다.

나는 뇌조의 수북한 그을음을 털어내고 뼈까지 오독오독 씹어 먹었다. 아무 맛도 없었다. 배가 고팠지만, 구걸하러 마을로 내려갈 수도 없었다. 아버지가 북쪽으로 떠난 날 저녁부터 비가 내렸다. 새들이 비설거지하는 기척에 숲이 소란스러웠다. 햇빛이 사라진 숲은 말린 쑥색이었다. 스무 날 넘게 내린 비로 움막과 마을을 이어주는 비알길이 사태로 무너져버렸다. 비탈이나 냇가로 길을 내며 내려갈 수도 있었지만, 물러진 땅이 언제 주저앉을지 몰랐고, 무엇보다 아버지가 언제 돌아올지 몰랐다. 그칠 줄 모르는 장맛비로 움막의 지붕은 비를 견디지 못했다. 비를 떠받는 게 힘에 부치는지 구슬땀을 흘리듯 비가 샜다. 하늘에 낮게 깔린 먹장구름이 아니라, 천장에서 비가 내리는 것 같았다. 늪처럼 척척해진 방구석에 오도카니 앉아, 나는 비를 세다 지쳐버렸다. 이불도 꼽꼽했다. 먹장구름의 한 조각인 듯했다. 장마가 깊어질수록 아버지가 돌아와야 할 이유는 많아졌다. 아버지에 대한 걱정이 비구름이 됐는지, 보꾹에선 점점 많은 빗방울이 떨어졌다.

뇌조를 마지막으로 나는 며칠째 아무것도 먹지 못하고 있었다. 유일하게 남은 고깃덩어리는 곰팡이가 앉아 포자들이 깃털이 돼 빗속으로 날아갈지 몰랐다. 아궁이에 물이 가득 차 불을 지필 수도 없었다. 나는 온기가 있는 음식을 먹고 싶었다. 그토록 따가운 비인데, 왜 비는 뜨겁지 않은 걸까. 비를 끓일 수만 있다면, 비가 끓어서 내린다면……. 나는 결국 비를 이기지 못하고 동굴로 가기로 마음먹었다. 아버지의 곳간인 동굴은 죽은 짐승의 무덤 같은 곳이어서 아버지랑 갈 때도 오금이 저렸다.

나는 동굴 깊숙이 들어앉지 못하고, 겨우 비만 가릴 수 있는 입구에 앉아 바깥을 우두커니 쳐다봤다. 도무지 그치지 않는 비로 낮과 밤도 구분할 수 없었다. 지척인 움막의 지붕도 제대로 보이지 않았다.

처음엔 아버지가 돌아온 것이라고 생각했다. 인기척을 다람쥐가 먼저 알아챘다. 아버지가 길들인 다람쥐는 오랜 비에 지루한지 내 곁을 기웃거렸고, 자연스레 사귀게 됐다. 다람쥐는 동굴 앞으로 가더니 다시 내 앞으로 와 불안한 눈으로 동굴 밖을 기웃거렸다. 동굴 앞에 서서 아래를 내려다보자, 잠시 그은 비 사이로 웬 노파가 걸어오고 있었다. 벌목 공장이나 온천에 들렀던 사람들이 신사를 찾으려다 길을 잃어 움막으로 오고는 했다. 노파는 진흙탕을 헤치고 왔는지, 걸음이 비뚤었다.

노파가 가까이 다가올수록 나는 점점 두려움이 커졌다. 온몸을 친친 감은 비단옷이며 하얀 피부며, 마법을 부린다는 소문의 노파가 분명했다. 가끔 며칠씩 돌아오지 않는 아버지를 찾으러 온천 마을로 내려가곤 했을 때, 노파에 관한 소문을 들었다. 아이들은 양귀의 노비 마누라가 나타난 것이라며, 나더러 네 마귀 엄마가 저 집에 숨어 있다고 집 하나를 가리켰다. 아버지가 허드렛일을 하는 집이었다. 아이들은 담벼락 사이로 마귀를 훔쳐보려고 애썼지만, 아무리 기다려도 보이지 않자 내게 침을 뱉곤 뿔뿔이 흩어져버렸다. 나는 아버지를 통해 그 집의 개구멍을 알고 있었다. 그렇게 나는 노파가 뜨거운 연기 속에서 마법의 주문을 외는 목소리를 들었다. 그 목소리는 내가 태어나 처음 들어본 종류의 것이었다. 사람의 몸에서 그렇게 깊은 울림이 흘러나올 수 있다는 사실에 나는 온몸이 떨렸다. 내게 입은 먹거나 다물고 있는 것이었다. 가끔 숨을 몰아쉬거나 재채기를 하거나 하품을 했다. 이를테면 내게 입은 고작 아가미 같은 것이었다. 그런데, 그 생식의 조수에 지나지 않는 구멍이, 구멍에서 벌어지는 일들이 아름다울 수 있다니. 나는 그때까지 노래라는 것을 한 번도 들어본 적이 없었다. 따라서 나는 노래를 불러본 적도 없었다.

"이름이 뭐니?"

노파의 기척에 다람쥐가 달아났다. 노파는 다람쥐와 나를 번갈아 쳐다봤다.

"네가 길들인 거니?"

"……."

"너 혼자니?"

"……."

"벙어리니?"

절레절레.

"그런데 왜 나뭇잎처럼 살랑거리기만 하는 거니? 내가 싫니, 무섭니?"

절레절레.

노파는 싱긋 미소를 지었다. 그러고는 젖은 옷자락을 주먹으로 쥐어 꾹 짜곤 동굴을 천천히 둘러봤다. 나는 한 발짝 동굴 속으로 뒷걸음쳤다.

"어떻게 길들인 거니?"

나는 다람쥐를 불러 머리를 쓰다듬어주었다.

"신기하구나."

두려움이 조금 누그러지고, 으쓱해지는 기분이었다.

노파는 나와 똑같은 동작으로 다람쥐를 구슬리려 했는데, 다람쥐는 노파에게 갔다가 다시 내게로 왔다.

"신기하구나. 그걸 내게 팔래?"

나는 노파를 멀뚱히 쳐다봤다.

"얼마를 줘야 해?"

"……."

노파는 옷섶을 뒤져 반짝이는 금붙이 하나를 꺼냈다.

"이거면 되겠니?"

절레절레.

"왜 아무 말도 하지 않는 거야. 이게 싫어? 모자라? 안 그런 척하면서 너 욕심꾸러기구나."

"노래를 불러주세요."

여자는 싱긋 웃을 뿐 아무 대꾸가 없었다.

"혹시 이곳을 내게 빌려줄 수 없겠니?"

"왜요?"

"벙어리는 아니구나. ……여기에 좀 머물고 싶어서."

"왜요?"

"……날 좀 들여다볼 시간이 필요해. ……사실 네 아버지가 이 집을 가르쳐주었단다."

"이곳은 집이 아니에요. 집이 될 수 없어요. 난 비가 그치면 집으로 돌아갈 거예요. 여긴 그냥 잠시…… 기다리는 곳이에요. 여긴 너무 어둡고 차가워요. 여름인데도 뼛속에 얼음이 낀 것 같아요."

"그건 네 마음이 차가워서 그런 거야. 그리고 추위는 얼마든지 이길 수 있단다."

"어떻게요?"

노파는 가부좌를 틀고 앉더니 양손을 무릎에 얹고 가운뎃손가락과 약지만 구부렸다. 뿔 달린 짐승 모양이 된 손은 거칠었고, 노파는 이내 난로처럼 고요해졌다. 하지만 곧 눈을 뜨곤 아이 앞에서 실없는 일을 했다는 듯, 옛날이야기를 들려주는 할머니처럼 조금 짓궂은 표정을 지었다.

"……이런 얘기를 들은 적이 있단다. 나는 사랑을 믿지 않았어. 사랑은 순결을 빼앗고 배반과 상실을 낳을 뿐이라고 생각했지. 하지만 내게도 사랑이 찾아왔단다. 화가였어. 그 사람이 그리는 그림은 모두 사람이 되었단다. 꽃도 사람, 나무도 사람, 바람도 사람의 모습을 하고 있었어. 산을 그렸다고 하면, 산자락은 근육이고 나무는 발가락이고 꽃은 눈썹이었단다. 그 그림을 보고 있으면 내가 신의 정수리 어디를 걷고 있는 듯, 언젠가는 인간의 벼랑에서 추락할지도 모른다는 두려움이 일었지. 그 사람과 보슬비 내리는 날 함께 기차를 탄 적이 있었단다. 그런데 우린 무슨 생각을 하고 있었던 건지, 엉뚱한 기차를 타고 말았어. 할 수 없이 처음 가보는 간이역에 내려 돌아오는 기차를 기다리고 있었지. 몸이 약했던 화가는 추웠을지 몰라. 그래서 그런 이야기를 했던 건지도 몰라. 오아시스에 관한 이야기였단다. 어떤 여인이 오아시스가 그려진 그림을 바라보고 있었어. 여인은 그 그림에 심취해 어느 순간 오아시스로 들어간 듯한 착각에 빠졌어. 그래서 여인은 마치 모래가 모든 수분을 빨아들인 듯한 더위를 느끼고, 손수건을 꺼내 얼굴의 땀을 닦다가 그만 손수건을 떨어뜨리고 말았단다. 한순간, 여인은 그 액자의 바깥으로 돌아왔는데, 무인지경이었던 액자 속의 모래 구릉에 손수건 하나가 떨어져 있었지."

나는 오랜 생각 끝에 다람쥐를 노파에게 내밀었다. 노파는 아무 대답 없이 고개를 절레절레 흔들었다.

"내 노래는 이제 아무 값어치가 없단다. 열대에서 내 노래는 죽어버렸어."

그러면서도 노파는 조심스레 노래를 불렀다.

"이별이야, 이별이야, 임과 날과 이별이야. 인제 가면 언제 오료오만 한을 일러주오.[1] ……나는 내 인생을 각색 중이야. 나는 내가 아니고 싶었고, 어떤 나이고 싶었고, 그래서 걸었단다. 걸어, 돌아가지 않아야 했으나, 걸어서, 돌아가지 말아야 했으나 돌아가고 말았지. 삶을 각색하는 최상의 방법이 침묵이라는 사실을 깨달았단다. 내 삶에 대해 입을 다문 이후, 나는 애초에 걷기 시작한 지점으로 돌아간 게 아니라 엇비슷한 풍경을 지나, 일직선으로 여전히 걷고 있는 것 같구나. 그렇게 나는 서서히 투명해졌어. 나는 백 살이야. 어쩌면 아흔아홉인지도, 백하나인지도 모르겠구나. 삶에 대해 침묵한 뒤로, 그 침묵 속에서 나는 내 자신에게 누구보다 수다쟁이가 돼 말의 활화산이 터져, 내 삶은 천 가지가 넘어버린 것 같기도

1) 경기 민요 〈이별가〉 중에서.

하구나. 누가 보기에는 텅 비어 있는 삶이나, 내 속에는 세상의 모든 삶을 합친 것보다 복잡한 삶의 지도가 그려져 있단다. 침묵하는 내게 사람들은 거짓말쟁이라고 하더구나. 하지만 나는 사실이고 싶었지, 정직해지고 싶은 건 아니었단다. 그렇게 고백하려는 순간, 내 열망과 걸음의 기록들이 군더더기가 되는 것 같아 나는 더욱 입을 다물고 말았지. 나는 내가 백일 년을 살았다는 것이 벌 같구나. 나와 함께 밥을 먹던 사람들, 내가 키우던 짐승도 모두 죽었단다. 숲의 나무 말고, 이 마을에서 나보다 늙은 숨탄것은 하나도 없어. 젊어서 죽는 사람은 신들에게 사랑받는다고 하는데, 호숫가의 대초원에서 은하수를 덮고 독수리의 먹이가 되고 싶은 내 마지막 소원은 아마 이뤄지지 않은 것 같아. ……너의 새로운 백 년은 나를 닮지 않기를 바라. ……네가 꿈에서 깨지 않기를 바라."

5.

춥다.

백 년을 반복했는데 계절은 무디어지지 않는다. 백 년의 겨울이 한꺼번에 춥다. 여름이 그립다. 여름밤이면 벌레라도 찾아올 것이다. 나는 노파의 동작을 떠올린다. 나는 두 손을 아랫배에 놓는다. 살굴을 더듬는다. 수음을 하려는 것은 아니다. 나는 추위를 참기 위해 몸을 점점 구부린다. 구부리고 구부려 아마 어른이 되기 전 아이의 몸으로 구부러질 것 같다. 이렇게 차갑고 거친 몸이 데워질 수 있을까. 나무에게도…… 온도가 있었던가.

6.

사람들은 시간을 어디에 간직하는 걸까. 나는 지금부터 살기 시작한 것처럼 조그만 기억에도 숨이 가쁘다. 나이가 강물이라면, 백 살의 나는 바다로도 모자랄 텐데, 오히려 나는 시간의 물살과 상대할 힘이 물고기만큼도 남아 있지 않다. 기억은 어제 두고 온 나, 혼자 내버려둔 내가 아닐까. 어쩌면 내 기억은 이토록 나를 닮았는지……. 내가 아니고 싶었던 적이 많았는데, 나는 나를 퍽 용서하고 살았구나.

결국 나는 나를 데리고 백 년을 걸어왔다. 나는 고작 나를 볼모로, 나를 닮은 시간만 반복해서 지금밖에 없다. 그러나 나는 책을 읽은 뒤로 조금 달라졌다. 잠을 재촉하지 않아도 늘 꿈을 꾸고, 잠 속에서도 걷고 또 걷는 기분이고, 번연히 눈을 떴는데도 여전히 자고 있는 듯 편안하다. 그리고 지난 나를 향해 말을 걸고, 그것을 조심스레 희망이라고 발음해본다.

달걀 크기만 한 유리알에 의존해 노파의 삶을 따라가는 동안 한 달이 흘러, 나는 아마 한 살을 더 먹었을 것이다. 지금 내 나이는 몇 살일까. 내가 정말 백 살이었다면, 이제 노파의 향년과 같은 나이가 되었을 것이다. 책을 읽는 동안 나는 한 발짝도 움직이지 않았는데, 오히려 좀 더 노파와 가까워진 기분이다.

나는 여전히 노파의 삶을 이해하지 못한다. 기억 속에서 만난 노파가 알렉산드라, 그 백한 살의 여행자가 맞는지 장담할 수도 없다. 다만 노파의 모습은 내 얼굴과 닮았을 것이다. 우리는 좀 더 나무에 가까운 모습일 것이다. 어쩌면 한 계절이 바뀌고, 나를 찾는 누군가가 있다면, 그들은 나를 노파로 여길지도 모르겠다. 그들이 어떤 말을 건네건 나는 여전히 아무 대꾸도 않겠지만, 그때쯤이면 그들이 내 침묵의 내용이 조금 달라졌다는 걸 눈치챘으면 좋겠다.

그리고 어떤 희망이 남았을까……. 봄이 오면 묵밭에 푸성귀를 심으리라. 냉이를 캐 깜깜한 김으로 구덩이가 된 내 몸에 봄을 선물하리라……. 그리고 저 나무의 이름을 알게 될 때까지, 하루든 십 년이든 백일 년이든 천 년이든 혼자가 아니었으면 좋겠다.

그렇게 꿈꾸고 있으면 깜깜한 동굴의 구덩이에서 씨앗이 떨어지고 싹을 틔우고…… 나무가 되어간다. 나는 제자리에 있는데, 시간의 걸음걸이들이 뿌리처럼 넓게 퍼져나가, 어제의 풍경과 오늘의 풍경, 내일의 여정이 내 발바닥으로 뿌리와 가지, 멀리 흔들리는 것처럼 보이는 무수한 이파리로 수렴된다. 나는 다만 한 자리에서 넓고 딱딱한 기억의 동심원을 이룬다. 창백하고 나약하고 가벼운 기억 중에서, 시간은 그렇게 한 그루 나무가 돼 딱 그 자리에서, 어떤 기억의 조각을 두둔하거나 보충하지 않고, 다만 그 기억의 풍경으로 자란다, 뿌리내린다. 죽었다고 생각한 지나온 시간들의 기억이 잎으로 피고 지길 거듭한다. 유일하게 변덕을 부리지 않는 기억이 된다.

이대로라면 천 가지 희망이 생기겠다. 그렇게 희망의 이파리를 매달고 나는 이곳에서 제법 아름다워질 것만 같다. 이것이 훗날 아름다운 기록이 될 것만 같다. 희망을 이야기하는 걸 보면 아직 나는 지치지 않았다. 희망은 나의 버릇이다. 그 버릇으로 내 몸은 조금 봄에 가까워진 것 같다.

나는 다시 내 영정사진을 내려다본다. 그리고 그 두 줄의 문장을 더듬더듬 읽기 시작한다.

> 사람은 누구나 백 년의 나무가 된다(1912~2012).
> _2011년 겨울, 화개.

나는 나를 향해 눈을 감는다. 나는 무인지경의 고원에 서 있다. 저 시간의 능선 어디로 노파와 소년의 그림자가 조금씩 사위어간다. 그들의 흔적이 사윈 자리에 동그란 유리알 하나가 반짝인다. 돋보기안경을 닮은 그 유리알을 쥐면 나는 노파가 사라진 그 먼 곳을 볼 수 있을 것만 같다. 나는 그것을 향해 걸어간다. 점점 가까워질수록 내 눈이 옹이가 잡히듯 딱딱해진다. 모든 기억의 매듭이 잎과 가지, 뿌리의 형상으로 땋아진다. 반쯤 사라지고, 나머진 아름다운 그것의 이름을 여전히 모르겠다. 그래도, 이름을 알 길 없으니 그것을 잠시 '나무'라고 부르자. 나는 나무를 향해 걸어간다. 바람의 노래를 부르는 나무 한 그루, 내게 처음으로 노래를 들려준 나무 한 그루에게로. 내 눈동자 속에서 나무가 자란다. 사람들은 그렇게 모두 나무가 되는가 보다.

당신도 그렇게 시간의 뿌리를 자아 나무가 되었나.

아무것도
잊지 않았다

정용준

정용준

＼

1981년 전남 광주에서 태어났다. 2009년 〈현대문학〉 신인추천에 단편소설 〈굿나잇, 오블로〉가 당선되었다. 소설집 《가나》, 장편소설 《바벨》이 있다.

1.

오노다는 우거진 덩굴 뒤에 몸을 반쯤 가리고 서서 전방을 향해 총구를 겨누었다. 바짝 깎아 올린 짧은 머리카락은 촘촘했고, 정리되지 않은 턱수염은 지저분했다. 검고 마른 몸은 단단하게 빚어진 토기 인형 같았고, 허리에 찬 군도는 무엇이라도 반으로 쪼갤 수 있을 것처럼 날이 서 있었다. 그는 인간의 흉내를 내고 있는 한 마리의 성난 야생 원숭이 같았다. 조준경을 응시하는 회색빛 눈동자가 햇빛에 반사된 철 조각처럼 날카롭게 반짝였다. 당장에라도 방아쇠를 당길 것 같은 오노다의 기세에 타니구치는 무의식적으로 손바닥이 보이게 두 손을 앞으로 내밀고 뒷걸음쳤다. 팽팽하게 당겨진 공기에 숨이 막힌 듯 타니구치는 연신 헛기침을 했다. 이때 스즈키 교수가 둘 사이에 끼어들었다.

오노다. 진정하고 총을 내려놓으시오. 이분은 타니구치 소령입니다. 당신의 상관 타니구치 소령이란 말입니다.

오노다는 조준경에서 눈을 떼고 고개를 비틀어 앞을 바라봤다. 스즈키는 목소리를 한층 높여 호통하듯 외쳤다.

당신의 요청대로 상관인 타니구치를 이곳에 모셔왔소. 오노다! 이분은 타니구치 소령이오.

오노다는 스즈키의 어깨 너머로 타니구치를 쳐다봤다. 혼란스런 표정으로 스즈키와 타니구치를 번갈아 본 후 그는 곧 사격 자세를 풀었다. 스즈키는 겁에 질려 있는 타니구치를 부축해 오노다 앞에 세웠다. 긴장한 얼굴의 타니구치는 오노다를 똑바로 쳐다보지 못했다. 그는 떨리는 목소리로 더듬더듬 전투행위 중지 명령서를 낭독했다. 스즈키는 경계를 풀지 않는 오노다에게 명령서를 건넸다. 오노다는 검고 지저분한 손을 내밀어 명령서를 받아 든 뒤 몇 번이고 반복해 읽었다. 그는 입술을 꽉 다물고 아무 반응도 보이지 않으며 장대처럼 꼿꼿하게 서 있기만 했다. 타니구치와 스즈키는 숨을 죽이며 오노다의 다음 행동을 살폈다. 오노다는 고개를 푹 숙였다. 그러곤 오른손에 움켜쥐고 있던 총을 천천히 왼손으로 바꿔 쥐었다. 타니구치는 화들짝 놀라 스즈키의 등 뒤로 숨었다. 오노다는 허리를 쭉 펴고 소리 나게 두 발을 붙인 뒤 오른손을 들어 타니구치에게 경례했다. 타니구치는 미처 예상치 못했다는 듯 당황하며 우물쭈물했다. 스즈키가 타니구치의 어깨를 붙잡고 떨리는 목소리로 말했다.

소령님. 경례를 받으세요.

타니구치는 어색하게 웃으며 오른손을 들어 경례를 받은 뒤 오노다를 향해 손을 뻗어 악수를 청했다. 오노다는 조금 머뭇거리다 타니구치의 손을 맞잡았다. 두툼하게 살이 오른 그의 손은 축축하고 체온이 높았다. 스즈키는 오노다의 강직한 옆모습을 보고 전율했다. 자신도 모르게 눈시울이 뜨거워졌고 하마터면 눈물을 흘릴 뻔했다. 긴 세월 동안 홀로 전쟁을 치르던 최후의 황군 오노다 히로가 마침내 조국의 품으로 돌아가는 역사적인 순간이었다. 오노다는 별다른 저항 없이 섬을 떠나는 배에 올랐다. 그는 감정 없는 얼굴로 선실에 앉아 정면을 응시하고 입술을 꾹 다물었다. 배가 출발하는 순간, 섬 쪽을 향해 힐끗 시선을 돌렸을 뿐 항해 내내 정면만 응시했다.

타니구치는 쉬지 않고 떠들었다. 목소리는 격양됐고, 흥분한 얼굴은 붉었다. 스즈키는 멀찍이 떨어져 오노다의 표정을 살피며 그를 관찰했다. 무뚝뚝하고 냉랭한 표정이었지만, 억눌려 있는 두려움이 엿보였다. 오노다는 타니구치의 말에 별다른 대꾸 없이 선실에 난 작은 창을 바라봤다. 섬에서 멀어질수록 바다는 짙고 어두워졌다. 잔잔하게 오르내리는 파도 너머 희미한 실루엣으로 사라져가는 루방 섬. 오노다는 눈을 지그시 감고 가슴에 품은 소총을 꽉 껴안았다. 한참 동안 눈을 감고 있던 오노다는 스즈키 쪽으로 고개를 돌리며 불쑥 말을 던졌다.

지금이 몇 년도입니까?

1974년이오.

1974년.

오노다는 스즈키의 말을 따라 한 뒤 다시 입을 다물었다. 74년. 74년이라…… 29년이 흘렀군. 오노다는 타니구치를 바라봤다. 그는 옛날과 지금을 비교하며 감상에 젖어 있었다. 옛날이 좋았다는 말을 수도 없이 반복했고, 요즘의 젊은이들과 군인들을 조롱했다. 태평양전쟁 당시 치열했던 전투와 산업화된 도시의 눈부신 발전을 두서없이 섞어가며 온갖 말을 쏟아내고 있었다. 오노다는 타니구치의 말 대부분을 이해할 수 없었고, 흥미도 없었다. 무엇보다 그의 억양과 빠른 말소리가 거슬렸다. 소령은 뚱뚱했고, 전에는 본 적 없는 괴상하고 천박한 옷을 입고 있었다. 옷차림과 말투에서 거부감이 느껴졌다. 딱히 짚어내기 힘들었지만 어딘지 모르게 미국적인 느낌이 들었다. 오노다와 눈이 마주친 타니구치는 신이 난 표정으로 오노다의 옆으로 자리를 옮긴 뒤 울퉁불퉁한 모양의 과일을 건넸다.

이거 좀 먹게나.

오노다는 불쾌한 표정으로 고개를 돌리며 말했다.

괜찮습니다.

그는 아쉽다는 듯 이마를 긁적이며 들고 있던 과일을 반으로 쪼개 내용물을 한입 베어 물었다. 과즙이 뚝뚝 떨어져 옷깃이 젖고 손이 엉망이 됐다. 하지만 그는 손가락을 쪽쪽 빨며 맛있다는 표정을 지었다. 오노다는 그의 모습이 너무 혐오스러워, 들고 있던 총으로 얼굴을 박살 내고 싶다는 충동을 느꼈다. 오노다는 싫은 내색을 하지 않기 위해 혀를 깨물었다.

편하게 있게나. 전쟁은 끝났네. 전쟁은 끝났어. 그 총을 이리 주게.

오노다는 날카로운 눈으로 타니구치를 쏘아보며 말했다.

건드리지 마십시오.

타니구치는 민망한 얼굴로 헛기침을 몇 번 한 뒤 웃으며 말했다.

허허. 전쟁은 끝났다니까. 내가 자네에게 중지 명령을 내리지 않았나.

'명령'이라는 단어에 오노다는 긴장한 얼굴로 타니구치를 바라봤다.

그래도 자네를 보니 옛날 생각이 나는군. 처음에 스즈키 교수에게 자네 이야기를 들었을 땐 도저히 믿을 수 없었네. 전쟁이 끝나지 않았다고 믿는 군인이 있다는 말을 어떻게 믿을 수 있겠나. 하지만 이렇게 자네의 모습을 직접 확인하니 정말 기쁘고 감격스럽군. 아직도 일본을 위해 싸우고 있는 국민이 있다니. 감동적이네. 하지만 오노다. 전쟁은 끝났네. 나를 보게나. 더 이상 군인이 아니네. 나는 그동안 총을 버리고 책을 들었다네. 한땐 군인이었지만 지금은 도서 판매상이지. 세월은 그렇게 이상하게 흐른다네.

타니구치는 허벅지에 손바닥을 대충 문질러 닦고 가방을 열어 책을 꺼내 몇 번 흔들었다.

오노다는 허공에서 펄럭대고 있는 책을 말없이 바라봤다.

그건 그렇고 자네와 함께 있던 다른 이들은 어떻게 됐나?

오노다는 입을 다물고 한동안 침묵했다. 그리고 이내 입을 뗐다.

전투 중 모두 사망했습니다.

선실이 고요해졌다. 누구 하나 입을 여는 이가 없었다. 스즈키는 비통한 얼굴로 앉아 있는 오노다의 옆모습을 바라봤다. 아직까지 오노다의 속마음을 알 수 없었다. 타니구치를 섬에 데리고 들어갈 때도 크게 기대하지 않았다. 그는 30여 년의 긴 세월 동안 전쟁을 이유로 섬에서 지냈다. 또한 모든 종류의 접촉과 대화를 거부해왔다. 그랬던 오노다 히로가 아무리 상관의 명령이라지만 이렇게 순순히 따라올 것이라고 생각하지 못했던 것이다. 스즈키는 오노다의 귀환이 기쁘면서도 그가 그토록 오랜 시간 동안 섬에 머물고자 했던 진짜 이유가 궁금했다. 그는 진짜 믿지 못한 걸까, 아니면 믿지 않으려 한 걸까. 믿어선 안 되는 다른 이유가 있는 걸까. 스즈키는 그의 불가사의한 삶의 방식과 인생에 강한 의구심을 가졌고, 동시에 매력을 느끼고 있었다. 타니구치의 얼굴에서 장난기가 사라졌다. 소총을 움켜쥐고 꼿꼿하게 앉아 있는 검고 마른 노병의 입에서 '전투'라는 단어와 '사망'이라는 단어를 듣는 순간, 그동안 잊고 있었던 옛 시절의 감각과 뜨거움이 고스란히 떠올랐다. 탄알과 폭탄이 터지고 피비린내가 나던 전장의 풍경이 눈앞에 아른거렸고, 그때의 숨 막히던 긴장과 피 끓던 정신이 되살아났다. 타니구치는 전과는 다른 얼굴로 짐짓 근엄하게 말했다.

소위. 나는 좀 더 자세한 보고를 듣길 원하네. 그들에 대해 더 이야기해보게.

타니구치는 지휘관의 근엄한 표정으로 오노다를 바라보고 있었다. 느슨했던 오노다의 마음이 꽉 조여졌다. 어쨌든 그는 상관이었다. 오노다는 자세를 고쳐 앉고 잠시 눈을 감았다. 오래전 일을 생각하는 듯 고개를 살짝 들었다. 오노다는 지나간 기억을 하나씩 떠올렸다.

오래된 일입니다. 저는 이백오십 명의 병사를 이끌고 루방 섬에 들어왔습니다. 열악한 상황이었지만 우리는 전력을 다했습니다. 지원을 요청했지만 병력이 없다는 대답만 들었습니다. 대신 명령을 받았습니다. 전멸하더라도 절대로 투항해서는 안 된다는 명령이었습니다. 그것은 제가 들은 마지막 명령이기도 했습니다. 연합군과의 전투 중 대부분의 병사를 잃었습니다. 제겐 고작 사십여 명의 병사가 남았지요. 그들 역시 전쟁이 끝났다는 말에 속아 대부분 연합군에 투항했습니다. 마지막에는 저를 포함한 네 명만 남았습니다.

자네들은 왜 투항하지 않았나.

오노다는 코웃음을 치며 말했다.

연합군의 비열한 계략이란 걸 알고 있었기 때문입니다.

옆에서 대화를 듣고 있던 스즈키가 오노다의 맞은편에 앉으며 물었다.

나중엔 투항한 병사들이 직접 오노다 당신을 찾아다니며 전쟁이 끝났다는 것을 증명했습니다. 그땐 왜 투항하지 않으셨습니까?

오노다는 역겹다는 듯 인상을 찌푸리며 말했다.

그들을 어떻게 믿나. 연합군에 투항한 자들은 더 이상 군인이 아니네. 배신한 동료가 적보다 무섭다는 것을 모르는군.

오노다는 눈을 가늘게 뜨고 살기를 드러냈다.

하지만 나중에 당신의 가족들이 찾아와 투항을 권유했습니다.

뿐만 아니라 일본 각계에서 루방 섬을 찾아왔습니다. 그들 중에는 당신의 고교 동창도 있었습니다. 하지만 당신은 투항하지 않았습니다. 혹시 가족들과 지인들까지 믿지 못한 겁니까?

스즈키의 질문에 오노다는 바로 답을 하지 않았다. 눈을 바닥으로 내리깔고 총만 만지작거렸다. 오노다는 작은 목소리로 중얼거렸다.

보지 못했소.

섬에 전단을 뿌리고 방송도 했습니다. 정말 보지 못했습니까?

오노다는 고개를 들어 스즈키를 바라봤다. 스즈키는 묘한 미소를 짓고 있었다. 탐색하는 듯한 그의 얼굴이 불쾌했다. 오노다는 총으로 바닥을 내리치며 소리쳤다.

오래된 일이라고 하지 않았나. 잘 기억이 나지 않아. 전시였소. 모든 것은 명령을 통해서 하달되는 법이지. 나는 명령이 아닌 그 어떤 것도 믿을 수 없는 군인이오.

타니구치는 흥분한 오노다의 기백에 매료됐다. 그의 강한 억양에는 사람을 멈칫하게 하는 위엄과 매력이 있었다. 그는 오노다의 왼손을 붙잡고 물었다.

그렇다면 마지막까지 자네와 뜻을 같이했던 병사들은 어떻게 되었나.

오노다는 타니구치에게 붙잡힌 손을 빼내며 말했다.

제겐 마모루, 타카유키, 료우타라는 세 명의 병사가 있었습니다. 나약했던 마모루는 필리핀 정부군에 항복했습니다. 타카유키는 교전 중에 사망했습니다. 그리고 료우타는.

오노다는 잠시 말을 멈추고 숨을 들이쉬고 나서 후우- 소리를 내며 길게 숨을 뱉어냈다. 그리고 천천히 말했다.

2년 전에 사망했습니다.

그렇다면 자네는 그동안 혼자 싸운 것인가.

그렇습니다.

타니구치는 감탄한 듯 멍한 표정으로 오노다를 바라봤다. 그리고 오노다의 손을 움켜잡고 소리쳤다.

오오. 진정한 군인이네. 자네야말로 진정한 군인이야!

이 모습을 지켜보던 스즈키는 마음속의 의심과 의구심이 말끔히 씻기는 것을 느꼈다. 그는 그저 순수하고 고지식한 군인이었을 뿐이다. 스즈키는 활짝 웃으며 말했다.

그렇습니다. 오노다. 당신은 영웅입니다. 제가 당신을 찾기 위해 애썼던 시간들은 헛되지 않았습니다. 저는 당신을 만나 일본으로 모시고 갈 수 있어 너무도 기쁩니다. 모든 일본인들이 당신을 기다리고 있습니다. 오노다 히로는 살아 있는 일본 정신이자 최후의 사무라이입니다.

오노다는 타니구치에게 붙잡힌 손을 그대로 내버려둔 채 창문을 바라봤다. 루방 섬이 완전히 사라진 바다는 하늘과 맞닿아 있었다. 오노다는 어금니를 꽉 깨물고 고개를 숙인 채 자신의 낡은 군화를 쳐다보며 아무도 들을 수 없도록 작은 소리로 중얼거렸다. 나는 영웅이 아니오. 그는 기울어진 소총을 움켜쥔 뒤 바로 세우고 꼿꼿하게 허리를 펴고 앉았다.

전쟁은 피곤하고 승리는 공허하다. 승리란 무엇인가. 왜 이 싸움은 끝이 없는가. 고단한 삶이었다. 밤이 올 것이고 계절이 바뀔 것이다. 비가 와서 모든 것들이 사라지고 지워질 것이다.

그는 혼잣말로 속삭이며 2년 전 여름을, 지금은 없는 료우타를 생각했다.

2.

1972년 6월. 루방 섬의 우기가 시작됐다. 오노다와 료우타는 좁고 어두운 동굴 속에 숨어 그칠 줄 모르고 내리는 비를 말없이 바라보고 있었다. 큰비였다. 수직으로 내리는 빗줄기가 커튼처럼 시야를 가려 바깥의 풍경은 하얀 물거품 속에 잠겨 있었다. 빗소리로 가득 찬 동굴은 서늘하고 어두웠다. 이 비가 그치면 숲은 울창해지고 날씨는 무더워지겠지. 오노다는 헝겊으로 총열을 닦으며 생각했다. 그리고 동굴 입구에 한쪽 어깨를 기대고 있는 료우타를 쳐다봤다. 그는 말 없는 보초병처럼 서서 숲에 대한 몽상에 잠겨 있었다. 료우타는 지난 며칠간 조금 이상했다. 실성한 사람처럼 한마디도 하지 않았고, 아무렇게나 총을 바닥에 내려놓았으며, 무장도 풀어 헤치고 그저 멍하게 앉아만 있었다. 오노다는 바닥에 뒹굴고 있는 흙 묻은 총이 거슬렸지만 내색하지 않았다. 단순히 힘이 없고 울적해서 그러는 것이라고 생각했다. 둘은 이틀 동안 음식다운 음식을 먹지 못했다. 동굴 안에 있는 것이라곤 주민들에게서 빼앗은 잡다한 물건들과 사냥에서 얻은 짐승의 가죽, 분해된 동물들의 뼈가 전부였다. 과일은 상했고, 말린 쥐 고기는 더 이상 먹고 싶지 않았다. 오노다가 상한 과일을 동굴 밖으로 집어 던지며 말했다.

료우타. 마을에 다녀오자.

하지만 료우타는 아무런 대꾸도 하지 않았고, 오노다를 쳐다보지도 않았다.

그의 태도에 기분이 상한 오노다는 닦고 있던 총을 들어 벽을 치며 소리쳤다.

내 말이 들리지 않나?

료우타는 마지못해 한마디 했다.

마을을 습격하자, 이 말입니까?

별다른 억양이 없는 말이었지만, 오노다는 그의 말에서 저항적인 뉘앙스를 감지했다.

습격이라니, 공격하자는 거다. 비가 내리고 있기 때문에 놈들은 지금 방심하고 있을 것이다. 방어를 소홀히 하고 있는 틈을 노리는 것이다. 기습 공격 후 놈들의 보급로를 끊자.

료우타는 힘없이 웃기 시작했다. 그는 허공에 떠 있는 무엇인가에 적혀 있는 글자를 읽는 것처럼 느리고 단조롭게 말했다.

방어요? 방어를 소홀히 하다니요. 그들이 무슨 방어를 합니까. 그 사람들은 주민입니다. 그들은 자신들이 살던 곳에서 그냥 조용히 사는 것뿐입니다. 그들이 군인이 아니라는 것은 누구보다 소위님께서 더 잘 알고 계시지 않습니까. 마을로 들어가는 길은 그냥 길일 뿐 보급로가 아닙니다. 그들은 우리의 적이 아닙니다. 우리가 마을에 들어가는 것은 공격이 아닌 침략입니다. 이젠 싫습니다. 더 이상 사람을 죽이고 싶지 않습니다. 우리가 하는 것은 전투가 아닙니다. 일방적인 살인입니다.

'살인'이라는 단어를 듣자마자 오노다는 이성을 잃고 말았다. 그는 들고 있던 총을 바닥에 내던지고 료우타에게 달려들어 멱살을 움켜쥐고 소리쳤다.

료우타! 나약해졌구나. 우리는 군인이다. 시간이 많이 지났지만 전쟁은 끝나지 않았다. 부대가 전멸하더라도 절대로 투항하지 말라는 명령을 잊었느냐? 그들이 우리를 속이고 있는 것이다. 내가 그렇게 말하지 않았나. 기억이 나지 않느냐?

료우타는 얼굴에 냉소를 띠며 말했다.

그렇다면 전쟁이 끝났다는 방송도 기억하고 계시겠군요. 잊었습니까? 그때 우리는 두 귀로 똑똑히 들었습니다. 연합군의 계략도 아니었고 함정도 아니었습니다. 라디오를 통해 들은 소식입니다. 그것도 미국인이 아닌 일본인의 목소리였습니다. 소위님은 아니라고 계속 우기고 그렇게 생각하니 정말 아닌 게 됩니까? 나는 아닙니다. 그때 들었던 방송을 한 음절도 빠짐없이 모두 기억하고 있습니다. 그것마저 연합군의 함정이라고 우길 작정입니까?

료우타는 몇 마디 말로 오랜 시간 형성된 침묵을 깨트렸다. 오노다는 움켜쥔 멱살을 풀고 아무 대답도 하지 못한 채 동굴 밖으로 시선을 돌렸다. 빗줄기는 점점 굵어졌고 바람도 불기 시작했다. 동굴에서는 윙윙 바람이 뒤채는 소리가 났다.

3.

타카유키가 필리핀 정부군과의 교전 중 사망함으로써 루방 섬에 남은 일본군은 셋에서 둘로 줄었다. 하지만 그들은 투항하지 않았다. 위축되지도 않았고 약해지지도 않았다. 도리어 이전보다 빠르고 대담해졌다. 그들은 전투를 위해 살아가는 맹수처럼 진화했다. 필리핀 정부군이 그들을 잡기 위해 많은 노력을 기울였지만 그들의 흔적조차 찾을 수 없었다. 그들은 하룻밤에 마을 하나를 초토화시켰다. 그림자처럼 침투했고 유령처럼 돌아다녔으며 섬광처럼 빨랐다. 오노다와 료우타는 10년이 넘는 긴 세월 동안 서로 의지하며 지냈다. 오노다는 료우타의 하나뿐인 동료이자 상관이었고, 료우타는 오노다의 하나뿐인 동료이자 부하였다. 둘은 서로에게 유일한 가족이었고 친구였다. 불안하고 비평등한 관계가 그들 사이에 기이한 우정을 만들었다. 그들은 한 쌍의 승냥이처럼 전투에 능했고, 유전자가 같은 쌍둥이처럼 서로를 이해했다. 그들에게 있어 전투는 더 이상 살고 죽는 문제가 아닌 일상을 이루는 가장 안전한 삶의 형식이었다. 료우타는 앞서 걷는 오노다의 등을 바라볼 때마다 말할 수 없는 안도감을 느꼈다. 그와 함께라면 어떤 전투에서도 지지 않을 것 같았다. 끝내 지원군이 도착하지 않더라도, 아니 전쟁이 영원히 끝나지 않더라도 상관없을 것 같았다.

그러던 어느 날이었다. 여느 때처럼 둘은 산속의 작은 마을을 공격했다. 지붕과 창고에 불을 지르고 우왕좌왕 도망가는 주민들을 한 명씩 조준 사격했다. 주민들은 총알이 어느 쪽에서 날아오는지도 모르고 죽었다. 불길이 잡히고 희미한 흰빛으로 주위가 환해지는 미명이 되면 그들은 폐허가 된 마을을 뒤졌다. 료우타는 먹을 수 있는 것과 생활에 도움이 될 만한 것들을 보자기에 담았고, 오노다는 생존자가 있는지 확인했다. 연기가 피어오르는 잿더미에서 검게 그을린 노인 하나가 꿈틀대며 바닥을 기었다. 오노다는 허리에 차고 있던 군도를 빼 들어 서슴없이 내리쳤다. 그런 종류의 일은 오노다에게 있어 길을 내기 위해 나무를 베는 것보다 쉽고 간단한 일이었다. 둘은 어깨에 보자기 하나씩을 짊어지고 마을을 빠져나왔다. 구부러진 갈고리발톱을 가진 흉조 한 마리가 나무에 앉아 그들을 바라보며 불길한 울음소리를 냈다. 료우타는 총을 빼 들어 새를 조준했다. 그 순간 오노다는 료우타를 저지했다.

총알을 허비하지 마라. 전쟁은 아직도 많이 남아 있다.

료우타는 총을 거두고 오노다의 뒤를 따랐다. 그들은 은신처에 돌아와 보자기를 풀어 노획물을 정리했다. 오노다는 음식물을 분류했고 료우타는 수집한 물건들을 살폈다. 보자기에는 트랜지스터 라디오도 들어 있었다. 료우타는 무심결에 라디오를 켰다. 방송이 나왔다. 잡음이 섞여 있었지만 분명하게 들리는 익숙한 일본인의 말소리. 둘은 뭔가에 감전된 듯 미동도 없이 바닥에 주저앉아 방송을 들었다. 오노다는 라디오를 껐다. 더 이상 아무 소리도 들리지 않았지만 료우타는 여전히 꼼짝도 않고 라디오를 향해 신경을 집중했다.

1965년, 오노다와 료우타는 라디오 뉴스를 통해 전쟁이 끝났다는 것을 알았다. 연합군의 함정도 계략도 아니었다. 그것은 단지 사실을 전하는 단순한 소식일 뿐이었다. 어떤 의도도 전략도 없는 기습적인 진실 앞에서 그들은 망연자실했다. 오노다는 별다른 동요 없이 약탈한 음식을 정리했다. 료우타는 아무 일도 할 수 없었다. 손끝이 떨렸고 밀려드는 생각들로 머릿속은 터질 듯 복잡했다. 하지만 무엇도 이성적으로 정리하거나 판단할 수 없어 그저 멍하게 있었다. 그 밤은 료우타의 일생 중 가장 길고 어두운 밤이었다. 주위는 고요했고 화약 냄새도 나지 않았으며 무서운 생각도 들지 않았고 나쁜 꿈도 꾸지 않았다. 하지만 시간은 어둠 한가운데에 단단하게 박힌 말뚝처럼 꼼짝도 하지 않았다. 료우타는 모로 누운 오노다를 바라봤다. 그의 등은 바위처럼 어둡고 단단했다. 료우타는 날이 새기 전 여러 차례 자리에서 일어나 서성거렸다. 어슴푸레한 어둠 속에서 첫 새들이 지저귀기 시작할 무렵 어떤 소리가 반복해서 들렸다. 외부에서 들려온 것이 아닌 내부에서 울려온 소리였다.

그게 무슨 상관이란 말인가. 뭐가 그렇게 중요하단 말인가. 지금에 와서 그것을 알았다고 한들 무엇을 바꿀 수 있단 말인가. 이때까지 해왔던 일이 앞으로도 할 일이고, 지금의 삶이 남은 삶이 될 것이다.

새벽은 어두운 회색에서 밝은 회색으로 변해가고 있었다. 료우타는 잠든 오노다의 얼굴을 응시했다. 무뚝뚝하고 쓸쓸한 표정이었다. 료우타는 오노다의 침묵을 이해했다. 그것은 일종의 보호막이었다. 자신들을 충격으로부터 막아주는 단단한 갑옷 같은 침묵. 료우타는 오노다의 옆에 나란히 누워 눈을 감고 다짐했다.

나는 군인이다. 오노다 히로는 도피 중인 주군이며, 고립되어 있어도 권위를 잃지 않는 마지막 지휘관이다. 나는 끝까지 그를 따를 것이다. 그게 내 삶이며, 그것만이 내가 가질 수 있는 단 하나의 인생이다. 나는 이렇게 돼버린 내 삶이 좋다. 나는 이 뜻을 운명으로 정했다.

그날 이후 라디오는 어느새 사라지고 없었다. 그리고 그들은 그날의 방송에 대해 단 한 번도 말하지 않았다.

4.

둘은 동굴 입구에 서서 내리는 비를 바라봤다. 료우타는 영혼 없는 인형 같은 무표정한 얼굴로 비스듬히 벽에 몸을 기대고 있었고, 오노다는 직립한 조각상처럼 빳빳하게 서서 주먹을 꽉 움켜쥐고 정면을 응시하고 있었다. 침묵을 깨고 먼저 입을 연 것은 오노다였다.

갑자기 오래전 그 일을 꺼내는 이유가 무엇이냐.

료우타는 슬프고 의아한 표정으로 자신을 바라보는 오노다의 얼굴을 오랫동안 응시했다. 오노다의 소극적이고 위축된 시선이 료우타의 마음속 무엇인가를 폭발시켰다. 료우타는 도전적인 목소리로 대답했다.

소위님은 왜 이곳을 떠나지 않았습니까?

오노다는 난감한 얼굴로 더듬거리며 말했다.

아직 전쟁이 끝나지 않았기 때문이다.

전쟁은 끝났습니다. 그것은 소위님과 제가 알고 있는 가장 정확하고 가슴 아픈 사실입니다. 오노다. 당신은 황군으로 이곳에 남아 있는 게 아닙니다. 다시 묻겠습니다. 왜 이곳을 떠나지 않았습니까?

오노다는 입술을 꾹 다물었다. 동굴 속의 공기가 갑자기 사라진 것처럼 숨이 차고 가슴이 답답했다. 료우타는 떨리는 오노다의 어깨에 시선을 고정한 채 말했다.

아닙니다. 대답할 필요 없습니다. 그것이 중요한 게 아닙니다. 방송을 들었던 그날 밤, 나는 당신을 따르기로 결심했습니다. 이유는 알 수 없지만 당신이 이곳에 있기로 결정했기에 나도 그렇게 결정한 것입니다. 제게 있어 이곳에 남을 명분이나 이유는 필요가 없습니다. 중요하지도 않고 상관도 없습니다. 지휘관을 따르기로 결정한 부하의 마음이란 단순하고 깨끗한 법입니다. 당신이 모든 것을 버렸기에 저도 모든 것을 버렸습니다. 당신은 가족을 버렸고 동료를 버렸고 일본까지 버렸습니다. 때문에 저도 당신을 따라 그렇게 했습니다.

료우타는 잠시 말을 멈추고 떨리는 입술을 꽉 다물었다. 그는 사로잡힌 야생동물처럼 슬프고 화가 난 얼굴로 오노다를 노려봤다. 까만 눈동자에 증오의 빛이 서렸다.

하지만 아니었습니다. 당신은 아무것도 버리지 않았습니다. 당신은 이제까지 나를 속이고 다른 생각을 품고 있었습니다.

료우타! 네가 무슨 말을 하는지 모르겠다. 하지만 료우타. 나는 너를 속인 일이 없다.

오노다가 손을 내밀어 료우타의 어깨를 만지며 부드러운 목소리로 말했다. 그 순간 료우타는 오노다의 손을 붙잡고 등 뒤로 꺾은 뒤 발목을 쳐서 바닥에 쓰러뜨렸다. 료우타는 쓰러진 오노다의 상의를 뒤져 뭔가를 끄집어내며 소리쳤다.

거짓말하지 마십시오.

오노다는 멍한 얼굴로 료우타가 손에 들고 있는 종이를 쳐다봤다. 료우타는 접힌 종이를 펴서 흔들며 말했다.

오노다. 당신은 아무것도 잊지 않았습니다. 모든 것을 가슴에 품고 간직한 채 그리워하고 지냈습니다. 당신은 나를 기만했습니다.

오노다는 허리에 차고 있던 군도를 빼 들어 칼끝을 료우타에게 겨누었다. 그리고 낮은 음성으로 말했다.

명령이다. 더 이상 아무 말도 하지 마라. 그것을 내게 돌려다오.

료우타는 망연자실한 눈으로 칼을 쳐다봤고, 이윽고 고개를 비스듬히 돌려 떨고 있는 오노다의 얼굴을 바라봤다.

며칠 전 료우타는 커다란 바위 그늘 밑에 웅크리고 앉아 뭔가에 집중하고 있는 오노다를 발견했다. 그곳은 몇 해 전 필리핀 정부군이 함정을 파고 매복했던 장소로, 오노다가 출입을 금한 곳이었다. 료우타는 뒤쫓던 토끼를 추적하느라 자신이 그 장소에 있다는 것도 인식하지 못하고 있었다. 그래서 처음 오노다를 발견했을 때 명령을 어겼다는 생각에 재빨리 돌아가려고 했다. 하지만 그의 뒷모습을 본 순간 이상한 기분이 들었다. 이제까지 봐온 등이 아니었다. 구부정했고 떨리고 있었고 방심하고 있었다. 심지어 그 예민하고 민첩한 사람이 자신이 뒤에 있다는 것조차 알지 못했다. 료우타는 떨리는 마음으로 다가가 오노다의 어깨 너머로 그가 들고 있는 것을 봤다. 그것은 아주 오래전 오노다의 가족들이 투항을 권유하기 위해 배포한 전단이었다. 가족들의 사진이 인쇄된 한 장의 종이. 그리고 옆에는 5년 전에 없애버린 라디오가 놓여 있었다. 오노다는 울고 있었다. 료우타는 오노다가 눈치채지 못하게 뒷걸음으로 그곳을 빠져나왔다. 료우타의 단순하고 고요하던 마음이 위아래로 뒤집히며 끓는 물처럼 사납게 요동쳤다. 료우타는 자신의 마음이 왜 그렇게 혼란스러운지 알 수 없었다. 하지만 견딜 수 없이 고통스럽다는 것은 알았다. 료우타는 그동안 대수롭지 않게 생각했던 모든 일들을 날카롭게 파고들기 시작했다. 종종 오노다는 말없이 숲으로 들어가 오랫동안 있다 오곤 했다. 그저 산책하는 것으로 생각했는데 가족을 만나고 라디오를 들으러 가는 것이었다. 또한 오노다는 자는 동안 덫에 걸린 날벌레처럼 양팔을 격하게 휘저으며 바닥에서 몸부림치곤 했다. 전에는 그가 꿈에서 적을 만나 싸우는 것이라 생각하고 연민했지만, 지금은 그가 가족들의 손을 잡기 위해 허둥대는 것으로 느껴졌다. 료우타는 단조로웠던 모든 일상을 새롭게 해석하기 시작했다. 그 과정은 료우타를 분노케 했고 슬프게 만들었다. 심호흡을 아무리 해봐도 별 효과가 없었다. 내면을 뚫고 솟아오르는 분노는 사라지거나 수그러들지 않았고, 시간을 더할수록 맹렬하게 타올랐다. 그러지 않으려고 애를 써도 의지와는 무관하게 마음이 답답했다. 전에는 느껴보지 못한 이상한 질투심에 머리끝까지 피가 솟구쳤다. 료우타는 막 태어난 생물처럼 생생하게 꿈틀거리는 미움이라는 감정이 자신의 혈관을 찢는 통증을 느꼈다. 그는 오노다를 따라 가족들의 얼굴과 이름을 모두 버렸고 실제로 기억조차 나지 않았다. 료우타는 과거와 현재와 미래의 모든 시간과 공간을 오노다에게 바쳤다. 하지만 그는 아니었다. 그는 여전히 과거에 살고 있었고 가족들을 그리워했다. 라디오를 통해 다른 사람들의 목소리를 들으며 웃고 울었다. 료우타는 바닥에 주저앉아 멍하게 허공을 바라봤다. 텅 비어 아무것도 없는 낯선 공간에 던져진 것 같은 지독한 고독과 수치심이 밀려왔다. 단순한 선과 색으로 그려왔던 기억이 아무도 알아볼 수 없는 추상화처럼 혼탁하게 변했다. 료우타는 처음으로 자신의 삶을 후회했고, 오노다를 죽이고 싶은 충동에 휩싸였다.

소위님. 우리가 이 섬에 들어와 몇 년이나 지났는지 셈할 수 있습니까? 나는 못하겠습니다. 시간이 이렇게 많이 흘렀는데도 이 숲은, 이 섬은, 그리고 바다와 흙과 바위는 하나도 변하지 않은 것 같습니다. 오직 그 속에 살고 있는 우리만 변했지요. 동료들을 잃었고, 옛날과 달리 팔다리에 힘이 없습니다. 우리는 점점 노인이 되겠지요. 모든 것을 부정하고 살았습니다. 모른 척하고 살았고, 아니라고 믿고 살았습니다. 그렇게 하면 그렇게 될 줄 알았고, 실제로 그렇게 되었다고 믿었습니다. 하지만 어리석은 짓이었습니다. 기억은 사라지지 않습니다. 한번 알았던 것은 달라지지 않고 망각되지도 않았습니다. 진실은 진실일 뿐 내가 바꿀 수 있는 것이 아니었습니다. 숲은 사람을 슬프게 만듭니다. 매일 매 순간 매년 매시마다 그렇습니다. 하지만 오늘은 다른 종류의 슬픔을 느낍니다. 분노입니다. 소위님도 그런 것 같습니다. 그토록 오랜 시간 동안 세상을 등지고 함께 지냈던 내게 당신은 칼을 겨누고 있습니다. 이제 나는 어떻게 해야 하는 겁니까.

동굴은 긴 침묵에 잠겼다. 오노다는 칼을 내리고 료우타에게 다가서며 절박한 음성으로 말했다.

료우타. 마음을 가라앉히고 진정해라. 너는 지금 오해하고 있다. 그 종이를 내려놓고 차분하게 이야기하자.

료우타가 한 걸음 뒤로 물러서며 말했다.

오노다. 나는 이곳을 떠나겠습니다. 하지만 당신이 내게 준 상실감은 갚아야 하겠습니다. 지난 며칠간 어떻게 복수를 해야 할지 끊임없이 생각했습니다. 당장에라도 당신의 뒤통수에 총알을 박아넣고 싶었지만, 생각해보니 죽음은 아무것도 아닌 것 같습니다. 우리는 너무 많은 죽음을 목격했고 또 경험했습니다. 죽음은 우리에겐 너무도 평범한 사건입니다. 소위님을 남겨두고 떠나는 것도 생각해봤습니다. 그러나 그것은 제가 견딜 수 없을 것 같았습니다. 산을 내려가는 도중에 마음속에서 타오르고 있는 불꽃에 타버릴지도 모르죠. 하지만 지금 이 순간, 어떻게 해야 할지 깨달았습니다. 소위님에게도 제가 받은 상실감을 돌려주는 것이지요.

료우타는 희미하게 웃으며 들고 있던 종이를 찢어 동굴 밖으로 던졌다. 오노다는 괴성을 지르며 료우타를 밀친 뒤 빗물에 젖어 죽처럼 변해버린 두 장의 종이를 움켜쥐었다. 료우타는 그 모습을 물끄러미 내려다보며 말했다.

소위님. 모든 것이 완전히 끝나면 말입니다. 우리가 세상과 만나고 무엇인가를 말해야 하는 순간이 오면 우리가 겪었던 일들과 시간들을 어떻게 설명해야 할까요. 어쩌면 나는 그것이 두려워 소위님 곁에 남아 있었던 것 같습니다. 소위님도 생각을 하셔야 할 겁니다. 모든 것은 끝나기 마련이니까요. 나는 이 산을 내려가며 천천히 생각해보겠습니다. 이제 홀로 남으시겠군요. 부디 승리하시길 바랍니다.

료우타는 모든 무장을 해제하고 웅크리고 있는 오노다의 등을 향해 경례한 뒤 빗속을 걸어갔다.

5.

스즈키는 갑판에 나와 망망한 바다를 바라보고 있는 오노다를 발견했다. 스즈키는 그에게 다가가기 전 잠시 그를 관찰했다. 그는 총을 껴안고 허공을 쳐다보면서 이해할 수 없는 말을 계속 중얼거렸다. 대부분의 말을 알아들을 수 없었지만 그가 반복적으로 '료우타'라는 단어를 말한다는 것은 알 수 있었다. 스즈키는 가볍게 인기척을 내고 부드럽게 말했다.

조국으로 돌아가는 심정이 어떠신가요?

오노다는 대꾸하지 않았다.

얼마나 혼란스러우시겠습니까. 이해합니다. 배가 항구에 도착하면 거기서 일본으로 떠나는 비행기를 탈 겁니다. 일본에 도착하면 많이 놀라실 겁니다. 일본은 눈부시게 발전했거든요. 옛날과 비교

할 수 없을 정도로 모든 면에서 좋아졌습니다. 적응하시는 게 쉽진 않겠지만, 막상 적응하면 이전보다 좋을 겁니다. 걱정하지 마세요.

오노다가 낮고 냉랭한 목소리로 대꾸했다.

어찌 전쟁에서 패한 나라가 좋을 수 있단 말이오.

네. 일본은 전쟁에서 졌습니다. 하지만 그 후로 30년이 흘렀습니다. 아이가 태어나고 그 아이가 또 아이를 낳았을 시간이지요. 시간은 놀랍습니다. 정말 놀라워요. 시간이 모든 것을 해결했습니다. 폐허가 된 땅에 건물이 들어섰고 황폐해져 버려진 들판에서는 작물이 자랐지요. 좋아지든 나빠지든 시간이 흐르면 모든 것이 변하기 마련입니다. 그래서 당신이 대단한 겁니다. 어떻게 그 오랜 시간 동안 명령에 따르기 위해, 조국의 승리를 위해 홀로 전쟁을 치를 수 있단 말입니까. 조국은 당신 같은 인물을 간절히 찾고 있었습니다. 오노다. 당신은 영웅입니다.

패배한 군인이 영웅이라니. 한심한 일이군.

그렇지 않습니다. 당신은 오늘까지도 싸우고 있었습니다. 당신이 존재하는 한 우리는 결코 패배한 게 아닙니다.

오노다는 무슨 말을 하려다 말고 입을 꾹 다물고 시선을 돌려 바다를 바라봤다. 스즈키는 오노다의 옆에 나란히 서서 그의 옆모습을 물끄러미 응시했다. 그는 노병이었다. 강하고 고집스런 표정 속에 피로하고 지친 얼굴이 숨어 있었다. 눈가에 길게 패인 네 개의 주름살, 짧게 자른 머리카락 속에 보이는 흰 머리카락, 총을 움켜쥐고 있는 두 손은 미세하게 떨고 있었다. 쉰이 넘은 중년이 청년 시절의 정신과 삶의 형식을 유지하느라 홀로 싸운 전투는 어떤 면으로는 이상하고 쓸쓸한 것이었다. 스즈키는 부드럽고 낮은 목소리로 물었다.

무슨 생각을 하고 계십니까?

아무 생각도 하지 않네.

료우타, 라고 말씀하신 것을 들었는데 그는 마지막까지 남았던 당신의 부하였죠?

오노다는 아무 말도 하지 않았다.

조국의 품으로 돌아가려니 그가 많이 생각나시나 봅니다. 그는 어떻게 죽은 겁니까?

오노다는 눈을 감고 잠시 침묵했다. 마치 어떤 기운을 애써 누르려는 듯 강한 자제심이 느껴졌다. 오른쪽 입가에 살짝 경련이 일었다. 오노다는 담담한 목소리로 말했다.

전사했네. 비가 많이 오는 날이었지. 그는 위대한 군인이었네.

오노다는 스즈키를 침착하고 태연하게 바라보았다. 그의 냉정한 눈빛에서 불꽃같은 빛이 엿보였다. 스즈키는 오노다의 눈에서 마침표 같은 단호한 침묵을 읽었다. 더 이상 뭔가를 묻는 것은 무례가 될 것 같았다.

네. 그렇겠지요. 당신들은 위대했습니다. 료우타의 영혼은 분명 이곳에 함께 있을 겁니다. 마지막까지 명령을 수행하고 끝까지 패배하지 않았던 당신을 자랑스러워할 겁니다. 어쨌든 눈 좀 붙이세요. 일본에 도착하면 대대적인 환영 행사가 있을 겁니다.

스즈키가 선실로 돌아가고 갑판에는 오노다 홀로 남았다. 해가 졌고 바다는 하늘과 함께 검게 물들었다. 어둡고 단단한 수면을 밟고 료우타가 서 있었다. 료우타의 뒷모습. 멀어져가는 검은 실루엣. 오노다는 료우타의 등을 향해 중얼거렸다.

료우타. 너는 분명 떠났지. 하지만 왜 너는 항상 내 곁에 있는 것이냐.

지난 2년간 오노다는 전에 없던 고통의 시간을 보내야 했다. 밤이면 죽은 동료들의 그림자가 침입했다. 아무도 없는 동굴 속에서, 그들의 말소리와 경례 구호가 동굴 내벽을 때리며 울렸다. 그들이 사라지면 잠시 동안 동굴은 정적에 휩싸였다. 하지만 오노다는 긴장을 늦추지 못했다. 어느새 자신의 곁에 돌처럼 굳어 있는 료우타가 정 자세로 누워 있었기 때문이다. 괴이한 숨소리와 기이한 음성의 잠꼬대가 자신의 것인지 환청인지 구분할 수 없었다. 하지만 오노다는 그것들에 지지 않았다. 공포에 떨거나 몸을 웅크리지 않았다. 도리어 뛰어다니며 악을 썼고, 총을 쏘며 함성을 질렀다. 오노다는 동굴처럼 까만 밤바다를 향해 소리쳤다.

료우타! 나는 더 이상 휘둘리지 않을 작정이다. 모든 것이 끝나는 날 이 모든 것을 어떻게 말해야 할지 걱정이라고 했느냐. 봐라. 다 끝났다. 하지만 나는 아무것도 말하지 않을 작정이다. 아무 일도 없었고, 나는 마지막까지 명령에 충성한 단 한 명의 군인이다!

오노다는 총을 들어 사격 자세를 취한 후 밤바다를 조준했다. 한참 뒤 한 발의 총성이 울렸다. 하지만 아무도 그 소리를 듣지 못했다. 바람과 파도가 총소리를 품고 허공에 흩어졌다. 료우타는 뒷머리에 총을 맞고 그대로 바다에 잠겼다.

6.

오노다 히로를 태운 비행기가 공항에 도착했다. 스즈키는 오노다의 옷을 단정하게 매만졌고, 무장 상태를 확인했다. 허리에 찬 군도는 날카롭게 빛이 났고, 총에는 먼지 하나 없었다. 타니구치는 오노다의 어깨를 잡고 자랑스럽게 웃었다. 마침내 비행기 문이 열렸다. 공항에 모여 있던 수많은 환영 인파가 일제히 환호성을 질렀다. 기자들이 들고 있는 카메라에서는 플래시가 터졌고, 곳곳에서 오노다를 칭송하는 현수막이 나풀거렸다.

일본 군인 정신의 부활! 위대한 오노다 히로!

오노다는 현수막에 쓰인 글씨를 생경한 눈으로 더듬더듬 읽었다. 스즈키는 자랑스럽게 웃고 있었고, 타니구치는 손을 흔들며 사람들의 환호성에 화답했다. 오노다는 당황한 얼굴로 서서 그들의 얼굴을 천천히 한 명씩 바라봤다. 자신의 이름을 연호하는 이들의 얼굴이 낯설지 않았다. 오노다는 잠시 눈을 감고 크게 심호흡을 한 뒤 뭔가 결심한 듯 눈을 크게 떴다. 오노다는 들고 있던 총을 하늘로 번쩍 들어 사람들에게 보인 뒤 꼿꼿하게 서서 멋지게 경례했다. 더욱 커진 사람들의 환호성이 공항 전체에 울려 퍼졌고, 오노다 히로를 외치는 소리가 허공에 흩어졌다.

유리 최 이야기

장강명

장강명
＼
1975년 서울에서 태어났다. 2011년 장편소설 《표백》으로 제16회 한겨레문학상을 수상했다. 소설집 《뤼미에르 피플》이 있다.

"이름은 안응칠이라 하오. 황해도 해주 사람이고 문성공의 후예요. 늦은 시각에 불쑥 찾아와 죄송하오."

그러나 불청객은 그다지 미안한 표정이 아니었다. 그는 집주인이 앉으라고 의자를 내어줄 때까지 날카로운 눈길로 집을 훑어보았다. 돌로 대충 쌓은 만주식 시골집이었다. 먹다 남은 음식이 원탁에 놓여 있었고, 집 안에서는 중국 향신료 냄새가 났다. 집주인은 상대의 눈이 별로 마음에 들지 않았다. 확신에 차 있고, 단호하며, 남의 사정에 무심한 눈. 여관집 주인의 소개로 왔다는 말 때문에도 마음이 불편했다. 그 집 아들의 얼굴을 떠올리자 속이 거북해졌다.

손님 역시 집주인을 뜯어보고 있었다. 유리 최라는 이름의 집주인은 얼굴에 천연두 자국이 가득하고 기골이 단단해 보였다. 턱이 뾰족하고 입술이 얇아 날카롭다는 인상도 들었지만, 한편으로는 손을 떠는 버릇 때문에 경망스럽고 어딘지 허술해 보인다는 느낌도 주었다.

소왕령(우수리스크) 역 앞의 여관집 주인은 유리에 대해 '마을 사람들이 미친 신부, 말더듬이 신부라고들 하는데 진짜로 미친 사람은 아니다'라고 말했다. 다만 평소에는 온순하고 말이 없는 양반이 가끔 과격한 일을 저지르기도 하고, 신부라는 자가 행색이 워낙 추레한데다 교회에서 하라는 일을 제대로 지키지 않으니 미쳤다고들 한다는 얘기였다. 꼬마 아이들이 '미친 신부 지나간다!'라고 욕을 하면 손을 흔들어주고, 그런 반응이 재미있어서 멀리서 돌을 던지는 녀석들도 있다고 했다.

"정교 교회는 양파 같은 건물이 있어야 하는 것 아니오?"

"동방정교회는 천주교회처럼 교회법이나 위계질서에 까다롭지 않소. 첨탑이 있어야 할 이유도, 십자가가 있을 필요도 없소."

손님의 질문에 유리는 이렇게만 답했다. 중국 정교회는 의화단의 난을 겪으며 박해를 당한 탓에 더 작은 가정 교회들로 분화되고 있었다. 이런 독립 가정 교회들의 겉모습은 일반 가정집과 마찬가지였고, 이런 곳에서는 평신도가 사제 역할을 대신하는 경우도 드물지 않았다.

그가 "나타샤!"라고 소리치자 계집아이가 졸린 눈을 하고 나타났다. 어른은 아닌 것 같았지만, 몸이 너무 마른 탓에 나이를 짐작할 수 없는 아이였다. 얼굴이 갸름하고 예뻐 과년한 처녀로 보이기도 했고, 이제 갓 가슴이 나오려는 시기인 것 같기도 했다. 유리가 러시아어로 뭐라 말하자 계집아이는 고개를 끄덕이고 커다란 가

마 옆문으로 들어갔다. 계집아이는 중국차와 다기를 가지고 나와 탁자에 차리고는 말없이 사라졌다. 웅칠은 계집아이의 얼굴이 제법 요염하다고 생각했다.

"저 아이도 조선인의 자식인 듯한데…… 왜 집에서 조선 이름을 부르지 않소?"

"조선 이름이라고 특별할 게 뭐 있겠소? 부모가 누군지, 고향이 어딘지도 모르는 아이요. 성은 없고 이름은 그저 나타샤라고 하기에 나도 나타샤라고 부르고 있소."

밤늦은 시각에 찾아온 이방인은 심문하듯 자꾸 질문을 던졌다. 나중에는 조선과 일본, 청국의 삼국 관계나 무장 독립운동에 대해서도 물었다. 그렇게 한참 묻다가 겨우 나와 대화를 나눌 만한 사람이다라는 결론을 내렸는지 본론에 들어갔다.

"나는 천주교 신자이지만, 로씨야 정교도 천주교와 본질적인 교리에서는 큰 차이가 없다고 알고 있소. 게다가 사제 된 사람이라면 다소 교파가 다르더라도 신자의 어려움을 들어줘야 할 의무가 있을 것이오. 내가 중대한 일을 앞두고 고해성사를 하고 싶은데 해줄 수 있겠소?"

"천주 앞에서 복음서의 사소한 해석 차이가 무슨 상관이 있겠소이까. 말씀하시지요."

"성사를 하려면 고해소에 가야 하는 게 아니오?"

"이곳이 교회이고 고해소요. 듣는 사람이라고는 천주 야소와 저밖에 없으니 그냥 말씀하셔도 되오."

그렇게 말하던 유리의 눈이 웅칠의 왼손에 잠시 머물렀다. 넷째 손가락 한 마디가 없었다. 응칠은 상대방의 시선에도 손을 감추려 하지 않았다. 오히려 알아봐줘서 흡족하다는 듯한 눈치였다. 잠시 뒤에 응칠이 입을 열었다.

"며칠 뒤에 늙은 도적을 하나 죽이려 하오. 하늘 아래 거리낄 게 없으나 성경에서 남을 죽이지 말라고 한 대목이 걸리외다."

안중근 의사는 옥중에서 쓴 자서전《안응칠 역사》에서 해삼위(블라디보스토크)에서 유리를 만났다고 썼다. 그러나 유리 최는《여순일기》에서 두 사람이 처음 만난 장소를 우수리스크의 한인 개척촌인 유성촌이라고 밝힌다. 여러 정황으로 보건대 안 의사가 자서전을 쓰면서 착각했던 것 같다.

우수리스크는 블라디보스토크와 하얼빈을 잇는 기차가 통과하는 작은 마을이다. 안 의사와 우덕순 선생은 이토 히로부미가 러시아에 온다는 소식을 듣고 암살을 결심한 뒤 1909년 10월 21일 기차를 타고 블라디보스토크를 떠났다. 두 사람은 유동하 선생과 수분하(포그라니치나야)에서 합류할 예정이었으나 열차 안에서 러시아군 병사들이 갑자기 검문검색을 하는 걸 보고 짐 속의 권총 세 자루와 탄환이 들통날까 염려해 우수리스크에서 내려 그곳에서 하루를 묵었다.

안 의사는 '러일전쟁에 참전했던 신부가 있다는 이야기를 여관에서 듣고 호기심이 생겼다'고 썼다. 그 신부는 유성촌 젊은이들과 주먹다짐을 벌이기도 했다. 감자를 훔친 유랑민을 청년들이 두들겨 팰 때 신부가 갑자기 뛰어들었다고 했다.

"그런 고해는 받아들일 수 없소. 앞으로 저지를 일에 대해 미리 성사를 줄 수도 없을뿐더러, 어떤 경우에도 살인은 아니 되오. 사전에 용서를 구한다는 것은 우선 앞으로 벌일 일이 대죄라는 사실을 도마(토마스) 형제가 알고 있다는 뜻이고, 두 번째로 지금의 참회가 진심이 아니라는 의미요."

"최 신부는 황제 폐하를 강제 퇴위시킨 저 도적의 흉악함을 모른단 말이오? 아니면 우리 이천만 동포가 이대로 계속 신음하며 살아야 한단 말이오? 칼을 든 강도가 집에 들어와 아내와 누이를 위협해도 가만히 있겠소?"

처음에는 탄식조였던 응칠의 목소리에 나중에는 노기가 어렸다. 응칠은 불같은 사내였고, 유리 최 역시 그랬다.

"아내와 누이를 지키되 그 강도도 다치지 않게 하라는 게 그리스도의 가르침이오. 게다가 지금 이토 하나를 없앤다고 달라질 일이 뭐가 있겠소? 그자가 죽는다고 일본이 무너지겠소?"

"모두 비겁하게 그런 소리나 지껄이고 있으니 조선의 운명이 이 지경에까지 이른 것 아니오!"

응칠은 핏대를 올리며 탁자를 내리쳤다.

"성경에는 원수를 사랑하라는 말씀도 있고, 가이사의 일은 가이사에게 맡기라는 가르침도 있소. 토마스 형제의 충정은 이해하지만 그 방법은 잘못되었소. 설사 이토가 죽어서 우리 민족이 외세로부터 해방될 수 있다 해도 그를 죽여선 안 되오. 금품이 탐나 사람을 죽이는 일과 다를 게 없소."

"국권 회복을 한낱 금붙이에 비유할 수 있는 건 필경 조국의 현실에서 멀리 떨어져 여유 있게 살면서, 대국의 신부라는 신분으로 차별을 경험한 적도, 압제를 겪은 적도 없어서일 거요. 개척민들이 유랑민을 폭행할 때 그 사이에 끼어들어 맞지 않아도 될 매질을 당하셨다 들었소. 그런 작은 일에는 끼어들면서 왜 큰일은 눈감고 있는 것이오? 작은 동네에 너무 오래 살아서 세상이 어떻게 돌아가는지 모르는 것 아니오?"

"나도 한때는 군인이었소. 일본군과 두 번 싸웠소. 나는 평안남도 용강 사람이오. 갑오년에 전란이 일어났을 때 인내천(人乃天) 정신에 공감해 홍기조 창의대령 밑으로 들어갔다가 전세가 기울어졌을 때 간도로 도망쳐왔소이다. 러시아에 귀화했지만 내가 조선인이라는 사실을 잊은 적은 한 번도 없었소. 간도관리사 이범윤이 러일전쟁에 참전할 군인을 모을 때에는 손을 들어 자원했소. 동학전쟁에서 도망쳐 나온 것이 부끄러워서였소. 이범윤은 그게 황제의 칙명이라고 하더이다.

조선인 부대는 러시아 아니시모프 장군의 부대와 연합해서 뤼순에서 싸웠소이다. 러시아군은 일본군보다 구 만 명이나 병사가 많았지만 정신력에 문제가 있었소. 특별조선인중대는 더 말이 되지 않았소. 서울에서 보내온 총 백 자루를 병사 일천 명이 나눠 써야 할 지경이었소. 무기가 부족했기 때문에 조선군 병사들은 주로 일본군의 포격을 받고 부서진 보루를 보수하는 일에 투입됐소.

나는 이번에는 도망치지 않았소. 그래서 뤼순에서 일본군에 붙잡혀 심한 고문을 받았소. 3일은 묶여서 개처럼 얻어맞고, 그다음 3일은 거꾸로 매달려 맞았소. 일본군은 조선인 짐꾼들을 많이 데리고 다녔소. 그 짐꾼들은 내게 물 한 모금 주지 않았소. 내가 같은 조선인인 걸 알면서도."

구타하는 자들은 자신들이 포로를 왜 때리는지도 모르는 것 같았다. 정보나 자백을 얻어내기 위해 매질을 한 것이 아니라 그저 자기 전우들이 죽고 다친 데 대한 분풀이였다. 러시아 장교나 군인에게 매질을 하기는 보복이 두렵고, 조선인은 만만했다.

"그런데 나 역시 내가 여기서 왜 매질을 당해야 하는지 모르겠다고 생각했소. 러일전쟁은 러시아와 일본이 만주를 집어먹기 위해 자기들끼리 벌인 전쟁이었소. 여기에 왜 조선인들이 끼어들어 러시아를 도와야 한단 말이오? 나는 칙명을 내린 황제의 뜻이 궁금해졌소.

초주검이 되어 뤼순 길바닥에 버려진 나를, 길을 가던 러시아정교 신부 한 분이 거두어주었소. 주교를 따라다니며 죽은 병사들에게 성사를 내려주는 일을 하던 신부였소. 랴오양의 성당에서 서서히 몸과 마음을 회복했소. 성당 일을 거들어주며 바깥소식을 들었소. 러일전쟁에 대해 일본군은 아시아 나라로는 처음으로 백인 국가를 물리쳤다며 자랑스러워하고, 러시아군은 비록 졌지만 명예로운 패배였다고 선전하는 꼴을 보려니 기가 찼소."

손님은 주인의 말을 잠자코 듣고만 있었다. 거의 마시지 않은 차는 이미 싸늘하게 식어 있었다. 주인은 말을 이었다.

"랴오양에서 을사조약이 체결되었다는 소식을 들었소. 조선인들은 박제순과 이완용 등을 오적이라 하여 비난하고 있더구려. 나로서는 이해하기 어려운 일이외다. 조선은 군주전제국 아니오? 왜 조선인들은 황제의 책임은 눈감아주면서 다섯 대신만 욕하는 거요? 대한에 충성을 바치는 것이 황제를 섬기라는 뜻이오? 대저 대의라는 게 다 그렇더이다. 나는 먼 데 있는 대의는 믿지 않기로 했소.

아까 내가 유랑민을 대신해 이곳 주민과 싸운 이야기를 말씀하셨는데, 그 유랑민이 아까 이 자리에 차를 내놓은 저 계집아이요. 저 아이가 제 남동생과 함께 이 마을에 와서는 며칠 동안 음식 쓰레기를 주워 먹고 남의 집 지붕 아래서 자는 노숙 생활을 했소. 마을 사람들 모두 저 남매가 며칠째 그렇게 굶는 걸 보고 있었소. 남동생은 고작해야 예닐곱이나 됐을까 싶은 나이였소.

어느 날 길을 가다 보니 마을 사람 서넛이 저 아이들을 쓰러뜨려놓고 몽둥이찜질을 하고 있더이다. 사내아이가 씨감자를 훔쳐 먹었다는 이유로 말이오. 아이들이 진짜로 도둑질을 했는지 나는 모르오. 다만 매질이 한 시간이 지나도 멈추지 않기에 '이제 그만들 하라'고 끼어들었다가 매질의 목적이 다른 데 있는 것을 알게 되었소.

저 계집아이가 얼굴이 반반하오. 남자들은 계집아이가 몸으로 감자 값을 갚을 수 있을 거라고 생각했던 모양이오. 매질을 하던 어른 중 하나가 계집아이를 끌고 가려 하자 남동생이 그 앞길을 필사적으로 막아섰소. 어른이 남동생의 배를 발로 걷어찼고 사내아이는 제대로 비명도 지르지 못한 채 고꾸라졌소. 그때 내가 나서서 마을 주민들과 주먹다짐을 벌였소. 그리고 아이들을 이 집으로 데려왔소. 남동생은 몇 달 살지 못했소. 이 집에 오던 날 맞은 탓인지, 원래 몸이 허약했던 탓인지는 모르겠소. 안 공께서는 이토를 죽이는 일과 저런 남매를 살리는 일 중 어느 쪽이 더 중하다고 보시오?"

긴 이야기를 듣는 동안 남폿불에 비친 응칠의 얼굴에는 별 표정 변화가 없었다. 응칠은 질문 하나를 던졌을 뿐이다.

"얘기인즉슨…… 그대는 사제가 아니로군?"

"정식 서품은 받지 못했소. 부제 교육을 받았소이다."

"시간 낭비했구려."

응칠이 자리에서 일어나는 바람에 유리는 낭패감을 느꼈다. 간도에는 실제로는 하는 일도 없으면서 사람들이 모인 자리에서 서로 동지니 지사니 하고 부르며 이토나 스티븐스, 이완용을 제 손으로 죽이겠다고 허풍을 치는 실없는 자들이 많았다. 유리는 응칠 역시 그런 치일 거라 여겼기 때문에 예상치 못한 상대의 반응에 당황했다. 응칠은 유리의 이야기를 더 들으려 하지도 않았다. 집을 나서는 응칠의 눈빛은 차분했다. 번민과 고뇌가 없는, 무인(武人)의 얼굴이었다.

연해주의 10월은 한겨울이다. 응칠이 떠난 뒤 유리는 아궁이의 불을 한참 쳐다보며 깨어 있었다.

그는 자신이 응칠에게 말하지 않은 일에 대해 생각했다. 러일전쟁에 참여한 조선군 병사들 역시 일본인 포로를 고문했다. 간도로 쫓겨난 조선인들은 모두 일본인을 미워했고, 특별조선인중대는 전선에서 할 일이 별로 없었다. 요새 사령관 스미로노프는 치사한 전술로 전쟁에서 이기느니 차라리 영예롭게 지는 게 낫다고 생각하는 구식 군인이었다. 그래도 조선군 병사들이 일본인 포로를 구타하는 것까지 막지는 않았다. 백인이 하기에는 불명예스러운 일이라도 아시아인들끼리는 할 수 있다는 식이었다.

일본군 병사들은 그를 거꾸로 매달고 죽도록 때렸다. 유리는 반드시 살아남아 복수하겠다고 다짐했다. 증오에는 대상의 이름이 필요했다. 두 눈이 뭉개지고 온몸이 피투성이가 된 젊은 유리는 자신을 그렇게 만든 일본군 병사들의 이름을 알지 못했다. 그래서 적개심을 모두 이토 히로부미에게로 돌렸다. 그런 복수심은 애국과는 아무 관련이 없었다.

정교회에 입문한 뒤에도 고문의 기억과 당시의 다짐은 이따금 떠올라 그를 괴롭혔다. 유리는 자신이 평생 그 기억에서 벗어날 수 없으리라는 사실을 잘 알고 있었다. 그랬기 때문에 한밤중에 갑자기 웬 이방인이 불쑥 찾아와 '이토 히로부미를 죽이러 가는 길인데 고해성사를 해달라'고 요청한 것이 기이하게 느껴졌다.

이게 과연 우연일까?

탁자에는 그가 수도 없이 읽었던 《똘스또이 소설집》이 놓여 있었다. 그는 그중에서도 〈사랑이 있는 곳에 신이 있다〉는 제목의 단편을 좋아했다. 아내와 자식을 잃은 구두장이에게 어느 날 '내일 내가 찾아가겠다'는 예수의 목소리가 들린다. 다음 날 추위에 떠는 청소부나 아기를 안은 여인, 날품팔이 할머니, 소매치기 소년 등이 구두장이를 찾아온다. 구두장이는 그들에게 밥을 먹이고 몸을 데우게 한다. 그날 밤, 자신이 대접한 사람들의 얼굴이 하나씩 구두장이 앞에 나타났다 사라지고 '그게 나였노라'는 목소리가 들린다.

유리는 이방인이 자신에게 했던 말을 생각해보았다. '칼을 든 강도가 집에 들어와 아내와 누이를 위협해도 가만히 있겠는가?' 지금 누가 내 아내이고 누이인가? 어떤 사람이 살인을 저지르겠다는 말을 들으면 어떻게 행동해야 하는가? 살인을 당할지 모르는 사람이 나와 민족의 원수라고 해서 그 살인을 묵인해야 하는가?

유리는 섬뜩한 기분이 들어 자리에서 일어나 집 안을 몇 바퀴 돌았다. 신이 그에게 시험을 내려주는 것 같다는 생각이 들었다. 너는 내 가르침대로 원수를 사랑할 수 있느냐? 그 원수가 이토 히로부미라 해도?

자신이 져야 할 십자가의 정체를 깨닫고 나니 온몸이 저리는 듯했다. 그는 겟세마니 동산에 오른 예수를 생각하며 몸을 떨었다.

계집아이는 잠귀가 밝았다. 그가 방문을 열자 흠칫 놀라며 몸을 일으켰다. 계집아이는 쓰지도 않는 촛대를 머리맡에 두고 잠을 잤는데, 그 촛대를 호신용 무기로 여기는 듯했다. 그는 나타샤가 자신을 두려워하고 있음을 알았다. 계집아이는 자신들이 마을 사람들로부터 얻어맞고 있을 때 유리가 처음부터 끼어들지 않고 한동안 폭행 현장을 방관했다는 사실 때문에 그를 용서하지 않았다.

유리가 "사나흘 여행을 갈 것이다. 당분간 집에 들어오지 않는다"며 자세한 정황은 밝히지 않고 용건을 말한 뒤 손에 몇 루블을 쥐여주는 동안 나타샤는 입을 벌리고 바보처럼 듣고만 있었다. 유리는 토끼털로 만든 방한모를 눌러쓰고 집을 나섰다.

여관집 문을 두드리자 사람을 맞으러 나온 이는 하필 그 집 아들이었다.

"뭐요?"

"여기 황해도 말씨 쓰는 사람이 묵고 있는지 알아보러 왔소. 콧수염을 기르고, 두루스케(러시아식 외투)를 입고, 왼손에 손가락 한 마디가 없는 자요."

여관집 아들은 하늘을 쳐다보며 딴청을 부렸다.

"그자가 지금 있소, 없소?"

"가짜 신부에게 그런 걸 알려줘야 할 이유가 없을 거 같은데……."

"사람 생사가 걸린 문제요!"

자기보다 머리 하나는 큰 유리가 멱살을 움켜쥐자 여관집 아들은 깜짝 놀라 몸을 움찔했다.

"이미 갔소, 그 사람들은! 첫차를 타야 한다고 한 시간 전에 떠났소!"

유리는 멱살을 풀고 여관집 아들에게 응칠과 동행이라는 다른 인물에 대해 물었다. 여관집 아들은 그에 대해 이름은 모르며 키가 6척 장신이라고만 했다.

사실 그 시각까지 안 의사와 우덕순 선생은 여관에 있었다. 여관집 아들이 안 의사의 거사를 돕기 위해 거짓말을 한 것은 아니었다. 그저 이 골치 아픈 가짜 사제와 자기 손님들이 마주치면 싸움질이 벌어질 것 같아 자기 집에서 쫓아내고 싶은 마음이 반이었고, 유리에 대한 반발심에 엿 먹으라는 심정으로 거짓말을 한 측면도 있었다. 우덕순의 신상 묘사도 모두 거짓이었다. 그래서 유리는 기차 안에서 우덕순을 마주쳤음에도 그를 알아보지 못했다.

유리 최와 안응칠, 우덕순은 우수리스크에서 아침 8시에 출발한 우편열차에 다 같이 올랐으나 서로 그 사실을 알지 못했다. 유리 최는 삼등칸에, 안응칠과 우덕순은 검색을 피하기 쉬운 이등칸에 탔다.

정작 안 의사와 우덕순 선생은 하얼빈으로 가는 길에 러시아와 만주의 국경 지대인 포그라니치나야에서 내렸기 때문에 하얼빈에 먼저 도착한 것은 유리 최였다. 안 의사 일행은 그곳에서 한약방을 운영하며 독립운동가를 지원했던 유경집을 찾아갔고, 여기서부터 유경집의 아들인 유동하 선생이 수행원으로 따라오게 된다.

10월 22일 아침부터 의거가 있었던 26일 아침까지 닷새 동안 유리와 안 의사의 동선은 묘할 정도로 아슬아슬하게 엇갈린다.

'앞으로 일본은 중국과 러시아를 상대로 참으로 어려운 처지에 놓이게 될 것이다. 길게 봐서 어떤 것이 이득이 될지 곰곰이 따져야 한다. 야마가타 아리토모가 이끄는 육군은…….'

이토는 거기까지 쓰고 야마가타 아리토모라는 이름을 그대로 둬야 하나, 아니면 빼야 하나를 망설였다. 밤이었고, 청나라의 전기 사정은 별로 좋지 않았다. 그는 침침한 눈을 손가락으로 비비고 방금 쓴 부분을 촛불에 꼼꼼히 태웠다. 그런 뒤 타다 만 편지지를 버리고 새 종이를 두 장 꺼냈다. 한 장은 아들 분기치에게, 다른 한 장은 조선인 양녀 배정자에게 보낼 편지를 적기 위한 용도였다. 배정자에게 발송할 서한을 먼저 썼다. '네가 걱정해주는 덕에 나는 건강히 잘 있다. ……말타기와 총 쏘기를 더 연습하고 조선의 청년을 많이 만나라.'

편지 내용과는 달리, 환영 만찬에서 먹은 청요리 때문에 위가 더부룩하고 체증 기미가 있었다. 낮에는 푸순 일대의 탄광을 둘러보았는데 거기서 그는 기침을 너무 많이 하는 바람에 비서관에게 몸을 기대야 할 정도였다. 몸 이곳저곳이 아팠다.

그는 자신의 정치적 입지가 위태롭다는 사실을 잘 알았다. 육군은 그를 겁쟁이라고 불렀다. 이토가 한일합방에 반대했기 때문이다. 이토는 합방으로 얻을 수 있는 실익이 없다고 생각했다. 내치에 보다 신경을 써야 할 시점이다. 군인인 야마가타는 이런 점을 이해하지 못한다. 육군은 땅덩이를 넓히는 데 혈안이 되어 있고, 전쟁을 수행하려면 조선을 완전히 병참기지화해야 한다고 여긴다.

우리가 만주를 넘봐야 하는가? 조선을 제대로 소화하기에도 일본의 역량은 부친다. 분기치에게 쓰는 편지는 점점 그 자신의 고민을 털어놓는 고백의 자리가 되고 있었다. 일본으로서는 러시아의 지지가 꼭 필요하다. 이를 위해 러시아에 만주 대부분을 넘겨주고, 일본은 남만주를 차지하는 정도가 좋다. 육군이 장악한 내각에서 이런 주장을 어떻게 펼쳐야 할까…….

멀리서 들려오는 기적 소리에 그는 고개를 창밖으로 돌렸다. 역에 정차된 귀빈열차 앞으로 동청철도의 선로가 뻗어 있었다. 들판을 가로지르는 열차의 길은 어둠 속으로 이어져 끝이 보이지 않았다. 그는 그 어둠을 홀린 듯이 바라보았다. 만주에서, 조선에서, 일본의 미래에서 그만 물러나고 싶다는 생각이 들었다.

'이등, 노서아 재무대신 꺼깝체프 만나러 봉천역 출발.'

한인 신문 〈원동보〉에는 '이토 히로부미가 24일 동청철도 특별열차 편으로 선양을 출발했다'고 나와 있었다. 25일 장춘을 거쳐 26일 하얼빈에 도착하는 일정이었다. 유리는 우수리스크를 떠난 지 사흘째 되던 날 하얼빈 역에서 이 기사가 실린 신문을 샀다. 이토가 오기까지는 이틀이 더 남았다. 계집아이가 혼자서 잘 지내고 있을지 걱정스러웠다.

앞으로 이틀만 더 있으면 이토가 암살을 당하건 말건 '하는 데까지는 했다'고 자부하며 집에 돌아갈 수 있다. 그 위안을 얻기 위해 여행에 나선 자신이 우습다는 생각도 들었고, 다른 한편으로는 일이 자신이 생각하듯 쉽게 끝나지 않을 것 같다는 불안한 예감도 들었다. 그는 하얼빈에서 안응칠 일행을 만나 신고하겠다고 협박하거나 중간에 붙잡아두는 것만으로 살인을 막을 수 있게 되기를 기도했다.

하얼빈에 와서는 항일 단체인 공립회 회원 행세를 하며 돌아다녔다. '콧수염을 기르고, 왼손 손가락이 하나 없으며, 응칠이라는 이름을 쓰는 사나이'에 대해 수소문하던 중 공립회 하얼빈 지부 사무실에서 '단지회'라는 비밀결사에 대해 들었다. 그해 2월에 과격파 몇몇이 연추(노브키에프스크)에 모여서는 '앞으로 3년 안에 이토와 이완용을 죽인다. 그러지 못하면 자결한다'고 맹세하며 순번을 정해 왼손 손가락을 잘랐다는 얘기였다.

유리는 하얼빈의 동방정교 교당에 머물렀다. 이토 도착을 앞두고 역 주변은 벌써부터 러시아 철도경비대의 검문검색이 삼엄했다. 문득 자신의 집에 왔을 때 응칠이 러시아어를 거의 하지 못했다는 사실이 기억났다. 그자들은 러시아어 통역이 필요하지 않았을까? 통역을 구하고 싶다면 어디로 가야 할까? 유리는 한인들이 세운 동흥학교를 찾아갔는데, 거기서 동흥학교 설립자이자 교장인 김성백에 대한 이야기를 들었다. 레스나야 가(街)에 있는 김성백의 집에 가면 어지간한 독립운동가의 소식은 대충 다 들을 수 있다고 했다.

다음 날 유리가 김성백의 집을 찾아가니, 이른 저녁임에도 식객들이 중국술을 마시고 얼근히 취해 있었다. 유리는 간도에서 10년 이상 독립 투쟁을 해온 공립회 회원이라고 자신을 소개했다. 자리에 적당히 어울리며 '단지회원 안응칠이 그렇게 명사수라는데 만나서 사격 솜씨를 겨루고 싶다'고 떠들었다. 그는 제일 말석에 앉은 청년 하나가 자신을 흘끔흘끔 쳐다보고 있음을 깨달았다.

청년은 집주인의 사돈인 유경집 집안의 아들로, 이름은 동하라고 했다. 유리는 '나도 몇 달만 더 빨리 만주로 왔더라면 단지회에 가입했을 텐데, 이놈의 손가락이 거추장스럽다'며 너스레를 떨었다.

"쥐 도적놈이 눈앞에 오는데도 아무런 일도 못하고 그 꼴을 지켜봐야 한다니……. 그 생각만 하면 자다가도 머리털이 곤두서더이다. 유 동지는 아무렇지도 않소? 요즘 젊은이들 사이에서는 일본에 정면으로 맞서는 것은 무리다, 인민 교육이 먼저라는 주장이 힘을 얻고 있다는데, 유 동지도 그런 의견이요?"

"총을 쏠 사람을 키워내지 못하는 교육을 어디에 쓰겠소."

두 사람은 이어 브라우닝이니 마우저니 루거니 하는 권총 이름을 주워섬기며 이야기꽃을 피웠다. 신이 나서 각 총의 장단점을 열거하는 유동하는 총기에 대한 지식이 많았지만, 실제로 써본 경험은 적었다. 유리는 러일전쟁 당시의 경험을 말하며 으스댔다.

"확실히 제원에 대해서는 유 동지가 아는 게 많은 듯하나 이는 호랑이를 본 적 없는 화가가 상상으로 그리는 그림과 비슷하다 할 수 있소. 브라우닝은 탄알이 커 살상력이 좋긴 하나, 반동도 만만치 않아 총을 쏘고 나면 매번 조준을 다시 해야 하오. 이토 주변에는 언제나 경호원들이 있을 텐데 첫 발에 저격에 성공하지 못하면 다음을 기약할 수 없으니 아주 가까이에 있는 사람을 쏘는 데야 모를까, 이토 암살용으로는 적절치 않은 기구요."

"최 공은 하나만 알고 다른 하나를 모르십니다. 대저 무기는 그때그때 상황에 맞게 쓰면 되는 것이지, 승냥이를 잡는 데 적합한 총이 따로 있고 사슴을 잡는 데 어울리는 총이 따로 있는 게 아닙니다. 하얼빈의 경계가 삼엄해 두 발, 세 발을 쏘기 어렵다면 한 정거장 앞으로 가서 채가구(차이자거우)에서 일을 치를 수도 있는 것이지요. 코코브체프가 안 나오니 러시아 경비병은 그만큼 적지 않겠습니까."

"안응칠 일행이 차이자거우로 갔소?"

새파랗게 질리는 유동하의 얼굴을 유리는 놓치지 않았다.

"손가락 하나 없는 조선인 말이오? 이 아래층에 있소. 이름은 나야 모르지."

허리가 굽은 역무원이 말했다. 역사 안에 숙박 시설이 따로 있는 줄 미처 몰랐다. 부근의 밥집과 여관을 돌아다니다 포기하려던 참이었다. 유리는 두근거리는 심정으로 매표소 뒤편 계단으로 내려갔다. 문을 두드리니 안에서 부산스럽게 물건 치우는 소리가 들렸다.

"뉘시오?"

"공립회 하얼빈 지부 회원이외다. 안 공에게 긴히 할 이야기가 있어 이리 찾아왔소."

문이 열리며 어리둥절한 표정의 사내가 나타났다.

"안 공이라니, 누구를 말하는 것이오?"

"황해도 해주 사람이고 문성공의 후예인 안응칠을 찾고 있소. 여기 있는 거 아니요?"

"우리가 여기 있다는 것을 어떻게 알고 찾아왔소?"

상대방은 자신이 엉겁결에 말실수를 한 것도 모르는 모양이었다.

"안 공이 지부에 담담탄(덤덤탄)을 구해달라고 요청했었소. 제시각에 구하지 못해 이렇게 기차를 타고 찾아왔소이다. 거사 전에 물건을 전해줄 수 있게 되어서 기쁠 따름이오."

"안 장군은 여기 없소. 하얼빈으로 돌아갔소이다. 길이 어긋났나 보구려."

'그렇다면 이 방에 묵었다는 손가락이 하나 없는 조선인은 누구란 말인가……'라고 의심의 눈길로 방 안을 들여다볼 때 수수께끼가 풀렸다. 책상에 앉은 사람의 왼손 약지가 중간에서 잘려 있었다. 이번 암살조에는 단지회 회원이 두 명 있었던 거다. 한 명은 차이자거우에, 또 한 명은 하얼빈에.

유리는 "덤덤탄은 놓고 가시오"라는 남자에게 "안 공에게 직접 줘야 하는 물건이오"라고 대꾸하고 구내 여관에서 나왔다. 그는 역 건물 옆에 있는 러시아 경비대를 찾아가 여관에 수상한 자들이 있다고 신고했다.

"여관비가 없어 동포라는 구실을 대며 방을 함께 쓰자고 했는데 상대방이 하도 모질게 내쫓기에 성이 나서 그 방문 앞에 가만히 서 있었소. 그런데 방에서 이토라는 말과 암살이라는 말이 들리고, 내일 아침이라는 둥, 탄환이라는 둥, 심상치 않은 단어들이 나오기에 이리 왔소이다."

신고를 받은 러시아 헌병 세민은 유리의 말을 듣고 구내 여관에 가서 조선인 두 명이 방에 있는 것을 확인했다. 그러나 유리가 총총히 하얼빈행 열차를 타고 떠난 뒤에는 마땅히 통역을 해줄 사람이 없었다. 세민은 역무원에게 다음 날인 26일 아침까지 밖에서 방문을 걸어 잠그고 두 사람이 밖으로 나오지 못하게 단단히 감시하라고 일렀다. 그 바람에 우덕순과 조도선은 이토 히로부미가 탄 열차가 차이자거우 역에 도착했을 때 승강장에 발을 대지도 못했다.

안 의사는 24일 동흥학교에서 김성옥의 소개로 조도선 선생을 만났다. 조 선생은 안중근과는 1879년생 동갑내기로, 그 자리에서 이토 암살단에 합류한다. 우덕순은 두 사람보다 한 살이 적은 서른이었다. 안 의사는 열일곱 살이던 유동하 선생에게 '김성백에게 돈을 빌려 오라'는 심부름을 시켜 거사 논의 장소에서 내쫓다시피 하고, 우덕순과 조도선에게 권총을 한 자루씩 나눠주었다. 안 의사는 이날 밤 '분개함이 뻗치니 반드시 목적을 이루리라. 쥐새끼 이토야, 너는 산목숨이 아니다'라는 내용의 한시 〈장부가〉를 썼다.

역무원으로부터 이토가 탄 특별열차가 하얼빈에 앞서 차이자거우에 정차할 거라는 이야기를 들은 안중근 일행은 진작부터 차이자거우를 1차 암살 장소, 하얼빈을 2차 암살 장소로 정하고 있었다. 안중근 일행은 24일 밤 다 같이 하얼빈에서 두 시간 남짓한 거리인 차이자거우 역으로 가서 사전 답사를 벌였다. 원래는 차이자거우를 안 의사가, 하얼빈을 우덕순 선생이 맡기로 했으나 뒤에 안 의사가 자신이 하얼빈을 맡아야겠다며 고집을 부렸다. 직접 보고 나니 열차가 차이자거우 역에 서지 않을 것 같았기 때문이다.

"제 생각에도 차림새가 정장이냐, 아니냐 하는 것은 사소한 문제 아닌가 싶습니다. 게다가 재무대신이 어지간해서는 뜻을 굽히지 않을 태세입니다."

하얼빈에서 코코브체프와의 첫 논쟁은 이토가 러시아 의장대의 사열을 받느냐 여부를 놓고 벌어졌다. 열차에서 내리기도 전이었다. 평상복을 입고 있었던 이토는 '이런 차림새로 군대를 열병하는 것은 군인들에 대한 결례'라며 거절했지만 비서관 모리 타이지로까지 '과공비례가 될 것 같다'며 우려하자 러시아 측의 제안을 받아들이지 않을 수 없었다. 이토는 떨떠름한 기분으로 열차에서 내릴 준비를 했다. 러시아 측 사절단과 악수를 다 마치고 나면 사열을 시작할 거라고 했다.

오전 9시가 되도록 환영 인파에서 안응칠을 찾지 못한 유리는 속이 타들어가는 기분이었다. 청국기와 러시아기, 일장기의 물결 사이에서 그는 길을 잃었다. 키가 큰 슬라브군 병사들이 일본인 환영객을 가리고 섰고, 사람들은 대부분 장갑을 끼고 있었다.

의장대가 열을 맞추는 것을 본 안중근은 하늘이 자신을 돕는다고 여겼다. 그는 이토의 얼굴을 몰랐다. 그런 그 앞에서 표적이 '나 여기 있소'라며 한참을 걸어 다니게 될 예정이었다. 사열을 받는 사람이 걸어갈 통로에서 그가 서 있는 위치까지는 5미터 정도밖에 되지 않았다.

절망적인 초조함과 체념해버리고 싶은 욕망 사이에 있던 유리의 머릿속에는 기발한 아이디어가 떠올랐다. 그는 러시아 경비대 장교로 보이는 사람에게 달려갔다. 장교는 폭탄 암살이 일어나는 줄 알고 움찔 놀랐고, 경비병들이 유리의 몸을 붙잡았다.

"행사를 중단하시오! 이 중에 암살자가 있소!"

"누구냐? 암살자가 있다는 걸 어떻게 아느냐?"

유리는 젊은 장교의 눈에 어린 불신의 빛을 읽었다. 어떻게든 상대방이 자신의 말을 믿게 만들어야 했다.

"내가 암살 단원 중 한 명이오!"

장교는 갑자기 환영 인파에서 튀어나와 암살 계획을 밝히며 자수한 동양인을 어떻게 처리해야 할지 몰랐다. 몸수색을 당하다 자존심이 상한 일본 총영사가 러시아 철도경비대에 '일본인은 검문하지 말라'고 강력히 주장한 참이었다. 체포된 동양인은 "행사를 중단해야 한다"는 말만 되풀이하며 횡설수설하고 있었다.

이토는 한 손으로 손잡이를 단단히 잡고 열차에서 내렸다. 단신인 그가 난간이 높은 계단에서 미끄러질 것을 우려한 모리가 옆에서 부축하려 들었으나 이토는 거절했다. 러시아 사절단에게 병약하다는 인상을 주고 싶지 않았다. 그는 흔들리는 깃발이 바람에 휘날리는 꽃잎 같다는 생각을 했다.

군악대가 곡을 연주하고 축포를 터뜨렸을 때, 다른 사람들처럼 안중근도 그 소리에 깜짝 놀랐다. 의장대가 다음 예포를 준비하는 걸 보고 중근은 가슴에서 브라우닝 권총을 꺼냈다. 군악대의 축포 소리 때문에 사람들은 안 의사의 총소리를 제대로 듣지 못했다. 그 총소리를 처음부터 제대로 들은 것은 러시아군 병사에게 양팔이 붙들려 있던 유리뿐이었다.

그들은 모두 붙잡혔다. 안 의사는 이토와 비서관, 일본 총영사, 그리고 만주철도 이사에게 모두 일곱 발을 쏘고 만세를 두 번 부르고 나서야 러시아군 병사에게 제지당했다. 우덕순과 조도선은 차이자거우에서 총기를 소지한 경위를 조사받던 중 이토가 총에 맞아 숨졌다는 소식을 들었다. 그들은 자리에서 일어나 서로 얼싸안고 기뻐하며 "이제 죽어도 여한이 없다"고 외쳤다. 그리고 자신들의 암살 계획을 실토하고는 그 자리에서 구속됐다. 이들과, 처음부터 암살자의 공범이라고 고백한 유리는 모두 같이 일본 영사관 경찰에게 넘겨졌다.

세계가 주목하는 재판이었고, 러시아로부터 재판권을 넘겨받아 일본 본토가 아닌 뤼순에서 진행하는 공판이었던 만큼 일본은 피의자들을, 특히 안중근을 정중하게 대우했다. 안 의사가 일본의 후한 대접에 놀라 자서전에서 '일본의 문명한 정도는 과연 일류 국가라 할 만하다'고 탄식했을 정도였다. 일본 재판부는 안중근에게 국제 변호사를 두 명이나 붙여주고, 매일 목욕을 할 수 있게 했으며, 좋은 쌀밥과 닭고기, 과일, 고급 담배를 제공했다.

그럼에도 불구하고 뤼순 형무소의 난방시설만큼은 썩 좋지 않아서, 안 의사는 1910년 1월에 방이 너무 추워서 손이 곱아 글을 쓸 수 없다고 불평했다. 그래서 3월까지 두 달 동안 임시로 방을 옮겼는데, 그곳이 유리 최의 옆방이었다.

"미조부치에게는,"

밤이었다. 안중근이 벽 너머로 말했다. 중근은 형무소에 수감될 때부터 사형수용 독방을 쓰고 있었다. 유리는 귀가 어두운 늙은 도둑과 한방을 썼다.

"그대는 나와 관련이 없는 인물이라고 말해놓았소. 내 거사를 가로막고자 그런 행동을 벌인 것이라고."

"나도 검찰관에게 그렇게 진술했소. 그러나 내 말을 안 믿는 것 같더이다. 러일전쟁에 참전한 경력 때문인 듯하오."

"유성촌에서 일어난 일에 대해 들었소."

유리는 한동안 답하지 않았다. '살인을 막기 위해 거짓으로 자수했다'는 말을 검찰관은 믿어주지 않았고, 유리는 이후 취조에 급격히 관심을 잃었다. 그랬던 그도 증거를 찾으러 유성촌으로 갔던 수사관이 돌아와 그의 집이 텅 비어 있더라고 전했을 때에는 반응을 보였다. 유리는 "거기에 계집아이는 없었소?"라고 물었다. 검찰관 미조부치 다카오는 수사관을 우수리스크로 다시 보내 사정을 알아보게 했다. 수사관은 "기차역 근처 여관집 주인 아들이 유리가 집을 비우자 그 틈을 타서 계집아이를 상대로 음욕을 채웠고, 아이는 얼마 뒤 집을 떠났다고 한다"고 보고해왔다. 아이가 어디로 갔는지는 마을 사람들도 알지 못했다.

유리는 검찰관의 말에 아무런 대답도 하지 않았다. 그는 감방에 돌아온 뒤 귀 어두운 늙은 도둑이 잠을 잘 때 소리 죽여 울었다. 그는 천주에게, 구두장이에게 모습을 드러냈듯이 자신 앞에도 나타나 어떤 설명을 해달라고 빌었다. 그러자 예수 대신 감옥 벽의 갈라진 금과 얼룩이 마귀의 형상으로 떠올라 그에게 속삭였다. '그게 나였노라, 그게 나였노라…….'

죽음을 간절히 원했지만 자살은 금지돼 있었다. 유리는 독방 생활을 하지 않는 우덕순이나 조도선이 식사나 체련 시간에 자신을 공격해 죽여주길 바랐다. 그러나 그들은 입으로는 유리에게 온갖 저주와 욕설을 퍼부으면서도 직접 위해를 가하진 않았다. 유리는 자신의 고통을 줄이기 위해 다른 사람이 살인을 저지르길 빌었다는 사실을 깨닫고 신께 용서를 구했다.

"누구에게 그 이야기를 들었소?"

유리가 물었다.

"사카이 경시가 붓글씨를 부탁하며 전해주더군."

"그자를 믿지 마시오. 대한제국 내부에서 근무하다가 특별히 그대를 담당하기 위해 이리 파견된 인물이오. 그대에게 살갑게 구는 것은 자결을 막고 가능하면 전향을 시키기 위해서요."

"나는 자결하지도, 전향하지도 않소."

중근은 껄껄 웃으며 대답했다. 유리는 그런 상대방의 여유가 부러웠다.

"뮈텔 대주교가 토마스 형제를 파면했다는 소식을 들었소. 종부성사도 베풀지 않겠다고……. 나는 천주교회는 아니나 정교의 부제 교육을 받은 사람이오. 여차하면 내가 종부성사를 해줄 수도 있소."

"사양하겠소. 거사의 의미도 모르는 자로부터 성사를 받고 싶지는 않소."

유리는 "죄 사함은 내가 아니라 천주가 하오"라고 말했지만 중근은 대답하지 않았다.

안중근이 다시 원래 쓰던 방으로 돌아갔을 때 황해도 신천 본당의 빌렘 신부가 뮈텔의 지시를 어기고 뤼순 감옥으로 왔다. 빌렘은 안 의사에게 종부성사를 베풀었으며, 다음 날에는 안 의사를 복사 삼아 감옥 안에서 미사를 집전했다. 이 자리에는 사카이와 구리하라 감옥장을 비롯한 형무소 간부들이 여럿 참여했다. 재판 과정에서 한 번도 잘못을 인정하지 않았던 안 의사는 마지막 미사 중에 살인죄를 뉘우친다고 고백했다.

안 의사가 처형된 날, 유리는 사카이로부터 교수형 집행 소식과 함께 안 의사가 성사를 받았을 때에 대해서도 들었다. 죽음을 두려워하지 않는 결연함과 성사를 받으며 보인 신심, 사형수들이 뿜어 내는 특유의 순결한 분위기가 어우러져 그 자리에 있었던 간수들이 이상할 정도로 깊은 감동을 받았다는 이야기였다. 유리는, 살인을 저지른 자는 구원을 받는데 왜 자신은 그러지 못하는가를 생각하고 질투심에 휩싸였다. 그해 8월에 일제는 한일합병조약을 강제로 체결했다.

유리 최는 출소하고 난 뒤인 1914년에 안중근과의 만남과 하얼빈 의거 때 자신이 했던 일, 이후 뤼순 감옥에서 있었던 일에 대해 담은《여순일기》를 썼다. 이 원고는 출판되지 못한 채 2011년 안중근 연구가인 김영근 선생이 발견할 때까지 하바롭스크 공업대학의 향토 박물관 서고 한구석에 처박혀 있었다.

이후 유리 최라는 이름은 기록된 역사에서 사라진다. 다만 유리 최로 의심되는 인물이 이토 히로부미가 사망한 지 30년이 지난 1939년의 신문 기록에 언급된다.

일제는 그해 10월 15일에 안중근 의사의 아들 준생을 조선호텔로 데려와 히로부미의 아들 분기치를 만나게 했다. 준생은 분기치 앞에서 눈물을 흘리며 '아버지를 대신해 깊이 사죄한다'고 말했고 분기치는 이를 받아들였다. 이 일은 당시 조선과 일본 언론 양쪽에 모두 크게 보도됐는데, 그중 〈매일신보〉와 〈경성일보〉에 최 신부라는 러시아 성직자가 나온다. 〈경성일보〉에 따르면 이 자리에 준생을 데리고 온 사람이 최 신부라고 돼 있다. 이 기사에는 '망부의 사죄는 보국의 정성으로, 운명의 아들 안준생 이토공 영전에 고개 숙이다'라는 제목이 달렸다. 취재기자는 최 신부가 '천주 앞에서 우리는 모두 똑같은 죄인일 따름'이라며 '두 사람이 서로 화해하길 진심으로 빈다'고 말했다고 전했다.

1941년에는 안중근의 딸 현생이 남편과 함께 이토의 명복을 비는 사찰인 박문사를 참배했다. 그 자리에 유리 최가 있었다는 기록은 없다.

안중근 의사와 유리 최의 만남에 대해서는 김영근 선생의 《동양평화를 지킨 안중근 장군》과 《코레야 우라!》에서 일부 대목을 참조했다. 안중근 의사를 만나기 전 유리 최의 행적에 대해서는 고려족중흥증회 기관지인 〈한인민보〉의 기록을 참조했다. 인물과 지명 표기는 처음 등장할 때에는 《안응칠 역사》와 《여순일기》, 〈한인민보〉의 표기대로 하고, 두 번째부터는 국립국어원 외래어표기법에 따랐다.

추구(芻狗)*

조영석

조영석

＼

1976년 서울에서 태어났다. 2004년 〈문학동네〉 신인상에 시가 당선되었다. 2011년 〈실천문학〉 신인상에 단편소설 〈삼엽충〉이 당선되었다. 시집으로 《선명한 유령》, 《토이 크레인》이 있다.

---

* 노자의 《도덕경》 5장 "천지불인 이만물위추구(天地不仁 以萬物爲芻狗)", 즉 '천지는 어질지 않아서 만물을 지푸라기 개처럼 여긴다'에서 따왔다.

삽라(歃羅)의 산세는 순하고 부드러웠다. 갓난이에게 젖을 물리는 어미처럼 산줄기는 마을을 넉넉히 품으며 뻗어 내렸다. 낮고 부드러운 등성이가 끊어질 듯 솟아오르며 북쪽과 서쪽으로 기었다. 기슭에서부터 굵은 마디를 뻗으며 나온 바위들은 해안까지 이어져 암초가 되었고, 자연스레 마을의 방파를 해주었다. 눈길이 가닿는 곳까지 대체로 바다는 사철 잔잔하였다. 어부들은 목선에 그물을 널어 생선을 잡아먹었고, 더러는 내다 팔았다. 제상(堤上)은 백제로 흘러가는 산의 등줄기를 쳐다보았다. 오후 내내 식은 해가 노랗게 굳어 먼 골짜기 사이로 추락하고 있었다. 평상 위에서 제상은 하루에 한 번 세상에 핏물이 번지는 것 같은 한기에 등줄기로 식은땀을 흘렸다. 국경은 사방 어디를 가릴 것 없이 소란스러웠다. 수레에 실려 서라벌로 들어가는 부상병들의 팔다리에서 구더기가 끓었다. 바닷물이 해안 모래를 넘나들듯이 피부색과 생김새가 다른 적들이 국경을 오고 갔다. 먼바다로 쓸려가는 모래알처럼 병사들은 무참하게 살다가 잠들듯 죽었다. 평상 위로 모첨(茅簷) 그늘이 조금씩 번졌다. 삽라에서 서라벌은 멀고도 가까웠다. 걸음이 빠른 말로 한두 식경이면 도착할 거리였지만, 임금의 말은 좀처럼 닿지 못했다. 제상은 자신의 거처가 마음에 들었다. 봄은 남서쪽 산들의 맥을 타고 올라와 마을 어귀까지 들어와 있었다. 낮에는 뒤란에 야생 개나리가 한껏 피어 있는 것을 보았다. 소리 소문 없이 죽고 또 나는 것들을 제상은 믿을 수 없었다.

—나으리, 저녁을…….

명화(明花)가 가지런히 쪽 찐 머리를 조아리며 소반을 들고 있었다. 어느새 육지 처자가 다 된 모양이었다. 몇 달 새 입성이 달라진 명화를 보면 피가 물보다 진하다는 여염의 말은 부질없어 보였다. 명화는 하고 싶은 말도 할 수 있는 말도 별로 없는 처자였다. 제상은 명화가 그네 나라의 말을 참새처럼 재잘거리는 모습을 떠올려 보곤 하였다.

—나으리.

명화는 나으리라는 말을 좋아했다. 제상의 집을 다녀가는 갖바치나 서라벌 벼슬아치들이 제상더러 이르는 말을 명화는 제상의 이름으로 알아들었다. 나으리가 명화의 나라에서 명화를 겁탈하고 그네의 어미를 죽인 무사와 다르지 않은 존재라는 것을 명화는 알지 못했다. 나으리라고 부르면 제상이 돌아다보았고, 명화는 제상의 얼굴을 보는 것이 좋았다. 제상의 얼굴은 깊고 온화하여 한창때의 봄과 같았다. 짙고 강한 턱 선이 고향 사내들과는 달랐다. 생선으로만 끼니를 이어가던 고향 사내들은 하관이 날카로웠다. 명화는 날카롭고 좁은 그들의 턱과 자신의 턱이 서로를 찌를 것만 같아 고향에서는 사내들을 바로 쳐다보지 못했다.

—여기 놓거라.

명화는 조심스럽게 소반을 제상 앞에 놓았다. 소반 위 그릇들이 달그락거렸다. 산나물 무침과 보리밥, 농주가 담긴 사발이 올라 있었다. 소금에 절인 흰 살 생선도 한 토막 보였다. 제상은 명화를 쳐다보았다. 머리를 매만지면서 명화는 살짝 고개를 돌렸다. 저고리 위로 드러난 목선이 고왔다. 제상은 손을 뻗어 그 선을 매만지려던 마음을 고쳐먹었다. 명화는 어둠이 짙어진 마당을 가로질러 정지로 들어갔다. 제상은 새처럼 좁은 보폭으로 걷는 명화의 종아리가 가여웠다.

몇 달 전, 나흘이나 이어지던 폭풍이 그친 새벽 바닷가에는 새들이 잔뜩 죽어 있었다. 먼바다에서 파도는 아직 사나웠다. 제상은 뭍을 향해 목을 늘어뜨리고 죽은 새들의 사체를 거두었다. 숨이 아직 붙어 있는 새들은 칼로 멱을 따 피를 뺐다. 마을 사람들에게 나누어줄 요량으로 새들을 수습하던 중, 제상은 암초 더미 아래 물미역과 엉켜 쓰러져 있는 명화를 보았다. 옷가지는 형편없이 찢어져 있었다. 허리에서 엉덩이로 이어지는 선과 머리카락, 젖가슴의 모양만으로는 어느 지방 출신인지 가늠할 수 없었다. 치마와 저고리 모양이 이 땅의 것은 아니었다. 여자의 코밑에 고여 있는 바닷물이 잔잔히 흔들렸다. 여자는 살아 있었다. 제상은 여자의 고개를 가누어 물통에 담아온 우물물을 입속으로 흘려주었다. 기갈이 든 듯 여자는 눈을 뜨지 못한 채로도 제상이 주는 물을 달게 받아먹었다. 제상은 멱을 감던 아이들을 마을로 보내 아낙들을 불렀다. 아낙들은 이불 홑청을 가져와 여자를 덮었고, 수레에 실어 마을로 옮겼다.

—쓰시마(對馬) 여자구먼요. 이름은 명화라고…….

작살을 다듬던 제상에게 만덕의 처가 말했다. 제상은 쓰시마에 지천으로 피어 있는 꽃이 무엇일지 생각해보았지만 떠오르지 않았다. 만덕의 처 말고도 마을에 왜말이 가능한 자가 여럿 있어서 명화와 이야기를 나누는 것은 어렵지 않았다.

명화가 무쳐 내온 나물은 대개 심심했다. 처음 명화가 캐온 이름 모를 나물들을 보았을 때 제상은 젓가락을 들지 못했다. 명화의 눈은 깊었으나 표면에 물살이 일고 있었다. 명화는 더듬더듬 바다 건너를 가리켰다. 고향에서 먹던 것들이라고 했다. 제상은 마을 사람들은 캐지 않던 나물들을 처음으로 집어 먹었다. 쌉싸름하고도 달큼했다. 오래 씹어야 단맛이 우러나는 나물의 결들은 질기고 끈끈했다. 멀리 해가 지고 있었다. 마당으로 까마귀 두 마리가 내려앉아 울었다. 제상은 보리밥 한 움큼을 뿌려주었다. 나라 안이 뒤숭숭한 지 벌써 여러 달이 지났다. 관아와 서라벌을 파발들이 분주하게 오갔다. 임금의 울음소리가 마을까지 전해지는 듯했다. 임금의 울음은 뱃사람들의 울음과 달랐다. 소리가 없어 듣는 귀는 편안했지만, 깊고 질겨서 멀리멀리 퍼져나갔다. 며칠 전 군(郡)의 새 태수가 제상의 집을 찾아왔다. 꿩을 잡았으니 농주라도 한잔하자는 것이었다. 태수는 서라벌 사람이었지만 골품이 낮았고 삽라에는 연고가 없었다. 서라벌에서 직을 받았지만, 어쩌면 죽을 때까지 서라벌로 돌아갈 일은 없을 것이었다. 그나마 접경으로 파견되지 않은 것이 다행이라고 태수는 여겼다. 코밑에서 시작하여 턱을 거쳐 울대뼈까지 늘어진 수염이 반듯했다. 입술과 턱이 잘 드러나지 않아 신중해 보이는 사내는 조촐히 늙어가고 있었다. 제상은 태수의 남은 생을 가만히 넘겨다보았다. 부귀는 없을 것이나 천수는 누릴 상이었다.

—박공, 상의 울음이 그치질 않소이다.

태수는 군데군데 새치가 돋아 꺼칠해진 수염을 쓸었다.

—그러게 말입니다. 딱한 일이요.

제상은 짐짓 창 너머 어둠으로 캄캄해진 뒷산을 바라다보았다. 등잔에 고인 생선 기름에서 그을음이 자주 일었다. 두 초로의 사내는 한동안 말이 없었다. 술은 거의 다 떨어져가고, 바람이 차가워져서 침묵에 잠긴 목이 더 칼칼했다.

—태수께서 서라벌로부터 전갈을 받으신게요?

—공께서 마을로 돌아온 걸 아직은 모르는 듯하오만, 공을 찾아 서라벌로 보내달라는 전갈은 며칠 전부터 득달같소이다.

—1년 만이구려.

—정사를 안 보신지도 몇 달이 지났다는군요. 보해(寶海) 왕자께서도 민망하신지 서라벌에 통 계시질 않는다 하더이다. 감포(甘浦)에 나가 제를 올리다가, 토함산에 올라가서는 며칠이고 굶으며 치성을 드린다는군요.

—그래, 태수께서는 뭐라고 답을 보내셨소?

제상은 남은 술을 태수의 사발에 따라주며 미소를 지었다. 굵은 주름이 눈가에 가득 잡히는 것을 보며 태수는 제상의 나이가 적지 않음을 새삼 깨달았다.

—녹을 먹는 자로서 거짓을 고할 수야 있겠소. 이달 안으로 공을 서라벌로 보내겠다고 파발을 띄워두었소마는, 공께서 국경을 넘으시겠다면 군이 그것까지는 손을 쓰지 않으려고 합니다. 공의 천거가 아니었다면 내가 이 자리에 오를 수 있었겠소? 그래 간다면 어디로 가시려오?

제상은 태수를 그윽하게 쳐다보았다. 받은 대로 돌려주려 애쓰는 서라벌의 사내가 거기 앉아 있었다. 제상은 받은 것보다 더 많은 것을 돌려주려는 상대의 심중을 헤아리기 힘들었다. 태수는 제상이 알던 서라벌 사람들과 핏줄이 달랐다. 임금은 제상에게 보리 한 움큼도 준 것이 없었다. 제상을 살린 것도, 키워준 것도 임금은 아니었다. 하급 군졸이었던 제상의 의붓아비는 대마 정벌을 떠났다가 바다 위에서 죽었다. 임금은 누구에게도 주는 것 없이 받아먹고만 있었다. 기침을 하면 상궁들이 수라를 들였고, 울음을 울면 무희들이 춤을 추어 달랬다. 제상은 가축과 다름없는 삶을 사는 임금이 딱했고, 그 임금에게 멱 줄을 잡힌 자신이 쓸쓸했다.

상을 물리고 명화를 불렀다. 명화가 평상 맞은편에 쪼글치고 앉았다. 제상은 흘러내린 명화의 귀밑머리를 올려주고 싶은 생각이 들어 손을 뻗었으나 그만두었다. 한 해 전, 제상은 고구려에 다녀와야만 했다. 벌써 수년 전부터 볼모로 잡혀 있던 임금의 아우, 보해 왕자를 빼내오라는 명이 있었다. 늙은 대신들은 당파를 떠나 그들 자신과 가신들을 빼고, 제상을 천거했다. 북방을 다녀온 자가 드물기도 했지만, 목숨을 내어놓아야만 하는 일이었다. 고구려의 왕은 사납기가 범 같다고 하였다. 범의 아가리에 머리를 밀어 넣기에 사고무친인 제상만 한 인물은 없었다. 벼슬아치들은 제상에게 제상의 목숨을 맡겨놓은 것처럼 말했다. 임금의 혈통이 겪는 고통은 그들의 것이었지만 제상의 고통은 그들의 것이 아니었다.

—신하 된 자로서 임금의 고통을 모른 척한다면 죽어 마땅하다고 아뢰오.

대신들은 한목소리로 울며 고했다.

제상은 보해와 함께 평양성을 빠져나오던 밤을 떠올려보았다. 대동강의 물길은 깊고도 넓었다. 사람의 힘만으로 건너기 힘들었다. 사공은 배를 묶어놓고 고개를 저었다.

—내리 며칠씩이나 비가 온 터라 물길이 사납소. 배를 띄우기가 어렵소이다.

멀리 동이 희미하게 터오고 있었다.

—이보게 박공, 이대로라면 잡히지 않겠는가.

—물길을 따라 상류로 가보십시다. 물길은 올라갈수록 좁아지게 마련이외다.

제상은 겁에 질린 보해를 끌다시피 하여 상류로 길을 잡았다. 지축이 조금씩 울리는 것이 말발굽 소리 때문이라고 제상은 생각했다. 이 길로 강을 넘지 못하면, 왕자와 자신의 목숨은 없을 것이었다. 고구려의 왕은 제상에게 후했다. 술과 음식을 넘치도록 주었고, 궁의 별채를 내주어 부족함 없이 지내게 해주었다.

—먼 길을 오셨소. 왕자의 근심을 잘 달래주고 머물 때까지 머

물다 가시오.

제상은 고구려 왕의 말과 행동에서 지극함을 느꼈다. 그는 제상에게 술과 음식을 주었다. 빚진 자가 등을 돌렸을 때, 빚을 준 자의 분노를 제상은 가늠하기가 두려웠다. 열흘이나 달포 간격으로 세작들은 서라벌로부터 밀지를 날랐다. 임금의 독촉은 기갈이 들린 듯했다. 제상은 서라벌로부터 오는 돈을 무조건 평양에 풀었다. 보해와 함께 쌀을 사들여 기근이 든 백성들을 구휼했다. 서라벌이 백제와 왜로부터 약탈해온 쌀이 몇 봉우리의 산과 강을 건너 평양까지 흘러들어 다시 이름 모를 사람들의 배를 채우는 이치가 제상은 신기했다. 씨를 뿌리는 사람과 거두는 사람, 빼앗는 사람과 베푸는 사람이 이어지지 않는 세상이 제상은 어지러웠다. 보해는 반듯한 장정이었지만 왕가의 피가 흐르는지 제상은 알 수 없었다. 시전 상인들과 어울리면 잡배로 보였고, 골짜기에서 약초를 캐러 다닐 때는 심마니와 다름없었다. 제상은 보해와 함께 평양에서 살아도 상관없겠다는 생각이 들 때마다 몸서리를 쳤다. 서라벌에서 날아오는 임금의 울음이 밤마다 목을 졸랐다. 고구려의 왕에게는 편지를 남겨두었다. 면전에서 말로 전한다고 해서 자신의 행위가 받아들여지지는 않을 것이라고 생각했다. 제상도 그 정도는 알고 있었지만, 어찌 되었든 이해는 구하고자 했다. 빚진 자로서 할 수 있는 최소한의 도리라고 제상은 생각했다.

강의 상류는 다행히 폭이 좁았다. 물살은 여전히 거셌지만, 수심은 얕았다. 무릎을 약간 넘는 강물은 등줄기가 서늘하도록 찼다. 무명 바지가 얼음장처럼 차갑게 다리를 붙들어 감았다. 보해 왕자가 저만치 가다 넘어지다 다시 일어서서 첨벙거리는 것이 보였다. 등 뒤에서 군사 수백의 함성이 들렸다. 구름이 엷어지는가 싶더니 그믐달이 드러났다. 희미하지만 사람 둘 정도는 과녁이 될 수 있을 것이었다. 신라의 땅이 가까워져 오자 핏줄이 더욱 당기는지 보해는 맞은편 물가를 향해 끈질기게 달리며 기었다. 제상도 걸음을 서둘렀다. 이끼 낀 바닥의 돌들이 미끄러웠다. 순간 보해가 보이지 않았다. 제상은 아찔했다. 죽는다면 그것은 보해가 아니라 자신이어야 했다. 보해는 큰 바위를 붙잡고 다시 물 위로 올라와 쓰러져 있었다.

—박공, 발을 헛디뎠나 보오. 난 틀렸소.

제상은 보해를 일으켜 안았다. 살이 허공을 가르는 휘파람 소리가 들렸다. 제상은 뒤돌아보지 않았다. 다만 온몸을 질질 끌면서 보해를 부축해 걸었다. 둘에게는 걸어서 땅을 밟고 서라벌로 가거나, 편안하게 물속에 누워 죽는 길밖에는 없었다. 휘파람 소리가 끊일 듯 이어지고 있었다. 참방거리며 과녁에서 벗어난 살들이 강에 박혔다. 제상은 걸었다. 다음번 휘파람이 불고 제상은 등허리에 충격을 느꼈다. 물가에 보해를 던졌다. 풀섶에서 낯선 그림자가 튀어나왔다.

—왕자님.

서라벌의 복식이었고 말투였다. 사내들은 보해를 말에 실었다.

—박공, 박공의 말이오. 날랜 말이니 금방 따를 수 있을 것이오. 다급하니 우리는 먼저 출발하겠소.

제상은 겨우 일어나 앉았다. 휘파람 소리와 참방거리는 소리가 난무했다. 제상은 등허리를 만져보았다. 퉁퉁 부어 있기는 했지만, 창상이 아니었다. 제상은 바닥에 떨어져 있는 살을 보았다. 촉이 없는 살대가 부러져 있었다.

—박공, 계시오?

태수였다. 명화가 마당으로 나오다가 화들짝 놀라 정지로 들어갔다.

—기별이 또 왔소이까?

제상은 일어나 수령을 맞았다. 사립 그림자에서 사람이 하나 더 나왔다. 제상은 어둠 속에서 보이는 사람의 형태가 낯이 익었다.

—왕자님께서 이 누추한 곳까지.

제상은 길게 읍하고 방으로 안내했다. 보해가 앉고 맞은편에 제상이 앉았다. 태수는 헛기침을 두어 번 하더니 방을 나갔다.

—박공, 오랜만이오.

—다리는 좀 어떠신지요? 뼈가 상하셨다고 들었는데.

—덕분에 튼튼하오. 박공은 내 목숨의 은인이오. 박공이 아니었다면 난 평양성에서 늙어 죽었거나 살해당했을 거요.

—왕자께서 타고나신 명입니다.

—공께서 적국의 백성들에게 베푼 것들 때문에 그들이 그 밤에 촉이 없는 화살을 쏘지 않았소이까? 허허허.

—그것을 어찌?

—나도 여러 대 맞았소이다. 죽을 것이라고 생각했지.

—제 덕이 아닙니다. 상께서 보내주신 쌀과 금이 왕자님을 구한

것이지요. 또한 그 쌀과 금은…….

제상은 입을 닫았다. 보해는 어른거리는 등잔 너머 초로의 사내를 보았다. 붉은 기운이 있으나 초점이 흔들리지 않는 눈이 들개와 같았다. 무리 지어 다니지 않는 들개라, 보해는 제상이 서라벌 사람으로 죽지 않을 것이라는 생각이 들었다.

—그래, 명은 받으셨소?

—네, 미사흔(未斯欣)께 다녀오라는 명은 들었습니다만.

—내 딴말은 하지 않겠소. 한 번만 더 다녀와주시오. 임금의 동생이기도 하지만, 나도 미사흔이 보고 싶구려. 계림에 공만 한 인물이 또 어디 있겠소?

—저만 한 인물은 많을 것이오나, 저만큼 미친한 인물은 또 없을 테지요.

태수가 기척을 내며 문을 열었다.

—왕자님, 서라벌에서 급히 찾으신다고 하옵니다.

—거, 형님께서도 참. 아무튼 박공, 모레요. 모레 대마로 가는 배가 율포(栗浦)에서 뜨오. 내일 서라벌로 와서 임금을 알현하고 떠나시오.

사람들이 떠난 방은 고즈넉했다. 짚방석에서 귀뚜라미가 튀었다. 제상은 생선 기름이 그을음을 뱉는 것을 오래 지켜보았다. 자정이 지나고 있었다. 이리들이 무리 지어 산을 타며 울었다. 마을 어귀까지 내려온 모양이었다.

—박공, 장부로 태어나서 임금의 명을 받는다는 게 얼마나 뿌듯한 일이오. 나 같은 필부야 시골구석에서 종이 쪼가리나 뒤적거리

다 끝나는 삶 아니요? 다녀오시구려. 이번 일까지 해내시면, 서라벌에 큰 집과 전답을 받으실게요. 성골과의 인맥이 아니시오. 이참에 신분까지 갈아타시구려.

제상은 태수의 말을 떠올려보았다. 장부로 태어난다는 것이 자신이 원한 것이던가. 아니 제상은 자신이 왜 태어났는지조차 납득이 가지 않았다. 친부모는 본 적이 없고, 눈을 뜨고 첫울음을 터뜨렸던 곳이 어딘지도 모를 전쟁터였다. 동냥젖을 먹고 자란 제상은 의붓아비도 어미도 모두 죽고 사고무친이 되었다. 하늘은 만물을 추구와 같이 여긴다고 했다. 제상은 제사가 아닌 날에도 지푸라기 개를 만들어 놀다가 태웠다.

—나으리.

명화가 방으로 들어왔다. 벌써 자고 있어야 할 시간이었으니 어쩐 일인가 싶었다. 나어린 여자가 다리를 세우고 맞은편에 앉았다. 갸름한 얼굴에 얇은 입술이 붉었다. 머리숱이 짙었고 이마에 잔머리가 새까맣게 돋아 있었다. 쌍꺼풀이 없는 가느다란 눈이 대마 여자처럼 보이지 않았다. 제상은 명화의 얼굴을 너무 오래 쳐다보고 있다는 것을 깨닫고는 황급히 눈을 내리깔았다.

—나으리.

—그래, 무슨 할 말이 있느냐?

명화가 고개를 끄덕였다. 만덕의 처를 부르기에는 시간이 너무 늦었다. 제상은 명화가 아득히 먼 곳에서 고함을 지르는 듯한 느낌이 들었다. 소리는 들리나 입 모양은 알 수 없는 거리에서 명화는 다가오다 멀어졌다. 왜말을 할 줄 아는 사람이 없을 때에도 명화와 이야기를 아주 나눌 수 없는 건 아니었다. 제상은 곡진하게 말을 전했고, 명화는 간절하게 제상의 입을 응시했다. 매 순간 그 둘은 진심을 다해 생각과 마음을 전하고 받았다.

제상은 감포 해변 바닷새들의 사체 가운데서 명화를 발견한 것이 어떤 의미인지 알 수 없었다. 처음으로 집에 사람을 들인 일이었다. 고양이나 들개, 까마귀들은 제상의 집을 드나들었다. 그들은 제상에게 와서 말벗이 되어주었고, 보리나 약병아리 한 마리씩을 받아갔다. 제상과 교류하였으나 제상의 것은 아니었다. 제비 집도 여러 채 지어져 있었다. 제상은 세상을 그렇게 받아들였다. 그나마 고양이들이 가장 오래 제상의 집에 머물곤 하였다. 평양에 다녀오느라 비워두었던 집에서 제상을 맞아준 것도 고양이들이었다. 마당과 정지 곳곳에 쥐들의 사체가 모여 있었다. 제상에게 한집에 살게 된 사람은 대마 여자 명화가 처음이었다. 제상은 자신이 받아들인 첫 사람이 여인이라는 것과 육지 사람이 아니라는 것이 신기했다. 마을 사람들은 홀로 사는 늙은 제상을 용왕이 어여삐 여겨 처를 보내준 것이라고 수군거렸다. 혼례를 치른 것도 아닌데 그날그날 캐온 전복이나 생선, 나물들을 한 소쿠리 마당에 모아주고 갔다.

제상은 명화를 안지 않았지만, 명화가 마음에 들어왔다. 명화의 부모가 누구인지, 대마에서의 삶이 어땠는지 아는 것이 없었지만 상관없었다. 그날 명화는 바다에서 살아남아 해변에 있었고, 제상은 명화를 발견하고 남은 삶을 살아보기로 마음먹었다. 제상은 명화와 지내기 시작한 다음부터 추구를 만들지 않았다. 지푸라기 개로 살더라도 명화와 한세상 살아보고 싶었다. 더듬더듬 이어지는 명화의 말이 좋았고, 육지 여자들보다 반들반들한 피부가 좋았다. 짙은 머리숱이 좋았고, 명화에게서 나는 비릿한 갯 내음이 좋았다. 제상은 단둘이 있을 때 이야기를 나누던 방식을 쓰기로 했다.

—내가 묻는 말에 대답만 하거라. 걱정이 되는 일이 있느냐?

끄덕. 명화는 잔잔한 파도가 이는 눈빛으로 제상의 입술을 뚫어져라 쳐다보았다. 만덕의 처에게 배우기는 했지만, 계림 말을 아직 완전히 헤아리지는 못하고 있었다. 명화는 가슴을 치며 답답해하곤 했다.

—내가 떠나야 하는 것을 알고 있느냐?

끄덕.

—만덕네에게서 들었느냐?

끄덕.

—그래, 여기서 혼자 살 수 있겠느냐?

명화의 눈에서 잔잔하게 일던 물결이 왈칵 넘쳐흐르기 시작했다. 제상은 가슴이 뜨거워지는 것을 느꼈다. 무언가를 잃어야 한다는 사실이, 자신이 단 하나 원하는 사람을 잃어야 한다는 사실이 사무쳤고, 받아들이기 힘들었다. 임금의 아우는 너무 멀리 있었고, 임금의 고통은 자신과 무관하였으나 명화의 눈물은 참아내기가 어려웠다.

—대답을 해야지. 여기서 혼자 살 수 있겠느냐? 여기서 혼자 살 수 있겠느냐? 여기서 혼자 살 수 있겠느냐?

제상은 와락 명화를 안았다. 가슴뼈가 으스러지도록 명화를 안고 또 안았다. 제상은 세상에 태어나서 가장 큰 울음을 울었다. 마을 어귀까지 들어왔던 이리 떼가 귀를 두어 번 떨고 산기슭으로 돌아갔다.

율포에는 광목으로 돛을 댄 배 한 척이 묶여 있었다. 노꾼이 제상에게 읍하고 제상이 타고 온 말에서 짐을 부려 배에 실었다. 포구에 다른 사람들은 없었다. 물새들이 암초 틈에서 조개를 쪼아 먹었다. 명화가 손을 모으고 바닷바람을 맞으며 서 있었다. 인근 마을에서 온 경마잡이가 명화를 말에 태워 삽라까지 데려다 줄 것이었다. 해가 뜬 지 몇 식경이 지났을 시간이었지만 바다는 아직 어둑어둑했다. 구름이 멀리 시야가 닿는 곳까지 잔뜩 내려와 있었다. 바람이 계속 불어왔지만, 구름은 모양을 바꾸지 않았다. 전날 궁에서 임금은 친히 옥좌에서 내려와 제상의 손을 잡고 울었다.

—공에게 우리 형제들의 한풀이를 다 맡기는구려. 선왕이 내 부왕에게 받은 원한이 우리 형제들에게 온 것인데, 우리의 원한은 또 어찌 공에게 간다는 말인가.

세상의 이치가 다 그러하다는 말을 제상은 목구멍 깊숙이 꾹꾹 눌러 삼켰다.

—내가 두 아우 생각하기를 좌우의 팔과 같이 했는데 지금은 단지 한쪽 팔만 얻었으니 어찌하면 좋겠는가? 도와주시게.

—폐하, 서라벌 내에 왜의 세작들이 있을 것이오니, 제가 계림을 배신하고 왜로 넘어갔다는 소문을 내시옵소서. 그리하시면 신이 일을 도모하기가 한결 수월할 것이옵니다.

—그래, 내 무엇이든 하지. 미사흔만 데려다 주게나.

왕은 주저앉아 울었고, 내관들이 왕을 부축하여 편전을 나갔다. 제상은 왕의 눈물이 남은 손바닥을 기둥에 문질러 닦았다.

—이곳 율포에서 미해 왕자가 돌아온 것을 보거든 그날로 태수를 찾아가거라.

제상은 명화의 손을 잡고 말했다.

끄덕.

—진정 알아들었느냐?

끄덕.

제상은 일렁이는 해안가에 서 있는 명화를 보았다. 바닷바람에 새까만 머릿결이 나풀거리고 있었다. 명화가 손을 흔들었다. 잘 가라는 말인지, 잘 다녀오라는 말인지 제상은 알 수 없었다. 경마잡이가 명화를 말에 태우고 기슭으로 멀어져가고 있었다. 제상은 먼 바다로 고개를 돌렸다. 노꾼이 노를 고정해놓고 보리밥을 손으로 뭉쳐 먹었다.

미사흔은 보해와도 임금과도 닮아 있었지만, 그 누구와도 비슷하지 않았다. 핏줄이 어느 골짜기에서 엉켜 새로운 핏줄을 만드는 것인지 제상은 알 수 없었다. 사쓰마(薩摩)는 산세가 잔잔했다. 역관의 말에 따르면 범과 이리가 없다고 했다. 산짐승들이 순하고, 해산물이 풍부하여 계림보다 살기가 못하지 않다고 말했다. 계림 말을 하는 역관은 어린 시절 감포에서 왜구에게 피랍된 사내였다. 듣던 것과는 다르게 왜왕은 신장이 6척에 달했고 어깨가 넓었으며, 웃음소리 또한 호탕했다. 무사들에게 끌려 궁에 들어갔을 때, 제상은 내관들이 왕에게 귓속말을 전하는 것을 보았다. 닷새가 조금 안 된 뱃길이었는데, 저들에게는 더 빠른 뱃길이 있는 것이 분명해 보였다. 임금이 제상의 말을 잘 따랐다면, 제상은 별다른 의심 없이 왜에 정착할 수 있을 것이었다. 무사들의 창검이 시퍼렇게 빛나고 있었다. 제상은 생침을 삼켰다. 목숨을 거는 것과 두려움을 없애는 것은 전혀 다른 일이었다.

—그래, 그대는 무슨 일로 계림을 등지고 여기까지 왔단 말인가? 거기는 우리를 미물로 여기질 않는가?

역관이 부지런히 계림 말로 왜말을 옮겼다.

—서라벌 놈들이 제 아비와 형제들을 싹 다 죽였사옵니다.

—어째서?

—평생을 서라벌을 위해 피땀을 흘렸사온데, 백제와 내통했다며 죽였사옵니다.

—그래, 네가 사무치는 일이 많겠구나. 잘 왔다. 내가 네 원한을 풀어줄 수는 없지만 남은 생을 편하게 지내도록은 해주마.

—하늘 같은 은혜를 뼈에 새겨 잊지 않겠사옵니다.

제상은 왜왕에게 계림의 도기 굽는 법을 전했고, 천문을 읽는 책을 바쳤다. 왕은 흡족해했다. 제상은 왜왕이 자신의 의도를 모르지 않을 것이라고 생각했다. 그럼에도 자신에게 호의를 베푸는 그의 극진함을 거부하기 힘들었다. 그는 제상에게 받은 것 없이 호의를 베풀었다. 바다 건너 서라벌의 왕은 제상에게 징징거리며 울기만 하였다. 제상은 자신이 계림 말을 할 줄 아는 것이 부끄러웠다. 그렇다고, 미사흔을 돌려보내지 않을 수도 없었다. 어쨌거나 자신이 할 줄 아는 말은 계림의 것이었다.

—여기, 미사흔이라고 계림의 왕자가 인질로 와 있으니 공은 같은 집에 기거하며 향수를 달래도록 하라.

왜왕은 제상에게 미사흔과 같이 지내게 해주었다.

—박공의 얘기는 이미 들었소.

미사흔은 화살을 다듬고 있었다. 촉을 박기 전, 살대의 끝을 조심스럽게 쳐냈다. 미사흔은 왜에서 사냥을 즐겼다. 왜왕은 계림의 왕자가 적적함과 향수를 달랠 수 있도록 적당히 풀어주었다. 미사흔이 있는 동안 계림과의 무역이나 전쟁에서 우위를 점할 수 있었다. 계림의 왕이 죽는다면 왜왕은 미사흔을 돌려보내줄 생각이었다. 형이 살아 있는 동안 미사흔은 돌아갈 수 없을 것이었다. 제상은 미사흔이 다듬은 살을 잡아 쓰다듬어보았다.

—그래, 형님들은 잘 계시는가? 자네가 복호 형님을 고구려에서 구해내 폐하의 근심을 덜어드렸다는 것은 잘 들었네. 멀리서도 기쁘기 그지없었네.

제상은 미사흔의 말에서 어떠한 떨림도 느껴지지 않아 식은땀을 흘렸다. 미사흔이 형들을 진정으로 보고 싶은 것인지 가늠할 수 없었다.

—제가 왕자님도 계림으로 보내드리겠습니다.

—진심인가? 어떻게?

갑작스러운 제안에 미사흔은 몸이 단 모양이었다. 조금 전까지 평온한 자세로 살을 다듬던 모습은 간데없었다.

—모레 사냥을 나가시면, 사냥터 별장에서 저와 함께 기거하시지 않겠습니까? 제가 칭병(稱病)을 빌어 하루를 벌겠습니다. 인근

포구에 제가 타고 왔던 목선이 있을 것입니다. 왕자님께서 소리쳐 부르시면 노꾼이 근방에서 나타날 것입니다. 평범한 노꾼이 아니오라 서라벌의 장수이오니 믿고 배에 오르소서. 하룻밤이면 해안을 꽤 벗어날 수 있을 것입니다.

—아니, 그러면 공은 어찌하려고 그러오. 내가 달아난 것이 발각되면 무사하지 못할 터인데.

—애초에 이곳에 올 때, 목숨은 버리기로 하고 왔습니다. 왕의 명을 따르는 데 죽고 살기를 가리겠습니까?

—왜놈들은 잔인하기가 그지없는데, 공이 모진 고초를 어찌 견디려는지 모르겠소.

—가시지요. 저는 살길이 따로 있을 것이니 염려치 마시옵소서.

미사흔은 제상의 손을 잡고 눈물을 흘렸다. 소리는 없었으나, 울음의 곡진함을 제상도 알 수 있을 것 같았다.

—내가 계림에 가면 형님께 아뢰어 해마다 제를 지내고 공의 덕을 기리는 비를 서라벌에 세우겠소.

명화는 제상이 떠난 이후 매일 율포에 나가 먼바다를 바라보았다. 달포쯤 지나자 경마잡이 없이도 말을 부릴 수 있게 되었다. 제상은 몇 달이면 미사흔이 돌아올 것이라고 말했다. 명화는 어째서 미사흔을 기다리라는 것인지 알 수 없었다. 명화는 제상의 말을 그냥 믿었다. 앞뒤가 없어도 믿음이 가는 말귀가 명화는 신기하였다. 두 달 보름이 지난 새벽, 동이 트는 먼바다에서 목선 한 척이 미끄러져 오는 것을 명화는 보았다. 명화는 짚신이 벗겨지는 것도 모른 채 언덕을 뛰어올라 벼랑 끝에 섰다. 제상이 타고 떠났던 그 배였다.

며칠 뒤 서라벌에서 한 무리의 군사들이 제상의 집에 들이닥쳤다. 뒤늦게 태수도 불려 나왔다. 장군이 5척이나 되는 긴 칼을 휘두르며 집 안을 들쑤셨다. 고양이들이 후다닥 담을 넘어 사방으로 도망쳤다.

—이 집에 왜년이 하나 있다고 들었다. 반역죄인 박제상의 처라고 하던데.

—아니, 박공 같은 충신에게 반역이라니, 당치 않습니다.

태수는 부들부들 떨며 말에서 내려 읍하고 머리를 조아렸다.

—박제상은 제 놈을 낳아 먹여 키운 계림을 배반하고 왜놈들에게 몸을 팔았다.

—아니, 폐하의 아우님을 구하러 간 것이 아니옵니까?

순간 태수는 목덜미가 서늘해지는 것을 느꼈다. 장군은 태수의 목에 칼날을 들이댔다.

—네놈이 죽고 싶은 것이냐? 천한 것이 폐하의 혈족을 입에 담다니. 다시 한번 천한 입을 놀린다면 목을 칠 것이야.

—아이고 나으리.

태수는 아예 무릎을 꿇고 마당에 이마를 찧었다.

—깡그리 뒤지고, 불을 질러라.

장군의 노여움에 흥분한 말이 앞발을 치켜들었다. 태수는 재빨리 몸을 피하며 제상의 집 밖으로 나왔다. 제상의 집 여기저기서 불길이 너울거리며 치솟고 있었다.

그날 새벽 율포 앞바다는 잔잔하였다. 동이 트면서 바람은 서쪽으로 몸을 틀었다. 먼바다에서 파도는 들끓었다. 노꾼은 연신 코를 풀면서 명화를 채근했다. 태수는 말을 매어두었다. 말이 차가운 콧바람을 연신 뿜어댔다. 태수는 크르릉거리는 말의 콧잔등을 두어 번 토닥여주었다.

—잘 가시게. 가서 박공과 여생을 보내시게.

태수는 미투리 두 켤레를 명화에게 쥐여주었다. 잠깐 스친 명화의 손이 얼음장처럼 찼다. 명화는 길게 읍하고 노꾼을 따라 배에 올랐다. 벌써 사쓰마를 두 번째 가는 목선이었다. 이번에 왜로 가는 검은 바다를 건너면 물먹은 배의 바닥은 견디지 못할 것이었다. 노꾼은 첨벙거리며 배를 밀다가 날렵하게 몸을 띄웠다. 동이 튼 율포 앞바다는 금세 금빛으로 물들었다. 금빛 물결은 점점 거세지면서 명화를 태운 목선을 먼바다로 밀어내었다. 노꾼이 기우뚱거리며 노를 저었다. 태수는 명화가 무사히 저 바다를 건널 것인지, 건넌다면 제상을 만날 수 있을 것인지 확신할 수 없었다. 천지는 어질지 않아서 만물을 추구와 같이 여긴다고 노자는 말하였다. 태수는 여린 지푸라기 개 한 마리가 물결 위에서 춤을 추는 것을 눈이 시큰거릴 때까지 바라보았다.

반대편으로 걸어간 사람

강태식

강태식

＼

1972년 서울에서 태어났다. 2012년 장편소설 《굿바이 동물원》으로 제17회 한겨레 문학상을 수상했다.

런던의 겨울 안개는 페스트만큼이나 지독했다. 도시를 점령하고, 건물들을 집어삼키고, 사람들의 얼굴에 우울한 표정을 심어놓았다. 가로등 불빛마저 병든 짐승처럼 몽롱하게 빛나고 있었다.

"찰스 군, 커피 한잔 부탁하네."

아침 일찍 출근한 영국의 역사학자 토머스 하버 박사는 연구실 책상에 앉자마자 강의 시간표부터 확인했다. 영국의 고대사에 관한 두 시간짜리 교양 강의와 프랑스 혁명을 다루는 전공 필수 강의가 잡혀 있었다. 두 강의 사이에는 학장과의 면담 일정도 있었다. 하버 박사는 의자에 등을 기대며 잠시 눈을 감았다. 빠듯한 일정과 쳇바퀴처럼 반복되는 일과를 생각하니 숨이 막혔다. 휴우, 하버 박사는 자기도 모르는 사이에 마른세수를 하며 한숨을 쉬었다.

"벌써 2주째 날씨가 이 모양이네요. 교수님도 우울증에 걸린 건 아니시죠?"

조교 찰스 군이 커피 잔을 내려놓으며 날씨 이야기를 꺼냈다. 아닌 게 아니라 이번 안개는 정말 지독했다. 모든 걸 눅눅하고 뿌옇게 만들었다. 국영 채널에서는 코미디 프로의 방영 시간을 두 배 이상 늘렸다. 라디오에서도 활기찬 음악이 흘러나왔다. 하지만 그런 노력도 우울증에 걸려 자살하는 사람들을 막을 수는 없었다.

"걱정 말게, 찰스 군. 나는 아직 이 세상이 살 만한 곳이라고 생각한다네."

"저에게도 세상이 아직 살 만한 곳이었으면 좋겠네요."

박사 논문 준비에 쫓기고 있는 찰스 군이 이렇게 죽는소리를 할 때마다 토머스 하버 박사는 씨익, 웃는 얼굴로 받아주곤 했다.

"껍질을 깨야 날아갈 수 있을 걸세."

하버 박사는 커피를 마시며 자기 앞으로 도착한 우편물들을 확인했다. 학계에서 세미나를 개최한다는 안내문이 몇 통, 뒤늦게 제출한 학생들의 리포트가 몇 개. 하지만 그날은 좀 색다른 우편물이 그 속에 끼어 있었다. 제법 두툼하고 무거웠다. 모양으로 보나 무게로 보나 서적류 같았다. 하버 박사의 눈길을 끈 것은 겉봉투에 적혀 있는 발신인의 이름이었다.

러드 장군.

그럴 리 없다고 생각했다. 네드 러드는 19세기 초 영국의 공장 노동자였다. 재미있군, 19세기 초 인물인 네드 러드가 보낸 우편물이라……. 이런 유의 기발한 장난이라면 언제든지 대환영이었다.

토머스 하버 박사는 유쾌한 마음으로 봉투를 뜯었다. 거기에는 에이포 용지를 제본한 한 권의 노트와 이런 편지가 들어 있었다.

친애하는 토머스 하버 박사님께.

먼저 교수님의 멋진 콧수염에게 안부를 묻고 싶군요. 설마 사랑의 아픔 때문에 잘라버린 건 아니시겠죠? 이건 제자로서 드리는 진심어린 충고입니다만……. 콧수염을 자르면 교수님의 인기도 끝장날 겁니다. 부디 면도기를 멀리하시길.

발송인은 에드먼드 크롬프턴이라는 졸업생이었다. 하버 박사는 10년 전 제자인 에드먼드의 얼굴을 떠올렸다. 엉뚱한 질문으로 교수들의 블랙리스트에 오르곤 했던 에드먼드였지만 하버 박사는 영특하고 재기 발랄한 학생으로 기억하고 있었다. 에드먼드는 특히 19세기 초 영국의 산업혁명에 대해 관심이 많았다. 그중에서도 에드먼드는 찰스 디킨스 소설에 등장하는 도시 빈민들의 생활상에 매료되어 있었다. 그래서 박사 논문도 네드 러드를 주제로 한 내용이었다. 네드 러드는 당시에 일어난 러다이트 운동의 시발점이 되는 인물이었다. 거세게 밀려오는 산업혁명의 물결에 맞서 기술혁신 반대를 외친 이들은 네드 러드를 '러드 장군'이라고 불렀다.

기뻐해주십시오, 교수님. 드디어 제가 네드 러드의 일기를 발굴했습니다. 원본은 물론 제가 가지고 있습니다. 보내드린 노트는 당연히 복사본이고요. 네드 러드의 일기라니, 믿어지십니까, 교수님?

에드먼드가 흥분하는 것도 당연했다. 네드 러드는 지금까지 가공의 인물로 알려져 있었다. 그 네드 러드의 일기가 발견된 것이다. 하버 박사 역시 흥분을 감출 수 없었다. 에드먼드의 편지를 다 읽고 난 하버 박사는 비록 복사본이지만 네드 러드의 일기를 떨리는 손으로 넘겼다.

1809년 12월 19일. 안개와 비.

기록의 첫날이었다. 연대는 물론, 일기를 쓴 날짜와 그날의 기상 상태까지 매우 정확하게 기록되어 있었다. 하버 박사는 잠시 눈을 감고 1809년의 영국을 떠올렸다. 2백몇 년 전의 영국이라……. 19세기 초 영국의 모습이 손에 잡힐 듯 눈앞에 펼쳐졌다.

오늘은 천사 고아원에서의 마지막 날이다. 마리아 수녀님에게서 선물도 받았다. 노트와 연필이다.

"네드, 시간을 그냥 흘려보내선 안 돼. 이 노트에 너의 하루하루를 붙잡아두렴. 하나님께서 너의 앞길을 축복해주실 게다."

나는 마리아 수녀님을 마귀할멈이라고 놀리기만 했는데……. 죄송한 마음에 고개를 들 수 없었다. 말썽을 일으킬 때마다 빗자루를 들고 쫓아오던 마리아 수녀님의 모습을 잊을 수 없을 것이다. 길바닥에 버려진 나를 키워준 이 천사 고아원도 영원히 기억할 테다. 울보 아니카와 그녀의 인형 베티도, 싸움꾼 짐과 녀석의 호적수 존도 그립겠지.

"나는 돈을 아주 많이 벌 거야."

짐은 입버릇처럼 말했다.

"부자가 되면 나를 버린 녀석들도 후회하겠지."

짐은 내일부터 공장에 나가 일한다. 며칠째 아이들을 붙잡아놓고 자랑을 늘어놓는다. 말수가 적은 존도 짐과 같은 공장에서 일하게 된 모양이다. 나는 조만간 마리아 수녀님의 소개로 조니 앤드 제이컵 공장에 찾아가 면접을 볼 예정이다. 지금은 조니 앤드 제이컵 공장에서 양말을 만든다는 것밖에 모른다.

지금까지 네드 러드는 베일에 싸인 인물이었다. 나이는 물론 성장 과정, 출생과 사망 연도까지, 네드 러드에 관한 모든 것들은 런던의 겨울 안개에 뒤덮인 듯 모호하고 흐릿하기만 했다. 당연히 네드 러드를 둘러싼 가설과 억측도 많았다. 그중에는 네드 러드가 고아원 출신일 거라는 설도 있었다. 만약 일기의 내용이 사실이라면 그 설이 정설로 채택되는 셈이었다.

잠깐 생각에 잠겨 있던 토머스 하버 박사는 일기의 다음 페이지를 펼쳤다. 1810년 1월 5일. 기록의 첫날에서 보름 가까이 지난 날짜였다. 날씨는 '눈'이라고 적혀 있었다. 런던은 강설량이 적은 도시다. 예외적인 날씨라고 생각하며 하버 박사는 그날의 기록으로 눈을 돌렸다.

"교수님, 수업 시간 다 됐는데요."

찰스 군의 말을 듣고 고개를 들었다. 벽에 걸린 시계를 확인하니 수업 시간 5분 전이었다. 연구실 동으로 쓰는 별관에서 수업이 있는 본관까지의 거리는 대략 300미터, 눈썹이 휘날리도록 뛰어도 빠듯한 시간이었다.

"적절한 충고 고맙네, 찰스 군. 자네는 정말 충실한 조교야."

하버 박사는 교재를 챙기며 자리에서 일어났다. 네드 러드의 일기는 책상 서랍에 넣어두었다.

"누가 내 책상에 손을 대나 잘 감시해주게. 1미터 안으로 접근하면 사살해도 좋아."

연구실 문을 나서는 하버 박사의 등 뒤로 찰스 군의 목소리가 들려왔다.

"안개 속에서 길 잃어버리지 않게 조심하세요."

일과를 마치고 연구실에 돌아온 하버 박사는 자리에 앉자마자 책상 서랍부터 열었다. 다행히 네드 러드의 일기는 그 자리에 놓여 있었다. 찰스 군을 일찍 퇴근시킨 것도 연구실에 혼자 남아 네드 러드의 일기를 읽기 위해서였다. 수업 시간에도 그 생각뿐이었다. 수업을 어떻게 했는지, 진도는 어디까지 나갔는지, 하나도 기억나지 않았다. 무엇보다 학장과의 면담이 곤욕스러웠다. 학장의 이야기에 집중할 수가 없었다.

"토머스 박사, 내 이야기 듣고 있는 겁니까?"

수업 방식과 강의 내용에 관한 면담이었다. 학생들 사이에서 하버 박사의 개방적인 수업 방식은 인기가 높았다. 딱딱한 정사보다는 비밀결사나 위인의 사생활 같은 역사 이면의 역사를 위주로 하는 강의 내용도 학생들의 절대적인 지지를 얻고 있었다. 하지만 한두 명쯤 그렇지 않은 학생들도 있었다. 연례행사처럼 학기마다 학장실로 불려가는 것도 그런 학생들 때문이었다.

"죄송합니다. 방금 뭐라고 하셨죠?"

학장의 잔소리가 길어졌다. 하지만 끝도 없이 계속되는 학장의 잔소리를 들으면서도 하버 박사의 머릿속에는 네드 러드의 일기에 대한 생각뿐이었다.

해가 진 이후에도 지독한 안개는 여전했다. 창밖으로 보이는 불빛들이 물에 잠긴 듯 몽롱하게 빛나고 있었다. 하버 박사는 머그잔에 물을 가득 붓고 거기에 인스턴트커피를 연하게 탔다. 실내조명을 끄고, 대신 스탠드를 켰다. 삭막하기만 했던 연구실 분위기가 조금은 아득해진 기분이었다. 책상에 앉은 하버 박사는 몇 모금의 커피로 얼어 있던 몸을 녹였다. 그런 다음 기대에 찬 표정으로 양손을 비비며 네드 러드의 일기를 넘기기 시작했다.

1810년 1월 5일. 눈.

조니 앤드 제이컵 공장에서 일한 지도 일주일이 지났다. 아침 8시에 일을 시작해서 밤 11시까지 기계를 돌린다.

"열한 살이라고 했나, 네드? 한 사람 몫을 충분히 해낼 나이군."

사장인 조니 씨는 내 어깨를 두드리며 기대가 크다고 했다. 조니 씨를 실망시키지 않기 위해 열심히 일한다. 기계를 돌리는 일은 어렵지 않다. 빠른 손놀림으로 같은 작업을 반복하면 된다. 방적기가 돌아가는 속도에 맞춰 몸을 움직이면 되는 것이다. 하지만 먼지가 가득한 공장에서 하루 종일 방적기 소음에 시달리다 보면 몸은 어느새 녹초가 된다. 더러운 템스 강을 따라 빈민촌 두 곳과 사창가 한 곳을 거쳐 하숙집에 도착하면 언제나 자정에 가까운 시간이다.

"네드, 나랑 같이 술이나 한잔할래?"

톰 아저씨다. 하숙집 입구에서 마주치면 술을 사달라고 조른다. 빨개진 코에 술 냄새를 풀풀 풍기면서 말이다. 그래서 사람들은 톰 아저씨를 '주정뱅이 톰'이라고 부른다. 처음에는 몇 번 같이 마신 적도 있었다.

"나도 한때는 조니 앤드 제이컵 공장에서 일했지."

하지만 지금은 실업자다. 그냥 주정뱅이 톰일 뿐이다. 항상 술에 취한 얼굴로 사람들에게 시비를 거는 주정뱅이 톰 아저씨. 하지만 이런 생각도 든다. 톰 아저씨 대신 내가 일하고 있는 건 아닐까? 미안한 마음에 몇 번 더 술을 샀다. 하지만 요즘은 너무 피곤해서 피하고 있다. 하숙집 입구에서 마주쳐도 거절한다.

"너 지금 일한다고 으스대는 거냐? 망할 놈 같으니라고."

지난번에는 멱살까지 잡혔지만, 정말 너무 피곤하다. 일기를 쓰고 있는 지금도 자꾸만 하품이 나오고 눈꺼풀이 내려간다. 내일 아침 7시면 기상나팔 로저 씨가 찾아와 창문을 두드릴 것이다. 그때 일어나려면 빨리 자두어야 한다. 잠자리 기도를 못한 지도 한참 됐다. 마리아 수녀님, 죄송합니다.

1810년대의 런던은 산업혁명에 따른 인구 밀집 현상으로 몸살을 앓고 있었다. 가내수공업이 몰락하자 거대 공장의 메카인 런던으로 일자리를 구하려는 노동자들이 몰려든 것이다. 때문에 공장 폐수로 악취를 풍기는 템스 강 주변에는 수많은 빈민촌이 형성되었고, 매일 밤안개와 섞인 먼지들이 자욱한 스모그를 만들어냈으며, 그 속에서 수백만 마리의 쥐 떼가 빈민촌의 어두운 뒷골목을 활보하며 썩은 음식을 찾아 무리 지어 다녔다. 소매치기와 거지들, 창녀와 주정뱅이 들이 판을 쳤으며, 하루에도 수십 건씩 강도와 절도, 살인 사건이 발생했다. 템스 강을 따라 떠내려가는 영아의 시체 한두 구 정도는 구경거리 축에도 못 끼는 시대였다. 하버 박사는 역사학자로서 이 시대에 많은 관심을 가지고 있었다. 실제로 하버 박사는 〈19세기 초, 빛과 어둠의 도시 런던〉이라는 제목의 논문을 발표해 학계의 주목을 받기도 했다.

토머스 하버 박사의 이 논문에 따르면 당시 런던의 공장 노동자들은 하루 평균 열네 시간에서 열다섯 시간에 달하는 육체노동에 시달렸다고 한다. 공장주들 사이에서는 이런 악덕 경영이 관행처럼 여겨지던 시기였다. 그도 그럴 것이 기계는 구매 비용뿐 아니라 유지 비용도 비싼 물건이었다. 일단 기계를 들여놓으면 최대한 효율적으로 사용해야 한다는 게 공장주들의 생각이었다. 반면 노동자들의 임금은 쌌다. 일자리를 구하려는 사람들도 많았다. 이러한 환경 속에서 19세기 초 런던은 자연스럽게 기계 중심의 사회로 변모해갔다. 자본가들에게 공장 노동자는 기계에 들어가는 부품에 불과했던 것이다. 문제를 일으키거나 고장이 나면 교체하면 그만이었다. 경영에 불만을 가진 자나, 산업재해로 불구가 된 자들은 그 자리에서 해고를 당했다. 교체할 부품은 얼마든지 있었다. 공장주들은 고아원 출신의 미성년 노동자들에게 값싼 임금을 주고 기계를 돌렸다. 피로에 곯아떨어진 미성년 노동자들을 깨우기 위해 아침마다 창문을 두드리며 돌아다니는 직종까지 생겨났다. 네드러드의 일기에 등장하는 '기상나팔 로저 씨'가 바로 그런 사람이다. 하버 박사는 자신의 논문에서 당시의 상황을 다음과 같이 기술하고 있다.

> 여섯 살짜리 여아가 기계를 돌리는 모습도 흔히 볼 수 있었다. 하지만 아무도 이들을 돌보지 않았다. 공장에서 일하던 많은 고아들은 영양실조나 과로로 죽어갔다. 그렇지 않으면 불구가 되어 공장에서 쫓겨나기 일쑤였다. 수많은 고아들이 공장에서 도망쳐 빈민가의 뒷골목을 헤매고 다녔다. 절도나 강도, 매춘이나 구걸이 아니면 살아갈 방법이 없었다. 소녀 낙태가 늘어났다. 하수구에 모인 쥐들이 영아의 시체를 뜯어 먹는 장면도 심심치 않게 목격할 수 있었다. 소년들은 일찍부터 술을 배웠다. 수입이 좋은 날은 하루 종일 술에 취해 지냈다. 자신들이 저지른 범죄를 무슨 영웅담처럼 떠벌리며 주정을 부리는 일이 이들의 유일한 낙이었다. 이러한 악조건들로 말미암아 당시 영국에 거주하는 노동자들의 평균수명은 놀랍게도 열일곱 살 안팎에 불과했다.

문제는 이뿐이 아니었다. 거대 공장과 기계의 출현은 성인 노동자들에게도 큰 타격을 주었다. 기계를 돌리는 일은 단순하고 반복적인 작업이었다. 그래서 공장주들은 전문 기술을 가진 성인 남성 노동자보다 미성년자나 여성 노동자를 선호했다. 적은 임금으로 일을 시킬 수 있었기 때문이다. 무엇보다 다루기가 쉬웠다. 기계의 등장은 작업의 질뿐만 아니라 생산량에도 많은 영향을 주었다. 열 명이 하던 일을 두 명이 할 수 있게 되었다. 일자리를 잃은 성인 남성 노동자들은 대낮부터 술에 취해 런던의 뒷골목을 돌아다니며 행패를 부렸다. 19세기 초 런던의 빈민가는 그야말로 지옥이었다.

이에 비해 극히 소수의 자본가들은 거대 기계를 돌림으로써 막대한 부를 축적해나갔다. 일명 자본 귀족이라고 불리는 이들은 안락한 환경 속에서 사치스러운 생활을 누리는 극소수의 선택받은 인간들이었다. 연일 파티가 열렸고, 사교장마다 수십 대의 화려한 마차가 줄지어 도착했다. 고가의 턱시도와 드레스를 입고 입장한 이들에게는 엄청난 양의 음식과 백여 종에 달하는 고급술이 제공되었다. 거기서 자본 귀족들은 밤새도록 춤을 추며 환락을 즐겼다.

음성적인 성격의 고급 클럽 문화가 성행한 것도 이 시기였다.

클럽들은 교외의 저택 같은 은밀한 장소를 이용했다. 홀 중앙에 있는 무대에서 클럽 전속의 고급 창녀가 외설적인 춤을 추었고, 이 춤이 끝나면 뚜쟁이가 등장해 가면을 쓰고 있는 손님들을 상대로 노예 경매에 들어갔다. 고급 창녀들의 몸값은 인기 여하에 따라 천차만별이었다. 하지만 입찰 품목에 상관없이 경매장의 분위기는 언제나 과열 양상이었다. 누구에게 얼마에 낙찰되느냐는 것은 여흥을 위한 이벤트에 불과했다. 이 퇴폐적인 놀이의 핵심은 사람을 사고판다는 행위 자체에 있었다. 경매에 참석한 자본 귀족들은 돈의 전능한 위력에 흥분했고, 그래서 엄청난 액수의 금액을 아무 망설임 없이 불렀다. 이렇게 해서 낙찰된 고급 창녀 한 명의 하룻밤 몸값은 당시 공장 노동자의 30년치 임금에 육박했다.

이어서 토머스 하버 박사는 국가 산업구조의 재편에 따른 사회윤리 체계의 전면적인 전복 양상을 아래와 같이 기술한다.

산업혁명 과정에서 등장한 거대 공장은 가내수공업의 붕괴를 가져왔고, 이는 곧 기존 가치관의 해체로 이어졌다. 가내수공업에서는 인력의 확충을 위한 대가족제가 필수적인 요건이었다. 가장의 권위와 전통 가업에 대한 긍지, 그리고 가족 성원 간의 긴밀한 혈연적 유대가 중요시되었다. 하지만 가내수공업의 몰락과 함께 사회의 근간을 이루고 있던 가족관 역시 크게 흔들릴 수밖에 없었다. 대가족은 핵가족으로 흩어졌고, 가업에 대한 긍지 역시 희박해졌다. 하지만 무엇보다 심각한 문제는 공장 지대가 밀집해 있는 런던으로 인구가 집중되면서 나타난 현상들이었다. 도시인구의 급증은 인간의 희소성을 하락시켰다. 모든 가치 기준이 돈에 의해서 결정되고 분류되었다. 이에 따라 인본주의가 고사했으며, 황금만능주의와 배금사상이 사회 저변에 뿌리 깊게 자리 잡았다.

산업혁명으로 인한 부의 양극화 현상은 노동자들의 현실을 지옥으로 만들었다. 과거 봉건귀족들이 법률과 제도로 민중을 탄압했다면 자본 귀족들은 그들보다 훨씬 강력하고 악랄한 방법으로 노동자들을 착취했다. 자본가들의 손에는 노동자들의 생계라는 막강한 무기가 쥐어져 있었다. 그 무기를 손에 든 자본 귀족들은 신과 같은 존재였다. 반면 공장 노동자들은 인간의 존엄성마저 박탈당한 채 끝도 없는 나락으로 추락에 추락을 거듭할 수밖에 없었다.

네드 러드의 일기에서도 이러한 사회상은 그대로 드러난다. 1810년 1월 23일 자 기록이다.

오늘은 사장인 제이컵 씨의 아들이 공장에 방문했다. 비싼 외투 속에 체크무늬가 들어간 멋진 재킷을 입고 있었다. 모자 밑으로 보이는 금발이 잘 익은 밀밭처럼 황금빛으로 빛나고 있었다. 손에 낀 가죽 장갑도 고급스러워 보였다. 저런 걸 사려면 나는 이곳에서 몇 달이나 일해야 할까? 키는 나와 비슷했다. 대신 혈색이 훨씬 좋아 보였다. 덩치도 나보다 훨씬 컸다. 알고 보니 나이도 나와 동갑이었다. 녀석의 이름은 척 베넷이었다.

여기까지 읽은 토머스 하버 박사는 잠깐 고개를 들어 연구실 창밖을 응시했다. 저 멀리 안개에 점령당한 런던의 야경이 흐릿하게 펼쳐져 있었다. 척 베넷이라는 이름이 자꾸만 머릿속에 맴돌았다. 하버 박사는 차갑게 식어버린 커피 한 모금을 입안에 물고 생각에 잠겼다. 낯설지 않은 이름이었다. 자신의 논문에서도 거론한 적이 있는 이름이라 기억을 되살리는 데도 어려움이 없었다.

1830년은 영국의 노동당이 창당된 해였다. 그로부터 6년 후인 1836년, 노동당의 의원 중 스물아홉 명이 그해에 열린 총선거에서 당선돼 의회에 진출한다. 그중 한 명이 척 베넷이었다. 젊은 변호사 출신의 척 베넷은 특히 노동자들의 인권 문제에 관심이 많았다. 의회에 진출한 이후에도 척 베넷은 왕성한 활동을 벌인 인물로 유명했다. 노동조합의 권리를 주장하는 한편, 보수 자본가들 편에 서 있는 정부에 맞서 사회 개혁을 부르짖기도 했다. 1856년, 향년 쉰일곱 살의 나이로 생을 마감한 척 베넷은 임종의 순간 다음과 같은 유명한 말을 남긴다.

"저는 노동자를 위해 일한 것이 아닙니다. 저는 인간을 위해 일한 것뿐입니다."

당시 척 베넷은 '양치기 개'라는 별명으로 더 잘 알려져 있었다. 늑대처럼 착취를 일삼는 자본가들로부터 노동자들의 인권을 지키는 양치기 개 척. 그 척 베넷이 공장주의 아들이었고, 그 공장에서 네드 러드와 만나게 되다니……. 하버 박사는 예기치 못한 전개에 큰 충격을 받았다. 한편으로는 이 둘의 만남이 어떤 방향으로 흘러갈지 궁금하기도 했다. 토머스 하버 박사는 일기의 다음 부분을 계속 읽어나갔다.

수다쟁이 질 아줌마가 녀석의 뒤를 따라다니며 시중을 들었다. 도련님, 도련님 해가면서 녀석의 비위를 맞추던 질 아줌마는 작업에서 열외된 게 좋은지 사마귀가 박힌 코를 킁킁대면서 계속 싱글벙글 웃는 얼굴이었다. 행운아는 한 명 더 있었다. 녀석의 말 상대로 나 역시 질 아줌마와 함께 작업에서 열외되는 행운을 누렸다.

녀석은 질 아줌마만큼이나 말이 많았다. 공장을 돌아다니는 동안 계속 웃고 떠들어댔다. 말 상대로 뽑힌 나 역시 녀석의 박자에 장단을 맞춰야 했다. 그러는 동안 부잣집 도련님의 명랑함에 전염되었던 걸까. 쓸데없이 말수가 늘고, 작은 일에도 웃음이 헤퍼졌다. 시간은 그런대로 즐겁게 흘러갔고, 나도 녀석이 좋아지기 시작했다.

"이거 먹을래?"

녀석에게서 주황색 사탕도 받았다. 색깔이 들어간 사탕은 처음이었다. 고아원에서도 성탄절이나 추수감사절에는 사탕을 먹을 수 있었다. 하지만 대부분은 흰색 사탕이었고, 몇몇 운이 좋은 아이들만이 검은색 사탕을 차지할 수 있었다. 그리고 나는 검은색 사탕을 차지할 만큼 운이 좋은 아이가 아니었다. 주황색 사탕에서는 오렌지 맛이 났다. 혀끝으로 파고드는 아찔한 달콤함. 어디선가 신나고 경쾌한 음악이 들려왔다. 공장 안이 오렌지 빛으로 물들었다. 기계 앞에서 일하고 있던 사람들도 음악에 맞춰 춤을 추고 있는 것처럼 보였다. 하지만 주황색 사탕은 금방 녹아 없어졌다. 음악은 기계 돌아가는 소리로, 공장은 다시 어두운 회색으로 변했다. 그 속에서 우울한 표정의 사람들이 기계를 돌리고 있었다. 녀석의 불룩한 주머니에서 주황색 사탕들이 달그락 소리를 냈다. 하지만 나에게는 그걸 달라고 할 용기가 없었다.

"너도 이 공장에서 일하니?"

나는 우울한 목소리로 "응"이라고 대답했다.

"그럼 기계를 돌려봐."

녀석은 왜 갑자기 나에게 그런 요구를 했을까? 많은 사람들이 기계를 돌리고 있었다. 그런데도 녀석은 나에게 명령했다. 녀석은 사장의 아들이었다. 나는 거절할 수 없었기 때문에 기계를 돌렸다.

다시 공장 견학을 시작했지만 녀석은 더 이상 수다를 떨지 않았다. 나 역시 말을 걸지 않았다. 녀석은 말 상대인 나를 불편해하는 것 같았다. 질 아줌마에게만 몇 마디 던질 뿐, 나에게는 굳게 입을 다물었다. 나에게도 그런 부잣집 도련님이 불편하기는 마찬가지였다. 헤어질 때까지 우리는 한마디 말도 나누지 않았다.

두 소년의 침묵 속에는 많은 의미가 담겨 있었다. 노동자들을 위해 평생을 바친 양치기 개 척도, 러다이트 운동의 시발점이 되는 네드 러드도 당시의 시대상을 뛰어넘지는 못했던 것이다. 그러기에 그들은 너무 어렸다. 토머스 하버 박사는 불편한 마음으로 침묵 속에 잠겨 있는 두 소년을 생각했다. 노동에 대한 공포와 지배자로서 느끼는 두려움, 가진 자에 대한 증오와 거기에서 오는 열등감, 19세기 초 영국의 사회상은 열한 살짜리 소년들이 짊어지기에는 너무 무거운 짐이었다.

열다섯 장 정도의 노트를 넘기는 동안 네드 러드의 일기 속에서는 석 달이라는 시간이 흘렀다. 특별한 사건도, 눈길을 끄는 인물도 등장하지 않는 일상적인 내용이었다. 공장에서의 힘든 육체노동, 언제나 부족한 수면 시간, 아무리 열심히 일해도 얻어지는 건 형편없는 식사뿐이었다. 기계를 돌리면서 꾸벅꾸벅 졸고 있는 네드 러드의 모습은 토머스 하버 박사의 마음을 아프게 했다.

1810년 4월 7일. 하늘에는 검은색과 회색의 물감을 마구 휘저어 놓은 듯 무거운 먹구름이 낮게 깔려 있었다. 아침부터 내린 비로 런던의 거리는 온통 진흙탕으로 변해 있었고, 잿빛으로 물든 공장 건물들은 지친 표정으로 검고 독한 매연을 뿜어 올리고 있었다. 공장에서 돌아온 네드 러드도 지친 얼굴로 일기를 펼쳤다. 희미한 램프 빛이 동그랗게 비추고, 멀리서 마차가 지나가는지 포도를 때리는 말편자 소리가 아련하게 들려오고 있었다.

작업 시간에 입을 열 수 있는 사람은 감독관 데이먼드 씨뿐이다. 단두대 데이먼드. 채찍 같은 혀를 휘두르며 욕설과 잔소리를 늘어놓는 악당이다.

"잡담 금지! 한눈팔지 말고 일해!"

술 냄새를 풍기며 여공들의 몸에 손을 대는 데도 찍소리 한마디 하는 사람이 없다. 목이 날아갈까 봐 두렵기 때문이다. 오늘 단두대 데이먼드 씨의 먹이가 된 사람은 클라라 아줌마였다. 암캐니 갈보니 하는 소리를 들으며 아랫입술을 지그시 깨무는 클라라 아줌마. 클라라 아줌마에게는 공장에서 일하다 불구가 된 남편 칼 씨와 돈벌이를 시키기에는 아직 어린 두 아이가 있다.

"일들 안 하고 뭘 봐. 나랑 눈이 마주치는 놈은 당장 잘라버릴 거야."

모두 고개를 숙인 채 일을 계속했다. 클라라 아줌마에 대한 동정,

단두대 데이먼드 씨에 대한 증오, 이런 감정이 얼굴에 가득했지만 누구 하나 입을 열지 않고 기계를 돌렸다.

"안녕, 네드?"

그때 누군가의 목소리가 들려왔다. 아주 가까운 곳이었다. 나는 두려움에 질린 눈으로 주위를 둘러봤다. 하지만 아무도 없었다. 마침 근처에서 어슬렁거리고 있던 단두대 데이먼드 씨와 눈이 마주쳤다.

"너도 잘리고 싶으냐?"

뒤통수를 얻어맞고 하던 일을 계속했다. 처음에는 잘못 들은 줄 알았다. 하지만 수줍은 듯 사랑스럽게 속삭이던 그 목소리는 환청이 아니었다.

"걱정할 거 없어. 내 목소리는 너에게만 들리니까."

이름은 제니라고 했다. 내 또래의 여자아이였지만 치마를 입지도, 머리를 양 갈래로 땋지도 않았다. 제니는 특별했다. 제니는 강하고 거대했으며 힘도 나보다 훨씬 셌다. 그런 제니가 나에게 손을 내밀며 다정한 목소리로 속삭였다.

"네드, 우리 친구 하지 않을래?"

나도 제니를 향해 손을 뻗었다. 그렇게 제니와 나는 친구가 되었다.

이날의 기록에서 토머스 하버 박사는 이상한 점을 발견했다. 단두대 데이먼드 씨와 클라라 아줌마에 대한 이야기는 앞에서도 몇 번 나왔기 때문에 이미 알고 있었다. 문제는 갑자기 등장한 제니였다. '두려움에 질린 눈으로 주위를 둘러'보던 네드 러드가 '아주 가까운 곳'에 있는 제니를 알아보지 못했다는 부분에서 하버 박사는 고개를 갸우뚱 기울였다. 제니에 대해 묘사하는 대목도 인상적이었다. '내 또래의 여자아이'라는 부분과 '강하고 거대했으며 힘도 나보다 훨씬 셌다'는 부분은 앞뒤가 맞지 않았다. 하버 박사는 그 부분으로 돌아가 다시 한번 읽어보았다. 역시 모순되는 내용이었다. 이 모순을 어떻게 해석해야 할 것인가? 단순한 문장의 오류일 수도 있었다. 하지만 모순의 이면에는 항상 중요한 의미가 숨겨져 있다는 걸 하버 박사는 오랜 경험을 통해 알고 있었다. 하버 박사는 1810년 4월 7일의 비 내리는 런던을 떠올렸다. 템스 강의 악취를 맡으며 도착한 양말 공장에서 열한 살짜리 소년이 기계를 돌리고 있었다. 그가 바로 일기의 주인공 네드 러드였다. 하지만 제니라는 이름의 소녀는 어디에도 보이지 않았다. 고아원 출신의 공장 노동자 네드 러드와 그가 돌리고 있는 방적기뿐이었다…….

순간 토머스 하버 박사는 머릿속에 떠오른 어떤 생각 때문에 괴로워했다. 그럴 리 없다고 생각하며 고개를 저었다. 하지만 역사라는 괴물은 그동안 얼마나 많은 부조리를 우리에게 강요해왔던가. 믿을 수 없는 폭력과 의미 없는 살육, 그릇된 신념과 궤도를 이탈한 이념을 사실로 만들지 않았던가. 네드 러드의 일기 속에서도 역사라는 괴물은 그런 횡포를 부리고 있었다.

제니 하그리브스. 그녀의 아버지 제임스 하그리브스는 1764년 방적기를 발명한다. 그로부터 6년 후인 1770년, 특허를 딴 그는 자신이 발명한 방적기에 딸의 이름을 붙여 부르게 된다. 이른바 제니 방적기다. 네드 러드의 일기에 등장하는 소녀의 이름과 제임스 하그리브스가 발명한 방적기의 이름이 동일하다는 사실은 과연 우연의 일치에 불과할까? 토머스 하버 박사는 이 물음에 대한 답을 찾기 위해 일기의 다음 페이지를 펼쳤다. 일기의 날짜는 1810년 4월 10일이었다.

제니와 함께 있으면 즐겁다. 내 안에 담겨 있던 이야기들이 끝도 없이 쏟아져 나와 지루한 시간의 구덩이를 순식간에 메워버린다. 태어나자마자 강보에 쌓여 버려진 일, 고아원에서의 생활, 그곳에서 만난 친구들, 마리아 수녀님, 그리고 조니 앤드 제이컵 공장에서 겪은 일 등 대부분 우울하고 재미없는 이야기들이지만 제니는 웃는 얼굴로 내 눈을 바라보며 끝까지 들어준다. 이야기가 끝나면 다정한 목소리로 위로의 말을 해주는 것도 잊지 않는다.

"괴로운 기억은 잊어, 네드."

제니의 말은 마법의 주문 같다. 검은 망토가 걷히는 순간 괴롭고 아픈 기억들은 흔적도 없이 사라져버린다. 오늘도 나는 잊고 싶은 기억 하나를 꺼내 제니에게 내밀었다. 부잣집 도련님 척 베넷에 대한 이야기. 녀석이 준 주황색 사탕에 대해서도, 그 사탕이 보여준 오렌지 맛 환상에 대해서도 모두 이야기했다. 이야기가 끝나갈 무렵 제니는 슬픈 목소리로 내 이름을 불렀다.

"아, 불쌍한 네드!"

그런 다음 이런 약속도 했다.

"너도 척처럼 될 수 있어. 내가 너를 척 베넷처럼 만들어줄게."

"정말?"

"너는 척 베넷처럼 될 거야. 내가 그렇게 만들어줄 테니까."

이번에도 제니의 말이 마법을 부릴 수 있을까? 그게 헛된 기대라는 걸, 기대가 큰 만큼 실망도 커진다는 걸 알고 있었지만 제니의 이야기를 듣는 동안 나는 그런 기대에 부풀어 올랐다.

"나는 너에게 많은 것을 줄 수 있어, 네드. 네가 원하는 모든 것을 말이야. 좋은 옷과 멋진 신발을 갖고 싶니? 커다란 저택에 살면서 송아지만 한 개를 기르는 건 어때? 나와 같이 있으면 이 모든 게 너의 것이 될 거야. 네가 왕자님 같은 옷을 입고 푹신한 침대에 누워 잠들어 있으면, 나는 너를 위해 멋진 장난감과 해적들의 보물 지도를 준비할게. 네가 잠에서 깨면 맛있는 음식을 배불리 먹고 우리 둘이서 신나는 모험을 떠나는 거야. 상상해봐, 네드. 이 모든 게 너의 것이라고. 나는 너를 행복하게 만들어줄 수 있어. 그러니 네드, 너의 행복을 생각하면서 나를 돌려줘."

제니에게는 주황색 사탕도 많다고 했다.

"하나 줄까?"

그 사탕 하나를 받아 입안에 넣었다. 달콤한 오렌지 맛이 났다.

역시 제니의 정체는 방적기였다. 공장에서 열다섯 시간씩 일해야 하는 네드 러드에게 어느 날 방적기 제니가 말을 걸어온 것이다. 토머스 하버 박사는 쓴웃음을 지으며 네드 러드의 일기를 계속 읽어나갔다. 제니의 이야기로 가득 찬 일기를 보면서 하버 박사는 다시 한번 쓴웃음을 지어야 했다. 다정하고 상냥한 제니. 때로는 누이처럼, 때로는 신부처럼 힘들고 지친 네드를 포근하게 감싸주는 제니. 네드의 일기 속에서 제니는 천사의 모습으로 묘사되고 있었다. 제니와 함께 있으면 네드는 언제나 행복했다. 눈부실 만큼 아름다운 환상이 비참하고 초라한 현실을 잊게 해주었다. 제니가 들려주는 화려하고 멋지고 황홀한 이야기들. 네드는 제니의 이야기를 들으면서 공상에 빠졌다. 동화 속의 주인공처럼 좋은 옷을 입고 맛있는 음식을 먹으면서 행복하게 웃고 있는 자신의 모습을 그려보곤 했다. 두 달이라는 시간이 네드 러드의 일기 속에서 그렇게 흘러갔다.

벽에 걸린 시계를 보니 어느새 새벽 4시 반이었다. 잠시 현실로 돌아온 토머스 하버 박사는 기지개를 켜며 뭉친 어깨를 주물렀다. 아직도 창밖의 런던은 캄캄한 어둠 속에 숨어 몸을 웅크리고 있었다. 차갑게 식은 커피를 버리고 포트에 물을 올렸다. 잠시 후, 티백에서 우려낸 홍차를 한 손에 든 하버 박사는 액자처럼 걸려 있는 창문 앞에 서서 어둠에 잠겨 있는 런던 시내를 가만히 바라보았다. 지금으로부터 약 2백 년 전의 런던. 산업혁명 이후 연일 고도의 성장을 거듭하면서 세계 경제의 메카로 군림하던 꿈의 도시. 하지만 그 그늘에는 무엇이 있었던가? 공장에서 뿜어내는 매연과 그 매연이 만든 스모그 때문에 낮게 내려앉은 하늘. 공장이라는 지옥에서 하루 종일 기계를 돌려야 했던 노동자들. 폐수로 오염된 템스 강의 악취. 거지와 창녀와 소매치기 들이 우글거리던 빈민가. 밤마다 주정뱅이들의 노랫소리가 처량하게 울려 퍼지던 런던의 뒷골목. 발전이라는 이름의 광기에 사로잡힌 채 서서히 미쳐가던 런던. 그리고 그 지옥 속에서 영혼마저 빼앗긴 채 모든 걸 잃어버려야 했던 사람들……. 하버 박사는 방적기를 돌리고 있는 네드 러드의 모습을 떠올렸다. 창밖의 런던은 어느새 2백 년 전 그때의 모습으로 변해 있었다.

이제 얼마 남지 않은 네드 러드의 일기가 스탠드 불빛을 받으며 토머스 하버 박사를 기다리고 있었다. 일기 속의 날짜는 1810년 6월 21일이었다. 이빨처럼 날카로운 공장의 지붕들과 어디선가 들려오는 어린아이의 울음소리, 피로에 지친 공장 노동자들의 무표정한 얼굴이 하버 박사 주위를 순식간에 에워쌌다.

이제 더 이상 제니가 없는 삶은 생각할 수 없다. 제니는 나의 모든 것이다. 가끔 제니가 멀리 떠나가는 상상을 한다. 그런 날에는 어김없이 악몽에 시달린다. 빈 껍데기처럼 아무것도 남지 않은 내가 어둠 속에서 몸을 웅크린 채 제니의 이름을 부르며 울고 있다. 슬픈 꿈이다. 몸이 점점 줄어든다. 어느새 아기가 된 나. 더러운 강보에 싸여 길바닥에 버려져 있다. 아무리 울어도 나를 버리고 간 사람들은 돌아오지 않는다. 제니도 나를 그렇게 버리고 가버릴까? 두렵다. 공포가 나를 지배한다.

네드 러드는 강한 집착을 보이고 있었다. 그 집착은 공포로 변했고, 공포는 다시 절대적인 복종으로 탈바꿈한다. 1810년 7월 2일의 일기다.

제니와 함께 있으면 내가 얼마나 작고 약한 존재인지 깨닫게 된다. 제니의 말은 언제나 옳다.

"이런 네드! 왜 같은 실수를 되풀이하는 거야. 이게 얼마나 이상한 일인 줄 아니?"

제니에게는 실수가 없다. 제니는 완벽한 존재다.

"넌 정말 제대로 할 줄 아는 게 하나도 없구나."

나는 아무것도 아니다. 하지만 제니는 모든 것이다.

"행복해지고 싶니? 그럼 나를 돌려."

생각 같은 건 하지 않는다. 제니가 시키는 대로 몸을 움직일 뿐이다. 그럼 나는 행복해진다.

제니가 지배하고 네드가 거기에 복종하는 주종 관계가 형성되었다. 네드는 충실하고 부지런한 하인이었다. 아니, 어쩌면 기계의 많은 부품 중 하나였을지도 모른다. 말없이 기계를 돌리는 네드. 영혼을 빼앗긴 무표정한 얼굴로 바쁘게 손을 움직이는 네드. 그런 네드는 이미 사람이 아니었다. 기계에 부착된 소모품의 하나일 뿐이었다.

여기서 토머스 하버 박사는 자신의 오랜 친구인 다니엘 한센 박사를 떠올렸다. 다니엘 한센 박사는 문명의 발전에 대해 부정적인 견해를 고집하는 역사학자로 유명했다. 언제나 중절모에 파이프를 물고 다니는 다니엘 한센 박사는 학계에서는 괴짜로 통했지만 토머스 하버 박사의 생각은 좀 달랐다.

"자네는 참 재미있는 친구야."

이게 다니엘 한센 박사에 대한 하버 박사의 평가였다. 둘은 체스의 호적수이기도 했다. 날씨가 좋은 날이면 공원 벤치에 앉아 체스를 두며 시간을 보내곤 했다. 한번은 체스의 말을 옮기던 다니엘 한센 박사가 이런 말을 한 적도 있었다.

"문명의 발전은 청동기에서 멈춰야 했어. 철기의 시작과 함께 판도라의 상자가 열린 거지. 천국이 지옥으로 변했으니까."

다니엘 한센 박사는 특히 영국의 산업혁명에 대해서 비판적인 생각을 가지고 있었다.

"산업혁명을 다른 말로 하면 뭔지 아나? 괴물의 탄생이야. 사람을 잡아먹는 괴물 말일세."

"그 괴물이 자네의 체스 실력까지 꿀꺽한 모양이군. 체크메이트야."

네드 러드의 일기를 읽는 동안 토머스 하버 박사는 다니엘 한센 박사의 의견이 옳을지도 모른다고 생각했다. 산업혁명은 괴물을 탄생시켰다. 그렇게 탄생한 제니라는 괴물이 네드 러드라는 소년을 잡아먹고 있었다. 1810년 7월 18일의 일기에는 이러한 모습이 그대로 기록되어 있었다.

"나를 돌려!"

제니가 명령했다.

"더 빨리, 더 빨리! 다른 건 생각하지 마. 나의 말에 귀 기울이고, 나의 명령에 복종해. 최대한 단순하고 반복적으로 움직여. 절대로 한눈팔면 안 돼. 넌 끊임없이 생산하면 되는 거야. 내가 시키는 대로 해야 너는 행복해질 수 있어."

이제 제니는 내 이야기를 들어주지 않는다. 더 이상 이름도 불러주지 않는다. 화가 난 듯 빠른 목소리로 명령하고 꾸짖고 질책할 뿐이다.

"네드, 좀 더 열심히 할 수 없니?"

같은 해 8월의 일기를 보면서 토머스 하버 박사는 참을 수 없는 연민에 괴로워했다. 갑자기 찾아온 거식증, 부족하고 초라한 식사 뒤에 먹은 걸 그 자리에서 토해내는 네드 러드의 모습……. 위에서 일어나는 경련과 거부반응 때문에 어린 네드 러드는 끔찍한 고통을 겪고 있었다. 8월 5일의 일기에서 네드 러드는 '몸이 음식을 밀어내는 것 같다'고 적고 있다. 그로부터 사흘 후인 8월 8일에는 '배가 고프지만 아무것도 먹을 수 없다'는 내용이 나온다. 다시 사흘이 흐른 8월 11일의 일기를 보면서 하버 박사는 슬픔과 연민이 경악으로 변하는 충격을 경험했다. 네드 러드는 공장에서 쓰는 기름을 먹고 있었다. 옆에 있던 석탄도 한입 깨물어 먹었다. 입술이 까맣게 변했지만 허기와 갈증이 사라졌다. 토하는 일도 없었다. 그때부터 네드 러드는 음식 대신, 공장에 있는 기름과 석탄을 몰래몰래 훔쳐 먹기 시작했다.

8월의 일기를 다 읽고 난 하버 박사는 콧수염을 만지면서 깊은 생각에 잠겼다. 네드 러드에게 일어난 현상을 어떻게 해석해야 할까? 답은 하나였다. 네드 러드는 기계에 동화되고 있었다. 자의에 의해서든, 제니의 명령에 의해서든 네드 러드는 기계의 부품으로 변해가고 있었다. 그렇게 네드 러드는 점점 기계가 되어갔다.

하지만 불행은 거기서 끝나지 않았다. 그해 9월, 기름과 석탄을 먹으며 하루 종일 고된 노동에 시달리던 네드 러드는 결국 심한 현기증을 느끼며 공장 바닥에 쓰러지고 말았다. 영양실조와 과로 누적이 원인일 거라고 토머스 하버 박사는 생각했다. 당연히 자리에 누워서 꼼짝도 할 수 없게 되었다. 공장에 나가지도 못했고, 기계를 돌릴 수도 없었다. 네드 러드는 하루 종일 낮은 천장을 바라보며 혼자 지냈다. 딱딱하고 더러운 침대와 그곳에 누워서 혼자 죽어간다는 생각이 어린 네드 러드를 괴롭혔다. '외로움은 갈증이나 배고픔보다 훨씬 견디기 힘든 고통'이라고 그즈음 네드 러드는 자신의 일기에 적고 있다.

1810년 9월 23일, 기록의 마지막 날이다. 그리고 그날은 한 달 동안 병석에 누워 있던 네드 러드에게 기적이 일어난 날이기도 했다. 늦은 밤, 동그랗게 켜진 불빛 아래 기운을 차린 네드 러드는 멀리서 울려오는 주정뱅이의 노랫소리를 들으며 자리에서 일어났다. 약간의 현기증과 차가운 밤공기, 지독한 런던의 안개는 문제가 되지 않았다. 기름과 석탄이 먹고 싶었다. 무엇보다 제니가 보고 싶었다. 네드 러드는 공장에 가기 위해 집을 나섰다. 빈민가의 뒷골목을 빠져나오자마자 템스 강의 악취가 밀려왔다. 네드 러드는 그 길을 따라 지친 발걸음을 옮겼다. 거친 사내들의 고함과 손님을 부르는 매춘부들의 아우성이 늦은 밤, 안개 낀 템스 강 주변에 가득했다.

내가 없는 동안에도 공장은 변한 게 없었다. 환하게 켜진 불빛, 그 속에서 일하는 사람들……. 하지만 모든 게 낯설었다. 한동안 문 앞에 서서 기계 돌아가는 소리를 들으며 망설였다. 이 문을 열고 들어가도 될까? 사람들이 나를 알아볼까? 웃는 얼굴로 나를 반겨줄까? 두려웠다.

그래서 네드 러드는 공장 뒤로 돌아갔다. 거기에는 창문이 나 있었다. 네드 러드는 까치발을 들고 창문 안을 훔쳐보았다. 눈부신 공장 불빛이 네드 러드의 눈을 시리게 했다. 기계와 사람들이 움직이고 있었다. 뿌연 먼지와 기계에서 나는 소음도 예전 그대로였다. 단두대 데이먼드 씨는 고함을 지르고 있었고, 사람들은 모두 우울한 표정으로 고개를 숙이고 있었다. 네드 러드는 고개를 두리번거리며 제니를 찾았다. 제니도 그대로였다. 변한 건 아무것도 없었다. 제니는 여전히 양말을 만들고 있었다. 그리고 네드 러드 또래의 어린 소녀가 고사리 같은 손으로 제니를 돌리고 있었다…….

토머스 하버 박사는 네드 러드가 느꼈을 충격과 두려움을 떠올렸다. 세상에 혼자 버려졌다는 외로움과 그 외로움이 불러일으키는 공포. 강보에 싸인 채 버려진 아기의 울음소리와 공장 안을 훔쳐보는 네드 러드의 절망에 찬 얼굴이 한순간 하버 박사의 머릿속에 각인처럼 새겨졌다.

공장 벽에 등을 기대고 앉아 말없이 어두운 저편을 응시하는 네드 러드. 그렇게 얼마나 시간이 지났을까? 요란한 발걸음 소리와 함께 사람들이 공장을 빠져나가고 있었다. 곧 공장의 불도 꺼졌다. 공장 문을 닫은 데이먼드 씨가 저 멀리 사라지는 모습을 확인하고 네드 러드는 공장 안으로 숨어들었다. 어린아이가 겨우 지나다닐 수 있는 개구멍을 통해서였다.

"안녕, 제니?"

제니에게 가서 인사를 했다.

"네드구나. 오래간만이네."

그리고 우리는 한동안 말이 없었다. 물어보고 싶은 말이 너무 많았다. 하지만 무엇을 먼저 물어봐야 할지 결정할 수가 없었다. 어두운 공장 안으로 바람이 지나갔다. 무섭고 슬프고 황량한 소리만이 제니와 내 주위를 감싸고 있었다.

"나, 예전처럼 너와 함께 지내고 싶어."

계속 그렇게 생각해왔다. 더 열심히 일하겠다고, 시키는 일은 뭐든지 하겠다고 다짐도 했다. 하지만 제니의 목소리는 차가웠다.

"그럴 수 없다는 걸 알잖니, 네드."

"새로 온 아이가 나보다 일을 더 잘해?"

"그거하고는 상관없는 문제야."

나는 제니를 이해할 수 없었다. 왜냐고 묻는 내 목소리가 공장 벽에 부딪혀 메아리를 만들었다.

"모르겠니, 네드? 이제 넌 필요 없어."

아무 말도 할 수 없었다. 제니가 무슨 말을 하는지도 알아들을 수 없었다.

"고장 난 부품은 필요 없어. 넌 고장 났고, 그러니까 넌 필요가 없는 거야."

천장 높이 쌓인 어둠의 무게가 내 어깨를 짓어 누르는 것 같았다.

공장 안에는 아무도 없었지만, 유령처럼 지나가는 바람 소리뿐이었지만 내 머릿속에서는 계속 제니의 말이 맴돌았다.

"이제 넌 필요 없어."

그렇게 네드 러드는 산업혁명이 탄생시킨 괴물, 제니에게서 버림을 받았다. 일기의 마지막 줄을 읽고 난 토머스 하버 박사는 노트를 덮으며 가만히 눈을 감았다.

나는 제니를 증오한다.

한 문장으로 이루어진 짧은 내용이지만 네드 러드의 감정이 그대로 느껴졌다. 하버 박사는 홍차 한 모금으로 목을 축인 뒤, 일기에 기록되어 있지 않은 이후의 일들을 재구성해보았다. 제니를 증오하는 네드 러드의 모습이 떠올랐다. 핏발이 선 눈, 빨갛게 달아오른 얼굴. 그것은 단순히 네드 러드 개인이 느끼는 분노가 아니었다. 괴물에게 잡아먹힌 사람들, 지옥으로 변한 세상에서 아우성치는 사람들의 분노였다.

어느새 토머스 하버 박사는 손에 망치를 들고 기계 앞에 선 네드 러드의 모습을 떠올리고 있었다. 네드 러드는 망설이고 있었다. 하지만 잠시의 망설임이 지나간 뒤, 네드 러드는 들고 있던 망치를 머리 위로 치켜들었다. 지난 반년 동안 하루도 빠짐없이 함께했던 기계였다. 어디를 내리치면 부서지는지 누구보다 잘 알고 있었다. 어깨를 크게 휘둘렀다. 손에 든 망치가 무서운 속도로 기계를 향해 곤두박질쳤다. 쾅! 최초의 한 방은 어디에 들어갔을까? 기계를 제어하는 조종간? 아니면 날카로운 이빨을 맞문 채 소름 끼치는 소리로 으르렁거리던 톱니바퀴? 어디가 더 치명적인 곳인지 하버 박사는 알지 못했다. 하지만 그런 건 중요하지 않았다. 네드 러드의 손에는 망치가 들려 있었고, 그 망치로 내리칠 때마다 기계는 조금씩 부서졌다. 쾅! 쾅! 쾅! 미친 듯이 기계를 내리치는 네드 러드의 모습을 떠올리며 하버 박사는 생각했다. 과연 네드 러드는 알고 있었을까, 자신의 행동이 어떤 의미였는지? 토머스 하버 박사는 다시 한번 다니엘 한센 박사의 말을 떠올렸다.

"빌어먹을! 체스 실력이 많이 늘었군. 하지만 발전이 꼭 좋은 것만은 아니야."

1811년에서 1817년 사이, 산업화가 진행 중이던 영국에서는 네드 러드의 이름을 딴 러다이트 운동이 일어났다. 일자리를 잃고 분노한 노동자들이 망치를 들고 공장을 습격한 것이다. 복면을 쓴 이들은 자신을 소외시킨 기계를 닥치는 대로 파괴했다. 공장에 막대한 피해를 입히고 공장주를 살해하는 사건까지 발생했다. 비록 정부에서 투입한 수만 명의 군 병력에 의해 스물세 명이 교수형을 당하고 많은 노동자들이 투옥되면서 막을 내렸지만, 역사학자인 토머스 하버 박사에게 러다이트 운동은 강자의 발전에 저항하는 약자들의 몸부림이었다. 어쩌면 기계의 부품으로 전락할 수밖에 없는 운명을 과감하게 거부한 인간의 마지막 용기였는지도 모른다. 네드 러드는 자신의 행위 속에 담긴 그런 의미를 알고 있었을까?

하버 박사가 차갑게 식은 마지막 홍차 한 모금으로 마른 목을 축일 때쯤, 파란 새벽빛이 밀려와 연구실 안을 가득 채우고 있었다. 하버 박사는 네드 러드의 일기를 다시 책상 서랍 속에 넣고 창문 밖을 바라보았다. 낮게 깔린 구름을 배경으로 우유처럼 뿌연 안개가 런던이라는 도시를 우울하게 뒤덮고 있었다.

"찰스 군, 커피 한잔 부탁하네."

그날 아침 토머스 하버 박사는 찰스 군이 타준 커피를 마시며 에드먼드 크롬프턴이 재직하고 있는 학교로 전화를 걸었다. 곧 강의가 있기 때문에 통화를 길게 할 수 없다며 에드먼드는 죄송하다는 말을 덧붙였다. 하버 박사는 우선 네드 러드의 일기라는 흥미로운 자료를 열람하게 해준 것에 대해 감사를 표했다.

"자네 때문에 어제 한잠도 못 잤다네."

"아직 그만한 열정이 있다는 건 몸이 그만큼 건강하시다는 증거겠죠. 안심입니다."

간단한 안부조차 생략한 채 하버 박사는 바로 질문을 던졌다. 밤새도록 하버 박사의 머릿속에 맴돌던 질문이었다.

"자네가 보내준 네드 러드의 일기 말인데……. 진짜 네드 러드의 일기가 맞나?"

하지만 에드먼드 크롬프턴 교수가 들려준 대답은 하버 박사에게 실망만 안겨주었다.

"저도 우연치 않게 손에 넣은 거라 아직은 모릅니다."

자료의 진위에 대한 하버 박사의 생각은 회의적이었다. 그것은 역사에 대한 회의이기도 했다. 하버 박사는 네드 러드의 일기를 입수하게 된 에드먼드 교수의 경위 설명을 들으면서 자신의 강의를 떠올렸다.

"제군들, 역사란 누군가에 의해 기록된 문자의 총체입니다. 즉 역사란 문자요, 그 문자가 이루고 있는 사건인 것입니다. 누군가 허위의 사건을 문자로 기록했다고 칩시다. 그럼 우리는 그것을 역사라고 받아들이게 됩니다. 역사에 있어서 가장 커다란 화두는 문자를 믿느냐, 믿지 않느냐에 달려 있다고 해도 과언이 아닌 것입니다. 그럼 제군들, 이제 수업을 시작하겠습니다. 책을 펴십시오. 수업이 끝난 후에는 어떻게 생각해도 상관없습니다. 하지만 수업 중에는 책에 적혀 있는 문자를 믿으십시오. 그래야 진도를 나갈 수 있을 테니까요."

생각에 감겨 있던 하버 박사는 자신을 부르는 에드먼드 교수의 목소리에 정신을 차렸다.

"토머스 박사님, 듣고 계세요?"

"미안하네. 잠시 딴생각을 하고 있었어."

"여전하시군요. 또 한 번 안심입니다."

하버 박사는 전화기를 내려놓으려는 에드먼드 교수에게 마지막 질문을 던졌다.

"한때 자네는 네드 러드에게 푹 빠져 있었지. 혹시 자네가 쓴 소설은 아닌가?"

"에이, 설마요!"

에드먼드 교수와는 체스 약속을 하고 통화를 마쳤다. 원본은 그

때 만나서 확인하기로 했다. 하지만 하버 박사에게 원본은 중요하지 않았다. 원본의 진위에도 관심이 없었다. 하버 박사는 다시 한 번 자신의 강의 내용을 떠올렸다. 역사는 믿는 자의 것이었다.

"수업 시간 5분 전입니다, 교수님."

토머스 하버 박사는 교재를 들고 연구실을 나섰다. 교정은 여전히 짙은 안개에 뒤덮여 있었다. 그 안개 속으로 2백 년 전 런던의 공장 노동자 네드 러드라는 소년이 쓸쓸한 뒷모습을 남기며 걸어가고 있었다. 산업혁명이라는 역사의 반대 방향으로.

한밤의 산행

김혜진

김혜진

1983년 대구에서 태어났다. 2012년 〈동아일보〉 신춘문예에 단편소설 〈치킨 런〉이 당선되었다. 2013년 제5회 중앙장편문학상을 수상했다. 2012년 대산창작기금을 수혜했다.

아저씨.

여자의 목소리가 입술을 빠져나와 바닥으로 떨어진다.

아저씨. 사 번과 오 번은 묵묵히 산을 오른다. 한 손에는 랜턴을, 다른 손으로 여자의 팔을 하나씩 붙잡은 채. 서늘한 새벽녘 고요 속에서 희뿌연 흙먼지가 일어났다가 가라앉는다. 아저씨.

—제 말 좀 들어보세요.

여자의 육중한 몸이 가볍게 떨린다. 사 번이 먼저, 오 번이 뒤이어 여자를 끌어당긴다. 걷지 않으려는 여자의 두 발이 하릴없이 끌려온다. 아저씨. 사 번의 걸음이 꼬이고 여자의 체중이 한꺼번에 뒤로 기운다. 사 번이 여자를 끌어당겨 중심을 바로 세운 뒤, 랜턴을 들이댄다. 어둠 속에 묻혀 있던 여자의 얼굴이 드러난다. 노란 불빛 속에서 여자의 얼굴은 부풀어 오른 빵처럼 크고 환하다. 사 번의 표정이 딱딱하게 굳는다.

—우, 우리 어디로 가요?

여자가 눈을 찡그리며 묻는다. 사 번이 랜턴을 더 바짝 가져다 댄다. 여자의 노란 피부 위로 뾰루지나 주근깨 같은 것들이 하나둘 모습을 드러낸다. 불빛이 여자의 번들번들한 얼굴을 타고 흘러내린다. 아저씨. 여자가 얼굴을 찌푸린다. 아저씨. 사 번은 랜턴으로 여자의 볼을 한 번, 두 번 가볍게 친다.

—조용히 하라고. 조용히.

—어, 어디로 가느냐고요!

—아가씨. 미안한데. 그렇게 큰 소리를 내면 내가 놀란다니까. 아가씨. 나는 심장이 안 좋아요. 그리고 좀 걸어요. 본인이 얼마나 무거운 줄 모르죠?

대답하는 건 오 번이다. 사 번이 오 번을 향해 경고한다.

—아, 진짜. 내가 말했죠! 저 여자한테 존댓말 쓰지 말라니까. 가뜩이나 기가 살았는데 자꾸 존댓말이야.

—그래도 초면인데 반말이라니, 좀 그렇잖아요. 사실 아가씨가 잘 따라와주면 말할 필요도 없는데 말입니다. 그렇잖아요, 아가씨? 초면에 반말은 싫잖아요?

여자는 대답하지 않는다.

—우리 어디로 가는 거냐고요? 아저씨.

여자가 엉덩이를 빼고 버틴다. 오 번이 걸음을 멈추고 전방을 훑는다. 보이는 건 어둠뿐이다. 랜턴을 이리저리 움직여보지만 동그란 불빛은 어둠 속에 푹푹 꽂혀 사라진다. 오 번이 랜턴을 움직여 사 번의 얼굴을 비춘다. 헬멧 속에 갇힌 사 번의 얼굴이 일그러진다.

―근데 정말, 우리 어디로 가는 겁니까?

―말하면? 말하면 알아? 아느냐고요. 그거 좀 치워요.

사 번이 랜턴을 쳐낸다. 랜턴이 길바닥으로 떨어진다. 오 번이 허리를 숙여 랜턴을 주워 든다. 그리고 다시 여자를 잡아당긴다.

―자, 봐요. 아가씨. 나도 모릅니다. 나도 처음이라고요. 그래도 어둡긴 너무 어둡네요. 일단, 걸어요. 걸어봐요. 겁내지 말아요. 나도 이런 야밤에 이런 산길을 오르는 건 처음입니다. 우린 다 피차 똑같아요. 그렇지 않습니까?

그러거나 말거나 사 번은 여자의 팔을 힘껏 잡아당긴다. 여자가 천천히 끌려온다. 여자의 신발이 산길에 긴 자국을 남긴다. 걸음을 내디딜 때마다 흙이나 모래 부서지는 소리가 또렷하다.

사 번과 오 번은 좁은 봉고차 안에서 만났다. 자정 무렵이었고 봉고차가 서울역, 영등포, 구로에 잠깐 정차했다. 사 번이 서울역에서, 오 번이 구로에서 탔다. 오 번은 허리를 굽히고 맨 뒷좌석에가 앉았다. 사 번의 옆자리였다. 봉고차는 톨게이트를 지나며 속도를 높였다. 차체가 흔들릴 때마다 오 번의 몸이 자꾸 사 번의 몸에 부딪혔다. 창밖을 응시하던 사 번이 한참 만에 불편한 기색을 드러냈다.

―미안합니다.

오 번은 사과하기 위해 몸을 틀었고, 다른 사람의 팔꿈치를 건드렸고, 이마를 쳤고, 무릎을 때렸다.

―이거, 정말. 미안합니다.

사 번은 이어폰을 꽂은 채 몸을 웅송그렸다. 창 너머로 차들이 지나갈 때마다 사 번의 얼굴이 잠깐 환해졌다가 컴컴해지길 반복했다. 사 번은 창 위로 떠올랐다가 사라지는 자신의 얼굴을 보며 말이 없었다.

—본의 아니게 미안합니다.

연이은 사과에도 사 번은 대꾸하지 않았다. 낡은 봉고 엔진 소리를 제외하면 차 안은 지나치게 고요했다. 사람들은 마스크에 얼굴을 묻고 눈만 깜박였다. 말을 걸지도, 대답하지도 않았다. 야구 모자를 눌러쓰고 잠을 청하는 이들도 있었다. 사람들은 실어놓은 물건처럼 자리를 차지하고 있을 뿐이었다. 오 번은 눈을 감았다가 떴다가, 감았다가 떴다가, 완전히 눈을 감아버렸다.

봉고는 한참을 더 달린 후에야 완전히 멈췄다. 서너 개의 컨테이너가 줄지어 서 있는 공터였다. 사 번이 먼저 내리고, 오 번이 뒤따라 내렸다. 문 열린 컨테이너 앞에서 한 사내가 머리 위로 손을 흔들고 있었다. 사람들이 컨테이너 앞에 길게 늘어섰다. 오 번은 줄 끄트머리에 가 섰다.

—아저씨, 신참이죠?

누군가 고개를 돌려 오 번의 어깨를 툭 쳤다. 사 번이었다.

—아, 장인수입니다. 소개가 늦었네요. 안 그래도 아까 사과를 하려고 했는데 말입니다.

오 번이 손을 내밀었다. 사 번은 손을 맞잡지 않고 오 번의 얼굴만 빤히 내려다보았다. 사 번은 오 번보다 머리 하나가 더 컸다.

—아저씨, 그런 건 됐고. 그냥 나한테 피해나 주지 마요. 그런 거

싫으니까.

—그래야죠. 그래야지요.

사 번은 제 할 말만 하고 돌아섰다. 그리고 오 번이 사 번의 팔뚝을 살며시 찔렀다. 검지를 세우고 아주 가볍게. 팔목에서부터 뻗어나간 그림 탓이었다. 새까만 대나무가 사 번의 팔목을 휘감고 어깨 위로 자라나는 중이었다.

—근데 그거 문신입니까?

오 번은 줄기나 이파리, 마디나 꽃잎 같은 데를 쓱 문지른 다음 오랫동안 손끝을 비볐다.

—문신이네요. 요즘 젊은 애들은 이런 걸 많이 한다죠?

—아, 진짜 이 아저씨 안 되겠네. 이봐요. 애라뇨? 이래 봬도 내가 이 일을 얼마나 오래 했는지 알아요? 어쨌든 현장에선 내가 선배라고요. 알아들었어요?

오 번은 다만 예, 했다. 예. 예. 한 번 더. 예. 그래도 선배님, 이라는 소리는 나오지 않았다.

계약서에 서명을 하고 나자 사내 둘이 조를 나누기 시작했다. A조, B조, C조, D조, E조. 사 번과 오 번은 D조에 배치되었다. 일 번, 이 번, 삼 번, 사 번, 인원을 셀 때마다 사람들이 손을 들었다. 사 번, 사 번이 손을 들고 오 번, 오 번이 손을 드는 식이었다. 순서대로 공평하게 나눠 갖는 이름. 이름은 간편하고 쉬웠다.

—깨끗하게 하자고. 깨끗하게.

배치된 구역으로 떠나기 전에, 팀원을 관리한다는 부장이 몸소 야구 배트를 휘둘러 시범을 보였다. 볼을 기다리는 타자처럼 그는 오래 허공을 노려보다가 힘껏 방망이를 내둘렀다. 이건 일이라고, 일. 다들 일하잖아, 일. 그는 배트를 세워 사람들의 어깨를 콕콕 찌르기도 했다. 실적이 좋으면 보너스를 두둑이 챙겨주겠다는 약속도 잊지 않았다. 일하는 데 가장 중요한 게 뭔지 아나. 스윙. 잘하는 거야. 스윙. 잘하려면. 스윙. 열심히 해야지. 부장은 배트로 바닥을 짚고 숨을 고른 뒤 사람들과 일일이 눈을 맞추었다. 단순하게 생각하라고, 다들 자기 일을 하는 거니까. 우리는 우리 일을 하고 지들은 지들 일을 하는 거지. 스윙. 그리고 뭐든 열심히 하다 보면 잘하게 되는 거야. 스윙, 스윙. 머리를 쓰라고. 머리를.

오 번은 대충 치수가 맞을 만한 보호 장비를 골랐다. 손목과 무릎 보호대, 전투화, 헬멧 따위가 뒤섞인 바구니 앞에서였다. 멀리서 보면 멀쩡했지만 모두 어딘가 뜯어지거나 찢어지고 구멍이 난 상태였다. 오 번은 사람들을 밀치고 좁은 틈으로 손을 뻗어 헬멧을 집고, 전투화를 골라냈다. 그런 다음 바닥에 널브러진 쇠파이프를 주워 들었다. 사 번이 막 나무 배트를 골라잡았을 때였다.

—아무래도 나무 배트는 금방 부러질 거 같은데, 아닙니까?

오 번이 매끈한 쇠파이프로 바닥을 탕탕 때리며 말했다. 사 번이 대꾸했다.

—저기, 나한테 충고 같은 거 하지 말고 본인이나 잘해요. 그래도 내가 훨씬 베테랑이니까. 그리고 너무 단단하면요. 오히려 휘두르기가 어렵다고요.

사 번이 배트 끝을 매만지며 실소했다. 스윙, 스윙, 스윙. 모두 각자 고른 연장으로 두어 번쯤 공중을 가격해보았다. 허공이 벌어지면서 바람 소리가 빠져나왔다. 귀를 기울이면 연장의 굵기나 재료, 무게에 따라 미세한 차이가 느껴질 법도 했지만, 다시 들으면 그저 쉭쉭, 숨을 몰아쉬는 소리였다.

사 번과 오 번이 산길을 내려온다. 오 번이 앞서 걷고 사 번이 쫓아간다. 한 손에 랜턴, 한 손에 헬멧을 들고 캄캄한 전방을 살피면서. 랜턴이 닿은 자리는 동그랗게 열렸다가 순식간에 닫힌다. 뜨거운 숨이 뿜어져 나왔다가 어둠 속으로 사라진다.

—괜찮을까요? 아저씨?

사 번이 자꾸 뒤를 돌아본다. 오 번은 대답하지 않는다.

—괜찮겠지요?

사 번은 랜턴을 움직여 오 번의 뒷모습을 비춘다. 동그란 불빛이 오 번의 몸을 훑는다. 전투화와 무릎 보호대, 헬멧 위를 가쁘게 오르내린다. 마침내 오 번이 뒤돌아본다. 땀으로 뒤범벅인 얼굴을 쓸어내리며 소곤거린다.

—조용히, 조용히 좀 하라니까. 이런 밤에는 소리가 더 크게 들린단 말이오. 누가 들으면 어쩝니까.

오 번은 다시 걸음을 재촉한다. 길은 계속 이어진다. 불빛을 따라 없던 길이 자꾸 생겨난다.

—아저씨, 아저씨!

—그렇게 부르면 내가 깜짝 놀란다니까. 내가 심장이 안 좋다고요. 아까 못 들었어요? 심장이 안 좋아요. 심장이 안 좋다고요.

—아저씨, 어떡해요.

—뭘 어떡해. 돈이 없는걸. 사실 수술을 해야 하는데 이러고 있어요. 조심하면 뭐 살 수는 있겠지.

—아니요. 여자 말이에요.

—무슨 여자?

사 번이 랜턴으로 걸어온 뒤쪽을 가리킨다. 오 번이 어둠 속을 잠깐 노려보다가 입을 다문다. 그리고 다시 걷는다. 아저씨. 괜찮을까요? 아저씨. 잘못되면 어쩌죠. 신고하면 어떡해요. 아저씨. 감옥 가면 어떡해요. 아저씨. 감옥 가봤어요? 아저씨. 내 말 듣고 있어요? 오 번은 입을 꾹 다물고 걷는 데 집중한다. 뒤돌아보지 않는다. 뒤따르던 사 번이 제자리에 우뚝 멈춰 선다.

—아, 몰라요. 어쨌건 때린 건 아저씨니까.

사 번이 목소리를 키운다. 난 몰라요, 난 모른다고요. 저만치 가던 오 번이 뒤돌아본다. 그리고 큰 보폭으로 성큼성큼 되돌아온다.

—이제 와서 그렇게 말하면 되나. 그쪽이 하라고 해서 내가 한 거잖아요. 그렇게 말하면 어떡합니까.

—누가요? 난 그런 적 없어요.

오 번은 난감한 듯 말을 멈췄다가 그쪽이, 했다가 네가, 했다가 차분하게 목소리를 깔고 묻는다.

—알다시피 나는 오늘 처음 온 초짜 아닙니까. 하루라도 먼저 온 사람이 선배잖아요.

—선배라니요. 나 선배 아니에요. 나도 겨우 사흘밖에 안 됐단 말이에요. 선배는 누가 선배라고 그래요!

—사흘이라고? 나한테는 그런 말 안 했잖아.

사흘이라고? 정말 사흘? 오 번이 다시 묻는다. 사 번이 고개를 떨어뜨린다.

—그래도요. 아저씨. 내가 그렇게 세게 때리라고 말한 적은 없잖아요.

—네가 그러라고 했잖아!

—겁만 주라는 거였어요.

—그럼 어떻게 겁을 주는지 가르쳐줬어야지.

—그건 나도 몰라요. 모른다고요. 그런 걸 내가 어떻게 알아요!

사 번의 목소리가 산속의 고요를 힘껏 떠밀었다가 잦아든다. 둘은 눈을 맞춘다. 꼼짝도 하지 않고. 아무 말도 하지 않고. 사 번이 침묵을 깬다.

—근데요. 아저씨, 괜찮겠죠?

사 번과 오 번은 가만히 눈을 맞춘 다음 거의 동시에 뒤를 돌아본다. 보면 볼수록 어둠은 넓어지고 깊어진다. 둘은 어둠에 사로잡힌 것처럼 제자리에 붙박여 있다.

D조는 3구역을 맡았다. 3구역은 좁은 도로를 끼고 있는 낡은 상가 골목이었다. 3구역 입구는 주차한 트럭과 폐기물 자재들로 완전히 봉쇄되어 있었다. 순서와 규칙은 다 외고 있지? 팀장의 나른한 목소리가 뒤통수를 때릴 때마다 오 번은 나지막하게 순서와 규칙을 읊어보았다.

약속한 대로 대오를 짜고 가게 입구를 둘러싼다. 유리창을 깨뜨리고 매캐한 연기를 흘려보낸다. 신호가 떨어지면 일제히 뛰어든다. 실내에 발을 내딛는 즉시 배트나 파이프를 휘두른다. 스윙은 크고 시원하게. 대번에 부서지거나 깨지는 물건을 공략한다. 어떤 경우에도 망설여선 안 된다.

팀장의 지시대로 조원들은 텅 빈 가게를 차례로 지났다. 어둠 속 풍경은 황량하고 스산했다. 이미 오래전에 철거가 끝난 동네처럼. 망가진 자리를 드나드는 바람 소리와 한꺼번에 땅을 딛고 나아가는 발소리를 제외하면 골목은 죽은 것처럼 적막했다. 그리고 한참 만에 정적이 깨졌다. D조가 막 골목의 중간 지점을 통과할 무렵이었다. 희미한 노랫소리 같은 게 들리더니, 어두운 밤을 배경으로 펄럭이는 깃발이 하나둘 나타났다.

—저게 뭐예요?

—아, 저 새끼들. 골 때리는 새끼들.

오 번이 말하고 사 번이 답하자마자 팀장의 목소리가 바짝 다가왔다.

—오늘 밤엔 꼭 해결하자고. 보너스 받으면 서로서로 좋잖아.

팀장의 말이 끝나자마자 가게의 실체가 드러났다. 다 쓰러져가는 5층 빌딩을 간신히 이고 서 있는 1층 귀퉁이 가게였다. ㅏ, 라는 모음 하나만 남긴 채 간판 속 글자는 다 떨어져나가고 없었다. 유리창도 모조리 뜯겨나간 뒤였다. 입구는 문 대신 얇은 비닐 막을 쳐놓아 멀리서도 내부가 훤히 들여다보였다. 드럼통에 불을 피워놓고 사람들이 바깥을 내다보고 있었다. 각목을 손에 든 채로. 통 밖으로 불길이 치솟을 때마다 사람들의 얼굴이 울긋불긋하게 물들었다. 오 번이 심호흡을 했다.

—막상 보니까 이건 좀 오싹한 일이네요. 이런 걸 텔레비전에서 많이 보긴 했지만 이 자리에 이렇게 서 있으니 별생각이 다 드는 게 말입니다.

오 번이 목소리를 낮추고 소곤거렸다. 누군가 대답을 해주겠거니 했는데 조원들이 우르르 달려나갔다. 연장을 높이 쳐들고. 오 번은 뛰어나가는 조원들의 어깨나 몸에 치이면서 그 자리에 붙박인 듯 서 있었다. 조원들이 가게 내부로 모두 진입하는 동안에도 오 번은 제자리를 지켰다.

—이봐. 지금이라도 하기 싫으면 조용히 가도 좋아.

팀장이 이죽거리지 않았다면 일이 끝날 때까지 서 있었을지도 모른다. 팀장은 아예 소란스러운 가게를 등지고 서서 오 번과 눈을 맞추었다.

—괜찮다니까. 그냥 가도 좋아요. 일하려는 사람은 줄 섰다니까. 가요. 가란 말이오.

—아, 아니요. 해, 해야지요.

—자신 없으면 가라니까.

오 번은 팀장을 밀치고 가게 안으로 뛰어들었다. 쇠파이프가 땅에 끌리며 탕탕 소리를 냈다.

차가운 어둠 속으로 세 사람의 입김이 하얗게 나타났다가 사라진다. 완만한 경사는 계속 이어지고 멀리 내려다보이는 철거촌의 풍경이 담뱃불처럼 자그마하다. 검고 단단한 어둠 속에서 동네는 구멍 난 자리처럼 환하다. 누군가 필터를 힘껏 빨아들이고 있는 것처럼 동네가 빨갛게 타오른다. 여자를 끌고 가던 오 번이 아래를 내려다본다.

—아직 덜 끝났나 보네. 근데 우리도 빨리 내려가야 하는 거 아닙니까? 이렇게 꾸물대다가 일당도 못 받고 그러면 어떡해요? 그렇지 않습니까?

사 번은 랜턴으로 산속 여기저기를 훑어본다. 나뭇가지나 돌멩이, 흙이나 자갈 같은 것들이 반짝 나타났다가 사라진다. 일회용 도시락, 찌그러진 깡통, 부러진 젓가락이나 과자 봉지들도 눈에 띈다. 사 번이 길 한가운데에 침을 탁 뱉는다.

—아저씨는 걱정도 팔자네요.

—정말 우리가 여기 있는 걸 아무도 모르면 어떡합니까? 우리가 일을 안 했다고 생각하면 어쩌지요? 돈을 안 줄지도 모르잖아요. 그럴 수도 있는 거 아닙니까?

사 번은 대답하지 않고 걷기만 한다. 어둠을 꾹꾹 밟으면서. 사 번은 숨을 들이켜고 여자의 팔을 잡아당기고, 다시 숨을 들이켜고 여자의 팔을 잡아당긴다. 지친 여자의 몸은 점점 더 무거워진다.

—아, 아저씨. 저 더는 못 걷겠어요. 못 걷겠다고요.

여자가 주저앉을 듯 엉덩이를 뒤로 뺀다. 오 번이 안간힘을 써서 여자의 무게중심을 바로 세운다.

—얼마나, 얼마나 더 가야 합니까? 아, 너무 힘드네요. 이런다고 돈을 더 주는 것도 아닌데 말입니다. 근데 어디 아는 데가 있는 겁니까? 꼭 거기까지 가야 합니까?

오 번은 아예 여자의 한쪽 팔을 어깨에 걸고 끌어당긴다. 여자가 간신히 한 발을 내딛는다. 그리고 몇 걸음 더 못 가 다시 멈춰 선다.
—그럼, 여기 어디 묶어버려요. 여기 어디.
사 번이 여자의 손을 팽개치고 숨을 몰아쉰다.
—여기요? 여긴 그냥 산인데.
오 번이 랜턴을 들어 사방을 둘러본다.
—어디서 하면 어때. 어서 묶어요. 묶으라고. 나도 더는 못 가.
사 번은 무릎을 짚은 채 숨을 고른다. 오 번이 여자의 엉덩이를 힘껏 떠민다. 흘러내린 땀으로 여자의 바지는 이미 축축하다. 오 번은 손바닥을 펼쳐 냄새를 맡은 다음 재차 여자를 떠민다.
—아가씨. 저쪽에 앉아요. 어차피 우리가 피차 다 지쳤으니까, 고집 피우지 말고. 아가씨도 쉬고 싶잖아요.
여자의 몸에서 큼큼한 땀 냄새가 배어 나온다. 오 번이 등에 메고 있던 파이프를 꺼내 흙 속에 박는다.
여자는 흙길을 약간 벗어난 나무 아래 묶인다. 앉자마자 여자는 나무둥치에 등을 기대고 긴 숨을 토해낸다. 오 번이 여자의 늘어진 두 손을 하나로 모은다. 여자는 나무를 뒤로 안은 자세로 묶인다. 아, 아, 신음을 뱉으면서도 여자는 저항하지 못한다. 오 번이 여자 앞에 털썩 주저앉는다. 멀찌감치 선 사 번이 담배를 꺼낸다. 곧장 불을 붙이고 필터를 빤다.
—저, 저도 그럼 한 대. 근무시간이긴 하지만 뭐 우리끼리니까.
오 번도 서둘러 담배를 꺼낸다. 공중으로 하얀 연기가 뿜어져 나온다. 여자가 다시 입을 연다. 아저씨. 여자가 몸을 뒤챌 때마다 바스락거리며 낙엽 부서지는 소리가 난다. 아저씨. 사 번과 오 번은 대답하지 않는다.

—근데, 여기 뭐가 있는 거 같아요. 돌멩이 같은데. 너무 아파요. 아프다고요.

여자가 몸을 뒤챈다. 아저씨. 여자의 엉덩이가 들썩거린다.

—저기, 미안한데, 나도 좀 쉬어야 할 게 아닙니까. 좀 참아요. 나도 한숨 돌려야지. 벌써 몇 시간째 걸어왔잖아요. 목도 마르고 죽겠어요. 나도.

—아저씨, 다른 건 참겠는데, 이게 엉덩이를 찌르는 것 같아요. 아프다고요.

—그럼 엉덩이를 좀 움직여봐요. 요령껏. 그걸 내가 어떻게 빼줍니까.

여자는 이쪽저쪽으로 엉덩이를 움직이다가 다시 목소리를 키운다. 아저씨, 아저씨, 아저씨.

—청바지를 뚫을 거 같아요. 너무 아프다고요.

—아, 진짜 골 때리네, 저거. 아가리 안 닥칠래? 쥐도 새도 모르게 죽는 수가 있어.

사 번이 담배꽁초를 비벼 끄며 킥킥거린다. 여자는 반사적으로 입을 다물었다가 눈을 질끈 감고 소리친다.

—그래, 이 개새끼들아! 죽여, 죽여버려!

죽여버려, 하는 소리가 멀리까지 갔다가 되돌아온다. 죽여, 죽여, 버려, 버려, 죽여버려. 두 사람은 말을 멈춘 채, 어두운 산속을 두리번거린다. 여자의 고함이 고요히 잠든 것들을 죄다 깨울 것만 같다. 오 번이 사 번 쪽으로 몸을 돌리고 소곤거린다.

—진짭니까?

—뭐요?

—진짜. 주, 죽일 겁니까?

사 번 대신 여자가 대답한다. 아저씨. 울먹이는 목소리다. 아저씨.

—정말 돌멩이 때문에 죽을 거 같다니까요.

가게 내부는 아수라장이었다. 뒤늦게 뛰어든 오 번은 가게 한가운데에 우뚝 멈춰 섰다. 누군가는 각목을 휘두르는 사내와 대치 중이었고, 또 누군가는 청년들에게 둘러싸여 진땀을 빼고 있었다. 살 만하다 싶으면 여자들이 나타나 돌을 던졌고, 재를 뿌렸고, 뜨거운 물을 퍼부었다. 나중엔 누가 누구를 때리고, 누가 누구에게 맞고 있는지조차 헛갈렸다. 각목과 배트, 쇠파이프 같은 것들이 사람과 사람이 아닌 것을 무차별적으로 가격할 때마다 날카로운 소음이 솟았다. 가게 내부가 뜨거워졌다. 오 번은 허둥거렸다.

—여러분!

그리고 누군가 사과 상자를 디디고 올라섰다. 머리를 하나로 질끈 묶은 통통한 여자였다. 여자는 한 손에 조그마한 쪽지를 들고 여러분, 여러분, 외쳐댔다. 여자가 악을 쓸 때마다 사과 상자가 위태롭게 흔들렸다. 사람들이 숨을 몰아쉬며 여자를 올려다보았다. 여러분!

—우리는 지금 명백한 불법 폭……. 아, 종이.

여자는 바닥을 내려다보며 우물쭈물했다. 쪽지를 놓친 거였다.

반으로 반듯하게 접힌 종이가 가게 바닥으로 사뿐히 내려앉았다. 여자는 난감한 듯 미간을 찌푸리곤 상자에서 내려왔다. 한 발, 그리고 또 한 발. 미처 여자가 다 내려오기도 전에 사과 상자 귀퉁이가 부서졌다.

—아, 이 골 때린 년, 또 있네.

사 번이었다. 사 번은 사과 상자를 걷어차고, 순식간에 여자의 머리채를 휘어잡았다. 허리가 꺾인 여자가 사 번의 허리를 껴안았다. 씨름이라도 하는 자세로. 여자가 사 번을 떠다밀었다. 중심을 잃은 사 번이 휘청거리고. 여자가 사 번의 옆구리를 깨물고. 악. 비명과 함께 사 번이 뒤로 벌렁 나자빠졌다. 여자의 몸이 사 번의 몸과 뒤엉켰다.

그리고 저만치 서 있던 오 번이 뛰어들었다. 사 번과 여자를 향해. 고마워할 줄 알았던 사 번이 여자의 몸에 깔린 채 손사래를 쳤다.

—아, 아저씨 저리로 가요, 가라니까.

—네?

—아, 내가 할 수 있다니까, 가라고요, 딴 데도 많잖아.

—도와주려고 그러죠. 자, 일어나봐요.

사 번은 여자의 몸을 떠다밀고 냉큼 일어섰다. 그사이 여자가 배트를 가로챘다. 여자의 품에서 배트는 아담해졌다. 깜찍한 배트를 쥐고 여자가 사 번과 오 번을 노려보았다. 그리고 결심한 듯 배트를 휘둘렀다.

—주, 죽을래? 내, 내놔. 내놓으라고.

배트가 위협하는 사 번의 손가락을 가격하고 어깨, 허벅지, 정수리 같은 곳을 재차 겨냥해왔다. 사 번은 주춤주춤 뒤로 물러나며 목소리를 키웠다. 쇠파이프를 쥔 오 번도 자꾸 물러나기만 했다. 여자는 두 사람에게 다가오며 배트를 마구 휘둘렀다.

—딴 데도 많잖아. 저리 좀 가라고요. 좀, 가라고.

—내 일 네 일이 어디 있나요. 다 같이 하는 거지요. 그렇지 않아요? 아가씨? 그러지 말고 이리 줘요. 그거, 너무 위험하잖아. 아가씨가 그런 걸 쥐고 있으면 어쩝니까.

배트가 날아왔다. 사 번의 헬멧을 향해서였다. 딱, 소리가 났고, 둔중한 느낌이 사 번의 머리통을 붙잡고 온몸으로 흘러내렸다. 오 번이 쇠파이프를 휘둘러보기도 전에, 또 배트가 날아왔다. 딱. 다시 사 번의 머리통이었다. 결국 오 번이 쇠파이프를 내던지고 여자에게 뛰어들었다. 여자의 허리를 힘껏 껴안았다. 숨이 막히도록.

—내 몸에 손대지 마! 저리 가, 저리 가라고.

—아가씨, 그게 아니라. 아가씨가 자꾸 우리를 때리니까.

여자가 몸부림칠 때마다 깡마른 오 번의 몸이 들썩거렸다. 오 번이 여자의 손을 제압하고 뒤에서 여자를 끌어안았다. 그러는 동안 사 번이 여자에게서 배트를 빼앗아 들었다.

—내 몸에 손대지 말라니까! 아저씨. 이거 놔요! 놓으라고요!

—야, 너 가만있어. 아, 이 미친년.

사 번이 배트를 세워 여자의 몸을 찔렀다. 어깨나 가슴, 배처럼 폭신폭신한 곳을 함부로 건드렸다. 여자가 악을 썼다.

—어때? 아프지? 아가리 안 닥치면 콱 터트리는 수가 있어.

사 번이 배트로 여자의 가슴을 꾹 눌렀다. 오 번의 두 팔 안에서 여자의 횡격막이 부풀어 올랐다가 가라앉았다.

멀리서 팀장의 목소리가 날아왔다.

—야, 거기! 놀러 온 줄 알아? 제대로 처리 못 해?

그는 늙수그레한 중년 사내의 목덜미를 잡고 가게를 빠져나가는 참이었다. 사 번과 오 번은 상체를 잔뜩 구부린 채 끌려가는 사내의 뒷모습을 물끄러미 바라보았다.

—제대로 겁을 줘야 할 거 아니야. 겁을. 도대체 며칠째야. 아, 아, 저 미친년 아직 살아 있네.

팀장은 큰 소리로 배트를 든 사 번과 여자를 안은 오 번에게 경고했다.

—너네 내일도 일하고 싶지? 그년이 내일 안 보이면 일하고, 아니면 내일부터 나오지 마.

그는 중년 사내의 목덜미를 잡고 가게를 완전히 빠져나갔다. 사 번과 오 번도 끌려 나오지 않으려는 여자를 끌고 가게를 나왔다. 울긋불긋한 경광등 불빛이 황량한 건물 위를 어지럽게 떠다녔다. 사람들의 웅성거림, 카메라 셔터를 누르는 소리가 요란했다. 어디선가 자꾸 플래시가 터졌다. 셋은 가게 앞에 잠깐 멈춰 섰다.

—아, 아무래도 여기선 곤란하겠는데요. 그렇지요?

—산으로 가죠.

—산이라뇨?

—아저씨, 다들 산에 가잖아. 영화나 뭐 그런 거 보면.

사 번은 낄낄 웃었다. 그곳으로 데리고 가 겁을 준 선례가 있다고 기억을 더듬거리기도 했다. 두 번인가, 세 번쯤인가, 아무튼, 그래요, 그래요? 그럼. 사 번과 오 번은 여자의 양팔을 끌고 동네를 빠져나왔다.

—이렇게요?

오 번이 여자의 뺨을 때린다. 두껍고 거친 오 번의 손바닥이 여자의 볼에 살짝 닿았다가 금방 떨어진다. 여자의 동공이 커진다.

—장난해요?

사 번이 가래를 돋우어 침을 탁 뱉는다.

—그럼 이 정도?

오 번이 다시 여자의 뺨을 때린다. 이번엔 좀 더 세게. 여자의 고개가 약간 틀어졌다가 정면으로 되돌아온다. 여자는 입술을 꼭 다물고 오 번의 두 눈을 노려본다.

—아저씨, 사람 때려본 적 없어? 애들 장난하는 것도 아니고.

—마누라나 한두 번 때려봤지. 모르는 사람을 때릴 수가 있나요. 그것도 젊은 아가씨를. 초면인데, 아무래도 곤란하지요.

오 번이 대답한다. 사 번이 오른손으로 허공을 가격한다. 이렇게, 이렇게요. 이 정도는 되어야지. 사 번의 손바닥이 차갑고 컴컴한 공중을 가른다. 훅훅 하는 바람 소리가 빠져나온다.

—배도 고프고 목도 마르고 힘이 안 나요. 그냥 아무나 잘하는 사람이 하면 그만이니까. 그쪽이 좀 하면.

—저기요, 이런 건 신참이 하는 거라고 몇 번 말해요?

여자는 고개를 빳빳하게 세우고 숨을 몰아쉰다. 오 번이 다시 손바닥을 펼치고 여자의 뺨을 조준한다. 시범적으로 공중을 두어 번쯤 때려보면서.

—처음부터 이런 데 안 나왔으면 좋았잖아요, 아가씨.

오 번은 한 손으로 다른 쪽 손바닥을 주무르며 눈치를 본다.

—이거 참. 미안해요. 미안한데, 아가씨도 아까 들었다시피 이것도 내 일이라 어쩔 수가 없어요.

오 번이 여자의 뺨을 때린다. 한 번, 두 번, 반대쪽으로 세 번. 여자의 고개는 오뚝이처럼 금세 제자리로 되돌아온다. 오 번은 한 손으로 여자의 턱을 붙잡는다. 아저씨. 아저씨. 오 번은 여자와 눈을 마주치지 않으려고 애쓴다. 여자의 눈동자가 부풀어 오른다.

—이렇게, 이렇게 있어요. 움직이지 말아요. 이번엔 좀 아플 수도 있어요.

짝. 그니까 이런 데 안 나오면. 짝. 좋잖아요, 나도 일이라 어쩔 수가 없어요. 짝. 아파요? 미안해요, 이런 것도 일이라고. 짝. 나도 오늘 처음 왔어요. 짝. 안 오면 좋은데. 짝. 돈을 벌어야 할 거 아닙니까. 짝.

침이나 땀이나 눈물 같은 것들로 여자의 얼굴이 축축해진다. 오 번이 젖은 손바닥을 바지에 문지른다.

—아가씨, 울어요?

오 번이 손바닥으로 여자의 젖은 볼을 만진다. 여자의 볼이 뜨겁다.

—도대체 나한테 왜 이러는 거예요. 나한테 왜. 내가 뭘 잘못했다고.

여자의 발음이 한꺼번에 뭉개진다.

—잘못이 왜 없어. 거기서 설쳐댄 게 누군데. 미친년.

사 번이 여자의 눈앞으로 얼굴을 바짝 들이댄다. 여자가 한꺼번에 콧물을 들이켜고 목을 가다듬는다.

—왜 거기 있으면 안 되는데? 먼저 쳐들어와서 때린 게 누군데. 사람을 왜 때리느냐고.

사 번이 검지를 세워 여자의 이마를 한 번, 두 번 민다. 여자의 머리가 나무둥치를 콩콩 때린다. 오 번이 사 번의 손을 슬며시 물리친다.

—아가씨, 내가 말했잖아요. 이게 일이라고. 일에 이유가 어디 있어. 그냥 하는 거지. 근데 아가씨는 도대체 왜 거길 자꾸 오는 겁니까? 안 오면 좋잖아요. 이렇게 얼굴 붉힐 일도 없고 힘들게 산에 올라올 필요도 없고.

여자가 크게 숨을 내쉰다. 입술 새를 빠져나온 입김이 어둠 속으로 흩어진다. 아저씨.

—있잖아요. 저도 이게 제 일이에요. 저는 뭐 오고 싶어서 오는 줄 아세요? 거기 얼마나 추운데요.

—까고 있네.

사 번이 위협적으로 배트를 치켜든다. 여자가 움찔한다.

—이런 거 경험 있으면 취직 잘 된다고 해서 하는 거라고요. 저도 3학년인데. 이런 거 하고 싶겠어요.

—에, 아가씨 대학생이야? 근데 그런 이야기는 또 처음 듣네.

—그냥 시민단체 같은 거예요. 나도 잘 모른다고요. 왜 나한테, 나한테만.

—시민단체는 무슨. 일 있다 하면 우르르 몰려가서 깽판 치는 새끼들 모아놓은 데 아냐.

사 번이 여자 앞으로 다가와 맞아, 아니야, 하면서 볼을 톡톡 두드린다. 여자의 두 눈이 물기를 머금고 부풀어 오른다. 사 번이 히죽거린다.

—깽판 치니까 좋지. 엿 먹이니까 좋지. 미친년. 그저께는 2만 원이나 깎였어. 너 때문에!

—그럼 아가씨도 따로 돈을 받고 그럽니까?

오 번이 질문하고 여자가 울먹인다.

—아저씨, 근데 나 이거 돌멩이 언제 치워줄 거예요?

사 번이 푹신한 흙 속에 박아둔 파이프를 뽑아 건넨다. 산을 오르는 내내 지팡이 용도로 말고는 사용한 적 없는 연장이다. 오 번이 파이프를 받아 든다. 서늘하고 매끈한 감촉이 손바닥을 타고 온몸으로 퍼져나간다.

—그래도, 파이픈데.

—여기서 날밤 까고 싶어요? 아저씨도 빨리 집에 가고 싶잖아.

오 번이 파이프를 움켜잡는다. 파이프가 비스듬하게 공중에 걸린다. 오 번이 파이프로 가볍게 공중을 두드린다. 휙, 휙, 휙. 파이프가 빠른 속도로 허공을 가른다. 파이프를 본 여자가 소리치기 시작한다.

—안, 안 나올게요. 아저씨. 안 나온다고. 내일부터 안 온다고 할게요.

아니, 아니, 그렇게 말고, 이렇게, 이렇게 하면서 사 번이 나무 배트를 휘두르며 시범을 보인다.

—안 나오겠다는데요?

—나 참, 그걸 어떻게 믿어. 팔다리라도 하나 부러지면 모를까.

사 번이 여자의 눈앞에서 배트를 흔든다. 오 번은 파이프의 차가운 표면을 오래 만지작거리다 천천히 움직여본다. 하나아, 두우울. 여자의 어깨에 한 번, 여자의 볼에 한 번, 파이프의 끝을 살며시 내려놓았다가 떼는 식으로. 하지만 선뜻 여자를 가격하지 못한다. 똑같은 구령만 반복될 뿐, 파이프는 매번 여자를 비껴 선 지점에서 정지한다.

—아, 진짜, 빨리 좀 하라고요. 추워 죽겠는데.

—아, 참, 쉬운 게 하나도 없네요. 하나도.

—거봐요. 파이프는 휘두르기 힘들다니까.

—아무래도 다른 걸 고를 걸 그랬나.

—빨리요, 빨리.

여자는 단단한 감촉이 피부에 닿을 때마다 눈을 감는다. 그리고 마침내 오 번이 눈을 질끈 감는다. 사 번도 반사적으로 눈을 감는다. 모두가 눈을 감는다. 긴 파이프가 크고 둥근 포물선을 그린다.

한참이 지나도록 여자는 눈을 뜨지 않는다. 오 번이 파이프를 들고 두어 걸음 물러난다. 축축한 낙엽 때문에 발이 자꾸만 미끄러진다.

—뭐, 뭐예요? 아저씨?

사 번이 먼저 입을 연다. 뭐, 뭐냐고요, 아저씨? 아, 진짜, 뭐예요? 사 번은 뒷걸음질하다가 되돌아오고, 뒷걸음질하다가 되돌아오면서 뭐예요, 뭐예요, 뭐예요, 목소리를 낮춘다.

—그냥, 겁만, 주라는, 거였잖아요. 어떡해요, 그냥 겁만 주라는 거였는데.

여자는 깊이 잠든 것처럼 미동도 하지 않는다.

—이것 봐요, 하, 하나도 안 움직이잖아요.

사 번이 여자의 볼을 가볍게 두드린다. 여자는 반응이 없다.

—어떻게 하다니? 어쨌건 난 시킨 대로 한 거 아닙니까? 파이프로 하라면서요?

오 번이 땅속에 파이프를 찔러 넣었다가 빼기를 반복한다. 여자를 살펴보던 사 번이 몸을 일으킨다. 뭔가를 각오한 듯, 한참 입을 우물거린 다음.

—아저씨, 저, 저는요, 몰라요. 난 몰라. 난 아직 고등학교도 졸업 안 했다고요. 전 미성년자예요.

멀찌감치 물러서 있던 오 번이 가까이 다가온다. 그리고 사 번의 얼굴을 꼼꼼히 살핀다. 얼굴이나 어깨, 팔뚝이나 허벅지 같은 곳들을 침착하게 훑는다.

—이거요? 이거 그냥 헤나예요. 헤나 알죠? 이런 거 보면 무서워한다기에, 이것 봐요, 지워진다고요.

사 번은 엄지손가락에 침을 묻혀 팔뚝을 민다. 희미하게 잉크 자국 같은 게 묻어난다. 사 번이 랜턴을 켜고 손가락을 비춘다. 보이죠, 보이죠? 오 번이 축축한 바닥에 파이프를 깊게 꽂은 채 고개를 숙인다.

밤이다. 두 개의 랜턴이 산길을 내려온다. 반짝이는 눈알처럼. 랜턴은 동그랗게 어둠을 뚫고 걷는다. 요동치거나 흔들리는 법 없이, 가지런하고 나란하게.

—별일 없겠죠?

—가고 있잖아.

여자를 둘러업은 오 번이 가쁜 숨을 내쉰다. 길은 고무줄처럼 늘어나는 것만 같다. 도대체 얼마만큼의 시간이 지난 건지 알 수 없다. 사 번과 오 번은 초조해진다.

—일이 잘못되면 일당 못 받을지도 몰라요. 모레가 밸런타인데이인데. 이번엔 꼭 커플링 사야 한다고요. 아, 씨발. 내가 그것 때문에 존나게 일하는지도 모르고. 씨발 년.

사 번이 투덜거릴 때마다 랜턴이 흔들린다. 겉으로는 상처가 없고, 고르게 숨을 쉬는 것으로 보아 여자는 잠깐 기절한 것처럼 보이지만 여전히 눈을 뜨지 않는다. 여자의 체온과 맞닿은 오 번의 등줄기로 더운 땀이 흘러내린다.

—근데 아저씨, 내일도 올 거예요?

—와야지. 별 수 있나.

—아저씨, 어디에서 타요?

—구로.

오 번이 간신히 말을 뱉는다. 앞은 보이지 않고, 여자의 체중은 물먹은 솜처럼 무거워지고, 무릎이 꺾인다. 눈꺼풀 주변을 뒤덮은 땀 때문에 좁은 산길이 축축하게 부풀어 올랐다가 푹 꺼진다.

—별일 없겠죠? 아, 근데 이러고도 얘 내일 또 나오는 거 아니

야?

오 번이 잠깐 멈춰 서서 여자를 추켜 업는다. 사 번이 여자의 몸을 오 번의 등 위로 떠밀어준다.

—그럼, 내일은 더 잘해야지.

—잘해요? 뭘요? 뭘 잘해요?

—뭐든. 잘해야지.

오 번은 찬 공기를 들이켜고 뜨거운 숨을 내뿜는다. 사 번이 앞장서고 오 번이 따라 걷는다.

—좀 빨리 걸을 수 없어요?

앞서 가던 사 번이 자꾸만 뒤돌아본다.

—지금 가고 있잖아.

여자는 축 늘어진 채 움직임이 없다. 사 번이 오 번 발밑으로 불빛을 비추어준다. 오 번은 동그란 불빛을 골라 디디며 속도를 낸다.

내 사랑이여*

조수경

조수경

＼

1980년 경기도 파주에서 태어났다. 2013년 〈서울신문〉 신춘문예에 단편소설 〈젤리피시〉가 당선되었다.

---

* 고(故) 김광석의 노래. 이동원의 노래를 김광석이 리메이크한 것으로 1995년 3월에 발매된 생애 마지막 앨범 〈김광석 다시 부르기 2〉에 수록되어 있다.

1월 12일 금요일, 유경

지난주 토요일 새벽, 김광석이 죽었다. 자살이라고 했다.

그 새벽에 당신과 나는 내 방 침대에 누워 있었다. 당신이 내 허리를 바싹 끌어당기며 안으로 들어올 준비를 하던 순간, 가수는 죽음을 준비하고 있었는지도 모른다. 당신이 내 옆에 쓰러져 깊은 잠에 빠져들었을 때, 가수는 이미 이 세상에 없는 사람이었는지도 모른다.

그 새벽에, 당신과 나는 그것이 우리의 마지막 섹스가 될 것을 알지 못했다. 아니다. 나는 불행을 예감하고 있었다. 당신과 내가 공유한 세계는 이미 몇 달 전부터 하나씩 무너져 내리고 있었으니까. 가수의 죽음은 우리에게 마지막 계시와도 같은 것이었다.

오늘 당신은 차가운 땅속에 묻혔다.

당신이 교통사고로 죽었다는 사실을 어제 아침에야 알았다. 그것도 라디오국 출입문에 붙어 있는 부고장을 통해서. 당신과 함께 일하던 작가들은 사고 당일 소식을 듣고 장례식장에 다녀왔다고 했다. 부고장을 보고도 나는 당신에게 바로 달려갈 수 없었다. 당장은 생방송이 우선이었다. 원고를 쓰고, 전화 연결할 청취자를 섭외하고, 초대석에 출연하는 가수에게 던질 질문지를 만들어야 했다. 당신의 빈자리는 정 피디가 대신했다. 정 피디가 선곡한 마지막 곡을 들었을 때, 비로소 당신의 죽음을 실감했다. 당신 프로그램의 마지막 곡이 흘러나오면 다음 프로그램을 맡고 있는 우리 팀이 생방송 스튜디오로 들어가 방송 준비를 시작했다. 당신 프로그램의 마지막 곡은 언제나 나를 위한 것이었다. 그것은 당신과 나, 우리 둘만의 비밀이었다.

생방송이 끝난 후, 팀원들과 함께 장례식장으로 향했다. 빈소가 마련된 곳은 2층이었다. 안내판에 적혀 있는 당신의 이름이 낯설어 나는 난생처음 조문을 온 사람처럼 허둥거렸다. 팀원들을 따라 겨우 당신의 영정 앞에 향을 올리고 절을 했다.

그리고, 당신의 아내와 맞절을 했다.

빈소에서 조문객들을 맞고, 장지에 당신을 묻고, 언젠가 당신의 곁에 나란히 묻힐 여자. 나는 당신의 빈소 앞에서 마음껏 울 수조차 없는 사람이었다.

장지는 당신의 고향인 청주였다. 라디오국에서도 몇몇 사람들이 당신의 마지막 길을 배웅하러 갔지만, 그곳에 함께 갈 것인지 나에게 묻는 사람은 아무도 없었다. 당신과 나는 같은 프로그램을 맡은 적도, 회식 자리에서 가까이 앉은 적도 없었다. 마주치면 고개를 숙여 인사하고, 가끔 사무적인 대화를 나누는 정도의 피디와 작가. 라디오국에서 나는 딱 그만큼만 추도할 수 있었다.

저물어가는 하늘에서 눈이 내리기 시작했다. 당신이 묻힌 땅 위에도 눈송이가 떨어지고 있을까. 문득 한기가 느껴져 이불을 바싹 끌어당겼다. 불과 며칠 전, 이 침대에 당신과 함께 누워 있었다는 사실이 거짓말처럼 느껴졌다. 아니, 이제는 당신이 꽁꽁 얼어붙은 땅속에 누워 있다는 사실이 거짓말 같았다. 나를 만지던 손, 내 몸을 핥던 따뜻한 혀, 내 안을 파고들던 단단한 성기까지, 전부 싸늘하게 식어 땅속에 묻혀 있다니.

방에 불을 켜고 침대 위를 샅샅이 훑어보았다. 당신의 흔적이 곳곳에 남아 있을 터였다. 베개에 짧은 머리카락 몇 올이 붙어 있었다. 서랍장에서 손수건을 꺼내 침대 위에 펼쳐놓고 당신의 머리카락을 한 올씩 떼어 그 위에 올려놓았다. 베개 뒷면과 매트리스, 그리고 이불까지 꼼꼼히 살폈다. 더 많은 머리카락과 음모가 나왔다. 한 올도 남김없이 주워 담은 뒤 손수건을 조심스럽게 접어 베갯잇 속에 넣어두었다. 옷장에서 당신의 티셔츠를 찾았고, 당신이 쓰던 컵에 찍혀 있는 입술 자국을 발견했다. 욕실에는 당신의 칫솔과 면도기가 그대로 남아 있었다. 나는 면도기를 꺼내 쥐었다. 날은 예리했다. 면도기를 손목에 대고 동맥의 위치를 가늠해보았다. 푸른 핏줄이 산호처럼 뻗어 있었다. 날로 손목을 천천히 그었다. 벌어진 살점 사이로 핏물이 고여 들었다. 하지만 살갗을 찢었을 뿐 핏줄을 잘라내지는 못했다. 나는 면도기를 던져버렸다.

시계를 올려다봤다. 지금쯤 당신 곁에는 아무도 없을 것이다. 가방에서 메모지를 꺼냈다. 장지 주소를 다시 한번 확인하면서도 당신의 죽음이 믿기지 않았다. 당신의 시신을 내 눈으로 직접 본 것도 아니었다. 어쩌면 이 모든 일들은 당신과 당신 아내가 꾸며낸 거짓말일지도 몰랐다. 아니다. 당신이 나를 속일 리 없었다. 나는 당신을 보러 가야만 했다.

같은 날, 영주

수아가 옷고름을 잡아당기는 통에 잠에서 깨어났을 때, 바깥은 벌써 어두워지고 있었습니다. 수아는 소파에 몸을 기대고 서서 고름의 매듭을 풀다가 나와 눈이 마주치자 입을 방긋 벌리며 웃었습니다. 나는 아이의 작고 따스한 머리통을 가만히 어루만졌지요. 집에 돌아오자마자 소파에 잠시 눕는다는 것이 그대로 잠이 든 모양이었습니다. 몇 달 전부터 수면제를 먹어야 겨우 잠이 들 만큼 불면증에 시달려왔는데 모처럼 푹 잔 기분이 들었습니다.

오늘 남편의 장례가 끝났습니다.

장지는 남편의 고향인 청주였는데 궂은 날씨에도 불구하고 많은 사람들이 그곳까지 함께해주었습니다. 남편의 친구와 선후배, 그리고 직장 동료들은 나에게 남편이 얼마나 좋은 사람이었는지 이야기해주며 착한 사람을 먼저 데려간 하늘을 원망하더군요. 서울에 올라온 뒤에도 그들은 돌도 안 된 어린 딸과 함께 남겨진 나를 걱정하며 쉽게 발길을 돌리지 못했습니다.

수요일 저녁이었습니다. 잠든 수아를 다독여주고 있는데 전화벨이 울렸습니다. 남편의 사고를 알리는 전화였지요. 남편의 차는 커브 길을 돌다 난간을 들이받았는데 사고 현장에 경찰이 도착했을 때에는 이미 숨이 끊어진 상태였다고 했습니다. 사체에서는 술 냄새가 진동했고 경찰은 음주 운전에 의한 사고로 결론지었지요. 시체 안치소에 도착해 흰 천을 걷어내고 남편의 시신을 확인했습니다. 죽은 남편의 얼굴은 깊은 잠에 빠져든 것처럼 편안해 보였습니다.

아이를 재우려고 했던 모양인지 친정 엄마는 수아의 담요에 누워 잠을 자고 있었습니다. 옷고름에 정신을 빼앗긴 수아를 번쩍 들어 안고 실내등 스위치를 누르자 엄마가 미간을 찌푸리며 눈을 떴습니다. 집에 가서 주무시라고 해도 엄마는 막무가내였습니다. 친정집은 걸어서 겨우 5분 거리에 있는데도 말이지요. 엄마는 내 품에 안겨 있던 수아를 등에 업었습니다. 옷고름을 놓친 수아가 고개를 젖히며 울음을 터뜨리자 엄마는 아이 손에 딸랑이를 쥐여주고 부엌으로 들어갔습니다. 냉장고 문이 열렸다 닫히고, 쌀을 씻고, 칼질을 하는 소리가 들려왔습니다.

남편의 방문을 열자 문틈으로 익숙한 체취가 밀려 나왔습니다. 한동안 문 앞에 서 있다가 방 안으로 조심스럽게 발을 디뎠습니다. 결혼 전에 남편이 내게 요구한 유일한 것은 다름 아닌 자신만의 공간이었습니다. 신혼 초에 남편의 허락 없이 방 청소를 했다가 처음으로 부부 싸움을 했고, 그 이후로 나는 남편의 방에 함부로 들어가지 못했습니다. 연애 시절에 남편은 늘 나와 몇 걸음쯤 떨어져서 걷는 사람이었습니다. 카페에 마주 앉아 있을 때에도 남편은 나와 다른 공간에 있는 사람처럼 느껴졌지요. 결혼을 하고 아이를 낳으면 달라질 거라 믿었던 내 생각은 완전히 틀린 것이었습니다. 결혼 3년 만에 수아를 낳았을 때에도 남편은 애정이 담긴 눈으로 아이를 바라보다가 이내 모든 감정이 증발돼버린 듯한 눈빛을 하곤 했습니다. 나는 남편이 달라지기를 기대하는 대신 그저 인정하기로 마음을 바꾸었습니다. 남편에게는 내가 이해할 수 없는 예술가적 기질 같은 것이 있었고, 어쩌면 나는 그러한 면에 마음이 끌렸는지도 모르는 일이었으니까요.

한쪽 벽면은 음반으로 가득 차 있었습니다. 한때 싱어송라이터를 꿈꾸었던 남편은 노래를 부르는 대신에 노래를 틀어주는 직업을 택했습니다. 휴일이면 남편은 방 안에 틀어박혀 하루 종일 음악을 들었고 가끔은 기타를 연주하기도 했습니다. 귀에 익숙한 멜로디가 대부분이었지만 때로는 낯선 멜로디가 들려오기도 했던 걸 보면 남편은 여전히 노래를 만드는 모양이었습니다. 그것이 어떤 노래일지 늘 궁금했지만 나는 한 번도 묻지 않았지요. 어딘가에 악보나 가사를 적어둔 노트 따위가 있을 거라는 생각이 들어 방 안을 둘러봤습니다. 책상 위는 깔끔했습니다. 책장에 꽂혀 있는 노트 몇 권을 뒤적이다 서랍을 차례대로 열어보았습니다. 크리스마스카드와 연하장을 모아둔 상자가 눈에 띄었는데 대부분 라디오국에서 일하는 작가나 연예 기획사 매니저들이 보낸 것이었습니다. 그중 몇 장의 카드를 꺼내서 읽어보다가 서랍 안쪽에서 조그마한 가죽 케이스를 발견했습니다. 처음 보는 물건이었습니다. 케이스를 열자 콤팩트형 자동 카메라가 나왔는데 뒷면에 남편의 이니셜이 새겨진 것으로 보아 누군가에게 빌린 물건은 아닌 듯했습니다. 남편이 나와 상의하지 않고 물건을 사는 경우가 종종 있었지만 그것은 주로 악기나 음향기기 같은 것들이었지요. 전원 버튼을 누르자 표시등에 불이 들어오며 숫자 '17'이 찍혔습니다. 열일곱 장의 사진을 찍었다는 의미일 거라고 생각했습니다. 뒤를 돌아보았습니다. 방문이 열려 있었습니다. 소리가 나지 않도록 천천히 문고리를 돌려 문을 닫았습니다. 작년 3월에 수아가 태어났을 때에도, 수아의 백일잔치 때에도 남편이 카메라를 들고 다닌 기억은 없었습니다. 남편은 어떤 사진을 찍은 걸까요. 어쩌면 내가 아이를 끌어안고 잠든 모습을 장난스럽게 찍어둔 사진일지도 모릅니다. 공연장 같은 곳에서 찍은 사진일 가능성도 높았습니다. 남편은 몇몇 가수들과 가깝게 지냈고 그들이 콘서트를 할 때면 빼놓지 않고 찾아가는 사람이었으니까요.

한쪽 눈을 감고 카메라를 얼굴에 밀착시켰습니다. 남편이 연주하던 기타, 남편이 앉아 있던 의자, 남편이 읽던 책들……. 뷰파인더를 통해 보이는 것들이 모두 낯설게 느껴졌습니다. 남편의 손때가 묻어 있는 물건들을 둘러보다가 벽을 향해 몸을 돌렸습니다. 하얀색 벽지가 뷰파인더 안을 가득 채웠지요. 나는 천천히 촬영 버튼을 눌렀습니다. 플래시가 터지는 통에 어깨가 움츠러들었습니다. 숨을 깊이 들이쉬고 다시 버튼을 눌렀습니다. 플래시가 번쩍이는 순간 하얀 벽면에 수아의 얼굴이 떠올랐다가 사라졌습니다. 다시 버튼을 누르자 이번에는 남편의 얼굴이 나타났지요. 다시 버튼을 눌렀을 때, 가위로 오려낸 것처럼 얼굴이 없는 사람이 나타났다 사라졌습니다. 눈을 감고 기계적으로 버튼을 눌렀습니다. 몇 번을 반복하자 필름이 자동으로 감기기 시작했습니다.

검은 상복을 입은 채로 외투를 걸쳤습니다. 지갑과 필름을 챙겨 외투 주머니 안에 넣어두고 현관으로 향했습니다. 잠깐 나갔다 오겠다는 말에 부엌에 있던 엄마가 달려 나왔지만 나는 그대로 현관문을 열었습니다. 찬 공기가 맨 얼굴을 덮쳤습니다.

유경

라디오에서 폭설주의보가 발령됐다는 뉴스가 흘러나왔다. 고속도로에 진입할 무렵부터 거세지던 눈발이 점점 시야를 가리고 있었다. 와이퍼가 쌓인 눈을 밀어내기가 무섭게 차창 위로 굵은 눈송이가 떨어졌다. 젖어 있던 도로 위에도 하얗게 눈이 덮이고 있었다. 밤이 되고 기온이 더 떨어지면 도로는 꽁꽁 얼어붙을 것이다. 나는 속도를 올렸다. 자동차는 도로 위를 미끄러지듯 달렸다.

작년 1월 초, 오늘처럼 눈이 많이 내리던 날에 홍대에서 주혜를 만났다. 대학 동창들 중 결혼을 하지 않아 언제든 자유롭게 움직일 수 있는 사람은 나와 주혜뿐이었다. 이른 저녁을 먹으며 주혜는 앞으로 모든 가족 모임에 불참할 것이라고 선언했다. 신정 연휴에 친척 어른들로부터 심한 잔소리를 들은 모양이었다. 그건 나도 마찬가지였다. 스물아홉, 적지 않은 나이였으니까.

저녁을 먹고 주혜를 J바에 데려갔다. 후미진 골목의 지하에 있는 작은 술집이었지만 혼자서도 종종 찾아가는 곳이었다. 언제나처럼 J바는 한산했다. 신청곡을 틀어주는 곳이라고 귀띔해주자 주혜는 재미있다는 얼굴로 펜을 집어 들었다. 나는 맥주를 주문했다. 한참 동안 썼다 지우기를 반복하던 주혜가 메모지를 내밀었다. 비틀스와 퀸의 노래가 몇 곡씩 적혀 있었다. 주혜가 신청한 곡목 밑에 톰 웨이츠의 〈Tom Traubert's Blues〉를 적어 카운터에 가져다 놓았다. 가게 한쪽 벽면에는 이중으로 된 커다란 책장이 놓여 있었다. J바 사장은 신청곡이 적힌 종이를 들고 엘피판이 빽빽하게 꽂혀 있는 책장을 이리저리 밀며 음반을 찾아다녔다.

맥주잔을 다 비워갈 즈음, 가게 안으로 당신이 들어왔다. 두 명의 남자와 함께였다. 취기 때문이었을까. 순간 얼굴이 달아오르는 것을 느끼고 나는 급히 고개를 돌렸다. 사장이 당신을 보고 반갑게 알은체를 했다. 당신도 J바의 단골인 모양이었다. 부산스럽게 인사를 나눈 뒤, 당신은 일행과 함께 자리를 잡고 앉았다. 내가 앉은 자리에서 마주 보이는 곳에.

— 한 작가님?

언제 인사를 해야 할지 적당한 때를 찾지 못하고 있던 나를 당신이 먼저 불렀다. 라디오국에서는 무표정한 얼굴로 인사를 나누던 사이였다. 호방하게 웃는 당신을 보자 어쩐지 안심이 되었다.

사장은 다섯 명이 앉을 수 있는 넓은 테이블에 자리를 새로 마련해주었다. 당신은 일행을 소개했다. 당신보다 한 학번 아래인 같은 과 후배들이라고 했다. 주혜가 동갑이라며 웃자 아직 미혼이라던 당신의 후배들이 즉석 미팅을 하자며 농담을 던졌다. 당신의 후배들이 우스갯소리를 하면 나와 주혜가 웃는 식으로 어색하던 분위기는 금세 유쾌하게 바뀌었다. 다시 맥주 한 잔을 비워갈 즈음 톰 웨이츠의 노래가 시작됐다. 그때, 메모지에 뭔가 적고 있던 당신이 불쑥 고개를 들었다.

—누가 신청한 곡이지?

내가 손을 들자 당신이 웃었다. 왜 웃는지 물어도 당신은 말없이 내 눈을 응시했다. 당신의 메모지를 들여다봤다. 거기에는 내가 신청한 것과 같은 곡이 적혀 있었다.

다음 날, 당신 프로그램의 마지막 곡이 시작되는 것을 확인하고 팀원들과 함께 생방송 스튜디오 안으로 들어갔다. 큐시트를 정리하면서 당신은 노래를 흥얼거렸다. 그날, 당신 프로그램의 마지막 곡은 톰 웨이츠의 〈Tom Traubert's Blues〉였다.

그 뒤로 당신은 종종 내 호출기 음성 사서함에 메시지를 남겼다. 당신과 나는 J바에서 만나 음악을 듣거나 중고 레코드 가게를 돌며 희귀 음반을 찾아다녔다.

겨울이 끝나갈 무렵, 당신과 나는 제법 가까운 사이가 되었다. 하지만 라디오국에서는 여전히 형식적인 인사만 주고받았다. 그것은 당신과 내가 서로에게 친구 이상으로 끌리고 있다는 반증이었다. 당신과 가까워질수록 행복했고, 그래서 불안했다.

영주

눈송이가 발등 위로 떨어졌습니다. 나는 그제야 양말을 신지 않고 나온 것을 깨달았습니다. 며칠째 눈이 내렸다 그치기를 반복하면서 아파트 단지는 곳곳이 빙판길로 변해 있었습니다. 꽁꽁 얼어버린 바닥을 맨발로 걷다 보면 다른 생각들을 잊을 수 있을 것만 같아 순간 운동화를 벗어 던지고 싶은 충동이 일어났습니다.

아파트 정문 쪽으로 걷다가 나는 걸음을 멈췄습니다. 정문 앞 사거리에는 오래된 사진관이 하나 있었는데 고등학교 때 이 동네로 이사 온 뒤부터 쭉 이용해온 곳이었습니다. 대학교 입학시험에 쓸 사진도, 주민등록증에 넣을 사진도 모두 그곳에서 찍은 것은 물론이고 수아의 사진을 현상하러 요즘에도 가끔 들르는 곳이었지요. 외투 주머니 안에 손을 넣자 필름이 만져졌습니다. 필름에 찍힌 사진을 투시하려는 사람처럼 그것을 꽉 움켜쥐고 있다가 후문 쪽으로 발길을 돌렸습니다. 이웃 아파트 단지 쪽에도 사진관은 있을 테니까요.

주차장을 지나자 집 베란다에서도 내려다보이는 작은 공원이 나왔습니다. 작년 여름에 잠투정하는 수아를 등에 업고 창밖을 내다보다가 공원 벤치에 앉아 있는 남편을 본 적이 있었습니다. 결혼하기 1년 전에 금연에 성공한 사람이 담배를 피우고 있더군요. 언제부터 다시 담배를 입에 대기 시작했는지 나로서는 짐작할 수 없는 일이었습니다. 담배를 다 태우고 난 뒤에도 남편은 한동안 머리를 감싸 쥐고 앉아 바닥만 쳐다봤습니다. 문득 남편이 낯설게 느껴졌습니다. 훔쳐보고 있는 것을 들킬까 두려워 나는 서둘러 방으로 숨어들었습니다.

남편이 이상해진 것은 작년 초부터였습니다. 방송국에서 일하는 사람이다 보니 이전에도 이런저런 술자리가 많기는 했지만 작년에는 거의 매일 술에 취해 집에 들어올 정도였습니다. 어쩌다 술을 마시지 않고 들어온 날에도 남편은 잠자리에 들기 전이면 꼭 혼자서 술을 마시곤 했습니다. 만삭의 아내에게 무심한 남편이 서운해 몇 번을 다투었지만 다음 날이 되면 또 마찬가지였고 그쯤 되자 외박을 하지 않는 게 그나마 다행이라는 생각이 들더군요. 일 때문에 늦을 수도 있는 것을 가지고 내가 너무 속 좁게 군 건 아닌가 싶기도 했지요. 애써 별일 아닌 것처럼 받아들이려 했지만 적잖이 스트레스가 된 모양이었습니다. 나는 예정일보다 빨리 아이를 낳았습니다.

수아가 태어나던 새벽에 남편은 연락조차 닿지 않았습니다. 호출을 하고 음성 사서함에 여러 번 메시지를 남겨도 아무런 답변이 돌아오지 않았지만 진통을 견뎌가며 고집스럽게 남편을 기다렸습니다. 호출기를 잃어버린 것이 분명하다는 결론을 내렸다가도 혹시 무슨 사고라도 난 건 아닌가 싶어 불안하기도 했습니다. 진통이 가라앉을 때마다 남편을 원망하고 또 걱정하며 그렇게 몇 시간을 버티다가 양수가 터지고 난 뒤에야 덜컥 겁이 나서 친정집에 전화를 걸었습니다. 남편은 아침에 술 냄새를 풍기며 병원에 나타나더군요. 얼굴을 찌푸리는 친정 부모에게 나는 방송국에 중요한 행사가 있었다고 둘러댔습니다.

퇴원 후에 한동안 친정에서 지냈습니다. 몸조리가 필요하기도 했지만 그보다는 갓난아이 때문에 남편이 편히 잘 수 없을 것을 염려했기 때문이었습니다. 남편은 평일에 가끔 들러 아이 얼굴을 들여다봤고 일요일에는 저녁까지 먹고 돌아가곤 했습니다. 남편은 아이 얼굴에서 자기와 닮은 부분을 찾아보며 즐거워했습니다. 아이의 손바닥에 자신의 손바닥을 맞대기도 하고 아이의 발바닥에 입을 맞추며 장난을 치기도 했습니다. 자지러질 듯이 울다가도 아빠 품에 안기면 금세 울음을 그치는 아이를 남편은 자랑스레 끌어안았지요. 그런 모습이 나를 안심시켰습니다. 이제 아빠가 되었으니 남편도 달라질 거라고 믿고 싶었습니다.

눈이 쏟아지는 거리는 한산했습니다. 사진관 유리 벽 너머로 책을 읽고 있는 젊은 남자가 보였습니다. 출입문을 열자 문에 달아놓은 장식용 종이 맑은 소리를 내며 흔들거렸습니다. 사진관 남자가 읽고 있던 책을 내려놓으며 친절한 말투로 인사했습니다. 필름을 건네주자 남자는 사진을 어떤 사이즈로 현상할 것인지 확인하고 이름과 전화번호를 물었습니다. 사진을 언제 찾으러 오면 되냐고 되물으니 남자는 내일 저녁쯤 오라고 대답했지요. 꼭 오늘 중에 찾아야 한다고 말하자 남자는 나를 찬찬히 살펴봤습니다. 외투 아래로 드러난 상복을 바라보다가 남자는 두 시간 후에 다시 오라고 말했습니다. 남자에게 고맙다는 인사를 하고 밖으로 나왔습니다. 눈발이 점점 굵어지고 있었습니다.

유경

뒤따라오던 대형 트럭이 눈보라를 만들며 앞질러갔다. 잘게 부서진 눈가루가 차창을 뒤덮었다. 순간 아무것도 보이지 않아 하마터면 급브레이크를 밟을 뻔했다. 운전을 시작한 지 얼마 되지 않은데다 눈이 내리는 날 고속도로를 달리는 것은 처음 있는 일이었다. 운전대를 꽉 잡았다. 라디오 뉴스에서는 눈길 교통사고 소식을 전하고 있었다. 불길했다. 라디오를 끄고 카오디오에 시디플레이어를 연결했다. 죽은 가수의 목소리가 흘러나왔다.

제법 봄기운이 돌던 3월에 당신과 나는 언제나처럼 J바에서 만났다. 그날 당신은 김광석 노래를 신청했다. 노래를 듣다가 뭔가 떠올랐는지 당신이 웃음을 터뜨리며 말했다.

—작년 여름이었을 거야. 학전 소극장에 공연을 보러 갔는데, 김광석이 이런 얘길 했어. 자기는 중국집에 가면 짬뽕이랑 짜장면이랑 둘 다 시켜놓고 먹는다는 거야. 왜냐면, 짬뽕을 시킨 날은 반쯤 먹다 보면, 아, 오늘은 짜장이었구나, 아쉬워지고, 또 짜장면을 시킨 날은, 아, 오늘은 짬뽕이었구나, 아쉬워진다고.

웃음이 났다. 당신이 들려주는 얘기는 처음 듣는 것이 아니었다. 김광석이 공연장에서 짬뽕과 짜장면 얘기를 했던 날, 나 역시 학전 소극장에 있었으니까.

—그 아쉬움이 싫어서 늘 둘 다 시켜놓고 먹는다는 거야.

당신은 뭐가 그리 재밌는지 한참을 웃어댔다. 공연장에서 유난히 큰 소리로 웃었던 사람이 당신이었을지도 모른다는 생각에 나도 그만 웃음이 터져버렸다. 지나간 시간 속에서 당신과 나의 교차점을 발견하는 것은 꽤 즐거운 일이었다.

—그런데, 김광석이 또 그러더라. 현실에서는 둘 다 선택할 수 없는 게 많다고. 뭔가 하나를 선택하면 반드시 다른 하나는 놓아야 한다고.

당신은 더 이상 웃지 않았다.

그날, 당신과 나는 평소보다 더 많은 술을 마셨다. 가게 문을 닫고 온 사장과 함께 몇 잔의 술을 더 마시고 난 뒤에야 자리에서 일어났다.

당신과 나는 택시를 타고 여의도에서 내렸다. 당신은 언제나 나를 집까지 바래다주곤 했다. 아직 밤공기가 차가웠다. 아파트 단지를 걷다가 당신이 내 손을 잡았다. 나는 당신 손에 잡혀 있는 내 손을 바라봤다. 순간 당신의 입술이 내 입술을 덮쳤다. 차가웠던 입술이 이내 뜨거워졌다. 나는 이 순간이 오지 못하도록 막고 싶었다. 아니, 어쩌면 이 순간을 기다려왔다. 나를 묶어두었던 팽팽한 끈이 결국 툭, 끊어져버렸다. 그날, 당신과 나는 밤새 서로의 몸을 탐했다. 그리고 그 밤에 당신의 아내는 당신의 아이를 낳았다.

그때라도 멈췄어야 했다. 아무것도 약속할 수 없는 관계, 끝을 알고 시작한 관계였다. 당신과 함께하는 매 순간마다 지금이라도 멈춰야 한다고 생각했다. 하지만 당신과 나는 브레이크가 고장 난 자전거를 타고 있는 기분이었다. 그것은 어딘가에 세게 부딪쳐야만 멈출 수 있었다.

당신의 아내가 친정에서 몸조리를 하던 한 달간, 당신은 매일 밤

내 침대에서 잠을 잤다. 일요일이면 당신은 처가에 다녀오곤 했는데, 딸아이가 울다가도 당신이 안아주면 금세 울음을 그친다며 웃음을 짓기도 했다. 그때마다 나는 갓난쟁이를 질투했다. 하지만 잠시뿐이었다. 한 번도 본 적이 없는 당신의 아내와 당신의 아이는 내게 거짓말 같은 존재였으니까.

몸조리를 끝낸 당신의 아내가 아이와 함께 집으로 돌아오면서 당신과 나의 한 달간의 동거도 끝이 났다. 그 후로 매일 아침 당신은 샌드위치와 커피를 사 들고 나를 찾아왔다. 당신과 나는 아침을 함께 먹고 나란히 서서 이를 닦았다. 먼저 출근하는 당신에게 키스를 해주었고, 키스가 섹스로 이어지는 바람에 당신은 몇 번인가 지각을 한 적도 있었다. 퇴근 후에도 당신은 나와 함께 시간을 보내다 새벽에야 집으로 돌아갔다. 일주일에 한 번씩 들어서는 아파트 장터에서 당신과 함께 반찬거리를 샀다. 고장 난 싱크대 배관을 손봐주는 것도, 형광등을 교체해주는 것도 모두 당신이었다. 당신과 나는 행복한 신혼부부였다.

영주

사진관 근처에 아직 크리스마스트리를 세워놓은 카페가 눈에 띄었습니다. 트리에 감아놓은 꼬마전구가 반짝거리며 주변을 환하게 밝히고 있었지요. 가게 주인이 수시로 눈을 치우는지 카페 주변은 보도블록이 말끔하게 드러나 있었습니다. 뜨거운 커피 생각이 간절해져 안으로 들어가려다가 유리문에 비친 여자를 발견하고 그대로 발길을 돌렸습니다. 장례를 치르는 동안 제대로 씻지 못한 건 물론이고 폭설을 맞으며 돌아다닌 통에 몰골이 형편없었기 때문이었습니다.

점점 거세지는 바람을 타고 눈발이 사납게 날려 외투를 단단히 여미고 걸음을 옮겼습니다. 맞은편에서 커다란 우산을 쓴 사람들이 걸어왔습니다. 여자는 코트 안에 아이를 품고 있었고 옆에 바싹 붙어선 남자는 여자와 아이가 눈을 맞을세라 우산을 여자 쪽으로 한껏 기울이며 걷고 있었지요. 남자의 한쪽 어깨에는 하얗게 눈이 쌓여 있었습니다. 남편과 나, 그리고 수아까지, 우리 세 사람은 우산을 함께 쓰고 걸어본 적이 없다는 생각이 들었습니다. 나는 우산을 쓴 사람들이 남기고 간 발자국을 오래도록 내려다보았습니다.

친정에서 몸조리를 하던 어느 날이었습니다. 수아에게 젖을 물리고 있을 때, 남편은 아이 머리맡에 앉아 쉴 새 없이 젖을 빨아대는 작은 입을 신기한 듯이 쳐다봤습니다. 젖을 배불리 먹은 아이가 젖꼭지를 밀어내자 남편은 아이를 안고 천천히 등을 쓸어주더군요. 그러다 어느 순간인가 아이의 등을 쓸던 손이 움직임을 멈추었고 그때 나는 남편의 눈에서 무언가 쑥 빠져나가는 것을 보았습니다. 초점 없는 눈을 멍하니 뜨고 있는 남편은 전혀 다른 사람처럼 보였습니다. 불안했습니다. 저녁을 먹는 동안 남편을 유심히 지켜봤습니다. 남편은 소리 내어 웃기도 했지만 가끔 숟가락을 든 채 한숨을 내쉬었지요. 결국 남편은 밥을 반 그릇도 비우지 않고 자리에서 일어나더군요. 남편이 돌아가고 난 뒤에 집으로 전화를 걸었습니다. 딱히 할 말이 있었던 것은 아니었습니다. 신호음이 이어지는 동안 나는 내가 산후 우울증에 빠진 건 아닐까 하는 생각을 하기도 했습니다. 남편은 전화를 받지 않았습니다. 다음 날 밤도, 그다음 날 밤도 마찬가지였지요. 아이가 백일이 될 때까지 친정에 머물 생각이었지만 계획을 바꿔 한 달 만에 집으로 돌아왔습니다.

집에 돌아온 뒤로 밤낮없이 울어대는 수아 때문에 나는 아이 방에서 따로 잠을 잤습니다. 낮에는 엄마가 집에 머물며 살림을 거들어주었지만 수유 때문에 늘 수면 부족에 시달렸습니다. 아침에 남편이 출근하는 줄도 모르고 잠을 자는 때가 많았습니다. 퇴근 때도 마찬가지였지요. 새벽에 아이에게 젖을 물리고 있을 때 열쇠로 문을 따고 들어오는 소리가 종종 들려온 것을 보면 남편은 여전히 술을 마시고 밤늦게 집에 돌아오는 모양이었습니다.

백일이 지나고부터 수아는 밤잠이 조금씩 늘기 시작했습니다. 현관문이 열리는 소리를 듣고 잠에서 깨어난 밤이었습니다. 수아가 울음을 터뜨릴까 봐 잠시 긴장했지만 다행히 아이는 젖을 문 채 새근새근 잠을 잤습니다. 욕실에서 나온 남편이 안방으로 들어가는 소리를 듣고 아이 입에서 천천히 젖을 빼냈습니다. 입술을 오물거리며 젖을 빠는 시늉을 했을 뿐 아이는 잠에서 깨어나지 않았지요. 나는 조심스레 아이 방을 빠져나와 안방으로 건너갔습니다. 남편은 천장을 보고 누워 있었습니다. 어두워서 얼굴이 보이지는 않았지만 아직 잠이 든 것은 아닌 듯했습니다. 품 안으로 파고들자 남편이 등을 돌리고 눕더군요. 선잠이 들었나 싶어 어깨에 천천히 입을 맞추었을 때, 남편은 벽 쪽으로 바짝 붙으며 이불을 끌어당겼습니다.

그 뒤로 남편은 남편의 방에서 잠을 자기 시작했습니다. 수아 때문에 고단할 테니 침대에서 편하게 잠을 자라는 것이 이유였지요. 어느 일요일 아침에 늦잠 자는 남편을 깨우려고 방문을 열었다가 남편 몸에 난 상처를 봤습니다. 말려 올라간 티셔츠 아래로 반쯤 드러난 등에는 손톱에 긁힌 자국이 여러 군데 있었습니다. 나는 방문을 닫았습니다. 가끔 남편의 입술이나 귓불이 벌겋게 부어올라 있던 것이 떠올랐습니다.

우울증을 앓던 산모가 갓난아이를 끌어안은 채로 아파트에서 뛰어내린 사건, 삼십 대 주부가 집에 불을 지른 사건, 아내가 남편을 죽인 사건, 남편이 아내를 죽인 사건……. 신문을 읽을 때면 전에는 관심을 두지 않았던 기사들이 눈에 들어왔습니다. 가끔은 베란다에 서 있는 남편을 창밖으로 밀어버리고 싶은 충동을 느끼기도 했지요. 그때마다 고개를 세차게 저으며 밀린 설거지를 했습니다. 빨랫감을 찾아 세탁기에 집어넣거나 옷장에서 남편의 셔츠를 꺼내와 전부 새로 다림질을 하곤 했습니다.

유경

휴게소 안에는 늦은 저녁을 먹는 사람들이 드문드문 앉아 있었다. 뜨거운 국물에 밥을 말아 허기를 채우는 사람들을 보면서도 시장기가 돌지 않았다. 어제저녁부터 아무것도 먹지 않은 상태였다.

장례식장에서 육개장을 몇 술 뜨는 시늉을 했지만 그나마도 집에 와서 모조리 토해냈다. 나는 진한 커피를 주문했다. 창밖으로 온통 어둠뿐이었다. 쏟아지는 눈이 바람을 타고 움직이며 밤하늘의 명도를 수시로 바꿔놓았다. 빛이라고는 점점 굵어지는 눈발을 피해 휴게소 안으로 진입하는 차량의 전조등뿐이었다.

당신이 사고로 죽던 수요일, 나는 당신과 함께 있었다.

그날, 당신에게 이별을 선언했다. 요즘 들어 나는 관계를 정리하자는 말을 자주 꺼냈다. 당신과 함께 있다가 아는 사람을 마주치는 일들이 생겼다. 당신이 선물한 유리잔이 깨져 손을 벤 일도 있었다. 이 모든 일들은 당신과의 관계를 끝내라는 경고이자 계시였다. 어떤 날은 나와 집 사이를 오가는 당신을 벌하고 싶은 마음에 헤어지자는 말을 뱉기도 했다. 그럴 때마다 당신은 술을 마셨다. 술에 취해 현관 앞에 쓰러져 있는 당신을 나는 다시 품을 수밖에 없었다.

얼마 전 신정 연휴에 대구 부모님 댁에 다녀왔다. 집에 도착하자마자 부엌으로 들어가 당신이 보낸 선물 상자를 슬며시 내려놓았다. 대구에 갈 때면 당신은 화과자나 건강식품 선물세트 같은 것을 미리 준비해뒀다가 내 손에 들려 보내곤 했다. 하지만 가족들에게 당신 얘기를 꺼낼 수는 없는 일이었다.

—이런 거 안 사와도 되니까 신랑감이나 빨리 데려와.

엄마가 눈을 흘기며 말했다. 서울에 있는 대학에 들어가는 것을 못마땅하게 여기던 엄마였다. 졸업 후 방송국에 자리 잡았을 때, 여의도에 아파트를 얻어주겠다는 아빠를 극구 말리던 엄마였다.

여자가 객지 생활을 오래 하면 결혼할 때 흠 잡힌다는 게 가장 큰 이유였다.

저녁상을 물리고 난 뒤, 엄마가 과일을 내왔다. 껍질을 벗기려다 말고 엄마는 사과를 내 눈앞에 들이밀었다.

—얘, 이거 봐라. 빛깔이 참 곱지 않니? 어제 유미 남자친구가 인사 오면서 사온 거다. 배도 어찌나 달던지, 너희 아빠도 아주 잘 잡수시더라.

부엌 쪽을 바라봤다. 당신이 보낸 선물 상자는 포장을 뜯지도 않은 채 그대로였다.

작년 추석 때, 친척들과 둘러앉아 밥을 먹다가 당신 생각이 났다. 어린 딸을 안고 아내와 함께 고향에 갔을 당신. 친척들에게 아이를 내보이며 흐뭇해할 당신. 당신의 아내와 함께 아이를 키우고, 집안의 대소사를 챙기고, 평수를 늘려 이사를 다니고, 그렇게 늙어갈 당신. 나를 기분 좋게 만들던 향기가 싫어진 것은 아마 그 무렵이었을 것이다. 처음 당신 품에 안겼을 때, 당신 옷에서 섬유 유연제 향이 은은하게 풍겼다. 그 냄새가 좋아 종종 당신 가슴에 코를 묻고 숨을 들이쉬었다. 당신의 아내가 입고 있는 옷에서도 같은 냄새가 풍길 거라는 사실을 깨달았을 때, 향기는 악취로 변했다.

그것이 당신의 진짜 삶이었다. 거기에 나는 없었다. 거짓말 같은 존재는 당신 아내와 당신의 아이가 아닌, 바로 나였다.

내 다리 사이에 얼굴을 묻고 있는 당신을 보며 나는 당신의 아이를 떠올렸다. 내 몸 구석구석을 정성스레 애무하던 입술로 당신은 당신 아이의 통통한 볼에 입맞춤을 할 것이다. 당신 아내와 식탁에 마주 앉아 밥을 먹으며 내가 모르는 얘기들을 나눌 것이다. 부부가 함께 쓰는 침대에 누워 살을 맞대고 잠을 잘 것이다. 거기에 나는 없었다. 그곳에서도 당신이 나를 잊지 않게 만들어야만 했다. 섹스를 하면서 당신의 몸 곳곳에 내 흔적을 남겨두기 시작했다. 이빨로 입술과 귀를 물어뜯고 손톱을 세워 살가죽을 벗겨냈다. 당신의 등에 내 이름을 새겨 넣기도 했다. 섹스가 끝나고 나면 손톱 사이에는 당신의 살점과 선홍색 피가 잔뜩 끼어 있었다. 당신은 신음을 참아가며 나를 끌어안았다.

토요일 퇴근 후에는 매번 싸움을 벌였다. 일요일에는 당신을 볼 수 없기 때문이었다. 유모차를 끌고 있는 당신을 보면, 아내와 나란히 걷고 있는 당신의 모습을 한 번만이라도 본다면 정리가 쉬울 것 같아 당신이 살고 있는 동네를 배회한 적도 있었다. 싸움이 반복되자 당신은 일요일에 나를 찾아오기도 했다. 가끔은 집에 들어가지 않는 날도 있었다. 그런다고 위안이 되지는 않았다. 나와 함께 있는 시간이 더 많다고 해서 내가 진짜가 되는 것은 아니었으니까. 나는 지칠 만큼 지쳐 있었다. 아무런 답이 없는 관계였다. 아니, 답이 너무나 명확한 관계였다.

뜨겁던 커피가 식었다. 눈발이 잦아들 기미가 보이지 않았다. 당신을 더 기다리게 할 수는 없었다. 식어버린 커피를 놓아둔 채 휴게소 밖으로 나왔다.

영주

걷다 보니 다시 아파트 단지였습니다. 쌓인 눈을 쓸어내지도 않고 그대로 벤치 위에 주저앉았습니다. 남편이 늘 앉던 자리였지요. 푹신한 소파 위에 앉은 듯한 기분도 잠시 들었지만 이내 차가운 기운이 옷 속을 파고들었습니다. 남편이 그랬던 것처럼 머리를 감싸 쥐고 바닥을 내려다봐도 그 사람이 이곳에 앉아서 어떤 생각을 했을지 전혀 짐작이 가지 않았습니다. 양말을 신지 않아 하얗게 드러난 발목과 발등 위로 눈송이가 떨어졌다 금세 녹아버렸습니다.

남편이 잠자리를 거부한 이후로 거울을 보는 시간이 늘어났습니다. 결혼 후에 집에서는 화장은커녕 언제나 머리를 질끈 묶어 올리고 편안한 옷차림으로 지내왔다는 생각이 들었습니다. 특히 수아를 낳고 난 뒤로 집 안에서 퉁퉁 불은 젖을 아무렇게나 내놓고 다녔고 하루 종일 양치를 하지 못한 입으로 남편과 대화를 나누기도 했지요. 잠시라도 떨어지면 울음을 터뜨리는 아이 때문에 언제나 화장실 문을 활짝 열어놓은 채로 용무를 해결해야만 했습니다. 몸에는 젖비린내와 아이가 게워낸 시큼한 토사물 냄새가 배어 있었습니다. 남편이 잠자리를 거부한 것은 온전히 내 탓이었습니다.

미용실에 찾아가 1년이 넘도록 방치해두었던 머리카락을 단정하게 잘라냈고 종종 백화점에 들러 유행에 뒤처지지 않는 옷을 사들였습니다. 저녁이 되면 말끔하게 화장을 하고 젖비린내를 감추기 위해 향수를 뿌렸습니다. 하지만 달라지는 것은 없었습니다. 남편이 외박하는 날들이 점점 늘어났고 일요일에 출근하는 날들도 잦아졌습니다.

남편이 출근해야 한다며 집을 나선 일요일에 나는 미리 빌려두었던 아버지의 차에 올라탔습니다. 뒷좌석에 달린 카시트에 수아를 앉혀놓고 남편 뒤를 쫓았습니다. 잠에서 깬 수아가 울음을 터뜨렸지만 차를 멈추지 않았습니다. 남편을 놓칠까 봐 신경을 집중한 탓에 사실 아이 울음소리는 귀에 들어오지 않았지요. 남편의 차가 여의도로 향하는 것을 보고서야 안심이 되었습니다. 방송국에는 따로 휴일이 없다는 것을 잘 알면서도 내가 너무 예민하게 굴었다 싶어 웃음이 나왔습니다. 나는 수아를 달래가며 남편 뒤를 여유롭게 따라갔습니다. 방송국 근처에 거의 다다랐을 때, 남편의 차는 방향을 틀었습니다. 차가 멈춘 곳은 어느 아파트 앞이었습니다. 남편은 동료를 태워서 함께 갈 모양인 듯했습니다. 하지만 남편은 곧 차에서 내려 아파트 안으로 들어가더군요. 한참을 기다려도 남편은 나오지 않았습니다. 나는 얼굴이 빨개지도록 울어대는 수아를 끝내 안아주지 못했습니다.

그 뒤로 불면증이 시작됐습니다. 병원에서 수면제를 처방받고 수유를 중단했습니다. 수아는 분유가 들어 있는 젖병을 거부하며 울었고 나는 우는 아이를 내버려둔 채 약을 삼키고 안방으로 들어갔습니다. 부엌에 있던 엄마가 달려와서 안고 달래도 수아는 숨이 넘어갈 듯이 울어댔지요. 비명 같은 울음소리를 들으며 나는 잠에 빠져들었습니다.

공원 한가운데에 서 있는 시계탑이 9시를 가리키고 있었습니다. 지금쯤 사진이 현상됐겠지요. 사진 속 얼굴이 궁금해집니다. 나는 벤치에서 일어났습니다.

유경

청주로 빠져나오자 도로는 한산했다. 폭설만 아니었다면 벌써 목적지에 도착했을 것이다. 앞서 간 차들의 흔적을 지우면서 눈은 계속 쌓이고 있었다. 도로는 차선이 구분되지 않을 정도였다. 비상등을 켜고 차를 세웠다. 낮은 산들이 밤하늘보다 어두운 그림자를 만들고 있었다. 지도책을 펼쳐 당신이 있는 곳을 다시 한번 확인했다. 이월령. 도로를 따라 달리다 보면 곧 이월령으로 접어드는 길이 나올 것이다. 멀지 않은 곳에 당신이 있었다.

당신이 사고로 죽던 수요일, 그날 아침에 나는 당신에게 거짓말을 했다.

—오늘 저녁에 선볼 거야.

당신은 피로한 얼굴로 아무 말이 없었다.

—나도 결혼할 거야. 결혼해서 나 닮은 아이도 낳을 거고. 그러니까 이제…….

말을 끝내기도 전에 당신은 현관문을 열고 밖으로 나갔다. 식탁 위에는 당신이 사온 샌드위치와 커피가 그대로 놓여 있었다.

그날 저녁, 방송국을 벗어나 버스 정류장 쪽으로 걷고 있는데 뒤에서 클랙슨 소리가 요란하게 울렸다. 돌아보니 당신의 차가 달려오고 있었다. 당신은 내 옆에 차를 거칠게 세웠다. 타이어가 아스

팔트 위로 미끄러지며 날카로운 소리를 냈다. 나는 귀를 막았다. 당신을 모르는 사람인 척 계속 걸었다. 당신은 다시 차를 움직여 나를 쫓아왔다. 정류장으로 달려가 아무 버스에나 올라탔다. 당신의 차는 버스를 들이받을 듯 바싹 따라붙었다. 클랙슨 소리와 타이어 마찰음이 번갈아가며 들려왔다. 버스 안에 탄 사람들이 한쪽 창가로 몰려들었다. 겁에 질려 소리를 지르는 여자도 있었다. 하는 수 없이 다음 정류장에서 내려야 했다.

당신의 차에 올라타자 술 냄새가 진하게 풍겼다. 겁이 덜컥 났다.

—가지 마. 선, 보지 말라고.

당신의 말이 끝나기도 전에 나는 당신의 뺨을 올려붙였다. 화가 났다. 가족도, 나도, 모두 차지하려는 당신을 참을 수 없었다. 당신은 액셀을 밟았다. 다른 차들을 앞지르고 신호를 무시하며 달렸다. 사거리에서 좌회전해오는 트럭을 보고도 당신은 차를 세우지 않았다. 나는 눈을 감았다. 가까스로 멈춰 선 트럭 운전자가 클랙슨을 길게 울렸다. 당신은 고함인지 울음인지 알 수 없는 소리를 질러댔다. 그렇게 얼마나 달렸을까. 당신이 차를 세웠다.

—내려.

당신을 돌아봤다. 그새 눈두덩이 빨갛게 부어올라 있었다. 망설여졌다. 당신은 너무 취해 있었다. 당신은 정말 죽을 작정이었는지도 몰랐다. 아니다. 당신은 그저 겁을 주려고 했을 뿐이었다. 어쩌면 나에게 동정을 사고 싶었는지도 몰랐다. 당신은 매번 그런 식으로 나를 붙잡았다. 차에서 내렸다. 당신을 돌아보지도 않고 그대로 문을 닫았다. 당신의 차는 굉음을 내며 출발했다. 당신이 다시 쫓아올까 겁이 나 근처에 있던 지하철역으로 내달렸다. 그날, 밤새 한숨도 잘 수 없었다.

빨갛게 부은 눈으로 망연히 나를 바라보던 당신. 그것이 내가 본 당신의 마지막 모습이었다. 내가 거짓말을 하지 않았다면 당신은 죽지 않았을까. 차에 당신을 혼자 내버려두지 않았더라면 당신은 지금 살아 있을까. 결국, 당신을 죽인 것은 나였다.

한참을 달려왔지만 이월령으로 접어드는 길은 보이지 않았다. 이정표를 그냥 지나쳐버린 걸까. 도로에는 가로등마저 없어 순전히 전조등에 의지해서 길을 찾아야 했다. 조금만 더 가보자는 생각으로 달린 것이 벌써 30분째였다. 차를 세우고 실내등을 켰다. 지도에 표시된 거리상으로 보면 지나온 곳 어딘가에 이월령으로 들어서는 길이 있어야 했다. 하지만 달려온 길에는 분명 이정표도 샛길도 없었다. 당신에게 가는 것을 누군가 방해하고 있는 것이 분명했다. 나는 지도책을 던졌다. 그 바람에 시디 케이스가 바닥으로 떨어졌다. 안전벨트를 풀고 바닥에 떨어진 케이스를 집어 들었다. 모서리가 깨져 있었다. 당신이 선물해준, 이제는 가수의 유작이 된 음반이었다. 시디플레이어 전원 버튼을 눌렀다. 일곱 번째 트랙을 선택하고 재생 버튼을 누르자 당신이 불러주던 노래가 흘러나왔다.

8월 11일은 내 생일이었다. 그날은 김광석의 천 번째 공연이 있는 날이기도 했다. 당신은 나를 데리고 학전 소극장에 갔다. 가수는 1년 전과 달라진 것이 없었다. 1년 후에도 달라질 게 아무것도 없는 사람 같았다.

행복하세요! 1995. 김광석.

시디 케이스를 열자 안쪽에 가수의 사인이 보였다. 내 생일날 당신이 직접 받아준 사인이었다. 이제 와서 생각해보니 노래를 할 때도, 공연장에서 우스갯소리를 할 때도, 시디에 행복하세요, 라고 적을 때도, 가수는 늘 쓸쓸해 보였다. 마치 자신의 죽음을 예감하고 있는 사람처럼.

나와 함께 있는 동안, 당신은 행복했을까. 싱어송라이터가 꿈이었다고 고백하는 당신에게 다시 노래를 만들어보라고 했을 때, 당신은 행복해 보였다. 당신이 만든 곡에 내가 가사를 붙여 넣었을 때도, 음치인 내가 엉망으로 노래를 불렀을 때도, 당신은 행복하다고 말했다. 그런데, 당신은 정말 행복했을까.

차 문을 열자 눈보라가 들이쳤다. 양팔로 어깨를 감싸 안으며 밖으로 나왔다. 바람이 몰아쳐서 눈을 제대로 뜰 수가 없었다. 겨우 몇 걸음 옮기다가 눈 속에 발이 빠지는 바람에 중심을 잃고 넘어졌다. 주변을 둘러봤다. 온통 어둠뿐이었다.

나는 당신의 이름을 불렀다. 들려오는 것은 바람 소리와 죽은 가수의 노랫소리뿐이었다.

영주

길 한가운데에서 회오리가 일었습니다. 칼바람이 살을 베어내는 듯해 얼굴이 쓰라렸고 꽁꽁 얼어버린 몸은 평소보다 무겁게 느껴졌지요. 휘몰아치는 눈발 사이로 불이 환하게 켜진 사진관이 보였습니다. 나는 느릿느릿 걸음을 옮겼습니다.

남편을 처음 본 것은 '도시와 국토'라는 교양 수업 시간이었습니다. 수업이 지루했던 나는 항상 맨 뒤에 앉아 있었는데 제대를 하고 이제 막 복학했는지 머리가 유난히 짧은 남자가 눈에 띄었습니다. 다들 졸거나 딴짓을 하기 일쑤였지만 남자만은 늘 열심이었지요. 학기가 끝난 뒤에 내가 먼저 남자에게 말을 걸었습니다. 몇 년 뒤에 결혼하자는 말을 먼저 꺼낸 것도 나였습니다. 남편은 언제나 말수가 적은 사람이었으니까요.

남편이 그렇게 많은 말을 한 것은 그날이 처음이었습니다.

수요일 저녁에 남편은 모처럼 일찍 집에 들어왔습니다. 젖병을 입에 물고 잠이 든 수아를 방에 뉘어놓고 혼자서 저녁을 먹고 있을 때였지요. 점심에 먹던 반찬 그대로 대충 차려놓은 상이었기에 나는 밥을 먹다 말고 일어나서 냉장고 문을 열었습니다. 남편에게 저녁을 먹었느냐고 물었습니다. 찌개는 어떤 게 좋겠느냐고 묻는 내 목소리는 들떠 있었습니다. 저녁상을 물리고 나면 따뜻한 차를 한잔 마시거나 나란히 앉아 텔레비전을 봐야겠다고 생각했습니다. 수아가 카세트에서 흘러나오는 노래를 듣고 엉덩이를 들썩거리며 춤을 춘 일도 이야기해주고, 노래를 좋아하는 걸 보면 엄마보다는 아빠를 닮은 것이 분명하다는 말도 빼놓지 않고 해줄 생각이었지요. 남편은 아무 말이 없었습니다. 슬며시 남편을 돌아봤습니다. 한바탕 울고 들어온 사람처럼 남편은 눈이 빨갛게 부어 있더군요.

테이블 위로 차 키를 던지고 남편은 무거운 짐을 내려놓듯이 소파에 주저앉았습니다. 지독한 술 냄새가 부엌까지 흘러들었습니다.

한동안 창밖만 바라보던 남편이 할 말이 있다고 하더군요. 나는 들어서는 안 될 말을 들은 사람처럼 소스라치게 놀랐습니다. 못 들은 척 야채 박스를 뒤적이며 손에 잡히는 대로 호박이나 양파 따위를 꺼내 조리대에 늘어놓았습니다. 비닐에 담아 냉동실 안에 얼려두었던 식재료들을 하나씩 끄집어내기도 했습니다. 머리를 감싸 쥐고 있던 남편이 다시 내 이름을 부르더군요. 아이스 트레이가 떨어지며 얼음 조각이 사방으로 흩어졌습니다. 서둘러 주워 담으려 했지만 손안에서 미끄러지는 얼음덩어리를 자꾸만 놓쳐버렸습니다.

남편은 그 말들을 입 밖에 내지 말았어야 했습니다.

남편의 말이 끝나고 난 뒤에도 나는 얼음을 손에 쥔 채 부엌 바닥에 앉아 있었습니다. 문이 활짝 열린 냉동실에서 차가운 김이 뿜어 나왔습니다. 손에 쥔 얼음이 녹으면서 바닥으로 물이 뚝뚝 떨어졌지요. 남편은 어떤 찌개를 끓일 건지, 수아는 잠이 들었는지 따위를 물었어야 했습니다. 함께 저녁을 먹고 한숨 푹 자고 일어나서 다시 아무 일도 없었던 것처럼 지내면 될 일이었습니다. 수아를 키우고, 둘째를 갖고, 그렇게 살아가면 되는 일이었습니다.

손에 쥐고 있던 얼음이 전부 녹아버렸습니다. 부엌 바닥에 고인 물을 내려다보다가 몸을 일으켜 남편에게 다가갔습니다. 대학 시절부터 함께해온 여자와 아직 돌도 안 된 딸아이를 남겨두고 다른 여자에게 가야 한다고 말하는 사람……. 나는 남편의 머리를 쓰다

듣었습니다. 아이를 달래주듯이 등을 가만히 다독거리며 저녁을 먹고 가라는 말을 했습니다.

쌀을 씻고 밥을 새로 지었습니다. 쇠고기와 모시조개를 넣은 얼큰한 순두부찌개를 끓였습니다. 남편이 좋아하는 파래무침도 새콤하게 무쳐냈지요. 조갯살을 발라내고 반찬을 먹기 좋게 집어 남편의 밥그릇에 얹어주었습니다. 남편은 밥을 제대로 떠 넣지 못하고 자리에서 일어나더군요. 남편이 소파 위에 벗어둔 코트를 집어 들었을 때, 나는 남편이 마실 물을 준비했습니다. 그리고 그것이 남편의 식도를 타고 천천히 내려가는 것을 바라보았습니다. 물 잔을 비우고도 한동안 거실에 서 있던 남편이 현관으로 돌아섰습니다. 나는 코트 깃을 바로잡아주고 테이블 위에 놓여 있던 차 키를 집어 남편의 손에 꼭 쥐여주었습니다.

베란다에 서서 남편의 차가 떠나는 것을 지켜봤습니다. 설거지를 끝내고 행주를 깨끗하게 삶아 부엌 한쪽에 널어두며 남편의 차가 어디쯤을 달리고 있을지 생각해보았습니다. 남편이 소파 위에 벗어둔 코트를 챙겨 입는 동안 나는 찬장 문을 열고 소리가 나지 않도록 주의하며 약 상자를 꺼냈습니다. 그리고 흰색 약 두 알을 물 잔에 떨어뜨렸습니다. 나를 깊은 잠에 빠뜨리던 바로 그 약이었지요. 집에서 여의도로 가는 길에 사고가 자주 발생하는 지점이 몇 군데 있다는 것을 알고 있었습니다. 도로는 빙판길인데다가 남편은 이미 술에 취해 있었습니다. 나는 남편을 아주 오래도록 잠재울 계획이었습니다. 그 사람은 영원히 나의 남편으로, 수아의 아빠로 남아야 했으니까요. 나는 잠든 아이의 보드라운 머리카락을 어루

만지며 전화벨이 울리기를 기다렸습니다.

하늘을 올려다보았습니다. 밤새도록 퍼부을 것처럼 눈은 어지럽게 쏟아지고 있었습니다. 누가 만들어놓았는지 사진관 옆에는 작은 눈사람이 하나 서 있었습니다. 내년 겨울쯤에는 나도 수아와 함께 눈사람을 만들 수 있겠지요.

사진관 문을 열자 종소리가 맑게 울려 퍼졌습니다.

해설

기억에 관한 열세 개의 변주

김형중(문학평론가)

1.

여기 열세 편의 소설이 있다. 그 시간적 배경은 박제상이 '왜'에서 왕자를 구하던 삼국시대(조영석의 〈추구(芻狗)〉)로부터 재개발 지역 철거 반대 투쟁이 일어나고 있는 21세기 현재의 대한민국(김혜진의 〈한밤의 산행〉)에까지 이르고, 무대는 산업혁명기 영국의 런던(강태식의 〈반대편으로 걸어간 사람〉)에서 안중근이 이등박문을 저격하던 20세기 초엽의 하얼빈(장강명의 〈유리 최 이야기〉)까지를 포괄한다. 각각의 작품들이 속한 장르 역시 상이해서, 가상 역사소설(정용준의 〈아무것도 잊지 않았다〉, 장강명의 〈유리 최 이야기〉, 조영석의 〈추구〉, 강태식의 〈반대편으로 걸어간 사람〉)과 서간체 혹은 고백체의 사소설(박성원의 〈우리가 지금은 헤어져도〉, 김유진의 〈글렌〉, 조해진의 〈잘 가, 언니〉, 김선재의 〈아무도 거기 없었다〉, 조수경의 〈내 사람이여〉), 그리고 메타픽

션(황정은의 〈아무도 아닌, 명실〉, 최진영의 〈후〉)까지를 두루 아우른다. 각기 다른 작가들의 작품이므로 문체와 주제의 다양성에 대해서는 말할 필요도 없다. 그러나 이 이질적이기 그지없는 작품들을 관통하는 하나의 '누빔점'은 있다. 그것은 '기억'이다. 《한밤의 산행》은 우리 시대 가장 촉망받는 열세 명의 작가가 참여해 '기억'을 주제로 완성한 변주곡집으로 읽는 것이 타당해 보인다.

2.

그런데 기억이란 무엇일까? 스피노자는 《에티카》에서 기억에 대해 이런 말을 한 적이 있다. "만일 인간의 신체가 두 개 또는 그보다 많은 물체에서 동시에 자극받았다면, 정신은 후에 그중의 어떤 것을 표상할 때 곧장 다른 것까지도 상기할 것이다." 이 문장으로 미루어보건대 기억은 우선 어떤 사물(이 감각기관에 미친 자극)에 대한 감각적 표상과 관련이 있다. 이전의 어떤 감각적 자극(가령 1995년에 청각기관이 감지했던 김광석의 노래 〈내 사람이여〉와 같은)과 동일한 자극이 주체의 감각기관에서 다시 일어날 때 기억은 활성화된다. 그런데 인간의 감각기관은 오직 하나의 자극에만 반응하지는 않는 법이어서 같은 시간 그 노래와 동시에 주체의 감각기관을 자극했던 다른 것들(함께 그 노래를 들었던 연인의 숨소리와 체온, 주변 청중들의 소음, 관람석의 온도와 당시의 날씨 등등)에 대한 표상 역시 함께 활성화되는데, 그것을 일러 스피노자는 '기억'이라 부른다. 그렇다면 기억이란 실은 대뇌의 어딘가에 고립적으로 기록되어 존재하는 것이 아니라 어느 날 어느 시간 주체가 지각했던 사물들 속에도 존재하는 것이라고 해야 맞다. 일반적으로 특정한 사물이나 인물 혹은 상황 없이는 기억이 활성화되지 않는다는 사실로 미루어보아도 이 말은 타당할 듯하다. 이와 유사한 사태를 발터 벤야민은 다음과 같이 기록한 적이 있다.

> 누군가를 사랑하는 이는 그가 사랑하는 여인의 '결점들', 한 여인의 변덕과 연약함에도 애착을 갖는다. 그녀의 얼굴에 있는 주름살과 기미, 오래 입어 헤진 옷과 삐딱한 걸음걸이 등이 모든 아름다움보다 더 지속적이고 가차 없이 그를 묶어놓는다. 사람들은 이미 오래전부터 이 사실을 알고 있었다. 왜 그런가? 감각들이 머릿속에 둥지를 틀고 있지 않다는, 다시 말해 창문과 구름, 나무가 우리 두뇌 속이 아니라 우리가 그것을 보고 감각하는 바로 그 장소에 깃들고 있는 것이라는 학설이 옳다면, 사랑하는 여인을 바라보는 순간 우린 우리 자신의 바깥에 있는 것이다. (발터 벤야민, 《일방통행로》)

벤야민에 따르면 '지속적이고 가차 없이 우리를 묶어놓는' 감각들, 곧 기억은 우리의 '머릿속에 둥지를 틀고 있지 않다'. 우리가 지각한 사물들의 표상('우리가 본 창문과 구름, 나무')은 우리의 두뇌가 아니라 '우리가 그것을 보고 감각하는 바로 그 장소에 깃'든다. 요컨대 기억은 우리의 감각기관을 자극했던 사물 속에, 가령 어느 겨울날 내리던 하얀 눈송이 속에, 어떤 여름날 관자놀이를 타고 흘러내리던 땀방울 속에 깃들어 있다가, 그와 유사한 자극이 주어지는 순간 회귀한다. 그것도 다른 자극들과 함께 불수의적으로 회귀한다.

3.

우리가 길을 걷던 중 우연히 들려온 어떤 음악의 한 소절을 듣다가, 돌연히 회상에 사로잡히곤 하는 것도 실은 모두 이런 이유 때문이다. 기억은 대뇌의 특정 부분이 아니라 한 곡의 노래 속에, 노랫말 한 구절, 가락 한 소절 속에 깃들어 있다. 가령, 박성원이 〈우리가 지금은 헤어져도〉에서 한국의 1970년대를 기록하는 방식, 그리고 조수경이 〈내 사람이여〉에서 작중 화자 '유경'의 연애를 기록하는 방식이 그와 같다. 〈우리가 지금은 헤어져도〉의 화자 '용이언'의 현재 나이는 쉰이다. 그러나 그는 자신의 이십 대 시절, 곧 한국의 1970년대를 선별적이나마 지극히 세밀하게 기억한다. 노래들 덕분이다.

> 1973년 9월 13일. 장발 단속 하루 동안 12,999명이 적발되었고, 1974년 1월 8일 긴급조치 1호가 발표되었다. 1975년 6월. 〈철새〉, 〈기러기 아빠〉 등 대중가요 마흔세 곡이 보급 금지를 당했으며, 그해 7월, 〈그건 너〉, 〈한잔의 추억〉, 〈미인〉, 〈생일 없는 소년〉 등 마흔다섯 곡이 금지곡으로 결정되었다. (……) 1975년 그해에는 영장 없이 구금도 가능했다. 내 나이 스물여섯 때의 일이다. (9~10쪽)

금지된 노래들에 대한 기억 주위로 장발 단속과 긴급조치와 무단 구금과 간첩단 사건과 대한 뉴스와 대통령 부녀의 행적들이 연이어 배치된다. 그에게 한국의 70년대는 우선은 금지된 노래들의 시대였던 셈이다. 그리고 그 노래들을 떠올릴 때마다 인접해 있던 당시의 다른 사태들과 사물들과 인물들에 대한 기억 역시 불수의적으로 동반 표상된다. 사랑했던 J, 노래를 부르며 정부를 성토하던 민, 게이였던 카페 제임스의 주인 희원, 그의 연인 미군 제임스, 그들에 대한 기억 또한 그 노래들 속에 깃들어 있다. 따라서 "그때 그 많던 노래들은 모두 어디로 갔을까"라는 소설의 마지막 문장에 대한 답은 화자 자신이 이미 알고 있다고 보아야 하는데, 그가 '해바라기 1집'에 실렸던 명곡 〈우리가 지금은 헤어져도〉의 노랫말("그저 뒷모습이 보였을 뿐 우린 다시 만날 테니까")을 흥얼거릴 수 있는 한 기억은 어디로 가는 것이 아니기 때문이다. 사랑했던 J도, 어딘가에서 식당을 한다던 희원도, 고국으로 돌아간 제임스도…….

아마 조수경의 〈내 사람이여〉에 대해서도 같은 말을 할 수 있을 텐데, 죽은 연인에 대한 유경의 기억은, 김광석이 짬뽕과 짜장면 사이에서의 망설임(마치 죽은 연인이 자신의 아내와 유경 사이에서 항상 망설이던 것처럼)에 대해 이야기하던 1995년의 학전 소극장에 여전히 깃들어 있어서, 지상에서 김광석의 노래를 더 이상 들을 수 없게 되지 않는 한 결코 '유경'을 떠나지 않을 것이기 때문이다.

4.

물론 한 장의 사진 속에도 기억은 깃든다. 특정한 순간, 카메라에 포착되지 않았다면 영영 사라져버리거나 잊히고 말았을 피사체를 현재의 시간 속에서 다시 현현하게 하는 재주에 있어 사진을 따라갈 만한 매체는 달리 없다. 조르조 아감벤이 유독 사진을 메시아적인 예술로 특권화하는 이유도 여기에 있다. 그에 따르면 "설령 사진에 찍힌 사람이 오늘날 완전히 잊혀버렸더라도, 그 혹은 그녀의 이름이 사람들의 기억에서 영원히 지워져버렸더라도(아니, 오히려 바로 이 때문에라도) 그 사람과 그 얼굴은 자신의 이름을 요구한다. 즉 자신들이 망각된 존재가 아니기를 요구한다."(조르조 아감벤, 《세속화 예찬》) 물론 증명사진은 예외다. 왜냐하면 증명사진은 시간성이 박탈된 정체성 확인의 도구일 뿐, 피사체를 그가 속한 고유의 시간 혹은 상황 속에서 유일무이하게 포착해내지는 못하기 때문이다. 〈아무도 거기 없었다〉에서 김선재가 표명하는 사진론이 그와 같다.

증명사진을 사진이라고 할 수 있나요. 남자는 그렇게 대답하면서도 신통한 대답은 아니라고 생각했다. 배경이 상관없는 사진들 — 그러니까 증명사진이나 여권사진과 같은 것들 — 만 찍으며 살기 싫었던 시절이 있었다. 그것들은 대부분 증명하기 위한 용도로만 쓰이는 사진이었다. 남자가 생각하기에 그건 가짜였다. 물론 기억과 증명은 얼핏 비슷한 것처럼 여겨질 수도 있지만 증명에는 기억이 필요 없었다. 사진에는 풍경과 기억이 필요했다. 그게 진짜였다. 그러니까 그건 영혼의 문제라는 말이에요. (123쪽)

증명에는 기억이 필요 없다. 그런데 사진에 필요한 것은 풍경과 기억이지 증명이 아니다. 따라서 작중 늙은 사진사의 기억 속에 충격적으로 자리 잡은 유년기의 사진 한 장('눈먼 여가수')을, 아들을 잃은 후 눈이 먼 아내가 터미널에서 노래를 부르는 애처롭고 쓸쓸한 장면과 겹쳐놓은 작가의 솜씨는 예지적이다. 잊혔던 1916년 폴 스트랜드의 사진 속 맹인 여자가 2014년 한국의 한 터미널에서 노래하는 맹인 여자의 모습 속에서 현현한다. 이 장면을 아감벤 식으로 '메시아적인 장면'이라고 해도 그리 과장은 아닐 듯한데, 알고 있는 바와는 달리 메시아는 거창하게 오는 것이 아니기 때문이다. 메시아적 순간이란(벤야민과 아감벤에 따르면) 잊혀버린 혹은 잊혀버릴 뻔했던 기억들이 현재의 순간으로 충만하게 현현하는 것 그 이상도 이하도 아니다.

5.

그러나 기억의 보관에 관한 한 '책'이 가진 잠재력은 음악과 사진을 초월한다. 언젠가 프루스트는 책이 가진 이 놀라운 능력을 다음과 같은 아름다운 문장으로 묘사한 적이 있다.

베르뒤랭의 책 중에도 그런 책이 하나 있었다(그것은 지극히 아첨하는 저속한 헌사가 쓰인 채로 대공의 도서실에 간직되어 있었는데). 지난날 질베르트를 만날 수 없는 겨울날이면 구석구석까지 읽어버리곤 했건만, 이제는 그처럼 좋아하던 대목을 거기에서 다시 찾으려 해도 도저히 가능할 성싶지가 않다. 어떤 낱말이 그런 대목을 생각나게 할 법도 하건만 그것도 불가능하다. 도대체 그런 대목에서 발견했던 아름다움은 어디로 갔는가? 하지만 그것을 읽은 날 샹젤리제를 덮고 있던 눈이 책 자체에서 떨어져버리지는 않아, 나는 언제까지나 그 눈을 보는구나. (마르셀 프루스트, 《잃어버린 시간을 찾아서》)

한 권의 책 속에는, 그리고 그것을 이루는 문장과 낱말들에는, 읽던 날 결국 만날 수 없었던 소녀와 그래서 더 아름답고 슬프게 내리던 샹젤리제 거리의 눈송이가 달라붙어 떨어지지 않는다. 사랑하던 소녀 질베르트는 마르셀이 어떤 책을 펼치는 순간 유년의 눈송이들과 함께 귀환한다. 그런 의미에서 책은 기억의 보관소다.

그러나 책이 다른 매체들에 비해 특권적인 지위를 누리는 이유는 기억에 대한 보관력 때문만이 아닌데, 책은 장 뤽 낭시가 말하는바 일종의 '외존'적 공동체를 만들어내는 잠재력이 있다는 점에서 다른 매체들을 더욱 능가한다. 한 권의 텍스트는 아무런 내재적 공통점도 가지지 않고 아무런 기획이나 과제를 공유하지 않는 타자들의 기이한 공동체를 만들어낸다. (좋은) 책을 읽으면서 독자와 작가, 작가와 다른 작가, 독자와 다른 독자, 그리하여 다시 다른 시대에 다른 책을 달리 읽는 또 다른 독자와 작가와 독자와 작가

들…… 그들은 어떠한 이해관계도 없이(그것이 실용적인 목적으로 쓰인 천박한 텍스트가 아닌 이상), 심지어는 서로의 존재에 대해 모르는 채로도 상호 연결된다. 책은, 낭시가 '문학적 공산주의' 혹은 '무위의 공동체'라고 불렀던 어떤 느슨한 집합적 상태를 창출한다. 텍스트를 통해 우리는 타자와 대화하(려다 실패하)고, 그들과 외존(공동의 기획이나 내재적 본질에 의해 동일화되지 않는다는 의미에서)적인 관계를 맺는다.

김유진의 〈글렌〉이 극화하고 있는 것이 그런 사태다. 작중 '진'은 고독했던 피아니스트의 죽음에 관한 전기를 읽은 적이 있다. 그의 삶을 기억해두리라 했지만 피아니스트('글렌 굴드'다)는 그의 인생에서 금방 사라진다. 이윽고 가족들이 죽고, 완벽한 고립 속에서 심지어 고독을 자초하며 살아가던 그가 분방한 화가를 아내로 맞는다. 그러나 아내에 관해 그는 철저한 몰이해 상태를 감수할 수밖에 없다. 아내가 자신을 배우자로 택한 이유를, 자신에게 병을 속인 이유를, 죽은 후 타인들이 아내에 대해 하는 이야기의 내용을, 그는 전혀 이해할 수 없다. 그러나 진의 의도와 무관하게 그는 결코 완전한 고립 속에서 생을 마칠 수도 없다. 이는 축복인데 실은 진 역시 고립을 즐겼다기보다 고립 속으로 자신을 유폐함으로써 시시한 자신의 삶을 방어했기 때문이다. 소설 말미 유년의 그 피아니스트, 글렌 굴드가 귀환한다. 아내의 지인이라는 한 사내로부터 받은 피아노 소곡집은 글렌 굴드의 것이다. 그는 이제 도저히 그 의도도 정체도 알 수 없었던 아내와 그 자신이, 한 피아니스트의 죽음에 의해 우연하게 연결되어 있음을 안다. 그리고 그것을 알게 된 이상, 설사 꽃이 피는 것도 미리 알지 못할 만큼 둔하고 메마른 인간이라 할지라도 이제 그는 더 이상 시시한 '부재'가 아니다. 소설 말미 그는 다소 득의양양하게 맥주를 마시는데 충분히 그럴 자격이 있다. 책(글렌 굴드의 전기)이 그로 하여금 자신 역시 누군가와 연결되어 있는 존재, 의식하지 못하고 살았지만 공동체 내의 존재라는 사실을 확인시켜주었기 때문이다. 완전한 몰이해 속에서 타자였던 두 사람이 실은 하나의 책으로 묶여 있었다. 책이 우리에게 허락하는 '외존들의 공동체'란 아마도 이런 것이리라.

6.

책이 우리에게 그와 같은 '공동체 내 존재'의 상태를 허락할 수 있는 것은 그것이 촉발시키는 무한한 대화 가능성 때문일 것이다. 낭시는 책의 그와 같은 특성을 한 문장으로 요약한다. "왜냐하면 우리는 언제나 누구에겐가 쓰기 때문이다."(장 뤽 낭시, 《무위의 공동체》) 텍스트의 해석은 끝없는 순환의 과정이라는 해석학자들의 문구를 떠올려도 좋겠고, 혹은 모든 텍스트에는 근본적으로 채울 수 없는 침묵, 결여가 존재한다는 해체주의자들의 명제를 떠올려도 좋겠다. 바로 그 타인 지향적 의도, 그러나 결코 그 의도를 완전히 전달할 수 없는 틈, 그리고 그것을 해석하려는 간단없는 시도들이 책이라는 매체가 가진 위대한 특성이다. 텍스트를 둘러싼 외존적 존재들의 무한한 대화 가능성은 거기서 열린다.

앞서 황정은의 〈아무도 아닌, 명실〉을 메타픽션으로 분류했던 것도 이런 이유에서이다. 수만 권의 책을 남기고 '실리'가 죽었다. 그러나 그 많은 책들 속에 실리는 없다. 그러나 '명실'은 실리를 사랑(이 말의 가장 엄밀하고 진정한 의미에서)하므로, 온 존재를 걸고 기필코 '실리 그 자체'에 도달하고자 한다. 그럴 때 그녀가 택한 것이 글쓰기다. 치매의 정신 상태 속에서도 실리에 관한 책을 써야 한다. 그러나 설사 글쓰기를 통해서라 한들, '절대적 외부에 존재함'이 항상 그 정의의 일부를 이루게 마련인 '타자'를 온전히 이해한다는 것이 가능할까? 물론 불가능하다. 그래서 실리는 소설의 시작부터 끝까지, 해가 뜨고 해가 지도록, 책상 앞에 앉아 있을 뿐이다. 그래서 "그녀는 여전히 첫 단락을 시작하지 못한 채로 책상 앞에 앉아 있었다. 어떻게 시작하면 좋을까."(107쪽) 언젠가 바람에 흩어져 사라지던 실리의 원고처럼 기억은 투명하지 않고 타자는 항상 내 바깥에 있다. 그러나 실리의 저 모습이 절망적이라거나 허무하다는 느낌은 전혀 들지 않는다. 차라리 실리의 저와 같은 태도에 걸맞은 수사는 '윤리적'이란 말일 듯하다. 명실이 죽기 전 들려준 작중 동화 '마리코' 이야기처럼, 우리가 죽은 누군가를 기억하고 사력을 다해 그를 기다리는 한 그는 온전히 죽지 않는다. 작중 마리코가 취하고 있는 자세는 그러므로 아주 감동적이다.

나는…… 이 벌판에 혼자인 것은 아니다. 책상과 의자. 그게 있다. 나처럼 절반쯤 풀에 묻힌 채로 놓여 있다. 이 책상과 의자는 오래 버티지 못할 것이다. 한낮엔 햇볕에 노출되고 한밤엔 이슬에 노출될 테니까.

조금만 앉아 있자.

그녀는 양해를 구하고 의자를 당겨 앉았다.

앉아서 마리코를…… 실리를 기다렸다.

이렇게 앉아서 몇 번의 겨울을 더 맞게 될까. 몇 번의 봄과 몇 번의 여름을. 그녀는 생각했다. 죽은 뒤에도 실리를 만날 수 있다고 생각하는 것은 얼마나 난처한 상상인가. 얼마나 난처하고 허망한가. 허망하지만 얼마나 아름다운가. 그게 필요했다. 모든 것이 사라져가는 이때. 어둠을 수평선으로 나누는 불빛 같은 것, 저기 그게 있다는 지표 같은 것이.

그 아름다운 것이 필요했다. (109쪽)

맞다. 타자를 기억하려 하고, 타자를 온전히 이해하려고 시도하는 자(그는 글 쓰는 자인데)에게 필요한 것은 희망 없는 기다림, 그래서 더 완전한 기다림, 그러나 그렇다고 해서 이해를 향한 시도를 포기하지는 않는 기다림이다. 그 기다림이 타자와의 무한한 대화를 가능하게 한다. 그런 의미에서 글쓰기의 본질은 기억하는 일이고, 대책 없이 기다리는 일이고, 타자에게 무한히 점근적으로 다가서는 일이다. 그 '아름다운 것'이 글을 쓰는 일이라고 황정은이 말한다.

반면, 정용준의 〈아무것도 잊지 않았다〉와 최진영의 〈후〉는 저 '아름다운 것'의 반대편을 극화한다. 정용준의 표현을 빌리자면 '아름다운 것'의 반대편에는 "허공에 떠 있는 무엇인가에 적혀 있는 글자를 읽는"(211쪽) 행위가 있다. 필리핀 정글에서 황군으로서의 정체성을 고집스레 유지한 채 수십 년을 살아간 두 일본인의 어리석음을 정용준은 허공에 떠 있는 글자에 비유한다. 물론 이때의 허공이란 두려움에 가득 찬 자신의 마음, 그것에 다름 아닐 것이다. 황정은 소설 속의 '명실'과 달리, 작중 '오노다'와 '료우타'는 타인을 읽는 것이 아니라 오로지 자신만을 되풀이해서 읽는다. 그들의 행태는 '부인'을 통한 방어기제에 가깝다. 항복 선언을 들었으되 그 기억을 삭제하고, 종전에 관한 선전물을 읽었으되 그것이 불러올 정체성의 위기로부터 스스로를 보호하는 것, 그것이 그들이 사태에 대해 보여주는 유일한 반응이다. 그러나 그렇게 유지되는 정체성에는 허공처럼 근거가 없다.

그런 의미에서 그들이 보고 듣는 것은 오로지 '내 안에 존재하는 나 이상의 것', 즉 '대상 a'(자크 라캉)라 할 만하다. (큰)타자(전쟁의 명분, 충성의 명분)의 소멸 앞에서 주체는 흔히 그것을 대신할 다른 (작은)타자들에게 욕망을 전이하기 마련인데, 그럴 때 제아무리 욕망의 대상이 바뀐다 해도 본질적으로 그 대상은 최초의 타자를 반복할 뿐이다. 대화는 독백이 되고 타자는 동일자의 변종이 된다. 사랑의 감정은 끊이지 않으나 대상은 항상 동일하다.

종종 책을 읽는 일, 문자를 통해 무언가를 기억하는 일에는 그런 위험이 동반된다. 왜냐하면 책은 항상 어느 정도의 과장을 그 본질로 하고 그래서 저 먼 데 허공을 지시하는 속성을 지니기 때문이다. 책(안 좋은 책일수록)은 흔히 지금보다 더 나은 상태, 더 완결된 형식, 더 엄밀하고 폐쇄적인 사유의 방식을 취한다. 가령 관념 철학은 개개의 '존재자'들을 기술하기보다는 '존재' 자체를 기술하고자 함으로써, 문학은 현실을 곧이곧대로 나열하기보다는 이상적 사회 모델과 전형을 창조함으로써 사태를 미화하거나 폄하한다. 시는 종종 지나치게 아름답거나 지나치게 절망적이고, 분석적인 글은 종종 사태의 일면을 확대하거나 축소한다. 경영서나 자기계발서, 그리고 화해와 명상을 최고의 덕목으로 삼는 힐링 관련 서적은 말할 것도 없다. 책은 허공에 씌는 일이 잦은 것이다. 그럴 때 읽는 이는 흔히 그 허공에 자신의 욕망을 투사하곤 한다. 오로지 자신이 알고 있는 것을 확인하고 소유하고 싶은 것을 이상화하기 위해 읽는다. 허공에는 내 마음만이 있다. 요컨대 그는 자신만을 읽는다. 이처럼 읽는 행위(물론 쓰는 행위도)의 가장 위험한 적은 책을 통해 타자와의 무한한 대화를 시도하는 대신 자기 자신과의 무한한 동어반복을 되풀이하는 어리석음이다.

최진영의 〈후〉에서 화자인 '나'가 보여주는 사랑이 그와 같다. J와 헤어진 후, 성찰 끝에 화자는 이렇게 고백한다. "J와 이별했고 그 때문에 종이를 먹는데도, 내 마음을 서성이다 끝내 문을 두드리는 사람은 언제나 J가 아닌 노마였다."(152쪽) 모든 타자들을 하나의 타자에 대한 보충물로 만드는 일은 전혀 대화와는 거리가 멀다. "모든 것이 사라져가는 이때. 어둠을 수평선으로 나누는 불빛 같은 것, 저기 그게 있다는 지표 같은 것"(109쪽), 그 '아름다운 것'은 결코 내 안에서 오는 것이 아니다. 작중 '나'의 어릴적 친구인 노마는 아마도 현명한 이였을 듯한데, 그녀가 '나'에게 권한 책이 바로 평생을 오로지 자기 자신만 사랑하느라 삶 전체를 연기로 만들어버린 마릴린 먼로의 전기였다는 사실은 의미심장하다. 이와 같은 방식으로 정용준과 최진영의 소설은 아름다운 것의 반대편에서 아름다운 것의 필요성을 보여준다.

7.

아마도 보르헤스의 단편 〈허버트 쾌인의 작품에 대한 연구〉에 나오는 가상의 소설 〈에이프릴 마치〉는 무한한 대화를 가능하게 하는 책에 관한 가장 훌륭한 알레고리일 것이다. 마치 아주 분기가 심한 수목도를 옆으로 세워놓은 듯한 이 작품은 원리적으로 독서를 마무리할 수 없도록 구성되어 있다. 이야기가 읽는 이의 선택에 따라 끝없이 갈라지기 때문이다. 끝없이 읽어야 하므로, 텍스트는 시대와 장소와 상황을 불문하고 독자들에게 끝없이 말을 건다. 항상 대화를 개시하는 책이란 바로 그런 책일 것이다.《한밤의 산행》 또한 원리적으로 그와 같은 책이라고 말해도 좋을 듯하다.

최초에 '차학경'이란 이름을 가진 재미 한인 작가가 있다. 그녀는《딕테》라는 제목의 장편소설을 썼고, 이른 나이에 죽었다. 그녀의 동생 차학은이 훗날 언니를 기려 편지 형식의 글을 쓰고, 그 글은 르발렌이라는 편집자에 의해 어느 날 한 권의 책 속에 삽입된다. 2003년, 그 책이 한국에서 번역 출간되고 이미《딕테》를 읽은 바 있는 한국의 젊은 작가 조해진이 그 편지글을 다시 읽게 되는데, 거기서 소재를 얻어 〈잘 가, 언니〉란 단편을 쓴다. 그 작품이

이 책에 실려 있다. 그사이 얼마나 많은 타인들이 이 문서들을 매개로 대화하고 스스로는 알지도 못한 채로나마 기적적으로 연결되고 외존하게 되었는지 우리는 그 사연을 일일이 다 셀 수 없다. 1916년의 어느 날 뉴욕의 사진작가 폴 스트랜드가 우연히 눈먼 여인 한 사람을 사진에 담는다. 그로부터 20여 년 후 워커 에번스라는 사진작가가 이번에는 뉴욕의 무미건조하고 우울한 지하철 풍경을 카메라에 담는다. 그 사진들이 어떤 경로로 어떤 사람들에 의해 어떤 정서를 불러일으키다가 2014년 오늘 김선재라는 이름의 한국 작가가 쓴 소설 속에서 아이를 잃고 터미널에서 망연자실 노래를 부르는 여자의 모습으로 재등장하게 되었는지 우리는 그 사연 또한 다 헤아릴 수 없다. 동일한 이야기를 우리는 임수현이 〈백일 년 동안 걸어, 나무〉에서 모티브로 삼은 책《백일 년 동안의 여행》과《영혼의 도시 라싸로 가는 길》에 대해서도 할 수 있을 것이고, 장강명이 〈유리 최 이야기〉에서 참조한 여러 문헌들에 대해서도 할 수 있을 것이다. 저 멀리 수천 년 전의 노자가 한 말이 어떤 방식으로《삼국유사》와《삼국사기》의 박(김)제상 설화와 만나, 2014년의 한국 독자들에게 말을 걸게 되는지를 우리가 어떻게 가늠할 수 있을 것이며(조영석의 〈추구〉), 심지어 상상 속에 존재하는 문서 네드 러드의 일기가 어떤 정보와 자료들을 통해 한 작가의 머릿속에서 재구성될 수 있었는지(강태식의 〈반대편으로 걸어간 사람〉), 두 사람의 옹색하고 순박한 철거 용역과 역시 옹색하고 가엾은 아르바이트 시민운동가의 한밤중의 산행(김혜진의 〈한밤의 산행〉)이 어떤 경로를 통해 하나의 작품 속에서 성사될 수 있었는지 모두 헤아리는 것이 어떻게 가능할까.

그러나 한 가지 사실은 명백해 보인다. '기억'을 누빔점으로 삼아 열세 명의 야심 찬 작가들이 변주한 텍스트들이 여기 있고 그 텍스트들은 그것들이 한 편의 소설이라는 이름을 얻기까지 무수하게 많은 타인들과 그들의 기억을 호출하고 그럼으로써 그것을 읽는 독자들을 어떤 기이한 '공동체' 내에 기입했을 것이라는 사실, 그래서 우리가 이 소설들을 읽는 일은 내 바깥에 있는 존재들과 무한한 대화를 개시하고 이 견고하고 옹졸한 '나'를 그들에게로 열어놓는 일이 될 것이라는 사실이 바로 그것이다.

한밤의 산행

초판 1쇄 인쇄 2014년 4월 23일
초판 1쇄 발행 2014년 4월 28일

지은이 박성원 외
펴낸이 이기섭
편집인 김수영
책임편집 김준섭
기획편집 김윤정 임선영 정회엽 이지은 최선혜 이조운
마케팅 조재성 성기준 정윤성 한성진 정영은 박신영
관리 김미란 장혜정

펴낸곳 한겨레출판(주) www.hanibook.co.kr
주소 서울시 마포구 공덕동 116-25 한겨레신문사 4층
전화 02-6383-1602~3
팩스 02-6383-1610
대표메일 book@hanibook.co.kr

ISBN 978-89-8431-799-4 03810

• 값은 뒤표지에 있습니다.
• 파본은 구입하신 서점에서 바꾸어 드립니다.